Jörg Steinleitner & Matthias Edlinger

AMBACH

DIE DEADLINE
DAS STRANDMÄDCHEN

Kriminalroman

PIPER
München Berlin Zürich

Mehr über unsere Autoren und Bücher:
www.piper.de
Aktuelle Neuigkeiten finden Sie auch auf Facebook, Twitter und YouTube.

Von Jörg Steinleitner liegt im Piper Verlag vor:
Anne-Loop-Reihe:
Tegernseer Seilschaften
Aufgedirndlt
Räuberdatschi
Hirschkuss
Maibock

AMBACH-Reihe:
Die Auktion
Die Tänzerin
Die Deadline
Das Strandmädchen
Die Suite
Die Falle

MIX
Papier aus verantwortungsvollen Quellen
FSC® C083411
www.fsc.org

Originalausgabe
Mai 2017

Umschlaggestaltung: Hauptmann & Kompanie Werbeagentur, Zürich
Umschlagabbildung: Hauptmann & Kompanie Werbeagentur, Zürich
Satz: Kösel Media GmbH, Krugzell
Gesetzt aus der Trump Mediaeval
Druck und Bindung: CPI books GmbH, Leck
Printed in Germany ISBN 978-3-492-31033-8

Teil 3

Die Deadline

Eins

Das Loch, das die Pistolenkugel in die Haut riss, war angesichts seiner mörderischen Wirkung lächerlich klein, kaum größer als der Nagel eines kleinen Fingers. Die Kugel bohrte sich unterhalb des linken Rippenbogens schräg nach oben. Sie durchschlug das Fettgewebe, die schräg verlaufende Bauchmuskulatur und passierte nach dem Durchtrennen der Magenwand die Überreste eines Butterbrots mit Käse. Dann durchtrennte sie das Bauchfell, ein äußerst schmerzhafter Vorgang, der sich im Gesicht des Opfers widerspiegelte. Sie zerriss das Zwerchfell und die Herzwand und eröffnete etwa einem halben Liter Blut den Weg in den Magen. Die Flüssigkeit im Magen führte unweigerlich zu einem starken Brechreiz des Sterbenden, er spuckte Blut. Der Anblick des nahenden Todes war ekelerregend, zugleich aber auch von faszinierender Farbenpracht. Das Rot von Menschenblut ist in seinem Farbton unverwechselbar. Nicht nur die Figur der Tänzerin, an der Felix Ambach kürzlich noch gearbeitet und die er im Stile des berühmten Expressionisten Ernst Ludwig Kirchner gefälscht und beinahe fertiggestellt hatte, bekam einige rote Spritzer ab. Es traf auch die auf dem Ateliertisch liegenden Skizzen, einen überfüllten Aschenbecher, mehrere Schnitzmesser, ein Stemmeisen und andere Bildhauerwerkzeuge. Der Boden wurde mit Blut besudelt, sogar zwischen die Dielenbretter sickerte der Saft, wo er beinahe eine Ameise ertränkt hätte, die sich dort an den für das menschliche

Auge kaum sichtbaren Überresten einer Mahlzeit labte. Die Ameise konnte sich in den Ritzen zwischen den Dielen in Sicherheit bringen. Die Kugel aber setzte ihr mörderisches Werk fort.

Während die Gesichtsfarbe des Getroffenen einen aschfahlen Ton annahm, trat das Geschoss schließlich unterhalb des rechten Schulterblatts wieder aus dem Körper aus, flog einige Meter weiter, zertrümmerte den über dem Werkstattwaschbecken hängenden Spiegel und blieb in der hölzernen Wand stecken. Der Schuss hallte nicht nach, Totenstille breitete sich aus.

Sechs Sekunden, nachdem die Kugel den Lauf der Pistole verlassen hatte, brach der Blutkreislauf des Bloggers und Journalisten Stefan Blank zusammen, sein Körper schlingerte, sackte weg; der Mann, der eben dabei gewesen war, den spektakulärsten Kunstfälschungsskandal seit Beltracchi aufzuklären, war so gut wie tot. Nur nicht sein Gehirn: Es verrichtete noch rund dreißig Sekunden seinen Dienst. Es mag erstaunen, aber der emsige Rechercheur Stefan Blank dachte im Moment seines Todes nicht an seine größte Story, auch nicht an Kunstfälschung im Allgemeinen oder an den Skandal um die gefälschten Riemenschneider-Heiligen im Besonderen (wegen denen er ja hier war und die wenige Monate zuvor im Rahmen einer Versteigerung des Münchner Auktionshauses Stettner für dreizehn Millionen an die katholische Kirche gegangen waren) – nein, Stefan Blank dachte an die Packung Sagrotantücher, die er in seinem Rucksack aufbewahrte. Gerne hätte er den Rucksack geöffnet, ein Tuch herausgezogen und sich das Blut von der Brust gewischt. Blut hatte außerhalb des Körpers nichts zu suchen. Hatte es seine gewohnten Bahnen verlassen, war es nichts weiter als Schmutz, der Kleider und andere Gegenstände besudelte. Stefan Blank aber hasste Schmutz. Seinen Tod hätte er sich sicherlich anders vorgestellt: reinlicher, geordneter und weniger infektiös. Doch zum einen hatte er ohnehin keine Wahl, zum anderen löste sich just in diesem Moment seine irdische Gedankenwelt auf. Ja, ihm war, als schwebte er nach oben an die Decke dieser Schnitzerwerkstatt, die sein Sterbeort geworden war. Ungläubig blickte er nach unten, sah sich selbst, wie er dalag und blutete und würgte und starb; wie dieser nichtsnutzige Fälscher Felix Ambach, den er ja praktisch überführt hatte, versuchte, ihn mit offensichtlich ungewaschenen Händen und einer stümperhaften Herzdruckmassage zu reanimieren. Stefan Blank war verwundert, dass er kein helles Licht am Ende irgendeines Tunnels sah und auch nicht sein ganzes Leben nochmals im Zeitraffer vor ihm ablief. Stattdessen rasten Bilder aus der Werkstatt an ihm vorbei. Die räumlichen und zeitlichen Dimensionen hatten sich aufgelöst. Eben noch hatte er in den Lauf der Waffe geblickt, die vor wenigen Sekunden auf ihn abgefeuert worden war; diese Pistole – es handelte sich um einen Klassiker der Waffenproduktion, eine Colt M1911 – lag nun auf dem Boden der Werkstatt und qualmte kaum sichtbar vor sich hin. Er sah den Elektroschocker neben sich auf dem Boden, das Gerät hatte ihm leider nicht wie erhofft das Leben gerettet. Und schließlich konnte er trotz des nahenden Todes mühelos beobachten, wie die Ameise jetzt doch absoff; es war einfach zu viel Blut, was da aus ihm heraussprudelte. Ein Liter – für eine Ameise ein Tsunami. Sie würden beide sterben. Die namenlose Ameise und Stefan Blank.

Panik. Felix war in Panik. Sosehr er auch auf Blanks Brustkorb drückte – die Rippen hatten bereits entsetzliche Geräusche von sich gegeben –, das Gesicht des Journalisten wurde bleicher und bleicher. Die Lippen waren längst blau. Die Augen hatte er weit aufgerissen, aber sie sahen nichts mehr. Es roch nach Säure, Blut und verbranntem Schießpulver. Felix' Herz raste, er war zu keinem klaren Gedanken fähig. Literweise Blut. Blank lief förmlich aus. Sein Hemd hatte sich bereits vollgesogen, jeder Pumpdruck auf den Brustkorb löste ein schmatzendes Geräusch aus. Felix hatte Blut an den Händen, am Hemd, auch seine Hose war rot besudelt. Der Boden, Blanks Rucksack, alles war voller Blut. Auch an der Wand waren Blutspritzer, auf der Werkbank, auf dem Mülleimer, auf der Säge, sogar bis zum Fenster hatte es gespritzt. Jetzt, da Blank nicht mehr würgte, sondern nur noch regungslos dalag, überkam Felix ein starker Brechreiz. Am liebsten hätte er sich neben den Journalisten gelegt, so elend, matt und leer fühlte er sich. Am liebsten wäre er tot gewesen! Von irgendwoher klingelte ein Telefon. Felix brauchte einige Sekunden, um zu begreifen, dass es gar nicht weit weg war, es handelte sich um sein eigenes Handy. Er wischte seine blutige Hand an der Hose ab und griff in die Tasche.

»Gabriel«, brach es aus Felix hervor. »Ich … der …« Er würgte kurz. »Der Typ hier ist tot! Ich glaube, der ist tot!«

»Ruhig, Felix, ganz ruhig«, sagte Gabriel. Felix tat es gut, die Stimme seines Partners zu hören.

»Wer ist tot?«

»Dieser Journalist. Er kam hierher, er wusste alles, er hat mich gefragt, ob ich die Riemenschneider-Nothelfer gefälscht habe.«

»Gut, dass du ihn getötet hast«, sagte Gabriel vollkommen ungerührt.

»Ich … ich habe ihn nicht getötet … also … äh … es war ein Unfall. Ein Scheißunfall, Gabriel! Er … ich … er wollte mir die Pistole wegnehmen, da ist sie losgegangen. Es war ein Unfall.«

»Beruhige dich, Felix. Ein Unfall. Gut. Ich glaube dir«, erwiderte Gabriel.

»Was, du glaubst mir? Hast du den Arsch offen? Natürlich glaubst du mir. Wegen dir ist das doch alles passiert. Es ist doch deine Scheißwaffe!«

»Ruhig, ganz ruhig«, sagte Gabriel erneut. »Welche Waffe?«

»Jetzt tu nicht so! Die Pistole, die du mir gegeben hast!« Felix schüttelte den Kopf. Was spielte Gabriel für ein Spiel mit ihm? Es konnte doch gar nicht sein, dass er sich nicht mehr an die Waffe erinnerte, die er ihm vor wenigen Monaten gegeben hatte. ›Du musst wissen‹, hatte er damals gesagt, ›bei unserem Geschäft geht es um viel Geld. Wir haben nicht nur Freunde da draußen.‹ Genau das hatte Gabriel gesagt – und nun? Felix war vollkommen durcheinander. »Gabriel, was soll ich denn jetzt machen? Ich meine …« Er blickte auf den völlig leblosen Blank in der Blutlache. »… der ist …« Felix' Stimme brach, Tränen mischten sich in seine nächsten Worte. »… tot! Ich muss … also … soll ich die Polizei rufen …?«

»Nicht die Polizei«, unterbrach ihn Gabriel freundlich, aber bestimmt. »Ich helfe dir. Wir sind Partner. Hör mir gut zu. – Hörst du mir zu?«

»Ja.« Felix fühlte sich wie gelähmt.

»Also. Du machst alles genau so, wie ich es dir sage: Lass alles so liegen, wie es jetzt ist. Geh rüber ins Haus, hol ein Bettlaken und lege es über diese …« Gabriel räusperte sich und setzte nochmals neu an. »… und lege es über … diesen Menschen. Verlasse die Werkstatt und sperr sie von außen ab. Geh zurück ins Haus, verriegle die Tür von innen und koch dir einen Tee. Ich bin in vierzig Minuten bei dir und kümmere mich um alles. Ruf niemanden an, lass auf keinen Fall irgendwen rein. Tu nichts, außer warten und Tee trinken. Bis ich bei dir bin. Ich werde dein Problem lösen. Keine Sorge.«

»Mein Problem?« Felix fröstelte es. »Aber, Gabriel … Ich bin … ich bin doch kein Mörder … Ich wollte … das alles nicht! Dieser Idiot ist mir in den Arm gefallen. Ich hatte die Pistole an meinem Kopf, ich wollte ihm drohen, dass ich mich … aber er ist … du musst mir glauben, Gabriel …«

»Ich glaube dir«, unterbrach ihn Gabriel streng. »Ich bin in vierzig Minuten da. Tu, was ich dir gesagt habe. Bis gleich!« Dann war die Leitung tot.

Felix starrte noch ungläubig auf das Display seines Handys, als ihn ein freundliches »Grüß Gott« aufschreckte. In der Tür der Werkstatt stand ein Riese. Wegen des Gegenlichts konnte Felix nichts als dessen Silhouette erkennen. Noch ehe er überlegen konnte, wie er auf diesen zweiten Eindringling reagieren sollte, sprach der weiter: »Kommen wir gleich zur Sache: Sie brauchen keine Angst vor mir zu haben, ich bin nicht von der Gendarmerie.« Felix musterte den Fremden. Er trug das typische Gewand eines Priesters. Freundlich lächelte ihn der Mann an. Seine Augen waren unter buschigen Brauen verborgen. »Auch können Sie unbesorgt sein, was das eben Geschehene betrifft. Das ist Ihre ganz private Angelegenheit. Und – wenn ich mir eine eigene Meinung erlauben darf –, wenn Sie mich fragen, hat dieser Journalist seine gerechte Strafe bekommen. Hatte ich ihn nicht sogar gewarnt?«

Felix starrte den Mann im Priestergewand ungläubig

an. Vor wenigen Minuten hatte er einen Menschen erschossen, und jetzt stand ein Priester vor ihm. War das ein Traum? Doch der Fremde sprach einfach weiter: »Ich bin wegen etwas anderem hier. Es geht um Ihre Nothelfer-Skulpturen.« Der Fremde räusperte sich. »Ich bin im Bilde.«

Felix hatte das Gefühl, seine Knie hätten sich in Gelatine verwandelt.

»Aber …«, der Mann, der wie ein Pfarrer aussah, setzte eine gekonnte Pause, »Sie und ich, wir haben ein gemeinsames Interesse daran, dass die Öffentlichkeit nie erfährt, dass es sich hier um Fälschungen handelt. Nie!«

Erst jetzt, nachdem der seltsame Gast das letzte Wort sehr laut gesprochen hatte, fand Felix seine Stimme wieder. »Und was wollen Sie von mir?«

»Nun, mein kleiner Besuch bei Ihnen ist … formulieren wir es einmal vorsichtig … allenthalben mehr von symbolischem Wert. Oder präziser ausgedrückt: Uns wäre daran gelegen, bliebe die Wahrheit über die von Ihnen angefertigten Figuren unter uns. Aber ich denke, das ist auch in Ihrem Interesse.«

Während Felix noch versuchte zu begreifen, was hier vor sich ging, streckte ihm der namenlose Priester die Hand entgegen. Felix verharrte regungslos. Der Mann trat noch einen Schritt vor und zeichnete Felix, lateinisch klingende Worte flüsternd, mit dem Daumen ein Kreuz auf die Stirn. Dann sagte er, wieder in normaler Lautstärke: »Sollten Sie jemals die Wahrheit preisgeben, wird das für Sie nicht gut ausgehen.«

Felix nickte gedankenverloren, warf einen Blick über die Schulter zu dem in der Werkstatt liegenden Toten, ergriff dann die Hand des Mannes, die ihm plötzlich wieder angeboten wurde, und schlug ein.

Zwei

Gabriel de Moño zog routiniert eine Line Koks von dem Marmortisch in seinem Münchner Penthouse. Er atmete tief aus, ging zielstrebig auf den Einbauschrank zu, öffnete die Schiebetür aus edlem Palisanderholz und griff sich den großen schwarzen Hartschalenkoffer, den er für derlei Notfälle immer im Haus hatte. Auf dem Weg zum Ausgang blieb er kurz vor dem Spiegel im Eingangsbereich stehen und überprüfte sein Äußeres. Er entfernte eine Wimper von seiner sonnengegerbten Stirn und band die ergrauten Haare zum Pferdeschwanz. Selbstzufrieden grinste sich de Moño im Spiegel an. Aus der obersten Schublade des Designerboards kramte er noch seine verspiegelte Pilotenbrille hervor und schob sie sich lässig ins Gesicht. Wenige Augenblicke später stand er im Aufzug, auf dem Weg in die Tiefgarage.

Am liebsten hätte er die Reifen des Jaguar durchdrehen und quietschen lassen, um im Höchsttempo zu Felix zu fahren, aber Gabriel war kein Amateur. Dafür hatte er mit seinen fünfundfünfzig Jahren zu viel erlebt. Jetzt ging es darum, cool und besonnen zu bleiben. In angemessenem Tempo wühlte er sich durch den Stadtverkehr und wechselte auf die Autobahn. Ohne große Verzögerungen nahm er wenig später die Ausfahrt nach Hinteröx. Hoffentlich war Felix ruhig geblieben, hoffentlich war er nicht durchgedreht. Hatte er den überaus talentierten, aber eben auch unbedarften Fälscher überfordert? Als de Moño den Kramerladen im Ortskern passierte, kamen ihm zwei Polizeiautos und ein Einsatzfahrzeug der Feuerwehr entgegen. War Felix schwach geworden und hatte die Polizei gerufen? Oder hatte ein Nachbar die Ordnungskräfte alarmiert? Gabriel drosselte das Tempo. Er hatte ein ungutes Gefühl. Nach einer weiteren Kurve bremste er abrupt ab. Ein Holzlaster stand mitten auf der Straße. Polizeibeamte sammelten orange-weiße Hütchen ein und rollten Absperrbänder zusammen. Auch einige Schaulustige standen herum. Gabriel schlängelte sich vorbei und bog dann nach links in den Feldweg zu Felix' Grundstück ein. Er war erleichtert. Ein Blick auf seine schwarze Rolex sagte ihm, dass er exakt zweiundvierzig Minuten gebraucht hatte. Er war stolz auf seine exakte Prognose. Den Jaguar parkte er so zwischen Haus und Werkstatt, dass er etwaig vorbeikommenden Wanderern die Sicht in den Kofferraum verwehrte, den er nun öffnete um den Hartschalenkoffer herauszunehmen. Er hob den Blick und entdeckte Felix, der mit versteinerter Miene aus dem Fenster starrte und ihm zunickte. Kurz darauf standen die Männer einander gegenüber und schüttelten sich geschäftsmäßig die Hand. »Du bleibst hier draußen und sorgst dafür, dass wir keinen unerwünschten Besuch bekommen, ich kümmere mich um das Problem.« Ohne eine Reaktion abzuwarten, rollte Gabriel den großen Koffer über den Kies und verschwand in der Werkstatt.

Felix stand noch immer unter Schock. Er fühlte sich zu schwach, um zu helfen. Gleichzeitig raste sein Herz. Irgendwie musste er sich beruhigen. Die Worte des imposanten Kirchenmannes hallten in ihm nach: »Sie haben mich nie gesehen, klar?« Was war das nur für ein Scheißtag. Sollte er Gabriel von dem Priester erzählen? Besser nicht. Felix schloss die Augen und versuchte, ruhig zu atmen. Aus der Werkstatt hörte er gedämpfte Geräusche. Zunächst ein gepresstes Stöhnen, als ob ein Gewichtheber gerade eine 200-kg-Hantel in die Höhe stemmen würde. Dann ein Rumpeln, und schließlich ein surrendes Geräusch, das wie ein Reißverschluss klang. Plötzlich tauchten vor Felix' innerem Auge Bilder von dem Campingurlaub auf, den er als Zwölfjähriger mit seinem verhassten großen Bruder unternommen hatte. Der Urlaub war von Christians Hänseleien und Gemeinheiten geprägt gewesen. Nur in seinem Zelt hatte sich Felix damals wohlgefühlt. Immer, wenn er den Reißverschluss am Eingang zugezogen hatte, hatte sich in ihm ein Gefühl von Sicherheit ausgebreitet. Für einen Moment fühlte er das auch jetzt. Doch dann wurde er wieder unruhig, weil es in der Werkstatt plötzlich totenstill war. Was zum Teufel tat Gabriel da drinnen? Felix öffnete wieder die Augen und ging langsam auf das Fenster der Werkstatt zu. Je näher er dem Gebäude kam, desto schwindliger wurde ihm. Ein kurzer Blick ins Innere reichte, er drehte sich wieder weg. Die Leiche lag nicht mehr auf ihrem Platz, aber das Blut war noch da. Viel Blut, und darin Schleifspuren. Felix setzte sich mit dem Rücken zur Wand auf die Bank im Garten und zündete sich eine Zigarette an. Ihm war speiübel.

Währenddessen griff sich Gabriel einen Eimer und das Reinigungsmittel aus dem Notfallkasten. Die nächsten fünfzehn Minuten verbrachte er mit emsigem Putzen.

Glücklicherweise war der alte Dielenboden speckig und so gesättigt, dass er das Blut nicht aufnahm. Auch war es noch nicht vollständig eingetrocknet, sonst hätte er die hartnäckigen Flecken nie aus dem Holz bekommen. Nachdem er die sechste Ladung Putzwasser verschrubbt hatte, waren die Blutflecken kaum noch zu erkennen. Gabriel richtete sich auf und sah sich in der Werkstatt um. Ein Lächeln huschte über sein Gesicht: Da stand die Tänzerinnen-Skulptur, die Felix in seinem Auftrag geschnitzt hatte. Sie wirkte perfekt, wie ein echter Kirchner, saubere Arbeit. Gabriel näherte sich der Holzfigur, den Putzlappen noch immer in der Hand. Der weibliche Akt hatte eine verspielte, naive Anmutung, strahlte Ruhe aus. Gabriel berührte vorsichtig den Sockel der Skulptur und drehte sie leicht. Genervt schüttelte er den Kopf. Die komplette Vorderseite der Tänzerin war mit einer Vielzahl feiner Blutspritzer besprenkelt. Im Gegensatz zum Blut auf dem Boden hatte das unbehandelte Pappelholz diese kleinen Blutflecke bereits aufgesogen. Sie waren in die Maserung des Holzes eingezogen und festgetrocknet. Diese Flecken ließen sich nicht wegwischen. Die Fälschung war wertlos!

Enttäuscht und wütend drehte Gabriel sich um und erblickte Felix, der regungslos im Eingang der Werkstatt stand und auf den schwarzen Leichensack starrte. Der in der Mitte des Plastiksacks verlaufende silberfarbene Reißverschluss war bereits verschlossen, darunter zeichneten sich die Konturen des toten Journalisten ab.

»Die Figur ist im Arsch«, fauchte Gabriel.

»Ich …« Felix brach ab. Was sollte er sagen?

Gabriel rang um Fassung. Das mit der Figur war eine Katastrophe, aber es hatte jetzt keine Priorität. Er bellte einen spanischen Fluch, warf ärgerlich den Putzlappen in den schwarzen Plastikkoffer und griff nach dem Kopfende des Leichensacks. »Los, hilf mir!« Widerwillig packte Felix die Füße. Der Tote war leichter, als er gedacht hatte.

»Zum Kofferraum«, befahl Gabriel. Felix ging rückwärts voraus.

In dem Moment, in dem er aus der Werkstatt heraustreten wollte, hörte er plötzlich hinter sich Schritte im Kies. Blitzschnell drehte er sich um und erkannte Hubert Novak – sicher kam er, um ihm schon wieder einen schlecht bezahlten Auftrag anzubieten. Wie fast immer trug der Fünfzigjährige seine abgewetzte blaue Arbeitshose und ein Karohemd. »Ah, Hubert!«, schrie Felix panisch. »Bleib stehen! Bleib stehen!« Mit aller Kraft schob er die Leiche in seinen Händen, und damit auch den an der Kopfseite tragenden Gabriel, zurück in die Werkstatt. Schnell ließ er das Fußende des Sackes auf den Boden plumpsen, trat wieder aus der Werkstatt heraus und versuchte, die Tür zuzuziehen. Aber das ging nicht, die Leiche lag zu nah am Eingang. Felix warf Gabriel einen hilflosen Blick zu. Der nickte in Richtung Novak. Felix begriff, wandte sich um und trat dem ungebetenen Gast entschlossen entgegen. Hinter seinem Rücken hörte Felix ein schleifendes Geräusch. Er schwitzte vor Angst. Dann ging die Werkstatttür lautlos und wie von Geisterhand zu. Dies alles dauerte nur einige Sekunden.

Felix stand jetzt so nah vor Novak, dass sich ihre Nasenspitzen beinahe berührten. Er musste den Mann von der Werkstatt weglotsen. Unwillkürlich tat der Besucher einen Schritt zurück. »Ja, was ist denn bei dir los?« Er blickte fragend in Richtung Werkstatt. »Seid's gerade am Leichenentsorgen, oder was?«

Felix war so sehr unter Stress, dass er nicht begriff, dass Novaks Frage als Scherz gemeint war. »Leichen? Wie kommst du denn darauf?«, antwortete er. Seine Stimme zitterte wie bei einem Kind, das gerade der Lüge überführt worden war. Doch dann kapierte er und schob hastig und verkrampft lachend hinterher: »Ach so, jaja, haha – so meinst du das! Klar, wir haben gerade den Deppenschorsch umgelegt.« Felix suchte in seiner Hosentasche nach einem Taschentuch. Er spürte Schweiß auf der Stirn.

Der ältere Mann strich sich nachdenklich durch den leicht angegrauten Vollbart. »Kein guter Witz. Aber wahrscheinlich weißt du das noch gar nicht«, murmelte Novak mehr zu sich selbst. »Den Schorsch hat's heute erwischt. Auf der Hauptstraße. Schwerer Verkehrsunfall.«

»Aha«, erwiderte Felix eher desinteressiert. Eigentlich hätte ihn die Nachricht schockieren müssen. Immerhin hatte Georg Seefellner, genannt »Deppenschorsch«, ihm als Strohmann geholfen, seine ersten gefälschten Holzskulpturen in den Kunstmarkt zu schleusen. Der Deppenschorsch war zwar geistig minderbemittelt, aber Felix hatte dessen unerschütterlichen Frohsinn stets geschätzt. Trotzdem spürte er in diesem Moment keinerlei Mitgefühl für Seefellners Schicksal. Er hatte andere Probleme. Ohne sich von Felix' Desinteresse irritieren zu lassen, fuhr Novak mit seiner Erzählung fort: »Auf seinem Bonanza-Rad haben's ihn zusammengefahren. Ein Holzlaster. Sieht übel aus. Kann sein, dass er es nicht überlebt.«

Im Gegensatz zu Felix verfolgte Gabriel, der noch immer in der Werkstatt herumfuhrwerkte, Novaks Bericht mit gespitzten Ohren. Seefellner wusste einfach zu viel. Tatsächlich war er der einzige verbliebene Zeuge, der Felix mit den Fälschungen in Verbindung bringen konnte. Aber mit ein bisschen Glück war er vielleicht wirklich schon tot.

»Und – was willst jetzt *du* von mir?«, fragte Felix, nachdem Novak aufgehört hatte, von Seefellner zu sprechen.

Ohne auf die Frage zu reagieren, wandte sich Novak dem Jaguar zu und meinte: »Toller Schlitten. Hast du Besuch?«

»Nein, also, ja ... also schon.« Felix starrte den Wagen an, dessen Kofferraum immer noch offen stand.

»Der ist in letzter Zeit oft da, bei dir, oder – der Jaguarmann?«

»Ja, also ... es geht so. Er ist ein ... also, ich ... ähm ...« Ehe Felix weiterstammeln konnte, hörte er das Quietschen der Werkstatttür. Entsetzt drehte er sich um.

Mit einem freundlichen Lächeln auf den Lippen ging Gabriel auf Novak zu und streckte ihm die Hand entgegen. »Guten Tag, Gabriel de Moño mein Name. Wir ...« Er zwinkerte Felix zu. »... arbeiten zusammen.«

»Aha!«, meinte Novak spitz und musterte Gabriel mit zusammengekniffenen Augen. »So feine Kundschaft hast du jetzt also.« Sein Blick wanderte erneut zu dem Jaguar. »Aus München ... soso ...« Gabriel lächelte ihn offen an. Doch Novak blieb bei seinem grimmigen Gesichtsausdruck.

Es entstand ein kurzer Moment der Stille, der Felix jedoch viel zu lang erschien. Er hätte gerne etwas gesagt, um die angespannte Stimmung zu lösen, aber ihm fiel nichts ein. Ein Mann war gerade gestorben, und ein anderer stand vielleicht kurz davor. Beide hatten direkt mit den Riemenschneider-Skulpturen zu tun, die er gefälscht hatte. Die Leiche in der Werkstatt hatte er auf dem Gewissen, daran bestand kein Zweifel. Dass er jedoch auch mitverantwortlich für Seefellners schweren Verkehrsunfall war, wusste er zu diesem Zeitpunkt noch nicht.

Unversehens wechselte Novak die Blickrichtung, fixierte nun wieder Felix und fragte schnell: »Und was war das da Schweres, Schwarzes, was ihr eben raustragen wolltet's?« Felix schoss das Blut in die Wangen. Sein Magen bäumte sich auf. Regungslos starrte er Novak an.

»Herr ...«, durchbrach Gabriel mit geschmeidiger Stimme die auf eine plausible Antwort wartende Stille, »... wie war noch einmal Ihr Name?«

»Novak heißt er.« Felix hätte gerne laut und deutlich geantwortet, aber es gelang ihm nur eine Art Röcheln.

»Herr Novak«, nahm Gabriel dankbar den Ball auf, als wäre nichts gewesen. »Wissen Sie gar nicht, wie erfolgreich Felix neuerdings ist?« Felix drehte seinen Kopf unmerklich Gabriel zu, um dessen Mimik sehen zu können. Gabriel sprach scheinbar völlig entspannt weiter. »Er ist auf dem besten Weg ein großer Künstler zu werden.«

Novak schaute verständnislos. »So, Künstler. Ich dachte, du wärst Schreiner. Und der schwarze Sack?«

»Das ist auch Kunst«, erwiderte Gabriel. »Kennen Sie Christo und Jeanne-Claude, die beiden Verpackungskünstler? Jeanne-Claude ist ja leider gestorben, aber ...« Gabriel tat so, als reagiere er auf Novaks noch immer verständnislosen Blick. »Nicht möglich? Die kennen Sie nicht? Das müssen Sie sich mal anschauen – im Internet oder in einem Fotoband. Die haben doch den Reichstag eingepackt und den Pont Neuf in Paris. Das müssen Sie doch mitbekommen haben. Erinnern Sie sich nicht?« Gabriels Erstaunen wirkte absolut authentisch. »Und unser Felix«, er legte seinem Partner die Hand auf die Schulter und schaute ihn stolz von der Seite an, »steigt jetzt auch in diese künstlerischen Footprints.«

»Also, ehrlich gesagt«, brummelte Novak. »Für mich

hat der Sack nicht wie ein Kunstwerk ausgesehen. Eher so …« Er kratzte sich am Bart und wandte den Blick in Richtung der verschlossenen Werkstatttür. Nach einer Weile des Schweigens meinte er direkt zu Felix: »Soso, Kunst machst du jetzt.« Erneut schwieg er scheinbar gedankenverloren. Dann wandte er den Blick wieder Gabriel zu, sagte: »Tja, dann … mach ich einmal wieder weiter«, und verließ grußlos den Hof.

Felix atmete auf. Doch Gabriel ließ ihm keine Verschnaufpause. »Los, schnell!«, befahl er, und beide eilten zurück in die Werkstatt. Sie standen bereits mit der Leiche am offenen Kofferraum, da schrak Felix erneut zusammen: Novak war zurückgekehrt, er war nur noch vier oder fünf Meter von ihnen entfernt. Sein Schritt war schnell und entschlossen. Entsetzt suchte Felix Gabriels Blick. Der nickte nur und hievte den Kopfteil des Leichensacks schnell ins Wageninnere. Aber die Beine standen über. Felix knickte sie mit Gewalt ein und drückte sie in den Kofferraum. Die Gelenke knacksten, die Leiche war zum Glück noch nicht erstarrt. Als Novak wieder bei ihnen stand, schlug Gabriel gerade die Klappe des Kofferraums zu. Felix' Herz raste. Er starrte Novak an. Der nahm davon keine Notiz, sondern klopfte dreimal auf das Blech des Wagens und meinte: »Holzauge, sei wachsam! Jetzt hab ich doch glatt vergessen dir zu sagen, warum ich eigentlich hier bin.«

»Warum … bist du … eigentlich hier?« Felix' Stimme zitterte.

»Ich wollte fragen, ob ich deinen Bandschleifer ausleihen kann – weil meiner kaputt ist.«

»Ja, ja, klar«, antwortete Felix hastig. Er war unendlich erleichtert. Aber seine Antwort war voreilig gewesen. Denn wenn er den Bandschleifer jetzt holte, dann würde Novak ihm in die Werkstatt folgen und womöglich noch Blut oder andere Spuren der Leichenentsorgung sehen. Deshalb würgte Felix hervor: »Ich bring ihn dir vorbei, den Bandschleifer.«

»Kann ich ihn nicht gleich mitnehmen?«

»Nein, nicht, weil … ich muss ihn erst suchen.«

»Ja, komm, dann helf ich dir … beim Suchen.« Ohne zu warten, tat Novak mehrere beherzte Schritte. Schon hatte er die Hand an der Klinke und drückte die Tür zur Werkstatt auf.

»Halt!«, rief Felix. »Hubert!«

Novak hielt inne und drehte sich um. »Ja, sag einmal, was ist denn heut los mit dir? Bist ja ganz aufgescheucht! Ich bring dir den schon wieder, den Bandschleifer. Außerdem hab ich eh noch was gut bei dir.« Felix verstand die Anspielung sofort. Er hatte sich vor Monaten heimlich an Novaks Haushaltskasse bedient und war aufgeflogen.

Ehe Felix etwas stammeln konnte, sprach Gabriel ruhig, aber sehr bestimmt: »Herr Novak, bitte verlassen Sie uns jetzt. Wir werden Ihnen in dreißig Minuten das gewünschte Werkzeug vorbeibringen. Aber jetzt gerade ist es ungünstig. Wir haben hier noch etwas Dringliches zu erledigen.«

»Dringlicher als ich, soso«, murmelte Novak und schaute grimmig drein.

Gabriel lächelte ihn an und nickte aufmunternd. »Wir bringen Ihnen das Werkzeug. Versprochen. Gehen Sie jetzt bitte.«

Novak schüttelte den Kopf und sah Felix noch einmal mit festem Blick an. »Gut, dann also … bis dann.«

Die Männer schauten dem Dörfler hinterher, bis er hinter der verwilderten Hecke am Gartenzaun verschwunden war.

»Und jetzt?« Felix sah Gabriel ratlos an. »Was machen wir mit ihm?« Der Holzschnitzer nickte dem verschlossenen Kofferraum zu, als wäre er ein Mensch.

»Alles kein Problem. Ich mache die Werkstatt jetzt noch fertig, und du packst dir eine Reisetasche. Und dann fahren wir so schnell wie möglich los.« Gabriel trommelte fröhlich auf den Kofferraum. »Unser Freund hier muss weg. Die sommerlichen Temperaturen setzen ihm zu. Wir wollen ihn ja nicht braten, oder?«

»Wie, wir fahren los? Für was brauche ich eine Reisetasche?«

»Felix, vertrau mir. Ich weiß, was zu tun ist. Wir werden für einige Tage verschwinden – mit ihm. Und da wäre es gut, wenn du ein paar Kleider zum Wechseln dabeihättest. Wir sind doch keine Penner.«

»Wohin willst du denn? Was hast du vor?« In Felix' Bauch kribbelte es ungut. Er hatte Angst.

»Felix, du hast 'nen Typen umgelegt! Das ist Mord. Für dumme Fragen ist da beim besten Willen keine Zeit. Geh jetzt und pack deine Tasche, ehe dieser komische Vogel wiederkommt!« Gabriels Stimme hatte nun wieder diese herablassende Schärfe, dieses unheimliche Zischeln, das Felix nicht mochte. Wie sehr bereute er es, sich auf den Kunstberater eingelassen zu haben. Aber solange die Leiche hier herumlag, hatte er keine Wahl. Sie musste weg.

Drei

Nachdem Felix die alte rote Sporttasche und den Bandschleifer auf dem Rücksitz des Jaguar abgelegt hatte, schloss er das Wohnhaus und die Werkstatt ab. Minuten später hatten er und Gabriel das Grundstück verlassen, den Bandschleifer an den noch immer verwunderten Hubert Novak übergeben – und der schwarze Jaguar glitt mit gleichmäßigem Motorgeräusch auf der Autobahn in Richtung München. Die Mittagssonne stand hoch am Himmel und blendete. Gabriel wählte mehrfach dieselbe Telefonnummer und sprach unverständliche Worte – vermutlich war es Ungarisch oder Russisch – auf eine Mailbox. Felix wunderte sich über Gabriels Sprachbegabung. Es klang sehr selbstverständlich, wie sein Partner in der fremden Sprache parlierte. Felix selbst verlor bis nach München kein Wort. Die Ereignisse hatten ihm zugesetzt. Die vorbeirauschende Landschaft und die kühle Luft aus der Klimaanlage taten ihm gut. Trotzdem glaubte er Verwesungsgestank zu riechen.

Nach fünfzig Minuten Fahrt, sie hatten München bereits östlich umrundet, meinte Felix: »Wo willst du denn jetzt hin mit der Leiche?«

Gabriel zog die Augenbrauen hoch. Er klang etwas genervt, als er sagte: »Wir bringen sie an einen sicheren Ort, Felix.«

»Und … wo … ist das?« Felix fühlte sich mit einem Mal sehr klein.

»Sei unbesorgt, ich habe gute Kontakte.«

Kontakte. Felix schluckte. Nach einer Weile meinte er: »Gabriel, ich muss aufs Klo.«

Jetzt traf ihn ein prüfender Blick des Partners. »Ist es dringend?«

»Ja«, hauchte Felix.

»Da kommt gleich eine Raststätte, in zwanzig Kilometern.«

Während sein Harndrang immer stärker wurde, versuchte Felix sich abzulenken. Er dachte an Dana. An ihre langen Wimpern, mit denen sie ihn vorgestern im Bett an der Wange zart gekitzelt hatte. An ihr erstes Treffen, bei dem sie wie selbstverständlich ihre Kleider ausgezogen und plötzlich nackt vor ihm gestanden hatte. Und schließlich dachte er daran, wie er sich noch vor Stunden – bei der Arbeit an der Skulptur – darauf gefreut hatte, dass Dana bald von ihrem Tanz-Workshop aus London wiederkommen und sie gemeinsam in eine unbeschwerte Zukunft starten würden.

Aber so schnell konnten sich die Dinge ändern: Er war jetzt nicht nur ein Fälscher, sondern auch noch ein Mörder, ein Schwerverbrecher. Da gab es nichts zu beschönigen. Gut, dass Dana weit weg war. Aber in drei Tagen würde sie wieder zurück sein – und dann würde Felix ihr eine Menge verheimlichen müssen. Geheimnisse waren Gift für eine Beziehung. Aber was sollte er tun?

Felix spürte, dass Gabriel ihn von der Seite musterte. Nachdem er tief Luft geholt hatte, sagte der Kunstberater: »Mach dir keine Sorgen, Felix. In ein paar Tagen ist das alles vergessen.«

Felix wandte Gabriel den Blick zu. Wie er da mit der verspiegelten Sonnenbrille am Steuer seines Jaguar saß, strahlte er Hoffnung und Zuversicht aus. Er wirkte wie der erfahrene Pilot eines Kampfjets, der alles im Griff hatte. Felix dachte wieder an Dana. Sie hatte ihn vor dem Mann gewarnt. Auch wegen dessen Kontakten zur

Unterwelt. Aber wenn Gabriel wirklich über solche Kontakte verfügte, dann würde er wohl auch wissen, wie man eine Leiche beseitigte.

Als sie den Münchner Flughafen hinter sich gelassen hatten, setzte Gabriel endlich den Blinker und nahm die Ausfahrt zum Rastplatz. Felix' Blase schmerzte mittlerweile unerträglich. Gabriel steuerte den Wagen zunächst an eine Zapfsäule. »Ich tanke gleich voll, dann müssen wir später vor der Grenze nicht noch einmal halten.«

»Okay«, sagte Felix und stürmte aus dem Wagen in Richtung Toiletten davon. Erst, als er erleichtert vor der Schüssel stand, wurde ihm klar, was Gabriel gerade eben gesagt hatte: »... vor der Grenze nicht noch einmal anhalten.« Felix wurde es schwindlig. Er zog den Reißverschluss seiner Hose zu und suchte mit der linken Hand Halt an der Kachelwand. War Gabriel wahnsinnig? Wollte er wirklich mit der Leiche über die Grenze fahren? Zum Glück war Felix gerade allein in der Rastplatztoilette, denn in einem Schwall entlud er seinen Mageninhalt genau zwischen zwei Pissoirs. Säuerlich stinkend glitt sein Erbrochenes an der Wand nach unten. Danach fühlte Felix sich besser. Sein Kreislauf fing sich wieder. Hastig eilte Felix zu den Waschbecken, spülte sich den üblen Geschmack aus dem Mund und wusch sich das Gesicht mit kaltem klarem Wasser. Dann betrachtete er sich im Spiegel. Seine Wangen waren blass, und sein Bart war aus der Form geraten. Er musste ihn mal wieder stutzen. Seine Haut sah alt aus. Auf jeden Fall älter als sechsunddreißig. Am Hals entdeckte er ein eingewachsenes Barthaar. Gerade, als er daran herumfummeln wollte, hörte er aus dem Vorraum die Stimme einer Mutter, die ihrem Sohn erklärte, wie man die Schranke zum

Klo öffnete. »Du musst da oben zuerst das Geld einwerfen und dann geht die Schranke auf, Jonathan.«

Bevor der kleine Jonathan ihn mit der Sauerei auf der Herrentoilette in Verbindung bringen konnte, verließ Felix zügig den Waschbeckenbereich. Am Drehkreuz blickte der Junge ihn mit großen Augen an und verlor dabei das Kleingeld aus der Hand. Es schepperte zu Boden. »Pass doch auf, Jonathan«, war das Letzte, was Felix aus der Toilette hörte.

Der Jaguar stand noch immer an der Zapfsäule. Gabriel war nicht da, vermutlich bezahlte er gerade. Felix blickte sich um. Durch die Scheibe konnte er den Verkaufsraum der Tankstelle gut einsehen. Aber keine Spur von Gabriel. Felix entfernte sich mit zögerlichen Schritten vom Wagen und kniff die Augen zusammen: Sonnenschirme, parkende Autos und eine ältere Frau in Leggins, die vor ihrem Kombi stand und Dehnübungen machte. Weiter entfernt rauchten zwei Männer in bayerischer Tracht und unterhielten sich mit ausladenden Gesten. Wo war Gabriel? Hatte er sich aus dem Staub gemacht? Felix überkam ein mulmiges Gefühl. War es Gabriel zuzutrauen, dass er ihn hier mit der Leiche im Kofferraum im Stich ließ? Felix fuhr sich nervös durchs Haar. Er suchte weiter den Parkplatz ab. Da sah er den Kunstberater, ziemlich nah, aber von einem parkenden Van fast verdeckt. In der einen Hand hielt er ein Eis, in der anderen sein Telefon. Gabriel erblickte Felix und winkte ihm freundlich mit dem Eis zu. Eine Minute später hatte er sein Gespräch beendet, und beide standen wieder neben dem Jaguar.

»Gute Nachrichten, Felix, mein Freund. Ich habe unseren Partner in Tschechien erreicht …« Felix wollte keinen Partner in Tschechien, aber Gabriel sprach weiter.

»Es geht alles klar. Morgen haben wir einen Termin, lösen das Problem, und dann sind wir schnell wieder zurück.« Felix empfand Gabriels blendende Laune als Provokation. Er bemühte sich um einen neutralen Gesichtsausdruck. Doch jetzt hielt ihm der Partner auch noch sein Eis vor die Nase. »Magst du mal schlecken?«

Gabriels flirtender Unterton widerte Felix an. Deshalb sagte er abweisend: »Ohne Gummi kostet aber extra.« Und öffnete die Beifahrertür. Gabriel warf Felix einen irritierten Blick zu, schaute auf den Autoschlüssel in seiner Hand und murmelte ratlos: »Ich hätte schwören können, dass ich abgeschlossen habe!«

Jetzt erst dämmerte Felix, was gerade passiert war. Da verließen sie beide den Wagen, in dessen Kofferraum auf gar keinen Fall jemand einen Blick werfen durfte, weil eine Leiche darin lag – und das Auto war die ganze Zeit unabgeschlossen?

»Bist du völlig bescheuert?«, zischte Felix Gabriel an. Dieser ging jedoch überhaupt nicht auf seinen Vorwurf ein, sondern meinte nur:

»Seltsam, wirklich seltsam.« Dabei wirkte er allerdings nicht über die Maßen verunsichert.

Wenig später rollte der Jaguar wieder über die Autobahn. Hinter Landshut verdichtete sich der Verkehr. Hier war die Autobahn nicht mehr so üppig ausgebaut, und so quälte sich das Blech zweispurig in Richtung Osten. Felix schaute nach draußen, studierte zur Ablenkung die Gesichter der Fahrer in den anderen Autos. Er warf einen Blick in den Rückspiegel. War das ein Polizeiwagen? Das silberfarbene Fahrzeug lag zwar noch weit hinter ihnen, aber ganz klar: Der Wagen hatte Blaulichter auf dem Dach. Felix erinnerte sich an die letzte Polizeikontrolle, in die er geraten war, nachdem er nachts einen Pfarrer k.o. geschlagen und eine Kirche beinahe abgefackelt hatte, und das nur wegen ein paar alter Holzbalken.

»Die Polizei ist hinter uns«, flüsterte Felix. Seine Stimme bebte vor Angst.

»Was?«

»Mann, Gabriel, die Bullen!«

»Na und«, meinte der und wirkte regelrecht belustigt. »Haben wir denn was zu verbergen? Wir sind zwei Arbeitskollegen auf einem Kurztrip nach Tschechien in den Puff. Jetzt mach dich mal locker …« Der Polizeiwagen setzte den Blinker und wechselte auf die Überholspur. Er war nun auf gleicher Höhe mit dem Jaguar. Felix starrte geradeaus auf die Fahrbahn. Aus den Augenwinkeln sah er, wie Gabriel den Polizisten zuwinkte. Felix beschlich das ungute Gefühl, in die Hände eines Wahnsinnigen geraten zu sein. Oder war Gabriel vollkommen zugekokst? Gerade vollendete er den eben begonnenen Satz: »… dann lebst du länger.« Der Polizeiwagen beschleunigte und hatte Sekunden später mehr als fünfzig Meter Vorsprung. Felix atmete auf.

Mittlerweile war es später Nachmittag geworden. Der Jaguar fuhr auf der linken Spur, eingeklemmt zwischen vollgepackten Urlauberautos. Gabriel überholte einen alten Kombi, der so mit Koffern und Tüten beladen war, dass man von außen nicht erkennen konnte, ob überhaupt Menschen in dem Fahrzeug saßen. »Sieht aus wie eine Installation von Erwin Wurm«, gluckste Gabriel und deutete auf den Wagen. Felix antwortete nicht.

Etwa zur selben Zeit kämpften die Ärzte im unweit von Hinteröx gelegenen Unfallkrankenhaus um Georg Seefellners Leben. Hätte Gabriel den Zustand von Seefellners Körper gesehen, hätte er sich vermutlich an eine Performance von Hermann Nitsch erinnert gefühlt. Seefellner hatte bei dem Zusammenstoß mit dem Lastwagen eine schlimme Schädelquetschung erlitten. Außerdem hatte ihm der Lenker seines Bonanza-Rads die Bauchhöhle aufgerissen. Doch das größte Problem für die Ärzte war der enorme Blutverlust. Es sah nicht gut aus für ihn.

Felix war noch nie in Tschechien gewesen. Jetzt waren es noch zwanzig Kilometer bis zur Grenze. Da wandte sich Gabriel in ernstem Ton an ihn: »Schlechte Nachrichten.«

Felix, der eben erst angefangen hatte, sich zu entspannen, stöhnte: »Was ist los?«

»Wir müssen doch noch mal vor der Grenze raus. Jetzt muss ich aufs Klo.«

Als sie auf die Parkplätze zurollten, schlug Felix vor, bei diesem Stopp einzeln die Toilette aufzusuchen, damit immer einer das Auto mit der Leiche bewachen konnte. »Von mir aus«, sagte Gabriel, »bis gleich«.

Felix blieb sitzen und beobachtete, wie Gabriel einem spielenden Mädchen im Vorbeigehen durchs Haar strich. Das Kind trug ein pinkfarbenes Kleid und Gummistiefel, es sah putzig aus. Sein semmelblonder Pagenkopf erinnerte Felix an seine Nichte. Das Mädchen spielte mit einem Plastikstock, an dessen Ende ein Rad angebracht war. Wie man dieses Spielzeug wohl nannte? Felix warf einen Blick auf die Uhr im Cockpit des Autos. Gabriel ließ sich ganz schön Zeit. Das Mädchen rollte jetzt mit seinem Spielzeug direkt auf den Jaguar zu. Die Mutter stand rauchend an einem Bistrotisch und telefonierte aggressiv gestikulierend. Felix wunderte sich, wie wenig sich die junge Mutter um ihr Kind kümmerte. Plötzlich war das Mädchen mit dem Rollstock-Spielzeug verschwunden. Felix blickte sich nach rechts um und scannte den Bürgersteig. Weit und breit kein Kind. Er schaute in den Rückspiegel, aber auch da konnte er es nicht entdecken. Was war mit dem Mädchen passiert? Er drehte sich um, um direkt aus dem Rückfenster sehen zu können. Nichts. Kein Kind, keine Raststätte. Jetzt begriff er, was geschehen war. Der Schreck durchfuhr ihn wie ein Stromschlag: Die Klappe des Kofferraums stand offen. Was zur Hölle ...?

Sofort riss Felix die Autotür auf. Diese abrupte Bewegung ließ wiederum die noch immer telefonierende Mutter des Kindes aufschrecken. Auch sie hatte auf einmal realisiert, dass ihre Tochter verschwunden war. Felix umrundete mit einigen schnellen Schritten den Wagen und blieb wie versteinert stehen. Die Kleine in ihren Gummistiefeln versuchte, über die Stoßstange in den offenen Kofferraum des Jaguar zu klettern. Als sie Felix bemerkte, strahlte sie ihn an und streckte ihre Arme nach ihm aus.

»Bist du wahnsinnig?«, blaffte Felix das Kind an und schubste es zur Seite. Es begann zu weinen. Doch Felix hatte nur noch Augen für die Leiche. Das Ende des schwarzen Sacks, in dem Blanks Beine steckten, stand nach oben und ragte über den Kofferraumrand hinaus. Felix packte es und drückte es mit Gewalt nach unten. Aber der Körper war jetzt steifer als am Vormittag, er gab nicht nach. Und durch den Leichensack hindurch verströmte er den süßlichen Geruch des Todes. Es war ekelhaft. Die Mutter kam schnell näher. Sie hatte ihr Telefonat beendet. Felix war sich nicht sicher, was das Kind gesehen hatte.

Aber es war klar, dass die Mutter auf keinen Fall den Inhalt des Kofferraums sehen durfte. Um die Leiche mit Gewalt in den Wagen zu wuchten, war es zu spät. Kurz entschlossen packte Felix das Mädchen, nahm es auf den Arm und positionierte sich so vor dem Kofferraum, dass er die Seite, aus der Blanks Beine ragten, mit seinem Körper verdeckte. Das Kind hörte auf zu weinen. Inzwischen hatte die Mutter ihn erreicht und keifte los: »Lassen Sie sofort mein Kind los, sonst zeige ich Sie an!«

Felix, bemüht, sich möglichst breit zu machen, hielt ihr das Kind entgegen, aber das Mädchen sträubte sich. Es wollte gar nicht herunter von seinem Arm. Vielmehr begann es, mit seinem zerzausten Bart zu spielen. Da packte die Mutter es unter den Armen und entriss es ihm. Das Mädchen stieß einen Schrei aus, genauso wie Felix; das Kind hatte ihm einige Barthaare ausgerissen. Jetzt weinte es wieder. Felix spürte in seinem Rücken Blanks tote Füße.

»Sind Sie noch ganz normal?«, schnauzte ihn die Mutter an. Felix kam es so vor, als versuchte sie, an ihm vorbei in den Kofferraum zu spähen.

»Ich schlage vor, Sie passen das nächste Mal ein bisschen besser auf Ihre Tochter auf; das hier ist ein Rastplatz und kein Spielplatz!«

»Halt die Fresse, Waldschrat«, schrie die Mutter Felix ins Gesicht.

»Sachte, sachte.« Das war Gabriels Stimme. Felix hatte gar nicht bemerkt, wie sein Partner sich genähert hatte. Er trat zwischen Felix und die Mutter und kitzelte das Kind am Kinn. Das Mädchen lächelte. Die Mutter sah den gepflegten älteren Mann verstört an. »Na, du bist ja eine Süße«, gurrte Gabriel und sagte dann mit absolut glaubwürdiger, schmeichelnder Stimme zur Mutter:

»… und, wie ich sehe, ganz die Mutter.« Der Blick der Frau hellte sich auf. Felix spürte noch immer die Trekkingsandalen des Toten in seinem Rücken. Während Gabriel die Tochter mit einem Fingerspiel beschäftigte und die Mutter scheinbar mühelos in ein Gespräch verwickelte, dessen Details Felix nicht mitbekam, tat der geschickte Kunstberater einige Schritte und erreichte damit, dass die Frau sich auch drehte und nach und nach mit dem Rücken zum Jaguar stand. Als Felix sich sicher war, dass sie ihn aus dem Blick verloren hatte, drehte er sich um, packte die Füße der Leiche, rammte sie mit aller Kraft in den Kofferraum und donnerte die Klappe zu.

Als die beiden Männer wieder im Wagen saßen, meinte Gabriel: »Das mit dem Waldschrat stimmt übrigens.«

»Wie bitte?«, fragte Felix empört zurück.

»Na, du könntest dich wirklich mal rasieren. Wenn du mich fragst, schicken wir dich in Tschechien zum Barbier.«

»Schicken *wir* dich …«, grummelte Felix. Gabriel behandelte ihn wie einen Idioten. Dann sah er das Autobahnschild, das die Grenze ankündigte: zehn Kilometer. Er bekam eine Gänsehaut.

Vier

»Gabriel«, fragte Felix mit zitternder Stimme, »warum muss die Leiche eigentlich ausgerechnet nach Tschechien? Warum können wir nicht hier irgendwo in den Wald fahren und sie vergraben? Die findet hier doch kein Schwein …« Felix sah aus dem Fenster. Er musste sich selbst eingestehen, dass sein Vorschlag nur mittelmäßig überzeugend war.

»Lass mal, Felix.« Gabriel strich zärtlich über das lederbezogene Lenkrad. »Du bist gut in der Kreation von Kunst. Ich bin gut im Organisieren. Und alles andere soll Milan machen.« Der Kunstberater fuhr sich mit der Hand über die Haut zwischen Oberlippe und Nase. »Entsorgung ist ein Job, den man beherrschen muss. Das erfordert Fachkenntnis. Das muss ein Profi machen. Ich mag das – professionell arbeiten – mit Profis.« Er räusperte sich. »Deshalb bin ich erfolgreich.« Felix dachte an die Beine von Stefan Blanks Leiche, die vor den Augen des Mädchens aus dem Kofferraum geploppt waren, und fragte sich, was daran professionell gewesen sein sollte. Aber er erwiderte nichts auf Gabriels Profi-Gequatsche. Der startete jetzt mithilfe des Schalters am Lenkrad den CD-Spieler. Felix hatte keine Ahnung von Opern, aber so wie das klang, tippte er auf Wagner. Das Bombastische, das in dieser Musik mitschwang, bereitete ihm noch mehr Unwohlsein. Er grübelte eine Weile, dann entschloss er sich dazu, seinen Zweifeln Luft zu machen: »Aber die Grenze, Gabriel. Das ist doch nicht professionell – mit einer Leiche im Kofferraum über die Grenze fahren. Das ist doch einfach nur bescheuert!« Felix drehte seinen Oberkörper zu Gabriel und sah ihn eindringlich an. »Ganz ehrlich: Ich habe null Bock auf Knast. Das mit Blank war ein beschissener Unfall. Vielleicht wäre es wirklich schlauer …« Felix vollendete den Satz nicht. Er traute sich nicht auszusprechen, was er dachte: Dass es sogar in diesem Moment, obwohl schon alles geschehen war, vielleicht besser gewesen wäre, zur Polizei zu fahren und einfach die Wahrheit über Blanks Tod zu erzählen: Es war ein Unfall gewesen, ein tragisches Versehen. Vielleicht konnte Felix dann noch mit einem blauen Auge davonkommen. Aber würden die Polizisten nicht fragen, weshalb er einem harmlosen Journalisten mit einer Waffe entgegengetreten war? Würden sie nicht wissen wollen, warum sie sich gestritten hatten? Woher er die Waffe hatte? Im Handumdrehen würden die Ermittler herausfinden, dass Blank an der Enthüllung eines millionenschweren Kunstbetrugs gearbeitet hatte, in den Felix verwickelt war. Nein, ein Geständnis war keine Lösung. Felix war diesen Weg schon zu weit gegangen. Es gab kein Zurück.

Gabriel summte die Arie mit, er schien die Musik zu genießen.

Noch fünf Kilometer bis zur Grenze.

»Gabriel – wenn die Polizei mitbekommt, dass er tot ist«, Felix machte eine Handbewegung nach hinten, »dann dauert das doch maximal zwei Tage, bis die bei mir in der Werkstatt stehen. Mit ihren Scheißmethoden, ganz gleich wie toll du da geputzt hast, werden die Blutspuren oder irgendwelche anderen Beweise finden!«

Gabriel zog die Augenbrauen hoch und machte die Musik leiser. Er war sauer. »Felix! Ich habe dir eben erklärt, dass unsere Abmachung so aussieht, dass du dich um dein Geschäft kümmerst. Und ich mich um meines. Natürlich werden wir uns auch um all den Mist kümmern müssen, den Stefan Blank hinterlassen hat. Wir werden seine Wohnung, sein Büro, alles durchsuchen und sämtliche Spuren zu dir, die dieser Idiot hinterlassen hat, unauffällig verschwinden lassen. Deshalb darf diese ganze Aktion hier auch nur ein Kurztrip werden. Schnell und effektiv.«

Zwei Kilometer bis zur Grenze.

Gabriels Smartphone klingelte. Er angelte es aus der

Mittelkonsole, nahm den Anruf entgegen und hielt sich das Telefon ans linke Ohr. »Ja?«

»Äh, Gabriel, wir sind gleich an der Grenze«, raunte Felix dem Kunstberater zu. Schon wieder hatte er den widerlichen Verwesungsgeruch in der Nase. Gabriel schien davon nichts wahrzunehmen. Er machte eine ungeduldige Kopfbewegung und sagte zu seinem Gesprächspartner am anderen Ende der Leitung: »Ruhig, ganz ruhig: Ich habe dir erst letzte Woche tausend Euro gegeben.« Jetzt schien der andere etwas zu antworten, denn Gabriel schwieg. Dann sagte er bestimmt: »Du musst schon ein bisschen haushalten.«

Am Horizont tauchten jetzt die ersten Gebäude auf, die zum Grenzübergang gehörten. »Gabriel, da ist die Grenze. Du musst jetzt aufhören zu telefonieren ...«

Gabriel schüttelte den Kopf, aber es war nicht wegen Felix. »Darling, ich kann jetzt nicht gut ... Nein, es ist nur Felix ... wir fahren doch nur ... ich sage dir: Wir – fahren – doch – nur ... nach ...« Der andere schien ihn ständig zu unterbrechen. Felix erkannte jetzt die uniformierten Polizisten, die zwischen den Grenzgebäuden standen. Ein deutscher und drei tschechische. »Nein! Wir haben nichts miteinander ...« Gabriel warf Felix einen Seitenblick zu, es war der Versuch eines Lächelns. »Ja, verdammt. Es gibt für mich nur dich ...«

Felix zählte die Autos vor ihnen. Noch drei. Der Hyundai-Sportwagen und der Audi wurden durchgewunken. Der VW-Bus musste anhalten. Felix holte tief Luft und beobachtete, wie der Fahrer mit den Ausweisen durchs Fenster wedelte. Dann fuhr der Bus wieder an. In wenigen Sekunden wären sie dran. Gabriel stöhnte: »... das hat nichts mehr mit Liebe zu tun, verdammt! Du nimmst mich aus!«

Felix konnte es nicht fassen: Die Grenze kam, und Gabriel machte keine Anstalten, das Handy vom Ohr zu nehmen! Verzweifelt hielt Felix hielt seinen Ausweis an die Frontscheibe – sie hatten eine Leiche im Kofferraum und Gabriel telefonierte – es war …

Der deutsche Polizist winkte sie durch. Felix atmete auf. Gabriel bedankte sich mit einem Wink und fuhr an. Doch dann tat der Polizist einige Schritte in Fahrtrichtung. Anscheinend hatte er erst jetzt bemerkt, dass Gabriel ein Handy am Ohr hatte. Er rief den tschechischen Kollegen, die weiter vorn standen, etwas zu. Zwei Zöllner stellten sich dem Jaguar in den Weg, winkten ihn auf den Seitenstreifen.

Gabriel folgte der Aufforderung, sagte ins Telefon: »Darling, wir müssen das ein anderes Mal klären. Die halten uns gerade … Bleib dran. Wir sprechen gleich weiter, Darling. Bitte bleib dran, ja?« Hastig reichte er Felix das Handy. Der nahm es, aber er war unfähig zu denken. Gabriel fuhr die Scheibe ganz nach unten. Schon standen ein deutscher und ein tschechischer Polizist an der Fahrertür. Der Deutsche warf einen kritischen Blick in das Fahrzeug. Felix lächelte verkrampft. Es gab nichts zu lächeln. Sein Blick streifte Gabriel. Musste dieser langhaarige, ältere Mann nicht vollkommen unseriös und verdächtig auf die Zöllner wirken? Er selbst fühlte sich jedenfalls, als stünde auf seiner Stirn in großen, deutlich lesbaren Buchstaben geschrieben: »Ich bin ein Mörder. Die Leiche liegt im Kofferraum.«

»Die Ausweise bitte.« Der Gesichtsausdruck des deutschen Grenzers ließ keine Gemütsregung vermuten. Als steckte in seinem Arm eine Sprungfeder, streckte Felix den Ausweis an Gabriels Kopf vorbei dem Polizisten entgegen. Gabriel musste erst in den Innentaschen seines

Jacketts nach seinen Papieren suchen. Felix' ganzer Körper war steif vor Angst. Der deutsche Zöllner reichte die Ausweise an einen weiteren deutschen Kollegen weiter, sie wechselten einige gedämpfte Worte und der Kollege verschwand mit den Papieren in Richtung der betongrauen Grenzgebäude. Vor der Motorhaube standen noch immer die beiden Tschechen.

»Sie hatten eben ein Handy am Ohr«, sagte der Polizist.

Gabriel lächelte verlegen. Es sah glaubwürdig aus. Felix hörte ein Geräusch und blickte in seinen Schoß, wo das Smartphone lag. Gabriel hatte das Gespräch also nicht unterbrochen. Da schrie jemand nach ihm. Felix hätte gerne aufgelegt, aber er wagte es nicht, sich zu bewegen. Die Stimme schepperte abgehackt aus dem Telefon: »... endlich ... Gabriel, du ... al... Fickhengst ... aru... awo ... u... nicht?«

»Tja«, erwiderte Gabriel auf den Satz des Polizisten hin. »Da haben wir wohl einen Fehler gemacht ...« Gabriel sah den Beamten – nach einem kurzen Seitenblick zu Felix – unschuldig an. Aus dem Handy krakeelte noch immer leise, aber doch hörbar, das unverständliche Geschimpfe von Gabriels Lover, außerdem mischte sich jetzt auch Musik mit lauten Bässen in das Geschepper. »Aber ich bringe das sofort in Ordnung«, versicherte Gabriel. Er griff erneut in die Innentasche seines Sakkos und fischte eine Brieftasche hervor. »Ich bezahle das Bußgeld. Das ist es doch, was ich jetzt tun muss, oder?« Der Grenzer musterte ihn prüfend. Gabriel, noch immer die Unschuld in Person, sprach weiter: »Also, wenn ich jetzt alles gestehe und sofort und bar bezahle, können Sie dann meinen Süßen und mich ausnahmsweise ... noch mal ... durchwinken?« Er näherte sich dem Polizisten mit dem Kopf, flüsterte: »Es sind nämlich unsere

Flitterwochen ...«, und tätschelte mit der rechten Hand Felix' Oberschenkel. Felix war außerstande, irgendetwas zu tun, er fühlte sich wehrlos.

Der Polizist verzog angesichts von Gabriels affektiertem Gehabe das Gesicht. »Wo fahren Sie hin?«

Gabriel antwortete dem Polizisten erneut flüsternd und vollkommen frei von jeder Ironie: »Prag, die wunderbare ... die Moldau, Fluss der Liebe ... Mein Süßer hat es sich so gewünscht – wir residieren im U Raka Hotel in der Honeymoon Suite, für unser ... erstes Mal«, er gluckste, »... Sie wissen schon ...« Gabriel wartete kurz, um zu sehen, welche Wirkung die Worte im Gesicht des Grenzpolizisten hervorriefen. Der starrte Gabriel an und war offensichtlich unschlüssig, ob sich dieser unseriöse Langhaarige über ihn lustig machte oder ob er das alles ernst meinte. Da fragte Gabriel: »Sind Sie auch ... ich meine ... verheiratet?«

Der Polizist wirkte für einen Moment verdutzt, und so wagte es Felix, schnell einen Blick auf das Display von Gabriels Smartphone zu werfen und endlich aufzulegen.

Ohne auf Gabriels Frage einzugehen, entgegnete der Polizist: »Haben Sie irgendwelche zollpflichtigen Waren dabei?«

»Geht Sie das als deutscher Polizist denn etwas an? Ich meine, wir reisen hier doch nach Tschechien ein? Das ist dann doch wohl eher die Baustelle von Ihren süßen Kollegen?« Gabriel wandte den Kopf nach vorn und lächelte den beiden Tschechen vor der Motorhaube zu. Felix spürte ein Stechen in der Brust. Sein Partner war offensichtlich verrückt geworden. Tatsächlich verfinsterte sich jetzt auch der Blick des Polizisten, der gerade die beiden Ausweise von seinem aus dem Grenzgebäude zurückgekehrten Kollegen entgegennahm.

»Jetzt werden Sie mal nicht frech, ja!« Der Polizist fixierte Gabriel mit ernstem Blick. »Ich frage Sie noch einmal: Haben Sie zollpflichtige Waren dabei?«

»Waren? Ist eine Leiche denn eine Ware, hahahaha?« Der Kunstberater kicherte wie ein altes Huhn. Es war widerlich.

Das fand wohl auch der Polizist, er schüttelte den Kopf und reichte Gabriel die Ausweise. »Schönen Tag noch«, sagte er und bedeutete den beiden tschechischen Kollegen mit genervtem Blick, zur Seite zu treten.

Gabriel fuhr an. Felix hätte seinem Ärger gerne Luft gemacht. Aber er brachte kein Wort über die Lippen. Sein Körper war schwer und unbeweglich wie Blei.

Erst als sie den ersten vietnamesischen Gartenzwerg-Verkäufer und einige erbärmlich aussehende Straßennutten passiert hatten, gelang es Felix, sich aus seiner Schockstarre zu befreien und Gabriel von der Seite her anzusehen. Der Kunstberater hatte die Opernmusik, die die ganze Zeit leise im Hintergrund gelaufen war, wieder lauter gestellt, und seine Lippen umspielte ein triumphierendes Lächeln. Natürlich bemerkte er Felix' Blick. Und so sagte er mit einer Liebenswürdigkeit, als hätten sie eben mit zwei alten Damen eine Partie Bridge gespielt: »So, dann gib mir mal mein Handy, damit ich Hugo zurückrufen kann. Er ist ja vermutlich nicht mehr dran, oder?«

Ohne dass sich dieser Ausbruch nach seiner Angstlähmung durch eine Gefühlsregung angekündigt hätte, schrie Felix los: »Einen Scheiß wirst du tun! Du fährst jetzt da vorn auf den Parkplatz, und dann reden wir mal ein paar Takte!«

Weil Gabriel diese Ansage nicht ernst zu nehmen

schien, sondern weiterfuhr und Felix mit mitleidsvollen Seitenblicken bedachte, griff der ihm ins Lenkrad und zog nach rechts. Da Gabriel sich wehrte, kam es zu einem kurzen Gerangel, in dessen Verlauf der Kunstberater seinen Schützling »dummes Kind« und »Jüngelchen« nannte. Der Wagen geriet derart ins Schlingern, dass Gabriel schließlich doch klein beigab, die Geschwindigkeit drosselte und den Wagen an den Straßenrand lenkte. Als der Jaguar stillstand, stellte er den Motor ab und sah Felix spöttisch an. »Und nun? Hoppe, hoppe, Reiter?«

Felix, der durch das kurzzeitige Ringen etwas Wut abgebaut hatte, geriet sofort wieder in Rage. Ungestüm packte er Gabriel am Kragen. »Pass mal auf, du Arschloch«, schrie er ihn an. Gabriel, der durch den engen Kragen nur noch wenig Luft bekam, lief rot an. Felix versprühte einen feinen Spuckeregen, während er weiterbrüllte: »So was wie gerade eben lieferst du mir nie wieder, verstanden? Sonst leg ich dich um, ja? Genauso wie diesen verschissenen Journalisten!« Gabriel versuchte Felix von sich wegzuschieben. Aber Felix war stärker, er drückte den Kunstberater noch tiefer in den gepolsterten Fahrersitz hinein. »Ich glaub, du bist nicht ganz dicht, Mann! Klar war es ein Fehler von mir, dieser Schwachsinnsidee zuzustimmen, dass wir die Leiche über die Grenze fahren. Auf so einen Kack kann nur eine Tucke kommen, die sich von irgend so einem Zigeunerhobel nachts auf der Toilette ficken lässt. Aber dass du dann noch bei der Polizei so ein Theater abziehst – mit Telefonieren und dann noch dieser Spruch mit der Leiche! Ich glaube echt, du bist nicht ganz dicht ... oder bist du bis obenhin zugedröhnt, du verdammte Koksnase?« Felix schüttelte den Kopf, ließ Gabriel los und schubste ihn grob in seinen Sitz zurück. Da klopfte es ans Fenster. Felix fuhr herum.

Eine blondierte Nutte mit schlechter Haut und billigem Plastikminirock lächelte ihr bestes Verkaufslächeln. Ein Schneidezahn fehlte. »Oh nein«, stöhnte Felix und ließ die Scheibe runter.

»Woohlt ihr Liebe?«, fragte die Frau mit starkem osteuropäischem Akzent.

»Nein, verdammt«, blaffte Felix ihr entgegen. »Wir sind schwul und ficken nur Männer, Mann. Lass uns in Ruhe!«

»Ich mache euch zwei für dreißig Euro ohne Gummi.«

»Verpiss dich«, sagte Felix, fuhr die Scheibe wieder nach oben und befahl dem immer noch sichtlich beeindruckten Mann auf dem Fahrersitz: »Weiterfahren!«

Fünf

In Hinteröx war es Abend geworden. In der Dunkelheit näherte sich ein Damenrad dem Ambach'schen Hof. Die ehemalige Prostituierte Kelly Christ stand nach Seefellners Unfall, den sie aus nächster Nähe miterlebt hatte, noch immer unter Schock. Jetzt wollte sie herausfinden, was für Geschäfte der Dorftrottel und der Schreiner aus Hinteröx miteinander machten. Immerhin hatte Seefellner eine große Geldsumme von diesem Ambach erhalten. Aber wofür bloß? Legale Geschäfte konnten das wohl kaum gewesen sein, deshalb war da vielleicht auch für sie etwas zu holen. Spätestens seit sie mit dem Kleingangster Hans Bicker, den alle nur Bikini nannten, zusammen war, wusste die Zwanzigjährige mit den Silikonbrüsten, wie man mit ein wenig krimineller Energie und ohne allzu großes Risiko zu Geld kommen konnte. Mit Bikini hatte sie schon das eine oder andere Ding gedreht. Leider war ihr Lover gerade in Untersuchungshaft – und sie pleite. Kelly brauchte dringend Geld. Nachdem sie Seefellner Ambachs Adresse verraten hatte, war sie ihm gefolgt. Aber der Irre war so schnell mit seinem Bonanza-Rad davongeradelt, dass sie ihm mit dem klapprigen Damenrad kaum hinterhergekommen war. Dann war der schlimme Unfall passiert. Und jetzt lag Seefellner im Krankenhaus, und es war fraglich, ob er die Nacht überleben würde.

Kelly stellte ihr Fahrrad am Gartenzaun ab und beobachtete konzentriert das Wohnhaus. Nach etwa fünf Minuten war sie sich sicher, dass niemand zu Hause war. Kein Licht, keine Bewegung, keine Geräusche. Da das Gartentor abgeschlossen war, kletterte sie behände über den Zaun und näherte sich dem Gebäude. Überall bröckelte der Putz. Die Dachrinne hing nutzlos herab, der Lack an den Fensterläden war fast vollständig abgeblättert. Ob es hier wirklich etwas Wertvolles zu holen gab? Kelly zog am Knauf der Haustür. Sie war abgesperrt, und auch die Fenster waren verschlossen. Ohne Gewaltanwendung würde sie hier nicht hineinkommen. Werkzeug hatte sie auch keines dabei, aber vielleicht war ja die Werkstatt offen. Dort fand sich sicher ein Stück Draht oder vielleicht sogar ein Stemmeisen. Bikini hatte ihr beigebracht, wie man aus einer zu einem L gebogenen Fahrradspeiche einfache Schlösser knacken konnte. Das funktionierte auch mit einem Kleiderbügel aus Draht. Sie würde schon etwas Brauchbares finden.

Felix lag frisch geduscht und nackt auf seinem Hotelbett. Er war froh, nach den Strapazen endlich eine Tür hinter sich zu schließen und mit niemandem mehr reden zu müssen. Der Fernseher lief. In einem Werbekanal präsentierte ein Mittfünfziger-Pärchen die Vorzüge eines »sensationellen« Entsafters. Felix war zu erschöpft, um umzuschalten. Er öffnete die Flasche Wasser, die auf dem Nachtkästchen stand, und leerte sie in einem Zug.

Geschmack hatte Gabriel, das musste man ihm lassen. Das Hotel lag zwar etwas außerhalb, aber es hatte Charme und war stilvoll eingerichtet. Allerorten – in der Lobby, im Flur, im Zimmer – waren frische Blumen drapiert. In der Beschreibung stand, dass das Gebäude im 18. Jahrhundert erbaut worden war. Die neuen Besitzer hatten das Innenleben des Hauses an die Ansprüche der Gegenwart angepasst. In der Dusche stand man auf einem angenehm warmen Steinboden. Das Wasser rieselte nicht, wie bei Felix zu Hause, aus einem rostigen Duschkopf, sondern direkt aus der mit Edelstahl verkleideten Decke auf den Gast herab. Auch die Holzmöbel gefielen Felix. Das war kein billiges Pressspan-Mobiliar, sondern vom Schreiner eigens angefertigt.

Gabriel wohnte eine Etage über Felix. Sie hatten sich für 20.30 Uhr zum Essen im hoteleigenen Restaurant verabredet. Der Kunstberater hatte ausgiebig von dem Hotelkoch geschwärmt, der habe früher einmal in einem Sternelokal in London gearbeitet. Erstaunlich vorsichtig und höflich hatte er Felix gebeten, sich zum Abendessen ein gebügeltes Hemd und normale Schuhe anzuziehen. Mit seinem Wutausbruch hatte sich Felix offenbar Respekt verschafft. Er stand vor seinem Koffer. Gute Schuhe hatte er, ein gebügeltes Hemd nicht.

Auch die Tür zu Felix' Werkstatt war abgesperrt. Kelly fluchte leise. Zusätzlich zum Zylinderschloss sicherte ein stabiles Vorhängeschloss die Tür. Und ein weiterer Bolzen in der Mitte der Tür verwies auf die Existenz eines Panzerriegelschlosses im Inneren. Bikini hatte zeitweise bei einem Schlüsseldienst gejobbt, weshalb Kelly sich ebenfalls gut mit Türen auskannte. Von Bikini wusste sie auch, dass die eigentlichen Schwachstellen eines Hauses meist die Fenster waren.

Die Werkstatt hatte derer drei: ein kleines Fenster neben der Eingangstür, ein großes in der Seitenwand und ein weiteres kleines auf der Gebäuderückseite, das vermutlich zur Toilette gehörte. Alle drei Fenster waren mit Jalousien abgedunkelt, man konnte nicht ins Innere sehen. Kelly entschied sich für das kleine Fenster auf der Rückseite. Es schien das älteste zu sein und war seinem Aussehen nach jahrzehntelang Wind und Wetter ausgesetzt gewesen.

Kelly drückte sachte gegen den Fensterrahmen. Sie wollte allzu laute Geräusche vermeiden. Der rostige und dadurch verkürzte Haltebolzen am Boden des Fensters saß nur zwei Millimeter tief in der porösen Halterung. Immer wieder stieß der Bolzen gegen das Hindernis. Dann endlich hatte Kelly den richtigen Winkel für ihren Stoß gefunden. Lautlos schwang das Fenster auf.

Felix hielt inne. Er stand fertig angezogen in seinem Zimmer und starrte auf das Display seines Handys. Gerade hatte er es aus der Hosentasche gekramt und gesehen, dass Dana vor zehn Minuten versucht hatte, ihn zu erreichen. Da war er unter der Dusche gewesen. Am liebsten hätte er sofort zurückgerufen. Danas Stimme, ihr Lachen hätten ihn beruhigt. Vielleicht wäre er dann auch auf andere Gedanken gekommen. Aber was sollte er ihr von seinem Tag erzählen? Die Wahrheit? Sie kannten sich ja erst so kurz und waren frisch verliebt. Da war ein Bericht über die Entsorgung einer Leiche vielleicht nicht das richtige Gesprächsthema.

Felix entschied sich für eine SMS. Seine sehnigen Hände tippten auf das Display: »Vermisse dich, hoffe, der Workshop ist gut. Bei mir das Übliche. Kann jetzt nicht telefonieren, bin mit Gabriel in der Stadt auf einer Vernissage. Verrückter Vogel. Dicker Kuss, Felix.«

Keine zehn Sekunden später vibrierte sein auf lautlos gestelltes Handy. »Toll. Geht ihr zu Sprötz & Lafers? Da ist doch heute diese geile Rauminstallation mit dem Urwald im Atombunker?« Darauf folgten verschiedene Symbole, die Felix nicht verstand – er hatte sich mit Emoticons noch nicht befasst.

Mit ihrer Antwort hatte sie Felix kalt erwischt. Würde er einfach mit Ja antworten, dann würde er später Fragen zu einer Veranstaltung beantworten müssen, die er nicht besucht hatte. Aber wenn er jetzt einfach etwas erfand, flog er womöglich sofort auf. So oder so würde er lügen müssen. Also schrieb er: »Weiß noch nicht, wo wir hingehen. Aber mit Gabriel ist es ja nie langweilig. Freue mich schon, wenn du wieder zurück bist. Wilde Küsse, Felix.«

Kaum hatte Kelly es in die Werkstatt geschafft, durchwühlte sie das Werkzeug. Es war alles auffällig ordentlich sortiert, und es roch nach frischem Putzmittel. Ganz schöner Saubermann, dieser Schreiner, dachte sie. So hatte sie diesen Felix gar nicht eingeschätzt. Blöderweise fand sich kein Draht. In einer der Schubladen lagen Bleistiftzeichnungen von nackten Frauen. Gar nicht schlecht gemacht, wenngleich für ihren Geschmack ein bisschen zu abstrakt; und die Brüste waren auch nicht prall genug. Der hätte lieber mal sie malen sollen. Aber natürlich hatte nicht jede Frau die Kohle, um sich so schöne Titten wie ihre machen zu lassen. Auf dem Fensterbrett standen kleine geschnitzte Figuren, hauptsächlich Tiere, die Kelly ganz witzig fand, aber letztlich nicht weiter beachtete. Doch dann erspähte sie etwas Interessantes. Sofort durchquerte sie den Raum und stand kurz darauf vor dem Waschbecken neben dem Klofenster, durch das sie eingestiegen war. Die dreckigen Handtücher, die da hingen, beachtete sie nicht weiter. Aber dafür die Aufhängungen: Es waren zu Haken gebogene alte Kleiderbügel, die ihrerseits oben über dem schmutzigen Wasserrohr befestigt waren. Sie nahm einen der Haken ab. Dabei ging sie so vorsichtig vor, als handelte es sich um eine wertvolle chinesische Vase. Das Handtuch hängte sie über einen Nachbarhaken. Mit dem Draht bewaffnet kletterte sie vorsichtig durch das kleine Klofenster wieder ins Freie und zog es von außen zu. So war es zwar nicht verriegelt, sah aber verschlossen aus.

Gabriel und Felix saßen an einem der wenigen Tische im Restaurant. Der Gastraum war ein alter Gewölbekeller aus Ziegelsteinen, der von verschiedenfarbigen Lampions beleuchtet wurde. Der Tresen der großen Bar bestand aus oxydiertem Kupfer, die Tische waren allesamt alt und weiß lackiert. Das verlieh dem rustikalen Raum ein modernes Flair.

»Das musst du unbedingt probieren, Felix, das ist Kobe-Rind. Weißt du, was das ist?« Felix sah auf den fast leeren Teller, in dessen Mitte nur ein winziges rotes Stück Fleisch lag, und schüttelte den Kopf. »Das ist das beste Rindfleisch der Welt. Die Tiere kriegen Sake zu trinken und werden ihr Leben lang massiert. So wird das Fleisch unglaublich zart und bekommt eine Maserung, wie du sie noch nicht gesehen hast.«

»Schmeckt lecker«, meinte Felix müde. Nach den drei Vorspeisen und jeder Menge Brot mit salziger Butter war sein Blut schon lange in Regionen seines Magens abgetaucht, wo es dringender gebraucht wurde als in seinem Gehirn. Kurz überlegte er, ob er sich für seinen Wutausbruch bei Gabriel entschuldigen sollte, insbesondere weil sie morgen einen Profi für Leichenentsorgung treffen würden, aber er entschied sich dagegen. Es fühlte sich gut an, ein Partner auf Augenhöhe zu sein.

Mitten in der Nacht wurde Felix vom Klingeln seines Telefons geweckt. Er sah auf das Display, es war kurz nach drei. Als er Danas Namen las, fühlte er sich wie jemand, der gerade von seiner Freundin beim Fremdgehen erwischt wurde. Er hob ab.

»'Tschuldige, Felix, dass ich so spät noch anrufe. Aber ich vermisse dich.«

Danas Stimme klang leise und zärtlich. »Ist schon okay«, antwortete er einsilbig. Wieso war er bloß drangegangen? Wie gerne hätte er ehrlich mit ihr gesprochen, sie vielleicht sogar um ihren Rat gebeten, wie er aus seiner fatalen Lage herauskommen sollte, aber das ging natürlich nicht.

»Oh Felix, wenn dieser beschissene Workshop hier nicht so wichtig wäre, dann hätte ich den einfach abgesagt. Ich wäre jetzt viel lieber bei dir.« Dana flüsterte beinahe. Nach einer kurzen Pause fügte sie an: »Kannst du nicht schnell nach London fliegen, dann könnten wir hier zusammen kuscheln?«

Meinte sie das ernst? War sie bescheuert? Sie wusste

doch genau, dass er kein Geld hatte. Außerdem musste er erst diese Leiche loswerden. »Ich, nach London? Wie soll das denn bitte gehen? Ich bin doch …« Im letzten Augenblick stoppte er. Schlaftrunken wie er war, hätte er beinahe ausgeplaudert, dass er gerade in einem Hotelbett in Prag lag. Er beendete seinen Satz.

»… im Bett. Außerdem hab ich selbst … genug zu tun.« Jetzt schwieg Dana. »Hallo?«, fragte Felix unsicher. »Bist du noch dran?«

»Was ist mit dir denn heute los?« Danas Tonfall klang mit einem Mal nicht mehr so verliebt. Felix wurde schlagartig wach.

»Äh, nichts. Ich … das war nicht so gemeint, ich meine …«

»Vermisst du mich *gar* nicht?« Der in der Frage mitschwingende Vorwurf war nicht zu überhören.

»Doch, schon, aber …« Was sollte er jetzt sagen? Dass er andere Probleme hatte? Zum Beispiel eine Leiche, die verschwinden musste? Und eine perfekt gefälschte Kirchner-Skulptur voller Blutflecken, die dadurch unverkäuflich geworden war?

»Was, aber?«, hakte sie nach.

»Na ja, ich habe halt gerade viel um die Ohren … und es ist mitten in der Nacht und … ich muss bald schon wieder aufstehen.« Felix wusste, wenn er hier weiter so herumstöpselte, dann würde Dana sich so schnell aus seinem Leben verabschieden, wie sie gekommen war. Er wischte sich mit der Hand über die verschlafenen Augen, riss sich zusammen und sagte: »Pass auf, Dana, tut mir echt leid, dass ich dich gerade so angeschnauzt habe. Ich vermisse dich auch total. Aber ich war heute lange mit Gabriel unterwegs und bin erst vor zwei Stunden heimgekommen.«

»Und wie war die Veranstaltung, wo wart ihr?«, fragte Dana – jetzt eher neugierig als bissig.

»Wir sind gar nicht gefahren, wir haben uns gestritten. Aber das erzähl ich dir lieber morgen in Ruhe. Ich muss jetzt schlafen, weil morgen ein wichtiger Job auf mich wartet. Und in der Früh muss ich noch zum Wertstoffhof, ich hab ein bisschen in der Werkstatt aufgeräumt.«

Dana wirkte erleichtert. »Deine Werkstatt …«, sagte sie und hörte sich dabei fast ein wenig verträumt an, »die will ich dann übrigens auch bald mal sehen. Interessiert mich echt, wie das aussieht, wenn du aus Holz … was zauberst. Aber okay …« Sie gähnte unglaublich süß. »Dann schlaf jetzt mal gut. Ich küsse dich.«

»Ich dich auch«, erwiderte Felix. »Schlaf gut«, hauchte er. Er war erleichtert. Kaum hatte er das Handy auf dem Nachttischchen abgelegt, tauchte schon wieder das Bild von Blank vor seinem inneren Auge auf. Seinen überraschten Gesichtsausdruck, als ihn die Kugel traf, konnte Felix nicht vergessen. Wie ein Kind in einem Eisladen, das ungläubig auf die riesige Auswahl in der Vitrine blickte, hatte er ihn angeglotzt. Und jetzt moderte er im Auto vor sich hin. Felix hasste diese stinkende Leiche. Sie musste weg.

Sechs

Felix hatte nichts gefrühstückt. Er rauchte Kette. Gabriel saß am Steuer und hatte ihn auf der Fahrt kurz gebrieft, wie er sich zu verhalten hätte. Felix hatte aufmerksam zugehört, bemerkte jedoch in dem Moment, als ihr Wagen auf das verwinkelte Gelände eines Schrottplatzes fuhr, dass er fast alles wieder vergessen hatte. »Das Reden übernehme ich« und »Bleib von den Hunden weg, die sind unberechenbar« waren die einzigen Punkte, an die er sich erinnerte. Der Wagen passierte Schornsteine, alte Autos, jede Menge verbeulter Container aus Wellblech, Industriebaracken. Vor einer großen Lagerhalle stand ein Mann mit einem Hund, dessen eckiger Kopf ein Stück über die Hüfte seines Besitzers reichte. Die Dogge schaute gelangweilt in eine andere Richtung. Im Hintergrund stieg schwarzer Qualm auf.

Milan Petrovic trug schwarz. Unter seinem kurzärmeligen T-Shirt zeichneten sich Muskelberge ab; einzig ein Bauchansatz deutete an, dass der Mann nicht seine gesamte Zeit im Fitnessstudio verbrachte. Seine Beine steckten in engen schwarzen Jeans, die Füße in schwarzen Turnschuhen. Im Kosovo-Krieg hatte er als Söldner gekämpft und sich bei dieser Gelegenheit nützliches Wissen darüber angeeignet, wie man Menschen auf unnatürliche Weise aus dem Leben scheiden lassen konnte. Seit er sich erinnern konnte, war er fasziniert von Gewalt. Schon als Kind hatte er Hasen, Hühnern und Katzen bei lebendigem Leib Gliedmaßen abgetrennt, um zu sehen, was dies mit den kleinen Tieren machte. Nur Hunden hatte Milan niemals ein Leid angetan, und das war bis heute so geblieben. Er liebte Hunde.

Gabriel parkte den Jaguar wenige Meter von Milan entfernt zwischen einer Handvoll verrosteter Metalltonnen. Ob sich darin auch Leichen verbargen? Felix glaubte auf dem Gelände überall ideale Verstecke für getötete Menschen zu erblicken. Gabriel stieg zuerst aus, Felix folgte kurz darauf. Milan sah zu ihnen hinüber, spuckte auf den Boden und gab seiner Dogge einen

Befehl auf Tschechisch. Das einzige Wort, das Felix eindeutig verstand, war »Hulk«. Anscheinend war der kalbsgroße, schwarz-weiß gefleckte Hund nach Hulk Hogan, dem Wrestler, benannt. Weiter hinten, aus der Ecke mit den noch nicht zerlegten Schrottfahrzeugen, hörte Felix das aggressive Gebell weiterer Hunde. Milan hielt einen ganzen Zwinger voller Kampfhunde. Der Schrotthändler liebte sie so sehr, dass er an sie dasselbe Fleisch verfütterte, das er selbst aß. Heute aber hatte Milan wegen der Hunde schlechte Laune: Einer seiner besten war beim Kampf in der vergangenen Nacht schwer verletzt worden – ein Biss in die Halsschlagader – und lag beim besten Veterinär von Prag, verkabelt mit vier Schläuchen, die ihn mit Kochsalzlösung, Sauerstoff, einem starken Antibiotikum, Mineralstoffen, Vitaminen und anderen Wohltaten versorgten; sie sollten sein Leben retten. Aber es sah schlecht aus für Undertaker, den Staffordshire Terrier, der bis gestern jeden Kampf gewonnen hatte.

Milan hatte noch immer kein Wort gesprochen, obwohl Gabriel und Felix schon fast vor ihm standen. Er warf einen prüfenden Blick auf die Submariner-Rolex an seinem Handgelenk. Kaum merklich nickte er. Immerhin war Gabriel pünktlich. Milan legte Wert auf Pünktlichkeit. Und auf gepflegte Hände. Seit er herausgefunden hatte, dass Frauen mit Stil sich lieber von manikürten Händen massieren ließen, besuchte er alle zwei Wochen ein Kosmetikstudio. Er tat dies heimlich, weil er sich nicht sicher war, ob seine Kameraden aus dem Krieg, die Jungs vom Bodybuildingcenter und die anderen Kampfhundebesitzer, mit denen er seine Freizeit verbrachte, ausreichend Sensibilität für derartige Feinheiten besaßen.

Der Muskelberg nickte Gabriel zu. Felix beachtete er gar nicht. Auch als Gabriel sagte: »Ahoj, Milan. Das ist Felix, mein Partner«, würdigte ihn der Leichenentsorger keines Blicks. Felix fiel es schwer, nicht zu grüßen, aber er hielt sich an Gabriels Anweisung, das Reden ihm zu überlassen. Zwar schien sich Milan nicht für ihn zu interessieren, dafür allerdings seine Dogge umso mehr. Sie blieb ruhig, starrte ihn jedoch herausfordernd an. Der Kopf der Dogge reichte Felix bis weit über den Bauchnabel.

»Ihr pünktlich, gut. Milan schlechte Laune«, radebrechte der Schrotthändler in gebrochenem Deutsch. »Wo ist?«

Felix studierte die Gesichtszüge des Mannes. Seine Haut war künstlich gebräunt und übersät mit kleinen Pickeln. Die Hautunreinheiten in Kombination mit den unnatürlich aufgepumpten Oberarmen und Brustmuskeln deuteten auf den Gebrauch von synthetischem Eiweiß hin.

»Im Kofferraum«, antwortete Gabriel.

Ohne zu zögern machte Milan einige entschlossene Schritte zum Jaguar. Als der Tscheche die Kofferraumklappe öffnete, schnellten Blanks Beine erneut nach draußen, wie eine zu lange eingesperrte Katze, die beim Öffnen der Haustür durch den kleinsten Türspalt ins Freie schoss.

Obwohl Felix sich darauf eingestellt hatte, dass genau dies wieder passieren würde, schrak er doch zusammen. War dieser lästige Journalist denn nicht totzukriegen? Kaum stand die Klappe offen, wehte ihnen ein süßlich-dumpfer Geruch entgegen, was Milan jedoch nicht zu stören schien. Er schlug kurz gegen den Plastiksack mit der Leiche, blickte wieder zurück zu Gabriel und sagte:

»Gut, dann wir Kaffee. Komm!« Ohne eine Reaktion abzuwarten, ging er in Richtung Baracke. Gabriel schaute kurz zu Felix und zeigte ihm an, dass er draußen warten solle. Auch die Dogge machte keine Anstalten, den beiden Männern zu folgen. Felix verstand: Er stand offenbar auf einer Stufe mit einem Wachhund. Hulk kam jetzt näher und beschnupperte ihn. Er spürte den warmen Atem der Dogge. Das Maul des Tiers war riesig. Felix traute ihm ohne Weiteres zu, dass es in der Lage war, seinen Unterarmknochen mit einem einzigen Biss zu zermalmen. Er beobachtete jede Bewegung der Dogge. Der Hund schien dies zu spüren und hob den Kopf. Ihre Blicke kreuzten sich. Hulk knurrte. Aus der Baracke drang ein scharrendes Geräusch, offenbar vom Verrücken eines Stuhls. Das Knurren machte Felix nervös. Als er noch ein Kind war, hatte seine Mutter immer zu ihm gesagt: »Vor Hunden darfst du nie Angst zeigen.« Felix riss sich also zusammen, hob behutsam seine Hand und legte sie sanft auf Hulks Kopf. Sofort wurde das Knurren lauter. In den Augen des Hundes lag etwas Feindseliges. Dennoch strich Felix über den knochigen Schädel und sagte: »Ganz ein Braver … bist du.« Der Hund unterbrach sein Knurren und verfiel in ein knatschiges Winseln. »Wir sind Freunde, okay?«, sprach Felix ruhig weiter. Wen wollte er hier eigentlich beruhigen? Den Hund oder sich selbst? Hulk wandte den Blick von ihm ab und leckte sich die Lefzen. »Ich gehe jetzt auch da rein – und du bleibst ganz ruhig, ja, ganz ruhig bleibst du …? Du kannst mitkommen – oder hierbleiben …« Felix gab sich Mühe, selbstbewusst zu klingen. Leicht zitternd nahm er die Hand von Hulks Schädel und setzte sich in Bewegung. Der Hund winselte und blieb so dicht an seiner Seite, dass sie sich fast berührten. Felix öffnete behutsam die

Tür zu dem großen Gebäude. Drinnen sah es aus wie in einer klassischen Autowerkstatt: Hebebühne, Werkzeugwagen, Kompressoren, Montage-Graben, alles da. Trotzdem wirkte der Ort auf ihn bedrohlich – wahrscheinlich, weil er wusste, dass hier Leichen entsorgt wurden.

Felix blickte sich suchend um und entdeckte Gabriel und Milan im hinteren Teil der Werkstatt. Durch ein Fenster, das wegen einer schiefen, halb verschlossenen Jalousie kaum Licht durchließ, konnte er sie im Büro sehen. Hulk war noch immer neben ihm. Kurz bevor sie Milans Büro erreichten, ließ das Tier einen lauten Furz. Der Köter sah sich zu Felix um. War da wirklich Unsicherheit im Blick dieses Riesentiers? Felix war zu angespannt, um die Situation lustig zu finden. Als er die Hand auf die Türklinke zum Büro legte, knurrte der Hund plötzlich wieder. Und als Felix die Tür aufzog, bellte die Bestie wie wild los. Die feinen Härchen auf Felix' Unteramen stellten sich auf. So schnell er konnte, betrat er Milans Büro. Der Hund folgte ihm, tief und kehlig bellend, er ließ ihm nur etwa dreißig Zentimeter Vorsprung.

Milan, der gerade an einer Filterkaffeemaschine hantierte, wandte sich Felix und der Dogge zu, lachte rasselnd wie ein alter Kühlschrank und sagte mehrere unverständliche Worte auf Tschechisch. Der Hund hörte sofort auf zu bellen, winselte und legte sich auf das abgewetzte rote Sofa, das an einem niedrigen Couchtisch stand. Milan schenkte Felix zum ersten Mal einen direkten Blick. Der achtete darauf, genau wie vorhin bei Hulk, den Blickkontakt nicht zu lange zu halten. Er wollte Milan nicht provozieren. Felix blieb stehen, wo er war, und schaute sich um. In dem Raum stand noch eine weitere Couch, zu der drei schmuddelig braune Ledersessel gehörten. Die Kaffeemaschine, an der Milan hantierte, war auf einem hüfthohen Aktenschrank untergebracht. Daneben, mit Fensterblick auf den Vorplatz, wo der Jaguar – noch immer mit offener Kofferraumklappe – geparkt war, stand ein Bürotisch im Kolonialstil aus dunklem Teakholz. Auf der dem Schreibtisch gegenüberliegenden Wand hing ein riesiger Flatscreen, auf dem eine Börsensendung lief. Der Ton war fast abgedreht. Die Ausführungen des Börsenexperten waren nur als leises Murmeln zu vernehmen. An einer weiteren Wand stand ein Schrank, der bis zur Decke reichte, daneben hing ein großes, modernes Gemälde in kühlen Pastellfarben – vorwiegend hellblau, hellrot, hellgrün –, das eine nackte Blondine auf einem Liegestuhl an einem Pool zeigte. Die Frau hielt einen gelben Drink mit Strohhalm in der Hand. Felix empfand die Szenerie als künstlich und extrem kitschig. Gabriel lehnte am Schreibtisch. Es wirkte so, als wechselte er, da nun auch Felix im Raum war, das Thema: »Es ist wirklich schön, dich mal wieder zu sehen, Milan. Wie laufen die Geschäfte?«

»Scheiß«, murrte der Schrotthändler und erzählte von seinem Missgeschick beim Hundekampf. »Viel Geld am Arsch, wenn Undertaker stirbt. Richtig Scheiß.«

»Dann kommt dir unser Job vielleicht doch ganz gelegen …« Felix spürte, wie sehr Gabriel sich um eine angenehme Gesprächssituation bemühte. Milan strahlte dieselbe Gefahr aus, wie ein angeschossener Pitbull auf dem Kinderspielplatz.

»Ja? Meinst du wohl?«, blaffte Milan zurück.

»Ich habe das Geld dabei«, erwiderte Gabriel und zog ein zusammengefaltetes, längliches Kuvert aus der linken Seitentasche seines Sakkos.

»Wie viel?«

»Fünftausend, wie beim letzten Mal«, erklärte Gabriel.

Milan wirkte nicht sehr begeistert. Aber vielleicht war das alles nur Masche. Felix warf einen Blick auf die Dogge auf dem Sofa, sie schaute zurück und knurrte. Schnell blickte er zu Milan, der seinerseits Gabriel ansah und mit einem Kopfnicken in Richtung Jaguar fragte: »Wer ist Mann in Sack?«

»Nur ein Journalist«, erwiderte Gabriel mit einem Tonfall, als handelte es sich bei Stefan Blank um eine Tüte Biomüll.

Doch Milan sah das offensichtlich anders. »Journalist?« Er hob die Augenbrauen. Während er weiter an der Kaffeemaschine hantierte, ergänzte er: »Journalist kostet doppelt.«

Für einen Moment entgleisten Gabriels Gesichtszüge. Aber er hatte sich sofort wieder im Griff. »Das wäre ja ganz was Neues! Wie kommst du denn darauf?«

Ohne den Blick zu heben, meinte Milan: »Journalist wichtig. Kostet doppelt. Außerdem Inflation.« Jetzt nickte er in Richtung Börsenfernsehen, wo gerade ein Mann mit Krawatte über die Verwerfungen am chinesischen Aktienmarkt dozierte.

Gabriel schüttelte ungläubig den Kopf. »Das ist kein wichtiger Journalist, Milan, nur ein harmloser Typ, den sowieso niemand vermisst …«

Ehe er weitersprechen konnte, unterbrach ihn Milan. »Warum du ihn dann tot gemacht?«

»Ich habe ihn nicht umgebracht – das war er«, Gabriel nickte zu Felix hinüber, »außerdem war es ein Unfall.«

Milan zuckte mit den Schultern. »Zehntausend! Mein Preis.« Die Kaffeemaschine blubberte. Hulk furzte erneut. Die üble Stinkbombe tauchte den Raum in penetranten Schwefelgeruch.

Gabriel überging die Störung einfach: »Milan, du bist doch ein Geschäftsmann! Du musst doch auch kalkulieren. Du musst doch verstehen, dass ich nicht plötzlich für denselben Service wie neulich auf einmal das Doppelte bezahlen kann. – Zehntausend ... das ist nicht im Budget ... Das ist einfach nicht drin ...« Gabriel wirkte hilflos.

»Er hat gekillt? – Wer ist er?« Milan musterte Felix misstrauisch. Felix hätte gerne gesagt, dass er niemanden gekillt hatte; dass er kein Killer war; aber er erinnerte sich an Gabriels Anweisung.

Dieser entgegnete prompt: »Mein Partner. Felix. Ein Künstler, unschuldig. Das mit der Leiche war ein Unfall. Ein dummer Unfall. Nichts Großes. Deshalb zahl ich dir gerne fünftausend, wie immer.« Felix runzelte die Stirn. War es professionell, hier zu erwähnen, dass er Künstler war? Gabriel sprach weiter: »Fünftausend, Milan. Das ist 'ne Menge Kohle, leicht verdient. Und du machst einfach, was du immer machst. Deckel auf, Säure drüber, fertig ...«

»Wenn so leicht, du machst selber«, sagte Milan mit scheinbar völlig gelangweilter Stimme, ging zu seinem Schreibtisch, setzte sich auf den Stuhl und schaute hinaus auf den Vorplatz. Felix schwitzte unter den Achseln, sein Hemd klebte an der Innenseite seiner Oberarme. Gabriel war ein Vollidiot. Waren sie das Risiko eingegangen, mit einer Leiche über die Grenze zu fahren, nur um sich von einem pickeligen Schrotthändlerarsch derart erpressen zu lassen? Zum ersten Mal wurde ihm bewusst, dass das ganze Profi-Gehabe, das Gabriel abzog, auf Sand gebaut war. Was sollte dieses Geschacher? Wenn eine

Leiche verschwinden musste, dann kostete das etwas. Und im Zweifel kostete es eben so viel, wie der Typ, der den Job machen sollte, aufrief. Der saß hier doch eindeutig am längeren Hebel. Oder konnte Gabriel sich die ganze Nummer am Ende gar nicht leisten? Felix erinnerte sich an das Telefonat mit Hugo. Gabriels Lover lag ihm anscheinend auf der Tasche. Vielleicht hatte der charismatische Kunsthändler gar nicht so viele Reserven, wie er Felix immer weismachen wollte.

Sicher wäre Felix seinen dunklen Gedanken noch weiter gefolgt, hätte nicht Gabriel plötzlich etwas völlig Unerwartetes gesagt: »Gut, dann nehmen wir ihn eben wieder mit.« Ein Ruck ging durch Felix' Körper. Er starrte seinen Partner an. Unmöglich, dass Gabriel das ernst meinte. Aber dieser hatte schon die Kaffeetasse auf den Tisch geknallt, sich umgedreht und war in Richtung Tür unterwegs. Kaum hatte er die Hand nach der Klinke gestreckt, meinte Milan beiläufig: »Ah, Polizei.« Felix hielt das im ersten Moment für einen schlechten Scherz, doch er wurde unverzüglich eines Besseren belehrt. Auf den Vorplatz bog gerade langsam ein tschechisches Polizeiauto ein. Gemächlich wie ein U-Boot auf Schleichfahrt passierte der silberne Skoda Yeti mit der blaugelben Lackierung den Jaguar mit der offenen Heckklappe und hielt direkt vor dem Fenster, aus dem Milan nach draußen blickte.

Gabriel nahm die Hand von der Klinke und trat zurück in die Mitte des Raums. Mit vor Zorn gerötetem Gesicht presste er hervor: »Was soll das, Milan? Willst du mich verarschen?«

»Verarschen? Wieso? Polizei macht Routinekontrolle.« Der Schrotthändler schien kein bisschen nervös. »Nimm Plastiksack wieder mit und alles gut.«

»Bist du wahnsinnig? Was machen wir denn jetzt ... mit den Bullen?« In Gabriels Worte mischte sich plötzlich Hektik, ein Hauch von Angst.

Milan lächelte ihn an, hob die Schultern und entgegnete in naivem Tonfall: »Wir? Was du machen ist Frage. Dein Auto. Dein Plastiksack. Dein Problem. Keine zehntausend – kein Milan hilft, ganz einfach.«

»Okay, okay, okay ...« Während Felix gerne aufs Klo gegangen wäre, weil sein Magen rebellierte, hörte er den sonst so souveränen Gabriel zum ersten Mal, seit er ihn kennengelernt hatte, stammeln: »... wir ... wir kommen dir entgegen ... wir ...«, Gabriel schien mit sich zu ringen, »Milan ... siebenfünf.«

Die Türen des Polizeiwagens schlugen zu, Schritte knirschten im Kies. Die Stahltür der Werkstatt öffnete sich. Zwei Uniformierte schlenderten gemächlich durch die Halle und auf das Büro zu. Die Dogge hob den Kopf.

Milan ging zum Fenster, zog die Jalousie hoch und winkte einen Gruß durchs Fenster. Zu Gabriel sagte er: »Zehntausend ist letztes Angebot. Denk mal, Gabriel: Es ist Leiche von Journalist! Journalist bedeutet fast wie Politiker!«

Felix verstand nichts mehr: Warum zögerte Gabriel denn noch? Die Bullen waren nur noch wenige Meter von ihnen entfernt! Es galt hier und jetzt, alle Hebel in Bewegung zu setzen. Wäre es nach ihm gegangen, Felix hätte auch hunderttausend gezahlt. Er wollte nicht in einen tschechischen Knast einfahren. Ohne Milans Hilfe waren sie hier geliefert.

Die Polizisten waren nun direkt vor der Tür zu hören. Sie unterhielten sich gedämpft, lachten leise. Endlich lenkte Gabriel zerknirscht ein: »Also gut, dann zehntausend.«

»Gut, zehntausend«, sagte Milan. Er streckte Gabriel die Hand entgegen, Gabriel schlug ein – da klopfte es bereits, und die Tür ging auf. Die Dogge sprang vom Sofa auf, aber ehe sie zu bellen ansetzte, befahl Milan ihr, sich wieder auf das Sofa zu legen. Die Polizisten grüßten Milan mit Handschlag und »Ahoj«. Es wirkte kumpelhaft. Als sie Felix und Gabriel sahen, schoben sie ein eher formell klingendes »Dobré ráno« hinterher. Felix lauschte dem folgenden Wortwechsel in höchster Anspannung. Er verstand kein Wort. Immerhin hörte sich der Tonfall der drei Tschechen einigermaßen freundschaftlich an. Milan schien die Beamten zu kennen. Nach einigen Minuten Palavers zog er eine Schreibtischschublade auf, nahm zwei kleine Plastikschatullen heraus, die aussahen wie Uhrenverpackungen, und reichte sie den Polizisten. Die schienen sich zu bedanken, salutierten nachlässig und verließen das Büro wieder. Felix sah aus dem Fenster nach draußen. Die beiden Polizisten lachten und stiegen zurück in den Streifenwagen. Dann wendeten sie und fuhren vom Hof. Den Jaguar mit dem offenen Kofferraum würdigten sie keines Blickes. So einfach war das. Felix beschlich das starke Gefühl, dass er und Gabriel hier gerade gehörig über den Tisch gezogen worden waren. Aber das war ihm immer noch lieber, als in einer tschechischen Gefängniszelle zu vermodern.

Gabriel hatte das ganze Geschehen schweigend und mit Pokerface verfolgt. Sein Gesichtsausdruck ließ nicht erkennen, ob auch er den Auftritt der Polizisten für eine von Milan eingefädelte Inszenierung hielt. Jetzt zog er das Kuvert mit dem Geld, das er zwischendurch in seiner Tasche hatte verschwinden lassen, wieder hervor und legte es mit Bedacht vor Milan auf den Schreibtisch.

»Hier sind fünftausend. Die restlichen fünftausend bekommst du nächste Woche per PayPal.«

»Die restlichen fünftausend ich bekomme heute.« Milans Stimme klang nun hart. Es schien für ihn nichts mehr zu diskutieren zu geben.

Felix' Magen knurrte. Das ausgelassene Frühstück rächte sich jetzt. Hatte Gabriel überhaupt genug Geld dabei? Felix wusste nicht, was sein Partner geplant hatte, aber dessen nächster Zug überraschte ihn dann doch vollkommen: Plötzlich hielt Gabriel eine sehr kleine Pistole in der Hand – sie sah aus wie ein Damenrevolver –, machte zwei rasche Schritte zum roten Sofa und zielte auf den Kopf der Dogge. Draußen ertönte vereinzelt das Bellen der Kampfhunde, doch im Büro war es mit einem Mal still wie auf einem Friedhof. Nur die Börsennachrichten legten sich wie ein synthetischer Flokati über die Stille.

»Ich habe jetzt die Schnauze voll, Milan«, sagte Gabriel mit schneidender Stimme. »Du hast uns gelinkt. Schöne Show von deinen Bullenfreunden …« Gabriel entsicherte die Derringer.

»Bitte lass … Hulk Hogan … aus Spiel.« Milans Stimme hatte etwas Flehendes angenommen. Der Hund schnüffelte interessiert in Gabriels Richtung und starrte auf die Pistole.

»Wenn der Scheißhund sich nur einen Millimeter rührt, dann kannst du ihn gleich mitsamt dem Journalisten entsorgen.« Gabriel hatte sich selbst jetzt wieder völlig unter Kontrolle. Jedes seiner Worte klang wie ein Versprechen. Er war bereit, den Hund töten, so viel war sicher. Milan sagte etwas Beruhigendes zu der Dogge, woraufhin sie einmal bellte und dann entspannt den Kopf auf die riesenhaften Pfoten legte.

Die Waffe noch immer auf den Hund gerichtet, erklärte Gabriel mit kalter Stimme: »So, mein Freund, jetzt pass mal gut auf. Im Gegensatz zu dir halte ich mich an meine Abmachungen. Also: Es bleibt bei den zehntausend, trotz deiner linken Bullenshow. Aber gut, ich habe gesagt zehntausend, ich habe eingeschlagen, und du bekommst die zehntausend.« Gabriel fuhr sich mit der Zunge über die Lippen. »Aber bezahlt wird ab jetzt komplett per PayPal. Nächste Woche. Die ganze Summe. Und jetzt mach endlich deinen Job, verdammt! Wir haben nicht die ganze Woche Zeit.« Blitzschnell hob er den Arm mit der Pistole, richtete sie auf das Gemälde mit der Nackten am Pool und feuerte einen Schuss ab, der die Leinwand genau dort zerriss, wo vorher die Scham der Frau zu sehen gewesen war. Kein Zufallstreffer. Felix war beeindruckt. Dann wandte sich Gabriel Milans Schreibtisch zu, griff sich den Umschlag mit dem Geld und steckte ihn ein. Dann nahm er sich seine Kaffeetasse, ging zur Maschine, schenkte sich seelenruhig ein und sagte im Plauderton: »Der Kaffee ist vorzüglich. Nimmst du deinen mit oder ohne Zucker, Felix?«

»Ich geh mal kurz raus«, erwiderte dieser und verließ den Raum, ohne sich um Hulk Hogan zu scheren. Dieser Wahnsinn auf nüchternen Magen hatte denselben Effekt, wie besoffen Kettenkarussell zu fahren. Felix musste sich zusammenreißen. Zum ersten Mal wünschte er sich die Pistole herbei, die Gabriel ihm damals ›für alle Fälle‹ gegeben hatte.

Wenig später verließen auch die beiden anderen die alte Werkstatt. Gabriel bedeutete Felix, Milan zu Fuß zu folgen, und setzte sich selbst ans Steuer des Jaguar. Während des kleinen Spaziergangs über das weitläufige Gelände taxierte Milan Felix mit seinen kleinen Augen.

Plötzlich blieb er stehen, lächelte ihn an und sagte: »Ich mag Gabriel, er ist Profi.« Felix warf einen zweifelnden Blick auf seinen Partner, der im Schritttempo hinter ihnen herfuhr. Dann nickte er halbherzig. Er hatte kein gutes Gefühl.

Zwischen meterhohen Bergen ausgeschlachteter Autos bog Milan ab. Sie näherten sich einer Säule aus dichtem, schwarzem Qualm, die von einem Haufen vor sich hin schmorender Autoreifen aufstieg. »Recycling«, erklärte Milan und grinste Felix an. Hinter dem Qualm, auf dem abgelegensten Teil des Schrottplatzes, kamen einige Container ins Sichtfeld. Milan ging zielstrebig auf einen orangefarbenen, stark verrosteten Schiffscontainer mit verblichener dunkelblauer Aufschrift zu und öffnete die Flügeltüren. Gabriel war bereits ausgestiegen. Zu dritt betraten sie den Container. Felix war überrascht, dass in dem verwahrlosten Gehäuse eine topmoderne Maschine stand. Das Gerät aus Edelstahl erinnerte an eine riesige Waschmaschine oder einen Kernspintomografen. Hinter der runden Öffnung war eine etwa zwei Meter lange Pritsche zu erkennen.

»Neue Technik. Modern«, erläuterte Milan stolz. Sogar Gabriel wirkte überrascht. »Resomator. Hat mich gekostet Vermögen. Aber ist besser als altes Methode mit Kalk. Journalist rein – und in drei Stunden weg. Nur noch flüssig und braun, kannst du kippen Journalist in Klo. Nur drei Stunden. Nix Spuren, nix DNA.«

»Reso-was?« Davon hatte Felix noch nie etwas gehört. Wenn das stimmte, was Milan da behauptete, dann würde es demnächst öfter perfekte Verbrechen geben.

Gabriel klatschte beeindruckt in die Hände. »Na, dann mal los, Jungs.« Es war absurd, aber der Kunstberater wirkte mit einem Mal fröhlich, und auch Milan schien die Auseinandersetzung von gerade eben völlig vergessen zu haben.

Sie traten wieder nach draußen. Milan und Felix packten den glatten schwarzen Plastiksack und hoben ihn aus dem Wagen. Felix musste die Luft anhalten, so ekelhaft fand er den Gestank. Er versuchte, sich mit dem Ellbogen die Nase zuzuhalten, verlor aber dadurch den Griff, und der stinkende Leichensack fiel auf den staubigen Boden. Dabei entstand ein scheußlich knackendes Geräusch. Nun half auch Gabriel widerwillig mit. Zu dritt gelang es ihnen, den toten Journalisten durch die Tür des Containers zu bugsieren und auf das polierte Metallmöbel – eine Art OP-Tisch – rechts vom Eingang zu wuchten.

Milan holte drei Paar Handschuhe und Mundschutze aus einem verchromten Schrank und verteilte sie. Nachdem alle drei die offensichtlich noch unbenutzten Einwegteile angelegt hatten, öffnete der Tscheche mit der Erklärung »Ohne Sack geht schneller« den Reißverschluss des Plastikbeutels. Trotz des Mundschutzes stieg Felix ein noch bestialischerer Gestank als vorhin in die Nase. Womöglich war es doch gut, nicht gefrühstückt zu haben. Blank sah widerlich aus. Seine Haut war gelb und grau angelaufen. An manchen Stellen hatte die Leiche blaue und rote, vereinzelt sogar schwarze Flecken bekommen. Das Blut auf den besudelten Kleidern war verkrustet. Ohne ein Wort zu sprechen, hoben sie ihn zu dritt aus dem Sack und schoben ihn ächzend in die Maschine. Auch als Milan bereits die Tür geschlossen hatte, stank es noch unerträglich. Selbst dem Schrotthändler schien dies nun etwas auszumachen, denn er griff sich eine Flasche Raumduftspray mit Himbeergeruch und sprühte damit überall herum. Felix war sich nicht sicher, ob er diesen Geruch besser fand. Der Leichengestank und die Himbeernote ergaben ein gruseliges Gemisch.

»Wo hast du das Ding her?« Gabriels Stimme klang durch den Mundschutz etwas dumpfer als normal. Er betrachtete die Maschine mit aufrichtigem Interesse. Milan nahm die Maske ab und antwortete wie ein für den Verkauf von Staubsaugern geschulter Vertreter: »Gekauft, Amerika. Super System: Maschine kocht Leiche. Mit Kalilauge, hundertfünfzig Grad, dauert paar Stunden. Am Ende nur noch Knochenreste, Säure, braune Suppe. Leiche weg, wie wenn nie da gewesen.«

»Wahnsinn«, entfuhr es Felix, dem es guttat, endlich auch wieder etwas zu sagen. Milan war jedoch noch nicht ganz fertig: »Super gut für Umwelt auch.« Triumphierend sah Milan die beiden an. »Umweltschutz doch wichtig für Deutsche, oder?«

»Und wo kann man so was kaufen?«, fragte Felix. »Ich meine, welcher normale Mensch braucht denn eine Maschine, mit der man Leichen entsorgen kann?«

»Ganz normales Geschäft. Krematoriumindustrie. In Amerika ist Standard. Aber in Tschechien, ich Einziger – wahrscheinlich.« Milan legte den Leichensack zusammen und hielt ihn Gabriel hin. Der wich angeekelt zurück und blaffte: »Die Entsorgung der Verpackung ist bei deinem Preis ja wohl inklusive!«

Milan zuckte mit den Schultern und knüllte den Leichensack in eine große Mülltüte. »Weißt du, gar nix leicht, Maschine nach Tschechien bringen. Polizei soll ja wissen von nix.« Er schien eine Weile nachzudenken. Dann sagte er mit Stolz in der Stimme: »Aber nun ist da.« Er richtete sich auf. »Und jetzt wir trinken Kaffee gemütlich?« Im Freien schloss Felix die Augen und holte tief Luft. Als er sie wieder öffnete, sah er, dass Hulk Hogan bereits auf ihn wartete. Immerhin furzte die Dogge dieses Mal nicht.

Sieben

Dana war besorgt. Sie saß in einem lauten Straßencafé in der Londoner City. Auf dem Stuhl neben ihr lag ihre Sporttasche mit den verschwitzten Trainingsklamotten. Vor ihr stand ein Pappbecher mit einem großen Chai Latte. Der Verkehr schob sich lärmend an ihr vorüber. 18 Uhr. Rushhour. Während sie nachdachte, drehte sie unbewusst ihr Handy hin und her. Das Telefonat mit Felix gestern Nacht war seltsam gewesen, er hatte so abwesend und besorgt geklungen. Heute wollte er ihr alles erklären, das hatte er versprochen. Warum er sich wohl mit Gabriel in die Haare gekriegt hatte? Warum hatte er sich bis jetzt nicht gemeldet? Warum war er nicht erreichbar? Mehrmals hatte sie versucht, ihn anzurufen, aber immer nur die Mailbox erreicht. Was war bloß los mit Felix? Hoffentlich war dieser Gabriel nicht durchgedreht. Dana erinnerte sich an einen Abend in einer Münchner Bar, sie hatte dort für eine kurze Zeit im Service gearbeitet. Als sie zum Rauchen in den Hinterhof gegangen war, hatte sie den sonst so charmanten Gabriel dabei beobachtet, wie er einem Mann eine Pistole an die Schläfe gehalten hatte. Dana hatte die Panik, entdeckt zu werden, damals so gelähmt, dass sie nicht eingeschritten war. Mit angehaltenem Atem hatte sie die Szene weiter beobachtet. Der fremde Mann hatte um

Gnade gewinselt. Gabriel aber hatte dem Fremden den Gürtel aus der Hose gezogen und damit auf ihn eingedroschen, bis dieser sabbernd und keuchend am Boden in seiner eigenen Pisse gelegen hatte. Worum es bei dem Treffen gegangen war, hatte Dana nie erfahren. Aber seither wusste sie, wie gefährlich Gabriel de Moño war.

Felix umklammerte mit der linken Hand sein Handy, dessen Akku schon länger leer war, und starrte durch die Autoscheibe in den orangeroten Abendhimmel. In einer halben Stunde würden sie die Münchner Innenstadt erreichen. Da sagte Gabriel: »Time for party«, und drehte die Opernmusik, die Felix schon seit geraumer Zeit auf die Nerven ging, etwas leiser: »Zur Feier des Tages lade ich dich ins Tantris ein.«

Felix hatte sich während der Fahrt, die ohne Zwischenfälle verlaufen war, zwar etwas entspannt, aber nun sah er den Partner ungläubig an. »Ich dachte, wir hätten kein Geld?«

»Wieso? Wir haben doch die fünftausend.« Gabriel klopfte mit der Hand auf die Brusttasche seines Sakkos und lächelte so unbeschwert, als kehrten sie eben von einer Kaffeefahrt mit einem Seniorenbus zurück.

»Einen Scheiß haben wir!«, brach es aus Felix hervor, er sah Gabriel böse an. »Ich glaube, du spinnst! Wir können doch jetzt nicht das Geld ausgeben! Du musst diesem Arsch nächste Woche zehntausend Euro überweisen. Oder hast du etwa doch noch Kohle? War das alles nur Show, oder was?«

Gabriel zuckte lächelnd mit den Schultern. »Jüngelchen, lass das mit dem Geld mal meine Sorge sein, ja?«

Felix fand Gabriels Tonfall derart blasiert, dass er ihm am liebsten einen Magenschwinger versetzt hätte.

»Sag nicht immer Jüngelchen! Und dass eines klar ist: So eine Scheiße wie in Tschechien will ich nie wieder erleben, klar? Du zahlst diesem Typ nächste Woche seine zehntausend Euro. – Jeder Vollidiot kann sich ausmalen, was los ist, wenn wir nicht zahlen. Dann steht der eines Tages hier bei uns auf der Matte, Mann! – Also, ich brauche keine Killer in meinem Leben. Es ist so schon kompliziert genug!«

Gabriel schüttelte mit mitleidigem Blick den Kopf. »Du hast also keinen Hunger? Dann liefere ich dich zu Hause ab und gehe eben allein was Nettes essen – oder mit Hugo.«

»Aber nicht mit unserem Geld, ja? Das Geld ist für diesen Leichenfuzzi!«

»Unser Geld! Wir müssen jetzt erst einmal Geld verdienen, Jüngelchen. Bis jetzt hast du mich nur eine Stange Geld gekostet!« Gabriel schwieg kurz, dann setzte er nicht unfreundlich, aber etwas herablassend nach: »Also gut, ich sehe, du bist müde. Dann bringe ich dich eben nach Hause und du ruhst dich aus.«

Felix erwiderte nichts. Er fühlte sich matt und wollte tatsächlich einfach nur nach Hause, sein Handy wieder aufladen und endlich mit Dana telefonieren. Sie wartete bestimmt schon seit geraumer Zeit auf seinen Anruf.

Doch als sie sich bereits auf der Münchner Ringautobahn befanden, riss es ihn plötzlich wieder hoch und er rief panisch: »Halt, Gabriel, halt! Wir müssen doch noch zu Blank ins Büro! Spuren vernichten!«

Gabriel gähnte. »Aber doch nicht mehr heute.« Er warf einen Blick auf die Uhr am Armaturenbrett. »Es ist doch schon fast sieben.«

»Natürlich heute, Gabriel! So schnell wie möglich müssen wir das machen! Es ist doch nur eine Frage der

Zeit, bis der bei den Bullen vermisst gemeldet wird. Und als Nächstes stehen die in seiner Wohnung oder seinem Büro oder was – und stellen fest, dass das Arschloch bei mir war!« Felix trommelte nervös mit den Fingern auf den Rahmen des Beifahrerfensters. »Wir machen das. Und zwar jetzt!«, ordnete er mit einer Bestimmtheit an, die keinen Widerspruch duldete.

»Wir wissen doch gar nicht, wo sein Büro ist …« Gabriel klang noch immer lustlos.

»Dann finden wir das eben heraus!« Felix dachte nach. »Liegt nicht eh noch Blanks Rucksack bei mir rum?« Er zögerte. Sein Ton wurde schärfer. »Was hast du eigentlich mit dem Rucksack gemacht, Gabriel?«

»Ist in deiner Werkstatt, Felix. Jetzt bleib mal ganz ruhig, bitte. Ganz ruhig, ja?«

»Fuck, in meiner Werkstatt! Und wenn da in der Zwischenzeit irgendwer vorbeigeschaut hat?« Während Felix überlegte, knurrte sein Magen unüberhörbar. Er riss sich zusammen und fasste einen Entschluss. »Okay, Gabriel. Dann machen wir das jetzt so: Wir hauen uns jetzt irgendwo eine Pizza rein, ich habe nämlich auch Hunger, und dann fahren wir so schnell wie möglich zu mir, schauen in den Rucksack und kümmern uns um seine Bude!«

Felix hatte mit Widerstand gerechnet. Aber Gabriel zeigte keine Gegenwehr. Nur beim Verzehren seiner Scampi-Pizza in einem schäbigen Pizzaservice im Münchner Süden verzog sein Partner leicht angewidert den Mund. Es roch nach verbranntem Teig, billigem Bier und Zigaretten.

In der Werkstatt fand Felix sowohl den Schlüsselbund des Journalisten als auch Visitenkarten mit einer Adresse.

Da sie es eilig hatten, bemerkten weder Felix noch Gabriel, dass das hintere Fenster nicht verschlossen war. Auch die Pistole, mit der Felix den Journalisten umgebracht hatte, war aus der Werkstatt verschwunden. Nach dem tödlichen Schuss hatte Felix sie achtlos auf einem Stapel Holz abgelegt. Doch jetzt, in der Eile, fiel ihm gar nicht auf, dass sie fehlte.

Die Dämmerung hatte bereits eingesetzt, als Gabriel den Jaguar in sicherer Entfernung zu der Straße parkte, die sowohl auf Blanks Visitenkarten als auch auf seinem Personalausweis vermerkt war. Felix' Eingeweide fühlten sich an wie ein schlecht sortiertes Ersatzteillager.

Eiligen Schritts erreichten sie das Gebäude, in dem Blanks Wohnung liegen musste. Sie näherten sich aber nicht sofort dem Eingang, sondern beobachteten den schmucklosen Sechzigerjahrebau zunächst nur. Felix' Herz klopfte ihm bis zum Hals. Er schwitzte.

Zwei, drei Minuten lang blieben sie stehen. In dieser Zeit ging die Haustür einmal auf, und eine hübsch angezogene Mittdreißigerin trat heraus. Mit klappernden Absätzen und ohne die beiden Männer zu beachten, trippelte sie telefonierend vorbei. Felix dachte kurz an Dana. Er hatte sich nicht bei ihr gemeldet, wie er es versprochen hatte. Sein Handy-Akku war noch immer leer. Der hartnäckige Gestank des billigen Parfüms der Frau hing in der Luft. Felix und Gabriel zogen die Einweghandschuhe über, die Gabriel aus seinem Kofferraum hervorgezaubert hatte.

Die beiden traten jetzt vor die Haustür. Ein Blick auf die Klingelschilder ergab, dass Blanks Wohnung im obersten Stockwerk liegen musste. Felix nahm den Schlüsselbund aus der Hosentasche und hielt die Luft an. Eine Straßenbahn bimmelte. Die Sirene eines Krankenwagens jaulte. Zwei behelmte Radfahrer surrten in höllischem Tempo und ohne Licht auf dem Gehsteig vorbei.

Fünf Schlüssel hingen an dem Anhänger, dessen Logo ihn als Werbegeschenk einer rechtsextremen Partei auswies. Der erste Schlüssel, den Felix ausprobierte, passte nicht. Aber der zweite. Die Tür öffnete sich ohne Widerstand. Erleichtert betrat Felix das Gebäude. Gabriel knipste das Licht an, er folgte ihm wie ein Schatten. Das Treppenhaus war mit sandfarbenem Marmorimitat verkleidet. Es sah künstlich und hässlich aus. Einen Aufzug gab es nicht. Felix eilte die Stufen so schnell hinauf, dass Gabriel Probleme hatte, ihm zu folgen. Auf dem Flur in der obersten Etage gab es drei Wohnungstüren. Der Name Blank stand in ordentlichen Großbuchstaben auf dem Klingelschild neben der ersten Tür auf der rechten Seite. Felix drückte sein Ohr an die Tür. Es schien alles still zu sein. Doch aus der Wohnung gegenüber war plötzlich das Gelächter mehrerer Menschen zu hören. Felix sah Gabriel fragend an. Der zog die Mundwinkel nach unten, schüttelte kaum merklich den Kopf und sagte mit gedämpfter Stimme: »Sperr auf.« Felix zögerte kurz, steckte dann aber mit zitternden Händen den Schlüssel ins Schloss und drehte ihn so leise wie möglich um. Das Schloss knackte zweimal. Vorsichtig schob er die Tür auf. Ein scharrendes Geräusch ertönte – Teppichboden! Im Flur der Wohnung war es dunkel. Schnell schlüpften sie hinein. Gabriel zog die Tür etwas zu eilig hinter sich zu, sodass sie mit einem überraschend lauten Knallen ins Schloss fiel. Die Männer fuhren zusammen und hielten die Luft an.

Als es etwa eine Minute lang ruhig geblieben war, hatten sich Felix' Augen bereits an das Dämmerlicht gewöhnt, das durch die Fenster einfiel. Es war ihm unheimlich, in der Wohnung eines Toten zu stehen. Sie roch nach Desinfektionsmittel, genau wie die Werkstatt, nachdem Gabriel die Spuren beseitigt hatte. Felix wollte gerade nach dem Lichtschalter tasten, da packte Gabriel sein Handgelenk und stoppte den Versuch unsanft. Er flüsterte: »Heute gibt's nur Straßenbeleuchtung. Wir wollen doch keinen unerwünschten Besuch, oder?«

Dann begannen sie, die Wohnung zu durchstöbern. Sie mussten unbedingt alles vernichten, was Stefan Blank mit Felix in Verbindung bringen konnte. Alles, was der Polizei auch nur den geringsten Anlass geben könnte, in Hinteröx aufzukreuzen.

Felix wusste zunächst nicht, wonach er überhaupt suchen sollte. Er beschloss, erst mal alle Zimmer einer Art Inventur zu unterziehen, um sich einen Überblick zu verschaffen. Von dem kleinen quadratischen Flur gingen zwei Türen ab. Links ins Badezimmer und geradeaus in einen größeren Raum. Die Zimmerdecke ruhte auf mehreren Stützpfeilern, an der dem Innenhof zugewandten Seite wies sie eine Dachschräge auf. Das Mobiliar war schlicht: ein Bett, ein Schrank, eine Couch nebst Beistelltisch. Alles wirkte extrem aufgeräumt, geradezu leblos. Kein Bild verzierte die Wand, dafür lagen an vielen Orten Packungen mit Sagrotantüchern. Eine Wand trennte den Wohnbereich von der kleinen Küchenzeile ab. Wasserkocher, Kochplatte, Mikrowelle. Auch hier Minimalausstattung.

Gabriel stand währenddessen an Blanks Schreibtisch. Dies war offensichtlich der Arbeitsplatz des toten Journalisten gewesen. Gabriel winkte Felix zu sich.

Auf dem Tisch stand ein Laptop und in drei Ablagen

aus billigem Plastik fanden sich jede Menge Zeitungsausschnitte, ordentlich ausgeschnitten. An der Wand über dem Schreibtisch hing eine Pinnwand aus Styropor, auf der weitere Zeitungsartikel und Notizen mit Nadeln festgepinnt waren. Sofort erkannte Felix seine Heiligen-Fälschungen auf einem Foto, das wohl während der Versteigerung geschossen worden sein musste. Auf einem einzelnen Post-it neben dem Foto stand in fein säuberlicher Handschrift der Name seines Bruders:

Dr. Christian Ambach

Während Felix erstaunt bemerkte, dass er gerade keinerlei Groll gegen den Mann hegte, der ihn Zeit seines Lebens unterdrückt und ihm sogar seine große Liebe ausgespannt hatte, entfernte Gabriel mit flinken Fingern sämtliche Fotos und Zettel von der Pinnwand. Felix klappte den Laptop zu und steckte ihn zusammen mit der Maus und dem Netzteil in Blanks Rucksack, den er aus der Werkstatt mitgebracht hatte. Gabriel schichtete derweil alles, was in irgendeiner Weise den Eindruck erweckte, mit Felix' Fälscherarbeit zu tun zu haben, auf einen Stapel und stopfte diesen in seine lederne Umhängetasche. Dass dabei ein kleines Stück Papier, das hinter einem der Zeitungsausschnitte geklemmt hatte, auf den Boden segelte, fiel den beiden Männern im Halbdunkel nicht auf.

Nun, da die Pinnwand leer war, griff sich Gabriel Zeitungsartikel, die nichts mit Blanks Recherchen im Ambach-Fall zu tun hatten, aus der Ablage und pinnte sie wahllos an die Wand. Soweit Felix es erkennen konnte, ging es in den Berichten um Pegida-Demonstrationen, die Rettung Griechenlands – und dann waren da noch eine Menge Texte aus den Lokalteilen diverser Münchner Tageszeitungen.

»Falsche Spuren legen …«, raunte Gabriel Felix zu.

Felix wurde bei der ganzen Aktion den unguten Gedanken nicht los, dass natürlich jederzeit jemand in die Wohnung kommen konnte. Mehrmals hielt er bei seiner Arbeit inne, weil er glaubte, einen Schlüssel im Schloss zu hören. Ständig erschrak er wegen eines Schattens, den aber eindeutig nur Gabriel oder er selbst im Dämmerlicht der Straßenlaterne geworfen haben konnten.

Gabriel öffnete Schränke und Schubladen und wühlte darin herum. Möglichst geräuschlos verteilte er Kissen und Klamotten in der Wohnung. Es sollte für die Polizei nach einem klassischen Einbruch aussehen. Für Felix hatte diese lautlose Zerstörungsszenerie etwas Surreales. Plötzlich befiel ihn die Angst, sie könnten von gegenüber beobachtet werden. Er warf einen Blick durchs Fenster und scannte das Wohnhaus auf der anderen Straßenseite: Im obersten Stockwerk brannte kein Licht. Kaum entspannte sich Felix etwas, hatte er wieder das Bild von Blanks totem Körper im Kopf. Der überraschte Gesichtsausdruck der Leiche, die Urinflecken auf Blanks Hose. Felix versuchte, die Erinnerung abzuschütteln, indem er das Zimmer verließ und in den Flur schlich. Hier hing ein Bild, das ihm vorhin gar nicht aufgefallen war. Es bestand nur aus einem einzigen Schriftzug:

»Lebe deine Überzeugung, dann lebst du länger.«

Die Buchstaben waren alle in unterschiedlichen Schriften und Farben gedruckt. Felix spürte einen Kloß im Hals. Neben dem großformatigen Bild entdeckte er ein Foto, das ein Dutzend Frauen und Männer zeigte, die vor einer mit Zeitungen beklebten Wand standen. Darunter stand: »Unserem lieben ›Steffi‹ zum Abschied. Du wirst uns fehlen! Deine Kollegen aus der Redaktion.« Was für eine arme Wurst hatte er da nur getötet? Hatten Gabriel und er Blanks Gefährlichkeit womöglich völlig überschätzt? Während Gabriel im Nebenzimmer Möbel verschob, Bücher auf den Boden legte und mit Stoffen raschelte, schüttelte Felix fassungslos den Kopf. »Steffi« hatten sie ihn in der Redaktion genannt. Das Mitleid, das er für den Toten empfand, verstärkte sein mieses Gefühl. Lange starrte er auf das Bild mit den Journalistenkollegen.

Nachdem Gabriel das Zimmer fachmännisch verwüstet hatte, nickte er Felix im Flur auffordernd zu. Zusammen wandten sie ihre Aufmerksamkeit nun dem Bad zu. Gabriel stieß in einem verstaubten Kulturbeutel auf Blanks Bargeldversteck. Als er die zweihundertdreißig Euro ohne Zögern einsteckte, verfestigte sich in Felix der Eindruck, dass sein Partner keineswegs so vermögend war, wie er vorgab. Ehe er das Bad verließ, registrierte Felix noch die am Computer ausgedruckten Schildchen, die über den Haken für die Handtücher am Waschbecken hingen: »HÄNDE«, »GESICHT«, »HAARE«, »FÜSSE«, »SONSTIGES« stand da.

Felix' behandschuhte Hände drehten den Schlüssel gerade zum zweiten Mal im Schloss, um die Wohnungstür endgültig zuzusperren, da wurde es laut hinter der Nachbartür, aus der vorher das Gelächter gekommen war. Ein Johlen drang in den Flur – und plötzlich ging die Tür auf. Felix und Gabriel drehten sich erschrocken um. Im Türrahmen stand ein Mann Anfang zwanzig. Er trug ein weites Muscle-Shirt. Glücklicherweise hatte er sie noch nicht bemerkt, denn er wandte ihnen den Rücken zu. Er schrie ins Innere der Wohnung, die Felix wegen der windschiefen IKEA-Regale und der Unordnung im Flur für eine Studentenbude hielt: »Also, Jungs, jetzt kommt schon!« Dann bemühte er sich torkelnd, seinen Fuß in den zweiten Turnschuh zu manövrieren, und rief erneut: »Wer kommt noch mit?« Daraufhin drehte irgendjemand die Musik lauter und eine Frauenstimme kiekste. Felix und Gabriel nutzten den Moment und hasteten den kurzen Gang entlang, um zur Treppe zu kommen, ehe der Typ auf sie aufmerksam wurde. Felix war schon auf der fünften Stufe, da blieb Gabriel hinter ihm mit seiner Umhängetasche am Handlauf des Treppengeländers hängen. Ein dengelndes Geräusch und Gabriels Schmerzensschrei hallten durch den Flur. Der Student im Unterhemd riss den Kopf hoch. Mittlerweile hatte er beide Schuhe an und beobachtete Gabriel, wie er versuchte, den Lederriemen seiner Tasche vom Geländer zu entfernen. Der Typ trug einen Vollbart und grinste dümmlich. Aber weshalb um alles in der Welt waren seine Lippen rot geschminkt?

»Huhu«, rief er Gabriel entgegen, während der mit den Trägern seiner Tasche kämpfte. »Kommst noch mit?«

Gabriel gelang es endlich, sich vom Geländer zu befreien, und er rannte ohne zu antworten die Treppe nach unten. Im zweiten Stock passierte er den verdutzten Felix. Als sie das Erdgeschoss erreichten, hörten sie, wie der Student rief: »Du Wichser! Bist wohl was Besseres! Dich mach ich fertig!«

Gabriel war als Erster an der Haustür und wollte sie aufreißen, aber es ging nicht. Er drehte sich abrupt um und rumpelte mit Felix zusammen. »Was ist?«, keuchte dieser. Die Panik in seiner Stimme war unüberhörbar.

»Die Tür ist zu«, zischte Gabriel. »Hast du vorhin abgesperrt, oder was?«

Sie hörten, wie von oben langsam jemand die Treppe herunterkam. »Hey, warte mal! Matze, so war das nicht gemeint. Du musst doch nicht weglaufen, Mann!«

»Matze hängt kotzend überm Klo, du Depp. Von was redest du, Mann?«, mischte sich jetzt eine andere, deutlich tiefere männliche Stimme ein. Der Vollbartstudent war offensichtlich nicht alleine.

»Wo ist der Schlüssel?« Gabriel stand der Schweiß auf der Stirn – und ganz im Gegensatz zu sonst roch er nicht nach Sandelholz, sondern nach Angstschweiß. Der Kunstberater warf einen suchenden Blick auf Felix' Hände, die noch immer in den milchigen Einweghandschuhen steckten. Auch Felix starrte auf seine leeren Hände. Dann begann er hastig, seine Hosentaschen zu durchsuchen. Nichts.

»Wo – ist – der – Schlüssel?« Die Schärfe in Gabriels Stimme nahm Felix gar nicht wahr, er fummelte fieberhaft in seinen Taschen herum.

Jetzt hatten die Verfolger den letzten Treppenabsatz erreicht. Es waren der Student von gerade eben, und ein anderer Typ mit Brille. Auch er hatte rot geschminkte Lippen. Aber Felix hatte keine Zeit sich darüber zu wundern. Endlich fand er den Schlüssel – er hatte ihn in der ganzen Hektik wohl in die kleine Vordertasche des Rucksacks gesteckt. Jetzt schob er ihn ins Schloss, und mit einem Klack ging die Tür auf. Erleichtert rannten sie nach draußen.

»Scheiße, Gabriel, die haben uns gesehen!« Felix starrte seinen Partner angsterfüllt an. Ohne zu antworten, startete Gabriel den Motor des Jaguar und parkte aus. Unter den Achseln seines Jacketts zeichneten sich dunkle Flecken ab. So hatte Felix seinen Partner noch nie gesehen.

Felix fummelte sich eine Zigarette aus der zerdrückten Schachtel in seiner Hosentasche und zündete sie an.

Jetzt fand Gabriel seine Sprache wieder. »Du kannst deine Handschuhe jetzt ausziehen«, sagte er lakonisch.

»Ja, stimmt.«, meinte Felix verwirrt.

Und nach einer Pause fügte er an: »Gabriel, die zwei Typen haben uns gesehen. Wenn die Polizei aufkreuzt und denen dumme Fragen stellt, dann werden die uns verpfeifen!«

»Keine Angst, Jüngelchen, die waren stockbesoffen«, erwiderte der Kunstberater, wobei er das »Jüngelchen« ironisch betonte. Felix wandte den Kopf zum rechten Seitenfenster, betrachtete die Straßenlaternen, die sich in der Isar spiegelten, und rauchte die Zigarette zu Ende.

Acht

Es war Punkt ein Uhr nachts, als Felix endlich sein Handy ans Ladegerät hängen konnte. Er schaltete es sofort ein – und sah, dass Dana achtmal angerufen hatte. Felix wählte die Nummer seiner Mailbox.

Anruf 1: 09.34 Uhr
»Hallo, ich bin's, du wolltest mich doch anrufen?« Pause. »Also, ich bin jetzt jedenfalls wach.«

Anruf 2: 10.15 Uhr
»Hallo, ich bin's noch mal. Sag mal, alles okay bei euch? Also ich bin noch in London ... und ... ähm ... na ja, du weißt schon ... Küsse!«

Anruf 3: 11.55 Uhr
»Hi, Felix, das ist mein dritter Versuch. Ich weiß nicht, ob ich's jetzt noch mal versuche, weil ... äh, also eigentlich wolltest du mich doch anrufen. Hast du jedenfalls gesagt ... Also dann, tschau.«

Anruf 4: 13.01 Uhr
»Hi, also ... du gehst immer noch nicht dran!« Ein Seufzer. »Also, hör mal, Felix: Wenn jetzt bei dir alles in Ordnung ist, dann finde ich es nicht okay, dass du nicht zurückrufst. Ich meine, *du* wolltest *mich* anrufen! Aber jetzt rufe dauernd ich dich an. Was ist los bei dir?«

Anruf 5: 16.55 Uhr
Leises Atmen, ansonsten Stille. »Felix? ... Ich verstehe dich nicht. Ich meine ... also ... das ist doch nicht fair! ... Ich warte hier ... und du ... du machst nichts. Ich rufe jetzt nicht mehr an.«

Bei ihren nächsten drei Anrufversuchen hatte Dana keine Nachricht mehr hinterlassen. Felix hatte sich nach dem Trip mit der Leiche und der Durchsuchung von Blanks Wohnung schon schlecht gefühlt, aber jetzt fühlte er sich richtig beschissen. Natürlich hätte er Dana um diese Uhrzeit noch anrufen können, aber er ließ es bleiben. Zu viele Unwahrheiten hatten sich angesammelt. Für so ein anstrengendes Telefonat fehlte ihm im Moment die Energie. Felix fühlte sich ausgelaugt. Sein letzter Gedanke beim Einschlafen war, dass er aus der ganzen Fälschernummer schleunigst aussteigen musste. Gabriel war ganz offensichtlich nicht der erfolgreiche und souveräne Typ, der er vorgab zu sein. Dafür war der Kunstberater hochgradig gefährlich und kriminell bis in die Haarspitzen.

»Hey!« Die Stimme sagte nur »Hey!«. Felix brauchte eine ganze Weile, um herauszufinden, ob er noch schlief und träumte oder ob es tatsächlich sein konnte, dass sich vor seinem Bett die perfekte Silhouette einer Frau abzeichnete. Als sie einen Schritt aus dem Gegenlicht getan hatte, erkannte er, dass sie eine schwarze Maske über den Augen und der Nase trug. Ihr Körper wirkte jung, Felix schätzte sie auf maximal fünfundzwanzig. Als ihm bewusst wurde, dass sie ebenso dem realen Leben entstammte wie das Messer, dessen Klinge sie ihm vor die Nase hielt, fuhr er erschrocken im Bett auf. »Wer sind Sie?«

Die Frau – ihr rot gelocktes Haar sah künstlich aus – grinste ihn hämisch an. Sie setzte sich neben ihn auf die Bettkante. Das Messer war höchstens zehn Zentimeter von Felix' Halsschlagader entfernt.

»Was wollen Sie?«, stammelte er hilflos. Je länger er die Frau betrachtete, umso mehr beschlich ihn die Ahnung, sie schon einmal gesehen zu haben. Zwar war ihr Gesicht fast vollständig von der Maske bedeckt, aber irgendetwas an ihr kam ihm bekannt vor.

»Na ja, wollte dich mal persönlich kennenlernen«, meinte die Frau.

»Wie, persönlich?«

Die Fremde wischte sich mit der freien Hand eine Locke aus ihrem Sichtfeld.

»Na ja, halt so wie jetzt.«

»Wie sind Sie hier hereingekommen?«

»Na ja, wie wohl: durch die Tür.«

»Die habe ich … aber … abgesperrt.« Allmählich nahm Felix' Hirn die Arbeit auf. Er studierte das, was man von ihren Gesichtszügen erahnen konnte. Sie schien volle Lippen zu haben. Ihre Augen stachen durch die

Sehschlitze der Maske wie Scheinwerfer, blau und strahlend. Sie sah nicht dumm aus, aber animalisch und ein bisschen prollig. Ihr Rock war zu eng und zu kurz. Sie hatte schöne Beine, die aber zu braun gebrannt waren. Ihr tief ausgeschnittenes Trägertop war weiß mit rosa Streifen und brachte ihre großen Brüste voll zur Geltung. Die Querstreifen des Tops verbreiterten sich in Richtung der Brustwarzen, die sich deutlich unter dem hauchdünnen Stoff abzeichneten.

Obwohl es äußerst unangenehm war, die Klinge so nah an seinem Hals zu spüren, kam Felix nicht umhin wahrzunehmen, wie ihr Po seinen Oberschenkel berührte. Sein Penis regte sich. Diese Berührung irritierte ihn so sehr, dass er den Blick abwandte: Der Wecker auf dem Nachtkästchen zeigte an, dass es bereits zwölf Uhr mittags war.

Weil sie die linke Hand auf seinen Unterschenkel legte, um sich abzustützen, schaute er sie wieder an. Nun hielt sie ihm das Messer direkt vors Gesicht, dabei drehte sie die Klinge leicht. Felix' Augen schlossen sich reflexartig, so stechend blendete ihn das reflektierte Sonnenlicht.

»Was … soll … das – mit dem Messer?«, fragte er. »Was wollen Sie von mir?«

»Geld.« Felix starrte sie an. Sie lächelte. Ja, tatsächlich, sie lächelte. Und er hatte, obwohl es vollkommen unsinnig war – eine Erektion! »Ich will Geld!«

»Hab ich nicht«, presste er hervor und warf einen Blick auf seine Leibesmitte. Immerhin sah man nicht, dass er unter der Decke einen Steifen bekommen hatte.

»Da bin ich aber ganz anders informiert. Nach allem, was ich über dich weiß, musst du ganz dick Kohle haben.«

Wie kam sie darauf, er könnte ›ganz dick Kohle haben‹? Felix schüttelte den Kopf. »Hab ich nicht, ehrlich.«

»Sag mir jetzt: Wo hast du die Kohle gebunkert?« Ihr Flüstern klang wie eine Drohung. Dabei kam ihr Mund seinem Ohr empfindlich nahe. Felix war erregt. »Ich habe echt kein Geld«, hauchte er. War das alles hier ein absurdes Rollenspiel?

Die Frau schüttelte den Kopf. Noch wirkte sie ruhig, aber sie schien drauf und dran zu sein, die Geduld zu verlieren. »Mann, Mann, Mann! Ich brauch Kohle, verdammt!« Sie dachte nach. Dann sagte sie ganz plötzlich: »Raus! Raus aus dem Bett!«, stand auf und ging rückwärts einige Schritte in Richtung Tür.

Hastig legte Felix die Decke zur Seite und stand auch auf. Er spürte, wie ihr Blick seinen nackten Oberkörper musterte und über seine Unterhose und die Beine glitt.

Eigentlich hatte Kelly den Schreiner nur besucht, weil sie Geld von ihm wollte. Aber anscheinend hatte der ja wirklich keines. Zu holen war da also nichts. Außer … Kelly dachte nach. Bikini war nun schon verdammt lange im Knast, und er würde dort auch noch eine ganze Weile bleiben. Wenn sie ehrlich zu sich selbst war, musste sie eingestehen: Ihr fehlte einfach Sex. Es war manchmal so befreiend zu vögeln! Vor allem, weil sie kein Geld hatte, es brachte sie auf andere Gedanken. Kelly hatte schon viele Männerkörper gesehen. Und dieser Typ da in der Unterhose hatte einen Körper, mit dem man etwas anfangen konnte.

Kelly beschloss, kurzfristig ihren Plan zu ändern. Wenn man schon kein Geld und keinen Mann hatte, dann konnte man doch wenigstens ein bisschen was für seine Psyche tun.

Hinterher kam es Felix so vor, als hätte er nur einen Film gesehen. Nicht, als wäre alles real gewesen – dass die fremde Frau ihn unter vorgehaltenem Messer gezwungen hatte, sich auszuziehen, dass sie sich den Minirock nach oben gerafft hatte und aus ihrem Slip geschlüpft war – einem rosa Rüschenslip aus sehr wenig Stoff –, dass sie sich auf sein Bett gelegt und ihn, noch immer unter vorgehaltener Waffe, genötigt hatte, es ihr »französisch« zu besorgen. Dass sie dann das Messer auf das Nachtkästchen gelegt, sich wie eine Hündin aufs Bett gekniet und ihm befohlen hatte, sie von hinten zu nehmen. Dass sie sich schließlich auf ihn gesetzt und plötzlich ihr Handy in der Hand gehalten hatte. Und dass er dann gekommen war.

Felix war vollkommen verwirrt. Warum hatte die Unbekannte ein Foto von ihm gemacht? Wollte sie ihn erpressen? Wie sollte er das alles bloß Dana erklären, wenn er es schon selbst nicht verstand? Heute Abend würde sie wieder in München landen, und Felix hatte keinen Schimmer, wie er ihr all das, was in den letzten beiden Tagen passiert war, verständlich machen sollte.

Er sah die Frau an, mit der er eben gevögelt hatte, als gäbe es kein Morgen. Die Maske war verrutscht. Dennoch konnte er ihr Gesicht nicht genau erkennen. Ihr Körper sah jetzt nicht mehr sexy, sondern nur noch primitiv aus.

Eine halbe Stunde später war sie weg. Felix befolgte ihre Anweisung: bis fünfhundert zählen, ehe er sein Bett verließ. Er hielt sich daran, obwohl ihre Drohung, sie würde ihn andernfalls umlegen, natürlich vollkommen lächerlich war.

Dann schnappte er sich das Handy und wählte endlich

Danas Nummer. Mailbox. Er sprach drauf: »Dana, es ist … es ist … es tut mir schrecklich leid, dass ich mich gestern nicht gemeldet habe und …« Er ließ eine lange Pause entstehen und sagte dann: »Ich freu mich, wenn wir uns heute Abend wiedersehen. Hoffentlich. Ich liebe dich.« Letzteres flüsterte er fast.

Neun

Gabriel de Moño saß in seiner Wohnung und dachte nach. Die Nachmittagssonne schien grell durch die halb geöffneten Jalousien aus gebürstetem Edelstahl. Der Trip nach Tschechien hatte ihn ins Grübeln gebracht. Dieser Felix war widerspenstiger als gedacht. Der Mord an dem Journalisten war nach Plan gelaufen, aber Gabriel wurde das Gefühl nicht los, dass er den begnadeten Bildhauer nicht mehr ganz so kontrollierte, wie er dies für nötig hielt. Vielleicht lag es an Dana? Gedankenverloren schwenkte Gabriel das Glas mit den drei kristallklaren Eiswürfeln und der transparenten Flüssigkeit. Dann roch er daran. Die Wacholdernote in dem Gin aus der kleinen Münchner Destillerie war besonders ausgeprägt. Das aromatische Getränk sorgte für einen klaren Geist. Er musste die Dinge neu ordnen. Alles hing mit allem zusammen, und er durfte den Überblick nicht verlieren. Er musste nun Fäden neu verbinden und an der einen oder anderen Stelle harte Einschnitte vornehmen. Womöglich sogar Verbindungen kappen. In einem Zug leerte er das Glas und stellte es entschlossen auf der marmornen Tischplatte ab. Er ärgerte sich über sich selbst. Wieso hatte er die Gefahr einer Liaison zu dem Aktmodell nicht vorhergesehen? Dass die beiden miteinander ins Bett gingen, war so geplant gewesen, aber Liebe? Das machte alles nur komplizierter. Andererseits würde keine Beziehung all die Probleme und Herausforderungen, die auf Felix zukamen, überleben. Falls doch, würde die Tänzerin eben sterben müssen. Und war der Künstler erst mal wieder auf sich allein gestellt, würde er schon wieder die Nähe seines Partners suchen.

Gabriel lächelte zufrieden und goss sich nochmals zwei Fingerbreit von dem Gin nach.

Felix stand in der Werkstatt und betrachte den Stapel Kleinholz vor sich. Die vergangenen Minuten hatte er damit verbracht, die fertige, aber blutbespritzte und damit völlig unbrauchbare Kirchner-Fälschung mit der Axt zu Brennholz zu verarbeiten. Bevor Dana wieder bei ihm auftauchte, musste er zumindest dieses Beweisstück vernichten. Wenn alles normal verlaufen war, dann checkte Dana gerade am Flughafen in London ein. Auf die Nachricht, die er auf ihrer Mailbox hinterlassen hatte, hatte sie noch nicht reagiert, aber dafür hatte Felix Verständnis. Wenn sie erst einmal wieder ihre Körper aneinanderschmiegten, würden sich alle Probleme wie von selbst in Luft auflösen. Sie waren füreinander bestimmt, da war er sich sicher. Seit Maria, seiner Traumfrau, die ihm der ältere Bruder ausgespannt hatte, war er nicht mehr so verliebt gewesen.

Er ging nach draußen, warf das Holz auf die von Steinen umrundete Feuerstelle und zündete es an. Während er in die Flammen starrte, überkam ihn ein ungutes Gefühl. Es gab zu viele Geheimnisse, die zwischen ihm und Dana standen: Er hatte einen Menschen umgebracht. Er hatte ihr verheimlicht, dass er Kunstwerke fälschte. Er hatte sie mehrfach am Telefon belogen, obwohl das nur die logische Konsequenz aus den ersten beiden Punkten war. Und dann – Felix schob mit einem Stock das Holz zusammen, damit es richtig Feuer fing – hatte er vor ein paar Stunden auch noch mit dieser Fremden mit den Silikonbrüsten geschlafen. Unter vorgehaltener Waffe, ja. Aber trotzdem: Er hatte mitgemacht. War er wirklich so naiv zu glauben, er hätte eine Frau wie Dana verdient? Felix schaute auf die Uhr. 18.12 Uhr. Wenn er sich beeilte, konnte er Dana noch rechtzeitig vom Flughafen abholen. Aber würde sie sich überhaupt darüber freuen? Sofort verwarf er diesen Plan wieder. Zunächst war es wichtiger, alles verschwinden zu lassen, was auf den Mord und die Fälschung hinweisen konnte. So blieb er beim Feuer und wendete so lange die einzelnen Holzstückchen, bis wirklich nichts außer Asche übrig war. Wehmütig dachte er an die Skulptur, die er nach Danas Körper geschnitzt hatte; sie war ihm wirklich gut gelungen. Ob es ihm auch gelingen würde, in den zehn Tagen, die Gabriel ihm eingeräumt hatte, noch einmal die gleiche Skulptur zu erschaffen? – Immerhin wartete bereits ein potenzieller Kunde auf sie.

Gabriel stolzierte – nur mit einem Stringtanga und zwei weißen Handschuhen bekleidet – durch das weitläufige Wohnzimmer seines Penthouse. Das durch die Fenster eindringende sanfte Licht der untergehenden Sonne verwischte die Spuren des Alters auf seiner Haut. Neben einem Eames Chair lag ein blauer Rucksack. Er hatte Stefan Blank gehört, der sich mittlerweile mehr oder minder in Luft aufgelöst hatte. »Nix DNA, nix Spuren!« Während Milans Worte in Gabriels Kopf nachhallten, hievte er den Rucksack auf den großen quadratischen Marmortisch, dessen Oberfläche er mit einer schwarzen Plastikfolie abgedeckt hatte. In einer Ecke des Tischs lag eine durchsichtige Plastiktüte mit Zip-Verschluss. Vorsichtig öffnete Gabriel den Rucksack und fischte nach und nach den gesamten Inhalt heraus. Jeden der Gegenstände legte er fein säuberlich neben den anderen: eine Tupper-Box mit hellgrünem Deckel, eine abgewetzte Thermoskanne, mehrere lose Zettel mit Notizen, eine Packung Sagrotantücher, eine halb volle Schachtel Lutschpastillen mit Minzgeschmack, einen defekten Faserschreiber, einen intakten Kugelschreiber, eine kaputte Glasmurmel, zweiunddreißig Cent in neun einzelnen Münzen, die Bedienungsanleitung eines Elektroschockers, den dazu passenden Taser und ein benutztes Taschentuch. Gabriel betrachtete die Gegenstände so konzentriert wie ein Wahrsager, der über einem Kaffeesatz brütete. Dann kam er zu dem Gegenstand, dessentwegen er überhaupt die schneeweißen Baumwollhandschuhe angezogen hatte. Obwohl er wusste, dass er allein war, sah er sich verstohlen in seiner Dachgeschosswohnung um. Da war nichts, was ihn hätte beunruhigen müssen. Vorsichtig griff er noch einmal in die Tiefen des Rucksacks und holte den schweren, in einen Lappen gewickelten Gegenstand heraus. Er legte das Bündel auf den Tisch, klappte den Stoff auseinander und betrachtete die Pistole, mit der Felix den Journalisten erschossen hatte. Nach einer Weile nahm er den Colt ebenso vorsichtig wieder auf und schob ihn in den bereitgelegten Plastikbeutel.

Felix rannte aufgeregt über den Hof und durch den Garten. Er musste noch einmal alles checken. Er durfte nichts übersehen. Ihm blieben noch fünf Minuten. Die Fälschung war vollständig verbrannt. Das restliche alte Holz lag im Raum neben der Werkstatt, oben im toten Winkel, sicher vor neugierigen Blicken verstaut. Die Skizzen für die Kirchner-Fälschung hatte er in den Aktenschrank in der Werkstatt eingeschlossen. Drüben im Wohnhaus hatte er in seinem Schlafzimmer das Bett frisch bezogen und alles nach verräterischen roten Haaren abgesucht, aber nichts gefunden. Nochmals rannte er hinüber in die Werkstatt und stolperte beinahe über die Stränge des Brombeerstrauchs, der an der Hauswand wucherte. Er fing sich gerade noch und sah auf das Display seines Handys. Dana musste bereits gelandet sein. Er wählte ihre Nummer, aber es meldete sich nur die automatische Ansage der Mailbox. Das nervte langsam. Was sollte er jetzt noch machen? Er schloss die Werkstatttür und verriegelte die Schlösser. Die Nachbarskatze, die Dana so mochte, beobachtete ihn aufmerksam, widmete sich dann aber einem vielversprechenderen Rascheln im hohen Gras. Felix warf einen mitleidigen Blick auf sein altes Auto. Den Multipla würde er verschrotten, sobald Gabriel ihm sein erstes Geld gab. Mit einem derart heruntergekommenen Wagen war die Wahrscheinlichkeit einfach zu groß, von der Polizei angehalten und kontrolliert zu werden. Und auch wenn Felix eher praktisch veranlagt war, so nahm selbst er wahr, dass es kaum ein hässlicheres Fahrzeug als diesen Fiat gab. Erneut wählte er Danas Nummer. Endlich hörte er ein Freizeichen. Sofort befiel ihn Nervosität. Aufgeregt machte er einige ziellose Schritte durch den Garten. Als er gerade die Feuerstelle passierte, nahm sie ab.

»Hallo, Felix, gibt's dich auch noch?«

»Hallo, Dana, bitte entschuldige«, sagte Felix kleinlaut. Die Verbindung war schlecht, es gelang ihm nicht herauszuhören, wie sauer sie auf ihn war.

»Was genau soll ich entschuldigen?«, fragte sie. Jetzt klang sie bissig.

»Alles, es tut mir alles so leid.« Am liebsten hätte er ihr in diesem Moment sämtliche Geheimnisse gebeichtet, aber den Mut dazu brachte er nicht auf. »… dass ich nicht angerufen habe … äh … hier war so viel los … und alles war so stressig und ich hab Scheiße gebaut und ich hab mich … also … selbst nicht wiedererkannt …«

»Dass du Scheiße gebaut hast, habe ich ja live mitbekommen«, konterte Dana.

»Ja, weiß du, mein Akku war leer … und ich hatte mein Ladegerät nicht dabei, weil … ich … war beim Arbeiten, und deshalb hab ich mich gestern nicht gemeldet, wie abgesprochen, und …«

Bevor er seine Entschuldigungen weiter orientierungslos ins digitale Nichts laufen lassen konnte, unterbrach ihn Dana harsch. »Tu mir jetzt einen Gefallen, Felix. Ich habe verstanden, dass es dir leidtut. Was genau mit dir los ist, kapiere ich allerdings nicht. Aber ich bin gerade erst in München gelandet, habe überall Muskelkater und bin total im Arsch. Ich melde mich bei dir, okay?«

»Okay«, sagte Felix. »Schön dass du wieder da bist.«

»Ja. Gut. Tschüss.«

Felix schluckte. Mit einem Mal stieg heiße Angst in ihm auf. War es möglich, dass er Dana schon verloren hatte?

Zehn

Es war Zufall, dass der Fall des verschwundenen Journalisten Stefan Blank ausgerechnet auf dem Schreibtisch von Ute Dukaz landete. Für Felix Ambach bedeutete dieser Zufall, dass dieselben Ermittler – die etwas übergewichtige Ute Dukaz und ihr jüngerer Kollege Toni Glaser mit der aus der Zeit gefallenen Vokuhila-Frisur – nun mit dem zweiten Fall befasst waren, in den er verwickelt war. Allerdings steckten Dukaz und Glaser, was die Fahndung im ersten Fall betraf, seit geraumer Zeit in einer Sackgasse. Es ging um Felix' Einbruch in die Ebrattinger Kirche: Er war beim Holzstehlen vom Pfarrer ertappt worden, und hatte nicht nur den Pfarrer beinahe mit einem schweren Holzbalken erschlagen, sondern auch Reifenabdrücke im Dreck hinterlassen. Seitdem fahndete die Polizei nach fünf Fahrzeugtypen. Und obwohl Felix' altes Fiat-Multipla-Modell auch auf der Liste stand, waren ihm Ute Dukaz und Toni Glaser noch nicht auf die Spur gekommen. Auf der Ebrattinger Akte sammelte sich jedoch seit Wochen Staub.

Die Meldung, dass der Journalist Stefan Blank vermisst wurde, war von dessen ehemaligen Kollegen bei der Abendzeitung eingegangen. Sie hatten »Steffi« aus Mitleid mit einer Reportage über einen Kindermalwettbewerb für eine Werbebeilage beauftragt. Blank hatte den Auftrag, den er eigentlich als unter seiner journalistischen Würde empfunden hatte, angenommen. Er hatte Geld gebraucht. Und nun hatte er die Deadline versäumt. Auf sämtliche Anrufe der Redaktion hatte er nicht reagiert. Sein Telefon war tot. Keine Mailbox. Nichts. Als nach zwei Tagen noch immer kein Lebenszeichen von Blank gekommen war, war sein Exkollege Robert Schleicher, der nur zwei Straßen weiter wohnte, zu Blanks Wohnung gegangen und hatte Sturm geklingelt. Erfolglos. Schleicher hatte Blank einen Zettel in den Briefkasten geworfen:

> *Lieber Steffi, bitte melde dich. Wir warten auf deine Reportage. Redaktionsschluss war schon. Ist nicht schlimm, wenn du die Story nicht auf die Reihe gekriegt hast. Aber sag es wenigstens. Dann kann den Job jemand anderes machen. Gruß, Robsen.*

Weil auch daraufhin keine Reaktion von Blank gekommen war, hatte ebendieser Robert Schleicher bei der Polizei angerufen.

Nun standen Kriminalhauptkommissarin Ute Dukaz und ihr Partner, Kriminalkommissar Toni Glaser, in Blanks Wohnung und begutachteten das Chaos. Die beiden Streifenpolizisten, die die Wohnung als Erste betreten hatten, waren von Dukaz freundlich nach draußen geschickt worden, sie sollten die Nachbarn befragen. Die etwas schusselig wirkende Ermittlerin trommelte mit ihren in Plastikhandschuhen steckenden Händen den »Easy Hardrock Groove Nr. 3« aus ihrem Schlagzeug-Übungsheft auf das Fensterbrett und sah sich um.

»Wirkt auf den ersten Blick wie ein klassischer Einbruch …«, unterbrach Toni Glaser das Getrommel und rülpste leise. Sofort breitete sich ein säuerlicher Geruch aus. »… aber irgendwie ist das auch alles zu offensichtlich.«

Ute Dukaz ließ den Rülpser des Kollegen unkommentiert. Sie selbst hatte zwei Söhne, die sich mit zwölf und vierzehn Jahren im besten Rüpelalter befanden. Aber auch sie störte die Offensichtlichkeit dieses Einbruchsszenarios. Langsam bewegte sie sich mit zusammengekniffenen Augen und wie ein Drogenhund schnüffelnd durch das große Zimmer. Nachdem sich das Aroma von Toni Glasers letzter Mahlzeit verzogen hatte, kam ein anderer Geruch durch. »Wieso riecht das hier so komisch? Von uns hat doch hier noch niemand geputzt, oder? Meinst du, hier hat jemand sauber gemacht, um Spuren zu beseitigen?«

»Unlogisch! Wieso hat derjenige dann nicht auch komplett aufgeräumt?« Toni Glaser hatte zwar keine Manieren, aber er war nicht auf den Kopf gefallen. Dafür schätzte ihn seine Vorgesetzte.

»Wann kommen die Kollegen von der Spusi?«, fragte Dukaz geistesabwesend. Sie hatte sich an Blanks Schreibtisch gesetzt, und ihre Zeigefinger versuchten sich jetzt am Takt von »Easy Pop Rock Groove Nr. 1«. Seit sie vor einem halben Jahr mit dem Schlagzeugspielen angefangen hatte, trainierte die Kripofrau immer und überall ihre Hand- und Fußkoordination. Dazu wippte ihr rechter Fuß auf dem Boden mit. Sobald sie mit dem Fuß den Rhythmus verändern wollte, kam sie allerdings durcheinander.

»Die hatten gestern Abteilungsfest. Kommen aber gleich«, erwiderte Toni Glaser, der wie immer ein Trachtenhemd im Landhausstil trug, heute rosa-weiß kariert. Sein Blick glitt über Blanks Tisch. »Hier steht nirgends ein Computer, obwohl der doch Journalist war.«

»Na ja, kann ja sein, dass er ihn einfach mitgenommen hat, als er zum letzten Mal raus ist. Vielleicht ist er ja auch einfach nur untergetaucht?«

»Oder es war doch ein Einbruch, da würde ich einen Computer natürlich auch mitnehmen ... Was meinen Sie, Ute?«

Die Chefin meinte nichts Konkretes, aber sie hatte das eindeutige Gefühl, dass an diesem Ort gewisse Dinge nicht zusammenpassten. »Na ja, hier spricht schon so einiges gegen einen klassischen Einbruch: Schlösser intakt ... und das Chaos hier sieht nicht so aus, als hätte wirklich jemand gezielt nach Wertsachen gesucht.«

Als sich Ute Dukaz schwungvoll vom Tisch wegdrehte, streifte ihr Ellbogen die Kante der Styroporplatte und riss sie nach unten. Beinahe hätte sie noch die drei Aktenordner mit umgehauen, die in Reih und Glied am Tischrand standen. So rauschte nur die weiße Styroporplatte in Richtung der Topfpflanze nach unten; die am Styropor befestigten Zeitungsausschnitte verteilten sich auf dem Boden. Dukaz verzog das Gesicht. Manchmal war es ihr peinlich, wie ungeschickt sie war. Seit es ihr vor fünf Jahren auf unerklärliche Weise gelungen war, beim Hausputz mit dem Staubsauger eine Tür aus den Angeln zu heben, nannte sie ihr Mann zärtlich »Kalb«, aber das wusste ihr Kollege Gott sei Dank nicht. Glaser verdrehte unwillkürlich die Augen, und Dukaz wechselte schnell das Thema: »Hat der Kollege, der ihn als vermisst gemeldet hat, gesagt, dass es sein kann, dass er abgehauen ist? Ich meine: Gibt's irgendwelche Motive für ein Abhauen oder Untertauchen?«

»Der hat gesagt, dass er sich sicher ist, dass der Blank nicht abgehauen ist, weil der noch nie woanders war. Aber der Kollege hat auch gesagt, dass der Blank so eine

Art Verfolgungswahn hat.« Ute Dukaz hob die Zettel vom Boden auf und betrachtete sie interessiert. »... dass der geglaubt hat, dass er wegen seiner journalistischen Arbeit viele Feinde hätte ...«

»Wegen Reportagen über Kindermalwettbewerbe, oder was?« Ute Dukaz hüstelte belustigt. Ihre schmalen Lippen verzogen sich zu einem Grinsen.

»Nein, wegen so Enthüllungssachen, die er im Internet geschrieben hat.« Toni Glaser zog sein Mobiltelefon aus der Tasche und tippte darauf herum. Währenddessen sprach er langsam weiter: »Der Kollege meinte, dass der Blank im Prinzip eine arme Sau wäre. Der ist vor ein paar Jahren bei der Zeitung rausgeflogen und hat sich dann als Freelancer durchgeschlagen. Die wollten den nicht total verhungern lassen, deswegen haben sie ihm immer noch ein paar Jobs gegeben ... Jobs, die keiner machen wollte ... Kindermalwettbewerbe und so was halt ...« Der Kriminalkommissar wischte noch immer auf seinem Handy herum.

»Vor ein paar Monaten hat er der Redaktion allerdings eine Geschichte über irgendeine Kunstverschwörung angeboten, die er aufgedeckt haben will ... Aber das hat wohl niemand bei der Zeitung ernst genommen.« Glaser hob den Kopf. »Da hab ich's – auf Tumblr hat der einen Blog. Der heißt ›die_SCHEINHEILIGEN‹.«

Während der Polizist sich langsam durch die Blogeinträge scrollte – langsam deshalb, weil Glaser eine Leseschwäche hatte –, widmete sich Dukaz den Zeitungsausschnitten. Es handelte sich um eine merkwürdige Mischung von Themen und Autoren: ein Bericht über Asylmissbrauch, eine Meldung zu einem Eishockeyspiel in Rosenheim, ein Rabatt-Gutschein für Desinfektionsmittel. Sie sah keinen Zusammenhang. Womöglich war hier doch eingebrochen worden – und der Einbrecher hatte die wirklich wichtigen Dinge mitgenommen?

Glaser hob den Blick von seinem Handy. »Ah, das ist ja interessant: Der behauptet, dass da vor ein paar Monaten im Auktionshaus Stettner Fälschungen versteigert worden sind. Für dreizehn Millionen Euro. Nicht schlecht, Herr Specht.«

Nach dem Telefonat mit Dana kochte sich Felix erst einmal einen Kaffee. Eine halbe Stunde lang saß er apathisch in der Küche. Dann wusste er, was zu tun war. Er tippte auf sein Smartphone und hielt es sich ans Ohr. Als Gabriel endlich abnahm, sagte er: »Hallo, ich bin's. Ich habe mir alles überlegt, Gabriel: Ich steige aus.«

Als der Kunstberater begann, wild auf ihn einzureden, legte Felix einfach auf und schaltete das Handy aus. Er hatte eine Entscheidung getroffen. Endgültig. Das war der einzige Ausweg: auszusteigen, bevor es zu spät war.

Womit Felix nicht gerechnet hatte, war, dass sein Expartner bereits fünfunddreißig Minuten später in seiner Küche stehen würde. Er musste gefahren sein wie der Henker. Dennoch wirkte Gabriel entspannt. Oder schauspielerte er brillant? Seine Lippen deuteten ein indifferentes Lächeln an, das Felix nicht einordnen konnte.

»Felix, mein Lieber, was soll das? Warum machst du mir Kummer?« Er sprach mit leichtem Singsang und seufzte theatralisch.

Felix vermied jeden Blickkontakt mit dem Besucher. Zu oft schon hatte ihn der Mittfünfziger mit seiner charmanten Art eingelullt. Verstockt antwortete er: »Ich weiß nicht, was du hier willst. Meine Entscheidung ist endgültig. Du bist umsonst hier rausgefahren.«

Gabriel schüttelte sanft den Kopf. »Wir werden reich

werden, Felix. Superreich! Ich habe es dir schon so oft gesagt: Du bist ein genialer Künstler. Ich bringe dich ganz groß raus. Deine Werke sind Millionen wert.« Er tat so, als dächte er nach. »Wo ist eigentlich der Kirchner?«

»Verbrannt.«

Für einen Moment verlor Gabriel die Kontrolle über seine Gesichtszüge. »Verbrannt? Bist du verrückt? Du hast den Kirchner verbrannt?« Felix fragte sich, was Gabriel hier für eine Show abzog. Er selbst hatte doch gesagt, die Figur sei nicht mehr zu retten. Trotzdem rechtfertigte sich Felix: »Der war voller Blut.«

»Aber das hätten wir doch … vielleicht noch … wieder hinbekommen … können …« Gabriel schüttelte den Kopf, blickte ins Leere. Dann fasste er sich wieder und sah Felix direkt an: »Stimmt das wirklich?«

»Ja. Und dass ich aussteige, stimmt auch. Und jetzt geh bitte.« Felix wandte sich ab und verließ die Küche.

Gabriel atmete hörbar aus. »Du kannst mich doch hier nicht einfach stehen lassen, Felix. Nach alldem, was ich für dich getan habe!«

Wie ein trotziges Kind stieg Felix die Treppe hinauf und tat so, als ob er das eben Gesagte nicht gehört hätte. Gabriel folgte ihm. »Steckt etwa diese kleine Schlampe dahinter?« Felix antwortete nicht, sondern trat in sein Zimmer, schaltete den kleinen Fernseher an und warf sich aufs Bett. Schon stand Gabriel im Türrahmen. Felix gab vor, konzentriert dem Programm zu folgen. Nach einer Minute sagte er: »Hau einfach ab, Gabriel. Ich will mit dir nichts mehr zu tun haben!«

»›Ich will mit dir nichts mehr zu tun haben‹? Wirklich, Felix? So sprichst du mit mir? Mit deinem Entdecker, deinem Freund? Dem Einzigen, dem du vertrauen kannst? Dem Einzigen, der dein Talent erkannt hat?«

Gabriel griff in die Innentasche seines Sakkos, holte eine E-Zigarette hervor und nahm einen tiefen Zug.

Felix hatte das Gefühl, dass die Erregtheit, die den Kunstberater plötzlich ergriffen hatte, nicht gespielt war. Mit leiser, bebender Stimme sagte er: »Gabriel, ganz ehrlich: Du bist nicht mein *Freund*. Weißt du, was du bist?« Er machte eine kleine Pause, bevor er die Frage selbst beantwortete: »Du bist ein mieses kleines kriminelles Arschloch.« Dabei starrte Felix noch immer auf den Bildschirm, ohne wahrzunehmen, was da lief. »Wegen dir habe ich einen Mord an der Backe – und eine Brandstiftung … und einen Pfarrer halb tot geschlagen, fuck!«

Gabriel schwieg. Wie um sich zu beruhigen, nahm er mehrere Züge von der E-Zigarette und ließ den Rauch durch seine kaum geöffneten Lippen entweichen.

Felix wusste selbst, dass er gerade ein bisschen dick aufgetragen hatte. Für den halb toten Pfarrer und die Brandstiftung konnte er Gabriel nicht verantwortlich machen. Zu diesem Zeitpunkt hatten die beiden sich ja noch nicht einmal gekannt. Ihm war bewusst, wie trotzig und hilflos seine Anschuldigungen klingen mussten, aber er wollte diesen Mann aus seinem Leben entfernen. Seit er Gabriel kannte, gab es nur Probleme.

»Du machst dir ernsthaft Sorgen wegen dieses Journalisten? Dieser Ameise?« Felix reagierte nicht. »Du musst dir keine Sorgen machen. Es hat ihn nie gegeben. Er war nie hier. Es gibt ihn nicht mehr. Alle Spuren sind vernichtet. Der Typ hat sich in Luft aufgelöst. – Schon vergessen?«

»Halt einfach den Mund, Gabriel!« Felix stierte noch immer auf den Fernseher. »Und hau ab!«

Der Kunstexperte zuckte gekünstelt mit den Schultern. Dann blickte er aus dem Fenster, griff in die Seitentasche seines Jacketts, zog ein gefaltetes Blatt Papier hervor und sagte: »Na, vielleicht stimmt dich das ja um.« Er faltete den Brief sorgfältig auf und las vor: »Sehr geehrter Herr de Moño, wir sind sehr interessiert am Ankauf der von Ihnen angebotenen Skulptur. Gerne würden wir sie baldmöglichst in Augenschein nehmen. Der von Ihnen genannte Preis erscheint uns noch etwas überhöht, aber sollten Sie diesbezüglich noch Spielräume sehen, dann würden wir uns freuen, wenn Sie sich mit uns wegen eines Termins in Verbindung setzten.« Gabriel hob den Blick. »Ich habe fünfhunderttausend Euro verlangt, Felix, dieser Typ ist reich …«

Felix starrte regungslos in Gabriels tiefschwarze Pupillen. Ihm war, als hätte sein Gehirn auf Stand-by geschaltet. Er musste alle Energie aufbringen, um es langsam wieder hochzufahren – wie nach einem Neustart. Nur mit Mühe konnte er Gabriels Blick standhalten. Es war, als versuchte der Kunstberater ihn zu verführen, Macht über ihn zu gewinnen. Aber Felix setzte sich erfolgreich zur Wehr. Er entzog sich dem hypnotischen Blick, sein Verstand wurde wieder klar. Voller Wut bellte er zurück: »Schieb dir deinen reichen Wichser in den Arsch, Gabriel. Ich mache bei deinen krummen Dingern nicht mehr mit. Mir ist das alles zu gefährlich!« Doch noch während er diese Worte schrie, befielen ihn wieder Zweifel: Fünfhunderttausend Euro! Eine halbe Million! Selbst wenn sie – wie von dem Kunden gefordert – weniger bekämen, und er selbst nur einen kleinen Teil davon … Aber nein, er hatte eine Entscheidung getroffen. Entschlossen richtete Felix sich auf, schaltete den Fernseher aus, stand auf und wollte eben an Gabriel vorbei das Zimmer verlassen, da stellte sich ihm der Kunstberater in den Weg. Beinahe stießen sie zusammen. »Oh nein, Jüngelchen, du bleibst hier!« Felix erschrak. Gabriels Stimme klang mit einem Mal scharf wie ein Fallbeil. Felix trat einen Schritt zurück und sah den Kunstberater ungläubig an. »Du wirst diese Figur noch einmal machen, hast du verstanden? Du wirst damit sofort anfangen.« Felix schüttelte langsam den Kopf. Das schien Gabriel allerdings egal zu sein. »Oh doch. Das wirst du.«

Felix unternahm erneut einen Anlauf, an Gabriel vorbeizugehen, aber jetzt hob der Mann blitzschnell seinen linken Arm und stieß Felix mit überraschender Wucht gegen die Brust. Felix taumelte zurück in Richtung Bett und fiel – weil er mit den Unterschenkeln an der Bettkante hängen blieb – rückwärts auf die Matratze. Sofort rappelte er sich wieder auf, er wollte sich nicht so einfach geschlagen geben, aber was sollte er machen? Auch noch Gabriel umlegen? Hätte er eine Waffe gehabt, dann hätte Felix in diesem Moment abgedrückt. Stattdessen drohte der Kunstberater: »Du bleibst schön sitzen, Jüngelchen.« Auf Gabriels Stirn glänzten winzige Schweißtropfen. »Wenn du es auf die gute Art nicht verstehst, dann muss ich eben andere Saiten aufziehen. Hör mir mal gut zu: Du fängst jetzt sofort mit der Arbeit an dieser Skulptur an! Ich möchte, dass sie in spätestens einer Woche fertig ist. Eine Woche, das ist die Deadline. Hast du das kapiert? Wir werden diesen Deal durchziehen, und wir werden uns die halbe Million holen!«

Felix konnte nicht fassen, dass er zum zweiten Mal binnen Tagen in seinem Bett saß und bedroht wurde. Aber noch war sein Widerstand nicht gebrochen. Er sagte: »Und? Was willst du tun, wenn ich das nicht mache? Schnitzt du deine Scheißskulptur dann vielleicht selber …?« Er stockte. »Ich … ich sag es dir … ich mache da nicht mehr mit. Ich … bin … doch kein Verbrecher!«

Als hätte Gabriel nur auf dieses Stichwort gewartet, erwiderte er mit triumphierendem Unterton: »Aha? Du bist also kein Verbrecher! Und wer hat dann den Journalisten erschossen?« Er holte Luft. »Weißt du was, Süßer? Wenn du mit dieser Skulptur jetzt nicht sofort loslegst, dann gebe ich den Bullen einen Tipp. So einfach ist das!«

Felix schüttelte energisch den Kopf. »Das machst du sicher nicht.« Er sprach leise, aber seine Stimme bebte vor unterdrückter Wut. »Da hängst du dich ja sonst selber dran … Ich war schließlich dabei, als wir die Leiche …«

»Das lass mal meine Sorge sein«, fiel ihm Gabriel ins Wort. »Natürlich habe ich mir darüber Gedanken gemacht. Natürlich habe ich schon geahnt, dass du eines Tages deinen Freund Gabriel im Stich lassen könntest; deinen guten Freund und Förderer …« Er ließ eine kurze Pause entstehen, in der er für einen Moment den Blick von Felix abwandte. Dann fuhr er fort: »Felix, jetzt denk doch mal in Ruhe nach. Ich verstehe deinen Zorn. Aber glaube mir: Zorn und Angst sind keine guten Ratgeber.«

Er löste sich vom Türrahmen und kam langsam auf Felix zu. Dabei bewegte er sich mit der Vorsicht eines Jägers, der sich einem waidwunden Tier nähert. Er setzte sich neben Felix auf das Bett und sah ihn aufmunternd an. »Felix, komm schon. Ich brauche dich. Mach bitte einfach die Skulptur fertig. Bis nächste Woche.« Er zog an seiner E-Zigarette. »Das ist doch überhaupt kein Problem für dich. Die Tänzerin, die du leider verbrannt hast, war ja schon so sensationell, dass jedes Museum der Welt sie als Original hätte durchgehen lassen. Du kannst doch dein Talent nicht einfach so brachliegen lassen. Das hast du schon viel zu lange getan. Und solltest du dich wirklich danach fühlen, dann steigst du einfach nach dieser Nummer aus – auch kein Problem. Aber jetzt wäre das doch wirklich dumm, Felix!«

Mit einem Mal nahm Felix wahr, wie sein Herzschlag sich beruhigte. Seine Gedanken gewannen wieder an Klarheit. Natürlich konnte er das Geld gut brauchen. Es würde ihm ermöglichen, mit Dana ein neues Leben zu beginnen. Und danach würde er einfach aussteigen, wie es Gabriel gesagt hatte. – Und die Holzbildhauerei machte ihm ja auch Spaß!

Über Gabriels Gesicht huschte ein Lächeln. Er wusste, was Felix in diesem Moment dachte. Und er war froh, dass er seine Trumpfkarte jetzt noch nicht hatte ziehen müssen. Sollte das Jüngelchen doch glauben, dass es jederzeit aussteigen konnte. Mit sanfter Stimme setzte Gabriel nach: »Wenn die Figur fertig ist und wir die halbe Million haben, dann machen wir ein kleines Fest.« Er zögerte. »Und von Dana, dieser kleinen Schlampe, lässt du ab jetzt die Finger.«

Nachdem Gabriel ihn verlassen hatte, saß Felix noch eine ganze Weile im Bett und ärgerte sich darüber, dass er seinem Partner nicht die Stirn geboten hatte. Dana war keine Schlampe. Das nächste Mal würde er anders reagieren. Er stand auf, stieg schleppenden Schrittes die Treppe hinunter und lief zur Werkstatt hinüber. Dort suchte er sich ein Stück Holz, das ihm für eine zweite »Tänzerin« passend erschien und machte sich an die Arbeit. Anfangs fiel es ihm schwer, sich auf das Schnitzen zu konzentrieren, weil ihm so viele wirren Gedanken im Kopf herumspukten – Blank, tot und blutend; der Resomator mit der stinkenden Leichenbrühe; Dana, nackt, wie sie ihn küsste; Gabriels Jaguar; sein Bruder

Christian bei der Versteigerung der Nothelfer; die fremde Frau mit der Maske und dem Messer, dann Seefellner, der behinderte Seefellner, wie er eine Banane aß; der heilige Dionysius ohne Kopf; und immer wieder Dana. Doch nach und nach verblassten diese Bilder, weil Felix immer mehr in einen schöpferischen Flow fand. Dieser beinahe meditative Zustand ließ seine Hände wie von selbst dieses oder jenes Werkzeug ergreifen; ließ ihn hier ein Stück vom Holz wegschnitzen und dort. Und nach einer Weile waren die düsteren Gedanken aus seinem Kopf verschwunden, als wären sie nie da gewesen. Es gab nur noch ihn und das Holz. Ihn und die Skulptur. Ihn und die Kunst.

»Also, meines Erachtens deutet hier nichts auf ein Verbrechen hin.« Ute Dukaz lauschte dem Mann von der Spurensicherung mit konzentriertem Blick. Auch Toni Glaser stand bei den beiden im Flur von Blanks Wohnung. »Es gibt keine Einbruchspuren, keine Blutspuren und auch sonst nichts. Ehrlich gesagt, glaube ich, der ist abgehauen oder so.« Er dachte nach. »Ach so, und der komische Geruch kommt übrigens von Desinfektionsmitteln. Die Bude ist quasi keimfrei.« Er lachte.

Ute Dukaz horchte auf. »Ach, haben die Täter geputzt, um Spuren zu vernichten?«

Der Spurensicherer schüttelte mit einer Grimasse den Kopf. »Ich glaube, der Typ hat einfach gern geputzt. Liegt ja auch überall Putzzeug rum. Und alles ist blitzeblank.«

»Der heißt ja auch Blank.« Glaser fand seinen Witz gut, aber niemand lachte. Da klingelte sein Handy. Er nahm ab. »Ah, ja, gut, komme gleich.« Nachdem der Kriminalkommissar das Telefonat beendet hatte, sagte er zu seiner Vorgesetzten: »Da unten steht einer, der sagt, dass er in der Wohnung gegenüber wohnt. Ich geh mal kurz runter und rede mit ihm.« Er war schon auf der Treppe nach unten, da rief er seiner Chefin fragend zu: »Kann der eigentlich wieder rauf in seine Wohnung, oder sind wir hier noch nicht durch?«

»Ich glaube, wir sind durch«, rief Dukaz. »Aber warte, ich komme auch gleich.« Sie bedankte sich bei dem Mann im weißen Anzug und machte noch einen letzten Rundgang durch die Wohnung. Sie ging ins Badezimmer und betrachtete die Schilder über den Handtuchhaltern: »HÄNDE«, »GESICHT«, »HAARE«, »FÜSSE«, »SONSTIGES«. Die Kripofrau schüttelte den Kopf und öffnete mit der rechten Hand, die noch immer in einem Einweghandschuh steckte, den Spiegelschrank über dem Waschbecken. Rasierwasser, Nasentropfen, ein Fläschchen mit reinem Alkohol, eines mit homöopathischen Erkältungstropfen, eine Dose Pulver gegen Fußpilz, Pflaster, Kopfschmerztabletten. Sie schloss die Tür wieder. Auch hinter den anderen beiden Türen verbarg sich nichts, was auf Medikamentenmissbrauch und damit auf einen eventuellen Selbstmord hingewiesen hätte. Einen Abschiedsbrief hatten sie auch nicht gefunden. Sie verließ das Bad und ging ins Wohnzimmer. Irgendetwas musste hier doch zu finden sein.

Einige Minuten später gesellte sich Ute Dukaz zu ihrem Kollegen Glaser, der sich auf dem Gehweg mit einem jungen bärtigen Mann unterhielt. »Ah, und da war jemand in der Wohnung, der Ihnen verdächtig vorkam?« Als Dukaz neben ihm stand, erklärte Glaser dem Nachbarn des Verschwundenen: »Das ist meine Chefin, die Frau Dukaz.« Dann zeigte er auf den jungen Mann. »Und das ist der Herr Freiberg, der Herr Freiberg ist Student und wohnt in der Wohnung gegenüber vom Herrn Blank, und der hat gesagt, dass der Herr Blank zurückgezogen gelebt hat, nie Besuch hatte und so … Aber vor drei Tagen, da sind wohl zwei Fremde oben gewesen, ein jüngerer Typ, den er nur von hinten gesehen hat, und ein älterer Mann mit langen grauen Haaren. Und die haben sich komisch benommen, sagt der Herr Freiberg …«

»Wie – ›komisch‹?« Dukaz musterte den etwa Zwanzigjährigen kritisch.

»Die sind fast … na ja, auf so eine Art … vor uns weggerannt.«

»Wer ist ›uns‹?«, wollte die Polizistin wissen.

»Na, der Richie, Tüte und noch paar Kumpels.« Der Student Freiberg kratzte sich kurz an der Schulter und schob nach: »Wir hatten halt was zum Feiern.« Er hustete rasselnd. »Und als wir noch weiterziehen wollten, hab ich die beiden im Flur gesehen. Das war komisch, weil da oben hat ja außer dem Blank und mir niemand was zu suchen. Weil der, dem die dritte Wohnung gehört, also, die in der Mitte, der ist Opernsänger und wohnt eigentlich in Hamburg. Der ist nur alle paar Monate da, um seine Post abzuholen. Von Fängen heißt der.«

Im Streifenwagen zog Ute Dukaz eine durchsichtige kleine Tüte hervor und hielt sie Toni Glaser, der am Steuer saß, unter die Nase. »Schau mal.« Er sah sie fragend an. »Ein Post-it?« Sie reichte ihm die Plastiktüte. Während er versuchte, sich weiterhin auf die Straße zu konzentrieren, las Glaser das Handgeschriebene vor: »Dr. Christian Ambach, Gutachter, V.B.« Dann warf er der Chefin einen fragenden Blick zu. »›Gutachter, V.B.‹, was soll das heißen? Für Verhandlungsbasis steht das mal sicher nicht.«

»Keine Ahnung, was das heißen soll. Aber hast du nicht gesagt, dass dieser Blank einen Blog über Kunstfälschung geschrieben hat? Vielleicht ist der Herr Ambach ja ein Kunstgutachter?«

»Ja, da könnten Sie recht haben. Wo haben Sie den Zettel eigentlich gefunden? An der Pinnwand hingen keine solchen Post-its, das habe ich kontrolliert.«

»Der lag zwischen den Blättern der Topfpflanze hinterm Schreibtisch. Hat nicht mal die KTU gesehen«, sagte Ute Dukaz mit triumphierendem Unterton.

Glaser schaute noch einmal auf den Zettel in der Tüte. »Dr. Christian Ambach, Gutachter, V. B.? Könnte das nicht ›vermutlich bestochen‹ heißen?«

Toni Glaser war sich sicher, dass dieser Zettel etwas mit dem Blog des verschwundenen Journalisten zu tun hatte. Waren Sie einem richtig großen Fall auf der Spur?

»Das kann so ziemlich alles heißen, Toni, auch ›vielleicht Brummifahrer‹, ›Vorfahrt berechtigt‹ oder ›viel Bier‹!«, stellte Ute Dukaz trocken fest.

Toni Glaser winkte ab. »Aber hören Sie! Ich meine, wenn der geglaubt hat, dass er einer Kunstfälschung auf der Spur ist, dann … dann könnte es doch sein, dass er den Gutachter verdächtigt hat, geschmiert worden zu sein.« Schon hatte Glaser sein Smartphone in der Hand. Er rief nochmals Blanks Scheinheiligen-Blog auf. Während er versuchte, den Verkehr um ihn herum im Auge zu behalten, überflog er mühsam einige Zeilen, aber die Buchstaben verschwammen vor seinen Augen. Diese beschissene Leseschwäche. Mit gespieltem Selbstbewusstsein reichte er seiner Vorgesetzten das Handy und sagte: »Da, lesen Sie mal.«

»›Mein Ziel ist die Entlarvung der hohen Herren, die hier im großen Stil Betrug begehen.‹«, zitierte Ute Dukaz, ihre Vorlesestimme hatte etwas Mütterliches. »›Ich werde nicht ruhen, ehe ich herausgefunden habe, wer die Figuren gefälscht hat, und wer noch in dieses dreiste Komplott verwickelt ist. Ich werde den ganzen Ring auffliegen lassen. Seien Sie unbesorgt: Stefan Blank bleibt dran.‹« Glaser feixte: »›Seien Sie unbesorgt: Stefan Blank bleibt dran‹! Der Typ ist ja richtig lustig! – Aber Spaß beiseite: Wenn der da einer Verschwörung auf der Spur war …«

»… dann ist er, auch wenn das alles totaler Schwachsinn ist, zumindest einer ganzen Menge Leute auf die Nerven gegangen …«, ergänzte Ute Dukaz; und nachdem beide eine Weile schweigend beobachtet hatten, wie eine Frau im Businesskostüm ungelenk versuchte, den riesigen Kothaufen, den ihr Hund aufs Trottoir gesetzt hatte, in einen viel zu kleinen Plastikbeutel zu manövrieren, ordnete die Polizistin an: »Fahren Sie ins Kommissariat. Wir recherchieren das kurz und knöpfen uns dann der Reihe nach alle Leute vor, die er in seinem Blog verdächtigt hat.«

Wenig später saß Ute Dukaz vor dem Computermonitor in ihrem Büro und schnaubte genervt durch die Nase. »Sag mal, die Internetadresse war doch www – Punkt – die – Unterstrich – Scheinheiligen – Punkt – de, oder?«

Toni Glaser nahm ruckartig die Finger aus dem Gesicht, er hatte gerade an einem schmerzenden Pickel auf seiner Nase laboriert, und antwortete: »Glaub schon. Wieso denn?«

»Weil die Seite hier im Internet plötzlich nicht mehr da ist. Der ganze Blog ist weg. Ich habe auch schon verschiedene andere Schreibweisen ausprobiert.«

Toni stand auf, griff sich sein Smartphone und umrundete den Tisch. Tatsächlich war das Browser-Fenster auf dem Monitor der Chefin leer. Mit einem gemurmelten »Das ist ja komisch« wandte er die Augen vom Computer ab und wischte auf seinem Handy herum. »Aber hier haben wir ihn doch gerade noch auf gehabt, den Blog …« Ute Dukaz schenkte ihm einen hoffnungsvollen Blick. Doch der fiel so schnell in sich zusammen wie der eines Fußballstürmers, der beim Elfmeter nur die Querlatte traf. Entsetzt rief Toni Glaser: »Das gibt's ja wohl nicht, der ist wirklich weg!«

Die beiden Ermittler sahen sich ratlos an. Dann, nach einer kurzen Pause, sagte Dukaz pragmatisch, indem sie auf einen Notizblock auf ihrem Schreibtisch deutete: »Na ja, immerhin hab ich mir aus dem Blog noch diese zwei Namen aufgeschrieben. Dann sollten wir vielleicht erst einmal die beiden Herrschaften befragen.«

»Und ich dachte immer, das Internet vergisst nichts«, sagte Glaser und sah dabei verloren drein.

Heribert Kranich lächelte beseelt zum Fenster hinaus. Von seinem Büro im ersten Stock aus konnte er der nächsten Hundertschaft Touristen dabei zusehen, wie sie sich auf den Petersplatz ergoss. Gleich würden sich die fliegenden Händler mit ihren Selfie-Sticks auf sie stürzen. Kranich wandte den Blick wieder ab von dem Schauspiel, das sich ihm, seit er im Auftrag des Vatikans diese fürstlichen Räume bezogen hatte, Tag für Tag bot. Über den vor ihm stehenden Laptop hinweg zeigte ihm der junge Mann im Kapuzenpulli den erhobenen Daumen und sagte: »Erledigt. Der Blog ist terminiert. Endgültig gelöscht. Keine Spuren.«

»Gut, gut«, entgegnete Kranich zufrieden, nahm sich einen roten Apfel aus der vor ihm stehenden Obstschale aus Carrara-Marmor und biss beherzt hinein. Dem jungen Hacker aus Polen bot er auch einen an. Aber der lehnte dankend ab.

Elf

Normalerweise blieb die Klingel im Reihenhaus der Ambachs nach achtzehn Uhr stumm. Wenn man sie überhaupt einmal hörte, dann meist an »speziellen« Sonntagabenden, wie Dr. Christian Ambach es formulierte. Er hielt diese Abende für die Höhepunkte im Leben seiner Familie. Immerhin zeigte er sich dann nämlich von seiner »großzügigen« Seite und gönnte seiner Frau Maria eine Kochpause. An sich vertrat er die Auffassung, dass eine Ehefrau sich um Essen, Erziehung und Haushalt zu kümmern hatte. Aber hin und wieder war er eben doch generös und spendierte seiner Frau und seiner zehnjährigen Tochter Soleil eine Familienpizza.

Doch heute war Mittwoch, niemand hatte Pizza bestellt und es war auch schon nach einundzwanzig Uhr. Wer erdreistete sich, so spät noch Unruhe zu stiften? Genervt nahm Christian Ambach die Lesebrille von der Nase und rief nach seiner Frau.

»Maria! Klingel!« Weil keine Antwort kam, faltete er ungeschickt und fahrig sein Kunstmagazin zusammen und schrie noch lauter: »Maria! Da ist wer an der Tür! Mach auf!«

Christian Ambach hasste es, wenn seine Frau ihm nicht unverzüglich antwortete. Noch mehr aber hasste er unangemeldete Gäste. Im Zweifel wollte man ihm etwas verkaufen oder stehlen. Im harmlosesten Fall war es seine Zeit.

Maria war gerade dabei, Soleil ins Bett zu bringen, eben hatte sie begonnen, ihr eine Geschichte vorzulesen – aber sie wollte den Gatten nicht unnötig reizen. Als es erneut lang und penetrant klingelte, strich Maria Soleil über den Kopf und eilte die Treppen hinunter ins Erdgeschoss, vorbei an der offenen Tür zum Büro ihres Mannes. Der warf ihr einen vorwurfsvollen Blick zu und fuchtelte ungeduldig mit den Armen.

Sekunden später bereute Ambach, nicht selbst die Tür geöffnet zu haben, denn er hätte gerne gewusst, wer der späte Störenfried war. Er lauschte, konnte aber keines der mit gedämpften Stimmen gesprochenen Worte verstehen.

Endlich rief seine Frau: »Schatz, kommst du mal bitte, es ist die Polizei.«

Die Polizei? Christian Ambach war irritiert. Was wollte die Polizei von ihm? War er geblitzt worden? Gab es ein steuerliches Problem? Oder hatte ihn in München doch jemand dabei beobachtet, wie er beim Ausparken etwas zu heftig die Stoßstange dieses Idioten gerammt hatte, der es gewagt hatte, ihn einzuparken? Der Kunstsachverständige setzte die Hornbrille wieder auf, strich sich den Scheitel glatt, stand auf und schritt staatsmännisch über den Flur.

»Guten Abend, Herr Ambach, entschuldigen Sie die späte Störung. Dukaz mein Name, Kriminalhauptkommissarin – und das ist mein Kollege Toni Glaser. Können wir bitte kurz reinkommen, wir hätten zwei, drei Fragen an Sie.«

Christian Ambach spürte Nervosität in sich aufsteigen. Diese Beamten trugen keine Uniform. Das waren keine normalen Streifenpolizisten, das waren zivile Ermittler von der Kripo. Das verhieß nichts Gutes.

»Reinkommen?« Er rümpfte die Nase und schenkte den beiden einen feindseligen Blick. »Sicher nicht, dazu bin ich meines Wissens nicht verpflichtet.«

»Natürlich nicht. Sie müssen nicht mal mit uns reden, aber es ginge dann halt schneller und wäre für alle Beteiligten angenehmer«, schaltete sich der andere Beamte in die Unterhaltung ein.

»Ja, also, Christian, dann lassen wir die zwei doch rein. Wollen Sie vielleicht was trinken?« Wie immer bemühte sich Maria, die Ruppigkeit ihres Mannes auszugleichen.

»Von mir aus«, grummelte der und warf einen kurzen Blick auf die Uhr. »Es ist zwar schon nach neun, aber …« Ohne den Satz zu vollenden, folgte Christian Ambach seiner Frau in die Küche. Er war nervös, er glaubte, den Atem der Polizistin in seinem Nacken zu spüren. Maria nahm zwei Gläser aus den Oberschränken, füllte sie mit Leitungswasser und stellte sie, begleitet von der Einladung an die Beamten, Platz zu nehmen, auf den Küchentisch. Dann setzten auch Christian und sie sich. Bevor es zu gemütlich wurde, holte Ute Dukaz ein Foto aus ihrer Tasche und hielt es Christian Ambach unter die Nase. Während er einen Blick darauf warf, gab er sich Mühe, keine Regung zu zeigen.

»Herr Ambach, kennen Sie diesen Mann?«

»Doktor«, verbesserte Ambach sie. »Doktor Ambach, wenn ich bitten darf.« Er musste Zeit gewinnen. Was sollte er nur antworten? Natürlich war ihm der Mann auf dem Foto bekannt! Aber dies zuzugeben war vermutlich nicht ratsam. Daher entschloss sich Christian Ambach zu einer Antwort, die zwar unmissverständlich, aber gelogen war: »Nein, noch nie gesehen. Wer bitte soll das sein?«

»Sind Sie sicher, Herr Ambach? Schauen Sie bitte noch mal genau hin.« Die Stimme der Kripobeamtin klang freundlich.

»Ich bin ja nicht bescheuert …«, maulte der Befragte, kam der Aufforderung aber nach. Schließlich schüttelte er erneut den Kopf und sagte: »Kenne ich nicht.«

»Hm, das ist seltsam, ich könnte schwören, dass er *Sie* kennt.« Die Polizistin sah ihn ernst an. Dann zog sie ihm das Foto kurz entschlossen weg und schob es Maria hin. »Vielleicht kennen Sie ihn ja …«

»Lassen Sie meine Frau aus dem Spiel, ja?« Christian Ambach schrie fast. Dann fuhr er sich durch das Haar und atmete durch. »Okay, ja, gut. Ich kenne den Mann – dieses Spatzenhirn kennt doch jeder in der Branche!«

Ute Dukaz' Ermittlerherz klopfte schneller: Dieser Ambach war ganz offensichtlich ein Volltreffer – und ein schlechter Lügner noch dazu. Gespannt wartete sie darauf, welche Ungeschicklichkeit er sich als Nächstes leisten würde.

»Spatzenhirn?«, fragte Glaser, der bislang geschwiegen hatte.

»Ja, dieser Mann ist ein lästiger Schnüffler und ein vollkommen verrückter Verschwörungstheoretiker. Das wird Ihnen jeder bestätigen, der ihn schon mal getroffen hat.«

»Entschuldigung, Herr Doktor Ambach, das geht mir jetzt zu schnell: Gerade eben noch kannten Sie den Mann nicht, und jetzt auf einmal können Sie seinen Charakter so genau beschreiben?« Dukaz musterte Ambach mit gespielter Empörung.

»Ja, nein, … also … natürlich ist das Stefan Blank. Ich,

äh …« Hilfe suchend wandte er sich seiner Frau zu, die ihn erschrocken anstarrte. »… Ich habe ihn eben zuerst nicht erkannt, aber dann halt schon, also …«

»Darf ich fragen, wann Sie ihn zuletzt gesehen haben?«

Auf Toni Glasers Frage hin dachte Ambach einen Tick zu lange nach. »Keine Ahnung, bei irgendeiner Veranstaltung.« Die beiden Polizisten warfen sich einen Blick zu. Ganz offensichtlich versuchte Ambach, sie mit Minimalinformationen abzuspeisen.

»Wissen Sie was, Herr Doktor«, meinte Ute Dukaz bestimmt, »ich helfe Ihnen ein bisschen auf die Sprünge: Vielleicht war das auf der Versteigerung der vierzehn Nothelfer vor einigen Monaten? Ist das möglich?«

»Nein, das glaube ich nicht«, erwiderte der Kunstgutachter mit gepresster Stimme.

»Das glaube ich aber schon, Herr Ambach.« Die Polizistin sah ihn mit stechendem Blick an. »Jetzt sagen Sie mir sofort, was Sie wissen. Dieser Mann ist spurlos verschwunden, und unsere Beweise deuten darauf hin, dass Sie etwas mit dem Verschwinden zu tun haben!«

»Was? Verschwunden? Der? Ich? Was erlauben Sie sich?« Christian Ambach sprang wutentbrannt auf. Seine Gedanken rasten. Stefan Blank war verschwunden? Was, wenn die herausfanden, dass der Journalist ihn erst kürzlich zu Hause besucht hatte? Dass sie gestritten hatten? Die Polizei durfte auf keinen Fall davon erfahren. Hatte Maria seinerzeit etwas von der Auseinandersetzung mitbekommen? Er suchte Augenkontakt mit seiner Frau, aber sie starrte auf ihr Wasserglas. Der Kunstgutachter geriet ins Schwitzen: Vielleicht hatte dieser komische Stefan Blank mit seiner abstrusen Theorie ja doch recht gehabt? Vielleicht waren die vierzehn Nothelfer ja doch Fälschungen! Und er hatte sich für ihre

Echtheit verbürgt – mit einem Gutachten und seinem prestigeträchtigen Namen. Wenn es sich bei den Skulpturen tatsächlich um Fälschungen handelte, dann war das sein Ruin. Das konnte er nicht zulassen. Er musste handeln, jetzt sofort. Also schrie er: »Raus jetzt!«, und riss die Küchenschublade auf. Das große Kochmesser rutschte ihm wie von selbst in die Hand.

»Oh Gott, Schatz, hör auf!«, schrie Maria schrill, aber da hatte Toni Glaser sie bereits gepackt und zur Seite gerissen. Mit der auf Ambach gerichteten Pistole in der Hand schrie er: »Waffe runter! Messer weg!«

»Das ist doch alles ein Missverständnis … Verlassen Sie bitte sofort meine Wohnung.« Christian Ambachs Selbstsicherheit war wie weggeblasen, seine Stimme klang schwach; er konnte sich selbst nicht erklären, was in ihn gefahren war. Lag es daran, dass sich diese Polizisten anmaßten, ihm – einem angesehenen Mitglied der Gesellschaft – Anweisungen zu erteilen? So etwas war in seinem ganzen Leben noch nicht vorgekommen. Aber was er sich dabei gedachte hatte, dieses Küchenmesser zu greifen … Seine Hände zitterten.

»Ganz ruhig, Herr Doktor Ambach, ganz ruhig«, sagte Ute Dukaz, wobei sie versuchte, die Stimme der Trainerin aus ihrem Meditationskurs zu imitieren. »Beruhigen Sie sich. Legen Sie jetzt das Messer auf den Tisch. Es wird sich alles regeln. Sie haben ja recht, Herr Doktor Ambach. Bestimmt ist alles nur ein Missverständnis. Wir tun Ihnen nichts. Alles kein Problem.«

Während die Kriminalbeamtin weiter auf ihn einredete, blickte sich Ambach um, hektisch wie ein junger, aus dem Nest gefallener Vogel. In was für eine Situation war er da hineingeraten? Jemand richtete eine Pistole auf ihn. In seiner eigenen Küche! Und er hielt ein Messer in den Händen, mit dem er zwei Polizisten bedrohte. Eine totale Überreaktion! Was war nur los mit ihm? In diesem Moment hasste er sich selbst für seine cholerische Ader.

»Hören Sie, Herr Doktor Ambach? Ich werde jetzt ganz langsam aufstehen. Und dann legen Sie das Messer auf den Tisch. Okay, Herr Doktor Ambach? Okay?« Die Stimme der Kommissarin drang wie gedämpft an seine Ohren. Maria verfolgte die Szene aus sicherer Entfernung. In ihrem Kopf ratterten die Gedanken: Was war nur in ihren Mann gefahren? War er verrückt geworden? Warum zog er ein Messer? Und wieso log er die Polizei an? War Christian jetzt völlig durchgedreht?

Dann ging plötzlich alles sehr schnell. Toni Glaser nutzte eine kurze Unaufmerksamkeit Ambachs, schlug ihm das Messer aus der Hand und packte ihn. Mit einem knallharten Hebelgriff zwang er Ambach in die Knie. Der schrie vor Schmerz. Seine Frau kreischte: »Aufhören, hören Sie auf!« Dann war es kurz still in der Küche – bis ein zartes, herzzerreißendes Schluchzen ertönte. Der am Boden keuchende Ambach, seine Frau und auch Ute Dukaz drehten sich um und blickten in Soleils große, mit Tränen gefüllte Augen.

Klack. Die Handschellen um Ambachs Handgelenke schnappten zu. Weder das Flehen seiner Frau noch das Weinen der Zehnjährigen im Schlafanzug konnten die Entwicklung aufhalten. Ute Dukaz und Toni Glaser brachten ihn noch in derselben Nacht zur Vernehmung in die Dienststelle.

Zwölf

Felix arbeitete wie im Rausch. Es kostete ihn nur ein paar Minuten, dann hatte er das passende Stück Pappelholz in der Hand, aus dem er eine weitere Tänzerin im Stil Ernst Ludwig Kirchners anfertigen würde. Die Skizzen brauchte er dieses Mal nicht mehr. Er erinnerte sich noch genau, welche die Schlüsselstellen der Figur waren; wo er das Arbeitstempo verlangsamen musste; in welchen Momenten es galt, innezuhalten, einen Schritt zurückzutreten und nachzudenken; wann er vorsichtig schnitzen musste, um nicht an entscheidender Stelle zu viel Holz wegzunehmen. Während er sich mal vorsichtig, mal energisch in die Maserung des länglichen Holzklotzes hineinarbeitete, dachte er an nichts Bestimmtes. In der Werkstatt gab es nur noch ihn und sein Material: Er roch nichts als das Holz, er sah nichts als Danas weibliche Formen, die sich bereits in dem Rohling verbargen und die er nur freilegen musste; er nahm nicht einmal wahr, wie es draußen langsam dunkel wurde. Zwar knipste er irgendwann das Licht an, weil er gewisse Details im Holz nicht mehr erkennen konnte, aber er tat es unbewusst. Felix hatte da schon längst das Zeitgefühl verloren. Auch die Geräusche von draußen drangen nicht in sein Bewusstsein: weder die Kirchenglocken, die die Dorfbewohner zur Abendmesse riefen, noch das Getrappel und Schnauben der Kühe, die ein Bauer an der Werkstatt vorbeitrieb, und auch nicht das Auto, das gegen Mitternacht direkt vor der Schnitzwerkstatt zum Stehen kam.

Plötzlich stand sie vor ihm. Felix brauchte mehr als eine halbe Minute, um zu begreifen, dass diese schöne junge Frau, die da barfuß und in einem kurzen Sommerkleid in der Werkstatttür stand, Dana war. Seine geliebte Dana. Er war derart perplex, dass er vergaß, woran er gerade arbeitete; dass Dana die Skulptur auf keinen Fall sehen durfte. Als er realisierte, dass sie es tatsächlich war, legte er den Geißfuß behutsam auf dem Tisch ab, drehte sich zu ihr, machte vier sachte Schritte auf sie zu und blieb vor ihr stehen. Er staunte: Dana war noch anziehender als das Bild, das er in seiner Erinnerung von ihr gespeichert hatte. Ihre langen hellbraunen Haare fielen in leichten Wellen über ihre Schultern und umrahmten die mokkafarbene Haut ihres Dekolletés. Ihre dunkelbraunen Augen sahen ihn aufmerksam an. Felix lächelte unsicher. Doch ihre vollen, geschwungenen Lippen, die ernst, beinahe traurig wirkten, ließen auch dieses schüchterne Lächeln ersterben. Ihm wurde bewusst, dass er seit dem Gespräch mit Gabriel nicht mehr versucht hatte, sie anzurufen. Er starrte sie an und suchte nach Worten. Aber ihm fiel nichts ein, außer: »Du … Du bist hier.« Es sollte eine Frage sein, aber es klang wie eine Feststellung. Felix fühlte sich tumb und ungeschickt.

Dana ließ sich Zeit mit ihrer Antwort. Dann erwiderte sie: »Ja, ich bin hier.«

»Ich habe versucht, dich anzurufen, aber da war nur die Mailbox … und … jetzt habe ich so viel Arbeit …«, stammelte Felix, und sein suchender Blick fiel auf die Werkbank mit der angefangenen Skulptur der Tänzerin. Ein Schreck durchfuhr ihn. Schnell veränderte er seine Position, um Dana den Blick auf die im Entstehen begriffene Fälschung zu verstellen. »Wie bist du überhaupt hierhergekommen? Ich meine, du hast doch gar kein Auto, oder?«

»Ich habe mir einen Mietwagen genommen.« Dana verlagerte ihr Gewicht von einem Bein auf das andere, mit der linken Hand griff sie sich ins Haar. In diesem Moment nahm sie fast die Pose der Skulptur auf der Werkbank hinter ihm ein. Als ihre Hand wieder aus dem Haar glitt, fielen ihr einige Strähnen sanft ins Gesicht, und ein leichter Windhauch entstand. Felix roch ihren Blumenduft, der besser war als alles, was er jemals gerochen hatte. »Ging ja auch nicht anders, wenn du nicht ans Telefon gehst. Wieso gehst du nicht dran?« Felix vernahm die Anschuldigung, die sich in dieser Frage verbarg, sehr genau.

»Ich … ich … war … mein Telefon liegt drüben im Haus. Wirklich. Es tut mir leid. Ich habe so viel Arbeit.« Er griff vorsichtig nach ihrer Hand. Sie ließ es zu. »Komm, wir gehen rüber.« Sanft zog er sie aus der Werkstatt. Dana folgte ihm, wenngleich etwas widerstrebend. Draußen war es stockfinster. »Es ist ja schon Nacht«, sagte er. Sein Staunen war ehrlich. Sie passierten Danas Mietwagen und gingen zum Haus. Noch immer hielt er ihre Hand. Beim Öffnen der Tür bemerkte Felix, dass er nach Schweiß roch. »Tut mir leid. Ich stinke, ich muss duschen. Magst du …« Weiter kam er nicht. Dana umarmte ihn. Er war verwirrt. Hatte sie eben noch empört auf ihn gewirkt, so drückte sie sich jetzt so fest an ihn, dass er ihre Brüste durch den dünnen Stoff ihres Kleids und den festeren Stoff seines Hemds spürte. Ihre Lippen näherten sich den seinen. Als ihre Zunge auf seine traf, erinnerte er sich wieder, wie besonders es war, Dana zu küssen. Sie hatte diesen kleinen Schlitz an der Zungenspitze. Die beiden küssten sich minutenlang im dunklen Flur. Felix hätte Dana am liebsten gleich hier ausgezogen, aber er hielt sich zurück. Nach einer Weile löste sie sich von ihm. Er sah ihre Silhouette im Mondlicht, das durch das Küchenfenster und die geöffnete Küchentür in den Flur fiel. Sie war seine Tänzerin, die echte.

»Warum gehst du nicht ans Telefon, Felix?«

»Ich habe es vergessen. Ich habe den ganzen Tag gearbeitet …«

»Bin ich dir nicht mehr wichtig?«

Felix dachte an Gabriel, der ihn aufgefordert hatte, sich von Dana zu trennen. Aber er schüttelte langsam den Kopf und antwortete: »Du bist …« Ein Zögern, dann sagte er leise: »Ich liebe dich.«

Dana atmete tief ein und seufzte dann. Zum ersten Mal, seit sie bei ihm angekommen war, erhellte ein Lächeln ihr Gesicht. Sie fragte: »Ja, also – gehen wir dann jetzt ins Bett?«

Als Felix im Schlafzimmer stand und Dana sich das Kleid über den Kopf zog, fiel ihm die Frau mit der Maske ein. Beklemmung ergriff Besitz von ihm. Wie sollte er mit dieser Idiotie, die ihm da unterlaufen war, umgehen? Er liebte Dana. Nur Dana. Das spürte er in diesem Moment sehr genau. Umso weniger gab es da etwas zu erklären: Die Frau mit der Maske war ein absurder Unfall gewesen, ein Fehler. Er hoffte, dass dieser Fehler ihn nicht noch auf verhängnisvolle Weise einholen würde, eines Tages. Aber jetzt wurde seine Konzentration von etwas anderem in Anspruch genommen: Dana schob sich ihren Slip über die sanft gerundeten Hüften, er glitt an ihren Beinen hinunter auf den Boden. Sie ließ Felix gar nicht erst duschen gehen.

Als Dana eingeschlafen war, lag Felix noch lange wach. Er war verschwitzt, aber es kam ihm so vor, als rieche er nicht mehr nach Schweiß, sondern nur noch nach Blumen. Dana hatte ihn verwandelt. In diesem Moment fasste Felix einen Entschluss: Er würde mit ihr zusammenbleiben. Für immer. Egal, was noch kommen würde. Er würde um sie kämpfen. Sie beschützen. Ganz gleich, was Gabriel dazu sagte. Nur morgen – morgen musste sie ihn noch einmal allein lassen. Für diesen einen Auftrag. Felix hatte zu tun. In einer Woche musste die Tänzerin fertig sein.

Felix hörte die Vögel im Garten, die schon seit Minuten den nahenden Sonnenaufgang ankündigten, und beschloss aufzustehen. Dana schlief noch, ihr Atem war ruhig und gleichmäßig. Felix ging in die Küche und setzte Kaffee auf. Mit zwei gefüllten Tassen stieg er die Treppe wieder hinauf. Er war bemüht, keinen Mucks von sich zu geben, um Dana nicht zu wecken. Felix stellte ihren Milchkaffee auf das Nachtkästchen, setzte sich auf die Bettkante und betrachtete sie. Sie lag auf der Seite, den Rücken ihm zugewandt, und hatte das Kissen unter ihrem Kopf zusammengeknüllt. Ihr Haar fiel in leichten Wellen über die glatte Haut ihres Rückens, die Decke bedeckte nur ihre Beine und den Po. Felix' Blick folgte der anmutigen Linie, die den Übergang von der Schulter zu ihrem schlanken Hals markierte. Beim Anblick der beiden kleinen Vertiefungen gleich oberhalb ihres Pos lächelte er. Er liebte diese Stelle ihres Körpers.

Felix stellte sich vor, wie es wäre, mit Dana Kinder zu haben. Eine schöne Vorstellung. Als er seine Tasse leer getrunken hatte, schlüpfte er in seine Arbeitskleider und schlich die Treppe hinunter. Am Vorabend hatte er die

Werkstatt nicht abgesperrt, aber alles wirkte unberührt. Felix schloss die Tür hinter sich und verriegelte sie von innen. Dann nahm er die Arbeit wieder auf, die er gestern wegen Dana unterbrochen hatte. Obwohl er nur zwei oder drei Stunden geschlafen hatte, spürte er keine Müdigkeit. Es war eher ein Trancezustand, der es ihm ermöglichte, die Formen seiner Tänzerin weiter zu konkretisieren. Hin und wieder warf er Blicke hinüber zum Wohnhaus, hinauf zum Schlafzimmerfenster. Aber dort blieb alles ruhig. Umso überraschter war er, als plötzlich die Türklinke zur Werkstatt mit einem Klacken nach unten ging. Jemand versuchte, die Tür zu öffnen. Felix sah hinauf zum Schlafzimmerfenster, es war geöffnet.

»He! Mach mal auf!« Dana klopfte von außen gegen die Tür. Felix sperrte sie eilig auf, trat Dana entgegen und zog die Tür hastig hinter sich zu. Als er sie küssen wollte, wich sie mit dem Kopf zurück und sah ihn irritiert an. »Darf ich nicht in dein Atelier?«

»Komm, wir gehen rüber.« Felix sperrte die Werkstatttür zu und wandte sich dem Wohnhaus zu. »Dein Kaffee ist wahrscheinlich schon kalt. Ich mache dir einen neuen.«

Dana ließ sich Zeit, ihm in die Küche zu folgen. Als sie auf der Türschwelle stand, sah er ihr ernstes Gesicht.

»Irgendwie bist du komisch: Du gehst nicht ans Telefon. Du sperrst die Werkstatt zu. Was soll das? Hast du da drinnen eine Leiche versteckt, oder was?«

Felix war klar, dass dies ein Scherz sein sollte, aber ihm war nicht zum Spaßen zumute. Er wandte sich ihr zu, seine Antwort fiel einsilbig aus: »Ich kann dir das jetzt nicht sagen. Nur so viel: Es hat wirklich nichts mit dir zu tun …«

Dana starrte ihn an. »Hat es mit Gabriel zu tun?«

Sofort spürte Felix einen Kloß im Hals. Fieberhaft überlegte er, wie viel er ihr verraten durfte. Dann nickte er kurz entschlossen. »Hat er dich in eines seiner schmutzigen Geschäfte reingezogen?«

Sie blickte ihn beunruhigt an. »Hat er nicht, oder?«

»Nein.« Die Lüge bereitete ihm Unbehagen.

»Sondern?«

Felix holte Luft. »Sondern – nichts.« Er machte zwei Schritte auf Dana zu, ergriff ihre Hände, sagte: »In einer Woche ist alles vorbei. Gib mir eine Woche.« Dann küsste er sie, und ehe sie auf dem Küchentisch miteinander schliefen, nahm er noch die kleine Espressokanne von der Herdplatte. Danach fuhr Dana nach Hause und Felix ging zurück in die Werkstatt. Es dauerte eine Weile, bis sich das mulmige Gefühl in seinem Bauch verflüchtigte.

Jeden Morgen um zehn rief Gabriel bei Felix an und erkundigte sich nach seinen Fortschritten mit dem falschen Kirchner. Felix seinerseits rief jeden Abend um neun Uhr bei Dana an. Er spürte, dass sie seine Geheimniskrämerei noch immer merkwürdig fand, aber er hoffte, dass sie es akzeptierte. Und beflügelt durch die Aussicht, sich bald ganz auf das Leben mit Dana konzentrieren zu können, kam Felix schneller als geplant voran. Bereits am sechsten Tag verpasste er der Skulptur den letzten Schliff. Er war stolz. Die neue Tänzerin war tatsächlich noch anmutiger geraten als ihre blutbesudelte Vorgängerin. Just in dem Moment, in dem Felix Gabriel anrufen und ihm Bescheid sagen wollte, dass er kommen könne, um das Kunstwerk abzuholen, hörte er einen Wagen vor der Werkstatt. Schnell warf er ein Tuch über die Skulptur und trat vor die Tür. Zu seiner Überraschung war es Gabriels Jaguar.

Nach einer kurzen Begrüßung meinte sein Partner: »Na, lass mal sehen, dein Kunstwerk.«

»Es ist schon fertig«, erklärte Felix. Er war erleichtert, dass die stressige Zeit für ihn nun vorbei war.

»Na ja, genau deswegen bin ich doch da!«

Felix sah den Kunstberater ungläubig an. »Woher willst du wissen, dass sie fertig ist? Ich wollte dich doch eben erst anrufen!«

Gabriel zuckte gleichmütig mit den Schultern und ging zur Werkstatt. Felix blickte seinem Partner nachdenklich hinterher. Dann folgte er ihm, ein Duft von Sandelholz hing in der Luft. Gabriel zog das Tuch von der Skulptur und begutachtete sie mit zusammengekniffenen Augen. Der Holzbildhauer stellte sich neben ihn und wartete gespannt. Je länger Gabriel schwieg, umso unsicherer wurde er jedoch. War die Figur doch nicht so gut, wie er dachte? Der Kunstberater umrundete den Ateliertisch und betrachtete die Figur von der anderen Seite. Dann trat er ganz nahe zu ihr hin und strich mit seinen gepflegten Händen über ihren Kopf, ihre Brüste, ihre Beine.

»Schade, dass es eine Frau ist und kein hübscher Jüngling.« Lächelnd hob er den Blick in Felix' Richtung. »Aber sie ist richtig gut. Tolle Arbeit, Felix. So, dann mach dich jetzt fertig und wir düsen los.«

Felix schüttelte den Kopf. »Wir düsen nicht los. Ich habe eine Woche lang geschuftet wie ein Schwein. Ich bin müde. Ich brauche eine Pause.« Er wollte zu Dana und sonst nichts. Das hatte er sich verdient.

»Jüngelchen, so schnell geht das nicht! Das Schnitzen ist doch nur die halbe Miete. Jetzt brauchen wir noch die Provenienz.«

»Was – Provenienz?« Felix sah Gabriel irritiert an.

»Na, die Herkunftsgeschichte, Felix. Die muss schon stimmen.« Gabriel machte ein aufmunterndes Gesicht. »Und dazu brauche ich dich. Komm, sperr alles ab und wir fahren.«

»Wohin fahren wir?«

»Zu einem sehr netten Haus in Starnberg.«

»Und wieso muss ich da mit?«

»Weil ich dich brauche.«

»Ich will mit dem Verkaufen nichts zu tun haben, Gabriel. Ich habe dir die Figur geliefert, und damit habe ich meinen Teil des Jobs erledigt.«

Gabriel sah Felix mit gespieltem Mitleid an.

»Es hat doch nichts mit Verkaufen zu tun. Es …«, er zögerte, »ach, ich brauche dich einfach noch. Es ist nichts Schlimmes. Wir fahren da hin, machen ein paar Fotos und fertig.«

»Und für was brauchst du da mich? Ich kann nicht fotografieren.«

»Hab Vertrauen, mein Lieber. Lass dich von deinem guten alten Freund Gabriel überraschen. Das Ende ist nah – alles wird gut.« Gabriel lachte. Er wirkte tatsächlich beschwingt und heiter.

Dreizehn

Einem matten Spiegel gleich reflektierte der Starnberger See das blutrote Licht der Nachmittagssonne. Großbürgerliche Villen säumten den Weg. Vor einem herrschaftlichen Anwesen verringerte Gabriel das Tempo, setzte den Blinker und bog rechts in eine Hofeinfahrt ab. Das schwere schmiedeeiserne Tor hatte sich wie von Geisterhand geöffnet. Sie passierten eine gekieste Allee und hielten kurz darauf vor einem Herrenhaus, zu dessen Eingangstür eine beeindruckende Freitreppe führte. Felix blickte staunend aus dem Fenster. Was hatte Gabriel vor? Wem gehörte das Haus?

Mit einem vergnügten »Da wären wir!« stieg Gabriel aus. Felix tat es ihm zögerlich nach. Als er draußen stand, hörte er seinen Partner fröhlich pfeifen. Felix betrachtete ihn ungläubig. Gabriel öffnete den Kofferraum und hob mehrere Plastikkisten heraus.

»Was soll das blöde Gepfeife?« Gabriels aufgesetzter Frohsinn störte Felix fast mehr als die Tatsache, dass er nicht die geringste Ahnung hatte, was ihn in dem eindrucksvollen Anwesen erwartete.

»Nichts, ich bin einfach nur gut drauf, Felix, weil du so sensationelle Arbeit abgeliefert hast.«

Es störte Felix, dass ihn dieses Lob doch tatsächlich freute.

»Da, fang!« Felix griff nach den Baumwollhandschuhen, die ihm Gabriel in hohem Bogen zuwarf.

»Und jetzt noch die Figur. Aber sei bitte vorsichtig beim Herausheben, man munkelt, es sei ein echter Kirchner.« Gabriel hielt seinen Scherz offensichtlich für gelungen, er lachte ausgelassen.

Während Felix die Figur aus dem Kofferraum hob, stieg Gabriel bereits mit den beiden Transportkisten die Freitreppe hinauf. Das Gebäude war über hundert Jahre alt, jedenfalls schätzte Felix das. Er eilte Gabriel hinterher. Die Stufen endeten an einer Doppeltür aus massivem Holz. Links und rechts vom Eingang stand je ein akkurat gestutzter Buchsbaum. Felix ließ seinen Blick über den

Park schweifen. Die Hecken, die Blumenbeete und Bäume – alles wirkte gepflegt, aber weit und breit war kein Mensch zu sehen. Mit einem unscheinbaren Schlüssel sperrte Gabriel den rechten Flügel der Tür auf und bedeutete Felix, ihm zu folgen.

»Wo sind wir hier eigentlich, Gabriel? Gehört das Haus dir?«

»Nein, nein. Es gehört einem Freund, der sich nur selten in Deutschland aufhält.«

Jedenfalls schien Gabriel sich im Inneren der Villa auszukennen. Zügig durchquerte er die spärlich mit einigen aus der Zeit gefallenen Sesseln und Tischchen möblierte Eingangshalle, von der aus eine breite Treppe nach oben zu einer Art Galerie führte. Er ließ die Treppe links liegen und bog am Ende der Halle in einen Seitentrakt ein. Felix hatte Mühe, mit dem wesentlich älteren Mann Schritt zu halten.

»Das sieht hier alles so antik aus.« Felix' Worte hallten durch das Haus. Die Räume wirkten leblos, wie in einem Museum.

»Deswegen sind wir hier, du Spaßvogel. Sonst hätten wir die Fotos ja auch gleich bei dir in der Werkstatt machen können!«, antwortete Gabriel über die Schulter. Er stand vor der letzten Tür, links am Ende des Gangs. Als Felix ihn erreichte, drückte er gerade die schmiedeeiserne Klinke nach unten. Die Tür öffnete sich mit einem lauten Knarzen. Gabriel trat in den Raum, und Felix, der ihm folgte, stieg sofort ein muffiger Geruch in die Nase. Hier war schon lange nicht mehr gelüftet worden. Die Wand, die der Tür gegenüberlag, war von vier großen Fenstern durchsetzt. Durch die milchfarbenen Vorhänge konnte man in den Park schauen. Felix sah Buchsbaumhecken und eine steinerne Sitzbank. Dann wandte er sich wieder dem Interieur zu. Rechter Hand dominierte ein großer stuckverzierter Kamin den Raum. Doch es war etwas anderes, das sofort Felix' Aufmerksamkeit fesselte: Die vier Bilder, von denen eines rechts neben dem Kamin hing und drei an der Wand mit der Eingangstür. Zwei davon waren Porträts des Expressionisten Emil Nolde, das erkannte Felix sofort. Eines von ihnen zeigte, in Öl gemalt, zwei Tänzerinnen in gemusterten Gewändern, die sich vor einem schemenhaft gemalten Publikum bewegten. Das andere war ein kleineres Bild, das ausdrucksstarke Aquarellporträt einer Frau. Eine schwarze Pagenfrisur umrahmte ihr strenges Gesicht. Ihre Lippen waren rot, die Gesichtsfarbe changierte zwischen lila und ocker. Den Hintergrund hatte der Künstler knallblau gefärbt, das Kleid verlor sich in schemenhaftem Weiß. Felix' Blick blieb sofort an der Kette um ihren Hals hängen. Sie war wuchtig und ebenso rot, wie die Lippen der Frau. Das Bild beeindruckte Felix, es verströmte eine gewaltige Kraft. Ein weiteres hochformatiges Gemälde bildete eine unwirklich farbenfrohe Landschaft vor blauen Bergen und einem lilafarbenen Gewässer ab, an dessen Ufer ein Pfau sein prächtiges Gefieder präsentierte. Felix war sich nicht sicher, aber er tippte auf Paul Gauguin. Das vierte Gemälde empfand er als nichtssagend. Es bestand aus nichts als Linien und Farbklecksen. Ehe Felix darüber nachdenken konnte, ob die Bilder wohl echt waren oder ob es sich um Fälschungen handelte, entdeckte er in der Ecke links neben dem Kamin zwei Skulpturen. Beide waren etwa fünfzig Zentimeter hoch und standen auf quadratischen weißen Sockeln. Neben ihnen ruhte ein weiterer Sockel – er war leer. Die Figur zur Linken bestand aus Metall und zeigte einen Mann im Mantel, der mit einem Schwert zum

Schlag ausholte. Auf dem rechten Bein stehend, streckte er das linke so weit nach hinten weg, dass es mit dem nach vorn gebeugten Rücken eine gerade Linie bildete. Gabriel, der die Kisten in der Nähe der großen Fensterfront abgestellt hatte, bemerkte, was Felix' Aufmerksamkeit fesselte. Also sagte er: »›Der Rächer‹, Ernst Barlach. Ein Meisterwerk. Und daneben, das ist ein Dix. 1913 oder 1914. Ein Nietzsche-Bildnis aus bemaltem Gips.«

Felix näherte sich der Skulptur: Im Gesicht von Otto Dix' Nietzsche prangte ein überdimensionierter Schnauzbart und Augenbrauen, die die Augenhöhlen fast vollkommen verdeckten. Obwohl diese Skulptur weder Mund noch Augen hatte, wirkte sie auf Felix sehr ausdrucksstark. Dann fiel sein Blick auf den leeren Sockel, was Gabriel natürlich nicht entging. »Los, los, stell den guten Kirchner daneben, deswegen sind wir ja da, Felix!«

Felix war mit einem Mal nervös. Er verspürte Ehrfurcht. Dieses Haus hier war wirklich eine Art Museum. Nur ohne Wärter, Alarmanlagen und gelangweilte Schulklassen. Vorsichtig wickelte er den falschen Kirchner aus dem schützenden Papier und hob ihn auf den Sockel.

Da stand sie nun, seine Dana, inmitten echter Kunst – oder zumindest inmitten von Kunst, die echt wirkte. Stolz erfüllte Felix, die Skulptur war ihm wirklich gut gelungen. Sie fügte sich harmonisch in die museale Atmosphäre des alten Herrenhauses ein und bildete mit den anderen Werken eine natürliche Einheit. Einzig das abstrakte Bild, das er grauenhaft hässlich fand, störte die Harmonie.

Während Felix seine Tänzerin und die anderen Kunstwerke studierte, packte Gabriel die beiden Plastikkisten aus. Stück für Stück kramte er eine gestreifte Hose, einen Frack, ein Hemd, vier gemusterte Krawatten, Gamaschen und Schuhe heraus und drapierte sie über den großen Holztisch. Die Kleider verströmten, obwohl sie abgewetzt und verlebt aussahen, die Eleganz vergangener Zeiten. Felix fühlte sich an den in den Goldenen Zwanzigerjahren spielenden Film »Der große Gatsby« erinnert.

»Müsste dir alles passen«, meinte Gabriel zufrieden und klopfte wie ein Magier auf eine unscheinbare schwarze Hutkrempe, aus der ein Zylinder aufploppte. »Los, zieh dich um!«

Eine Viertelstunde später stand Felix in Frack und Zylinder, mit einem Gehstock in der Hand vor Gabriel. Er fühlte sich, als hätte ihn eine Zeitmaschine verschluckt und in einem anderen Jahrhundert wieder ausgespuckt. Und in der Tat passte ihm die dunkle Hose perfekt. Das weiße Hemd war zwar etwas zu weit, aber das fiel wegen des Fracks und der gepunkteten Krawatte gar nicht weiter auf. Nur die Schuhe waren eindeutig zu klein, sie drückten. Gabriel reichte ihm eine Dose Pomade und befahl ihm, sich die Haare erst damit einzufetten und sie dann nach hinten zu binden. Nachdem der Kunstberater eine ziemlich alte Kamera auf ein ebenso antikes Stativ geschraubt hatte, hob er den Blick und grinste: »Super siehst du aus. Und jetzt stell dich bitte neben die Skulpturen.«

Dann legten sie los. Wie ein Modefotograf gab Gabriel Anweisungen, die Felix etwas unbeholfen umzusetzen versuchte. »Schau ernst – nein, das ist zu ernst; ein bisschen freundlicher, noch ein kleines bisschen mehr, ja, ja, das ist gut …«

Als Gabriel nach geraumer Zeit kurz innehielt, fragte

Felix: »Ich meine, ich kapiere jetzt schon so ungefähr, was wir da machen, also dass wir hier so was wie alte Fotos faken. Aber jetzt mal ernsthaft: Das wird dir doch kein Interessent abnehmen, oder?«

»Jüngelchen, das lass meine Sorge sein, ja? Du glaubst nicht, wie lange ich an dieser Geschichte gefeilt habe. Es gibt Leichteres, als eine Agfa-Box-Rollfilm-Kamera aus den Dreißigern zu finden, die noch funktioniert. Ich musste ein Dutzend davon kaufen, bis ich diese hier hatte! Und dann das ganze Material, die Filme, den Vergrößerer. Du würdest mir sehr helfen, wenn du jetzt einfach das tun würdest, was dein Job ist.«

»Aber, Gabriel, wie bescheuert ist das denn – mich, der ich die Skulptur gefälscht habe, auch noch damit zu fotografieren? Das fällt doch hundertprozentig auf!«

»Erstens kennt dich kein Schwein, und zweitens – wäre es dir lieber, ich besorge mir ein Profimodel vom Künstlerdienst, damit wir einen Mitwisser mehr haben? – Stell dich jetzt mal ein bisschen gerade hin und schau bedeutend in die Ferne!«

»Wie, ›bedeutend‹?«

»Na, stell dir vor, du hast einen Haufen geerbt. Sagen wir, du bist Erbe einer großen Tuchfabrik. Du hast viel, viel Geld. Und die Fabrik interessiert dich eigentlich gar nicht. Was dich begeistert, sind die Künste, die Malerei, das Theater, Schriftsteller, schöne Frauen und schöne Männer. So was alles, ja. Es ist ungefähr das Jahr 1928. Ein wunderbarer Sommer. Du gibst jede Woche eine Party, auf der sich die Hautevolee trifft, auf der der Champagner in Strömen fließt und man Opium konsumiert. Und nun ist extra ein Fotograf aus dem fernen Paris angereist und macht ein schönes Foto in deinem Salon; ein Foto, das der Welt zeigen soll, was für ein

Kunstliebhaber du doch bist. So bedeutend sollst du jetzt bitte schauen. Kriegst du das hin?«

»Ich versuche es.« Felix streckte sich und stemmte selbstbewusst einen Arm in die Seite.

»Gut, ja, gut. Das ist gut, Felix, sehr gut – und jetzt probieren wir noch eines direkt hinter dem Kirchner. Du stellst dich hinter die Skulptur und betrachtest sie bewundernd, ja, so als ob du …«

»Halt mal die Klappe, Gabriel, ich hab dich verstanden!« Felix stand hinter seiner Fälschung und zeigte seinem Partner den Stinkefinger, spaßeshalber drückte Gabriel ab.

»So, und jetzt bitte wieder ernsthaft, Felix.« Der Kunstberater schüttelte schmunzelnd den Kopf. Felix konzentrierte sich wieder auf das Objektiv des alten Fotoapparats. Er bemühte sich um einen bedeutsamen Blick.

Nach eineinhalb Stunden zeigte sich Gabriel zufrieden mit der Ausbeute. Und Felix war froh, endlich aus den viel zu engen Schuhen schlüpfen zu dürfen. Gemeinsam packten sie die Tänzerin und die Kleider wieder ins Auto. Beim Verlassen des Grundstücks schloss sich das Tor ebenso geisterhaft, wie es sich bei ihrer Ankunft geöffnet hatte.

»Und wie genau stellst du dir das jetzt vor?«, wollte Felix wissen.

»Du bist der ebenso begeisterte wie heimliche Sammler David Goldstein. So stelle ich mir das vor.« Gabriels Lippen umspielte ein triumphierendes Lächeln. »Weiß ja keiner, dass es einen Sammler dieses Namens nie gegeben hat. In Israel gibt es aber ein Grab, da liegt er begraben. Das hat ein Partner von mir vor Ort gecheckt. Doch jetzt befinden wir uns in der Zeit vor dem Zweiten

Weltkrieg. Du, also dieser David Goldstein, hast dir die Skulpturen gekauft, als die Künstler noch kein Schwein kannte – oder jedenfalls fast kein Schwein. Aber du hast eben ein Händchen für vielversprechende junge Künstler. Den Kirchner zum Beispiel hast du in einem Schweizer Bordell gekauft.« Gabriel hielt kurz inne, um seine E-Zigarette aus der Innentasche seines Sakkos zu ziehen und anzurauchen. Dann fuhr er fort: »Du – also natürlich dieser Goldstein – gehst oft zu leichten Mädchen und lernst in der Schweiz eine kennen, die in demselben Dorf lebt wie Ernst Ludwig Kirchner. Diese Maus hat dem Kirchner nackt Modell gestanden, vielleicht hat er sie auch vernascht, aber jedenfalls hat er ihr zum Dank eine Skulptur geschenkt, oder er hat sie ihr anstatt einer Bezahlung fürs Vögeln gegeben – comme tu veux. Wir sind jetzt so Ende der Zwanziger-, Anfang der Dreißigerjahre. Die Figur bleibt erst einmal bei der Pomeranze im Dorf und landet dann auf verschlungenen Wegen in einem Berliner Edelbordell. Dort entdeckst du die Skulptur und verliebst dich sofort in sie. Du kaufst sie der Mutter Courage vom Bordell für einen Appel und ein Ei ab und stellst sie in deinen Salon. Aber dann kommt der Krieg, du musst fliehen, und ab da verliert sich die Spur deiner Skulptur. Weil die Landpomeranze keiner kennt und Kirchner in den Dreißigerjahren andere Probleme hat – du weißt ja, dass die Nazis ihm übel zugesetzt haben, dass er morphiumsüchtig war und dass er sich 1938 mit einer Browning, Kaliber 7.65 zweimal ziemlich ins Herz geballert hat. ›Auf dem Wildboden‹, wie die Kuhweide in der Schweiz so schön heißt, haha! – Also, weil die Landpomeranze keiner kennt und so weiter, taucht die wunderbare Skulptur in keinem Werkverzeichnis auf.«

»Und du meinst, das glaubt dir irgendjemand?« Felix sah Gabriel von der Seite an.

»Na klar, ich habe ja auch noch den Brief von dieser kleinen Nutte an Kirchner, in dem die sich bei ihm für die Skulptur bedankt.« Gabriels Kichern hatte etwas Dämonisches.

»Wo hast du den her?« Felix staunte.

»Den habe ich natürlich auch machen lassen. Auf echtem alten Papier, mit echter alter Tinte, Patina und allem Drum und Dran. Mit dem Foto von dir als David Goldstein vor dieser Skulptur im Salon – und der ganzen Story im Nacken und dem Grabstein in Israel – sollten wir jeden aufkommenden Zweifel zerstreuen, oder was meinst du?«

»Und was, wenn der Käufer mehr Bilder von diesem Goldstein sehen will, oder wenn man in Archiven sucht und einfach keinen Hinweis auf einen Sammler findet?«

»Also – erstens: Wir haben ja doch ein paar mehr Bilder von dir gemacht, nicht wahr? Wenn wir lustig sind, nehmen wir eines davon und schreiben da eine Widmung drauf, und zwar für Alfred Flechtheim. Das war ein Galerist in Düsseldorf, eine ganz große Nummer. Der musste 1933 emigrieren. Den Flechtheim kennt wirklich jeder, der sich mit Kunst beschäftigt. Und dann schreiben wir eben auf eines der Fotos, die wir heute gemacht haben, drauf: ›Meinem werten Freund Alfred Flechtheim, zum Dank und zur Erinnerung‹, oder so.«

»Das glaubt doch kein Schwein!«, entfuhr es Felix. Er bekam Angst.

Ohne auf diesen Einwurf einzugehen, fuhr Gabriel fort: »Und zweitens musst du dich in die menschliche Psyche hineinversetzen, Jüngelchen.« Gabriel hatte eine Hand am Lenkrad, in der anderen hielt er lässig seine

E-Zigarette. Im Auto roch es nach Vanilledampf. »Mein Interessent *will* doch glauben, dass alles echt ist! Er *will* den echten Kirchner besitzen. Wenn wir dem was halbwegs Glaubwürdiges über die Provenienz erzählen, dann ist der doch glücklich. Und wenn es da sogar noch ein altes Foto gibt, dann wird er verrückt vor Glück. Der glaubt das – garantiert! Wir haben es hier ja nicht mit Günter Wallraff oder irgend so einem Schnüffelaugust zu tun, sondern mit einem stinkreichen Typen, dem einer abgeht, wenn er ein Kunstwerk kriegen kann, das einzigartig ist auf der Welt.« Gabriel wandte Felix das Gesicht zu. »Felix, diese Kunstsammler, das sind Typen, die haben alles, und die können sich alles kaufen, was es auf der Welt gibt. Die einzige Möglichkeit, sich irgendwie noch von den anderen Sammlern abzusetzen, ist für die, sich ein Kunstwerk anzuschaffen, das vor ihnen noch kein lebender Kunstfreak gesehen hat! Die Gier macht sie vollkommen blind!«

Vierzehn

Nachdem der Jaguar vom Hof gefahren und Gabriel sich mit den Worten »Ich melde mich, wenn ich das Geld habe« von Felix verabschiedet hatte, stand dieser kurz ratlos da und starrte in den Nachthimmel. Ihn fröstelte. Dann ging er kurz entschlossen in die Küche, kramte die blaue IKEA-Tüte unter der Spüle hervor und marschierte damit durchs Haus. Bald hatte er einige Klamotten, ein paar Schuhe und den karierten Kulturbeutel seines Vaters eingepackt. Er musste jetzt einfach hier raus!

Nachdem er Wohnhaus und Werkstatt abgesperrt und die IKEA-Tasche im Kofferraum verstaut hatte, setzte er sich, seit langer Zeit mal wieder, hinter das Steuer seines roten Fiat Multipla. Ein ungewohntes Gefühl. Er hatte den Wagen seit seinem aus dem Ruder gelaufenen Holzdiebstahl in der Ebrattinger Kirche praktisch nicht mehr benutzt. Seit diesem Vorfall kam es ihm vor, als verbreitete das Auto ein mieses Karma. Das Erste, was er sich von seinem Anteil am Kirchner-Deal kaufen würde, war ein neuer Wagen, so viel stand fest.

Auf der Autobahn vernichtete ein acht Kilometer langer Stau Felix' Hoffnung, möglichst schnell eine große Entfernung zwischen sich und sein Zuhause zu bringen. Er wechselte auf die Landstraße in Richtung München und rechnete auch hier mit viel Verkehr. Aber überraschenderweise kam er zügig voran. Er trat das Gaspedal bis zum Anschlag durch. Die Geschwindigkeitsbeschränkung von 100 km/h ignorierte er. Als aber die Straße nach einer sanften Kurve in einem Wäldchen verschwand, nahm Felix den Fuß vom Gas. Er hatte bemerkt, dass auf dem Waldparkplatz auf der anderen Straßenseite ein Blaulicht blinkte. Zur Sicherheit behielt er den Parkplatz im Auge: Neben dem Dienstwagen standen zwei Polizisten, daneben ein älterer Mann, der wild gestikulierte. Felix sah nicht sofort, dass der Mann nur einen Arm hatte. Seine Aufmerksamkeit galt vielmehr der Tatsache, dass der Mann offensichtlich genau dasselbe hässliche Auto fuhr wie er selbst: einen Fiat Multipla, allerdings in Schwarz. Normalerweise hätte Felix dieser Zufall nicht weiter beschäftigt. Denn auch, wenn nicht mehr viele Exemplare dieses – in Bezug auf sein Design sehr eigenwilligen – Fahrzeugs auf Deutschlands Straßen unterwegs waren, so sah man doch hier und da noch welche. Aber als Felix die Szenerie passierte, sah der wütende Fahrzeughalter zu ihm hinüber, ja, er starrte ihn vorwurfsvoll an und deutete dann mit seinem einzigen Arm auf ihn. Felix wandte instinktiv sein Gesicht ab. Im Außenspiegel sah er, wie der Mann zeterte und gestikulierte und sogar ein Stück hinter ihm herlief, wobei er immer wieder auf seinen, also Felix', Multipla zeigte. Felix gab wieder Gas. Als das Leuchten des Blaulichts aus dem Rückspiegel verschwunden war, stellte er fest, dass sein linkes Bein leicht zitterte. Plötzlich sah er wieder den Pfarrer vor sich, wie er leblos in seinem Blut lag. Er schaltete das Radio ein, öffnete sein Fenster einen Spalt und zündete sich eine Zigarette an.

Der Stoff von Danas verspieltem Strickkleid war so dünn, dass Felix glaubte, ihre Haut zu spüren, als er sie umarmte. Er schloss die Augen und fühlte mit einem Mal, wie müde er war.

»Komm rein«, sagte Dana. Sie küsste ihn auf den Mund und drehte sich um. Felix folgte ihr in die Wohnung. Rechts stapelten sich Schuhe, weiter hinten im Flur Obstkisten aus Pappe, und aus der Küche roch es nicht sehr einladend – eine Mischung aus kaltem Rauch, verstopftem Siphon, Käse und ungespültem Geschirr. Dana wohnte in einer WG. Aber Felix war das egal. Sie zog ihn in ihr Zimmer und schloss die Tür. Felix ließ sich auf die auf dem Boden liegende Matratze fallen; viel mehr Sitzgelegenheiten gab es ohnehin nicht. Er ließ seinen Blick durch das Zimmer schweifen: Ein kleiner hübscher Schreibtisch aus Holz, der hundert Jahre alt sein mochte, ein dazu passender Stuhl, ein schlichter IKEA-Kleiderschrank, ein Haufen Bücher und Zeitschriften. Die einzige Besonderheit, die Felix sofort ins Auge fiel, war eine kurze Ballettstange aus hellem Holz, die an der Wand gegenüber der Matratze angebracht war. Dana kuschelte sich von hinten an ihn. Die Wärme ihres Körpers tat ihm gut.

»Und? Alles gut gelaufen mit Gabriel?« Sie flüsterte beinahe. Felix spürte ihre Lippen am Ohr.

»Schon.«

»Willst du mir jetzt sagen, was ihr gemacht habt?«

Felix dachte nach. Gabriels ganzer Plan kam ihm wahnsinnig vor. Wer würde ihm diese Lügengeschichte vom verschollenen Kunstwerk eines jüdischen Sammlers glauben? Diese absurde Bordellgeschichte? Und was, wenn die Sache aufflog?

»Felix?« Danas Frage riss ihn aus seinen Gedanken.

Er gähnte. »Ja?«

»Willst du es mir nicht erzählen?«

Felix streckte sich, drehte sich um, küsste seine Freundin. Dann flüsterte er: »Es ist besser, wenn du nichts weißt ...« Draußen rumpelte es. Felix riss sofort den Kopf herum und starrte in Richtung der Tür.

Dana umfasste mit beiden Händen sanft sein Gesicht und erklärte leise: »Das ist nur Inge. Die ist ein bisschen tollpatschig, rennt gerne gegen Möbelstücke. Du kannst dich entspannen. Du bist hier sicher.« Ihre Köpfe lagen dicht an dicht. Felix sah Dana lange an. Ihre Augen strahlten so viel Geborgenheit aus. Er schlief ein. Als er wieder aufwachte, roch er als Erstes würzigen Kräuterduft. Dana lag nicht mehr neben ihm. Er wandte sich um. Sie saß, nur in Unterwäsche, auf dem einzigen Stuhl und rauchte einen Joint.

»Magst du auch?« Sie hielt ihm den glimmenden Joint entgegen. Er streckte sich und nahm das Teil. Dana kicherte. Als sie aufgeraucht hatten, schliefen sie miteinander. Dann döste Felix erneut weg. Die vergangenen Wochen waren zu anstrengend gewesen. Und hier, in Danas kleiner Studentenbude, fühlte er sich zum ersten Mal seit dem Tod seiner Mutter wieder aufgehoben. Er verließ das Zimmer nur, um auf die Toilette zu gehen. Es gelang ihm, über den Flur zu kommen, ohne von Inge oder Karl, dem zweiten Mitbewohner, gesehen zu werden. Er verspürte keinerlei Lust, sich mit irgendwem zu unterhalten. Dana versorgte ihn mit Butterbroten, Tee, Kaffee und Joints, überdies mit Küssen und Liebe. So vergingen die nächsten drei Tage. Sogar sein Telefon blieb stumm. Bis auf ein einziges Mal. Der Name auf seinem Display war für Felix genauso überraschend wie die Uhrzeit des Anrufs. Es war mitten in der Nacht, als ihn der Klingelton aus dem Schlaf riss. Ungeschickt griff Felix nach dem Handy und versuchte, etwas auf dem Display zu erkennen. Das Licht blendete ihn. Felix kniff die Augen zusammen. Allmählich gewöhnten sich seine Augen an die grelle Strahlung und er konnte die Uhrzeit entziffern: drei Minuten nach eins. Der Anrufer war Maria, seine Exfreundin und die Frau seines Bruders – was wollte sie mitten in der Nacht von ihm?

Sofort stellte Felix das Handy lautlos, aber wegdrücken wollte er seine erste große Liebe nicht. Er zögerte einen Moment zu lang, denn als er auf das grüne Symbol tippte, war das Display bereits erloschen. Stille. Er warf einen Blick zu Dana. Gut, dass sie nicht aufgewacht war. Felix grübelte. Hatte Maria sich verwählt? Da vibrierte das Telefon erneut. Marias Name erschien wieder auf dem Bildschirm. Mit dem Handy in der Hand kletterte Felix vorsichtig über Dana hinweg aus dem Bett und schlich sich aus dem Zimmer. Erst in der WG-Küche nahm er den Anruf entgegen.

»Maria, sag mal, spinnst du? Weißt du, wie spät es ist?«, fauchte er ins Telefon und rieb sich die Augen.

»Felix, du musst mir helfen, etwas Schreckliches ist passiert!«

»Was denn?«

»... Die haben Christian verhaftet.« Maria schluchzte.

»Verhaftet? Christian? Warum?«

»Ja, das weiß ich auch nicht genau. Aber die Polizei war da. Es ist schon vier Tage her. Die haben ihn nach einem verschwundenen Journalisten gefragt.«

Marias Stimme überschlug sich, Felix wurde nervös.

»Was für ein Journalist?«

»Irgendwas Berufliches ... Der Christian ist durchgedreht ... der hat ein Messer genommen und die Polizei bedroht!«

»Ein Messer ...«, wiederholte Felix nachdenklich. Sein Bruder, dieses Arschloch, konnte ihn eigentlich nur noch mit wenig überraschen; aber die Polizei mit einer Waffe zu bedrohen, das hatte eine besondere Qualität. Wie dumm von Christian. Felix versuchte, die in ihm aufkeimende Genugtuung zu verdrängen. Natürlich gönnte er es dem älteren Bruder, dass auch er mal Ärger bekam. Vor Kurzem hätte er sich noch riesig darüber gefreut, wenn jemand Christian mal so richtig fertiggemacht hätte. Genauso, wie der es jahrelang mit ihm hatte. Aber jetzt war die Situation komplizierter. Wenn die Polizei wegen des verschwundenen Journalisten bei seinem Bruder aufgetaucht war, würde sie vielleicht auch bei ihm auftauchen? Hatten Gabriel und er etwa nicht alle Spuren in Blanks Wohnung vernichtet? Er hörte Maria gar nicht mehr zu, sondern hing seinen Gedanken nach.

»Bist du noch dran, Felix?«

»Äh, ja.«

»Was soll ich denn jetzt machen? Ich ... ich ... bin allein. Ich ... brauche dich ... Aber ich kann nicht weg, wegen Soleil – Felix, kannst du zu mir kommen?«

»Also, weißt du ... Maria, das ist jetzt gerade ...« Felix räusperte sich verlegen, »schlecht.«

»Liebst du mich noch?«

Felix fuhr sich mit einer Hand über das Gesicht und sah sich hilflos in der WG-Küche um. Wie viele Jahre hatte er Maria noch immer geliebt, nachdem Christian sie ihm ausgespannt hatte! Bis vor Kurzem war das so gewesen. Aber jetzt lag im Nebenzimmer eine andere. »Also ›lieben‹, weißt du, was ... was heißt das schon?« Felix schluckte. »Es ist vielleicht nicht der richtige Moment ...«, setzte er an, doch Maria unterbrach ihn.

»Felix! Ich habe wirklich Angst vor Christian. Ich habe ihn heute in der U-Haft besucht. Ich erkenne ihn überhaupt nicht wieder. Also ... es war in der letzten Zeit schon nicht leicht mit ihm. Er ist so ... so aggressiv.« Plötzlich verfiel sie in Schluchzen, sodass Felix die folgenden Worte nur mit Mühe verstand: »Er ... behandelt mich schlecht. Ich glaube, ich hab mit Christian einen schrecklichen Fehler gemacht.«

Felix fühlte sich überfordert. »Und das fällt dir jetzt ein, Jahre später, wo er im Knast sitzt ... und noch dazu um Viertel nach eins in der Nacht?«

»Ja, ich weiß auch nicht ... « Es folgten zwei lang gezogene, undefinierbare Vokale, dann hörte Felix nur noch ein jämmerliches Schniefen.

Er schüttelte den Kopf. »Bitte beruhige dich, Maria, das wird schon wieder alles gut. Ganz sicher. Ich ... hab dich ... ähm, ja auch noch ... lieb. Wir kriegen das hin. Es ist ja noch nichts passiert.«

Maria schien sich jetzt zu fassen, denn sie schwieg. Dann flüsterte sie: »Um es ganz ehrlich zu sagen: Vielleicht ist es ein Wink des Schicksals, dass Christian im Knast sitzt. Ich liebe immer noch dich. Und das war die ganze Zeit so.«

Mit einem Mal konnte Felix nicht mehr klar denken. Was passierte hier gerade? Sein Bruder saß im Knast, und Maria, die Felix all die Jahre begehrt hatte, sagte so etwas zu ihm. Aber jetzt, genau jetzt konnte er mit dieser Liebeserklärung nichts anfangen. Denn er liebte Dana. Felix zog den Küchenstuhl vom Tisch weg und ließ sich auf die Sitzfläche fallen.

»Also, Maria ... das ist mir jetzt ... also, das kommt jetzt ganz schön überraschend. Außerdem bin ich gerade ...«

Weiter kam Felix nicht, denn er sah, dass die Küchentür, die er nur angelehnt hatte, langsam aufging und Dana mit verschlafenen Augen in den Raum trat. Er geriet nun vollends aus dem Konzept.

»Was machst du?«, gähnte Dana leise.

»Ich telefoniere«, flüsterte Felix ihr zu.

»Wer ist da?«, wollte Maria wissen. »Bist du nicht allein, Felix?«

Plötzlich wusste er, was er zu sagen hatte. »Nein, ich bin nicht allein. Und ich glaube, wir sollten dieses Gespräch auf morgen verschieben. Wir können doch jetzt eh nichts daran ändern, dass Christian im Knast sitzt. Ich rufe dich morgen an, Maria, ja? Ich helfe dir. Versprochen!« Dann legte er auf.

Dana sah ihn entsetzt an: »Wer sitzt im Knast?«

»Mein Bruder.«

»Wieso?«

»Keine Ahnung. Die verdächtigen ihn, irgendwas mit einem verschwundenen Journalisten zu tun zu haben.«

Felix versuchte Danas Vertrauen mit einem liebevollen Lächeln zu gewinnen. Aber sie war plötzlich hellwach: »Und wer war das? Seine Frau?« Felix nickte. Dana verschränkte ihre Arme. »Und wie meinst du das, dass du sie ›immer noch lieb hast‹?«

»Ach, nur so …« Felix wich ihrem Blick aus.

»Nur so? ›Immer noch lieb haben‹? Nur so?« Sie fixierte ihn, aus ihren Augen sprach die Erwartung einer alles erklärenden Antwort.

Tatsächlich erwog Felix für einen kurzen Moment die Option, Dana nicht die Wahrheit zu sagen. Doch er war zu müde für die ganz große Lüge. Also erzählte er ihr von seiner ersten großen Liebe, die ihn mit seinem Bruder betrogen und die jetzt völlig verzweifelt angerufen hatte, weil ebendieser Bruder gerade im Gefängnis saß. Dass Felix selbst in den Tod des Journalisten verstrickt war, verschwieg er Dana jedoch. Sie schien sich mit seinen Erklärungen zufriedenzugeben. Für sie war entscheidend, dass er keine Gefühle mehr für Maria empfand. Felix hatte sich zu dieser Erklärung entschlossen, obwohl Marias Geständnis ihn, wenn er ganz ehrlich zu sich selbst war, natürlich nicht ganz kaltgelassen hatte. Aber sein Gefühl sagte ihm auch, dass er seine und Danas frische Liebe nicht noch mehr Verwirrungen aussetzen durfte.

Am nächsten Morgen verließ Felix das erste Mal, seit er bei Dana eingezogen war, das Haus. Er wolle frische Brezeln holen, verkündete er ihr. Sobald er vor dem Haus stand, wählte er Marias Telefonnummer. Ihre Stimme klang matt und erschöpft. Sie erklärte ihm, die ganze Nacht nicht geschlafen zu haben. »Du musst jetzt nach vorn schauen, Maria.« Er fühlte sich schlecht, während er diese flachen Worte von sich gab.

»Komm zu mir, Felix!«

Er schüttelte den Kopf. »Jetzt mach es doch nicht noch komplizierter! Erst muss Christian aus dem Gefängnis freikommen. Dann müsst ihr eure Beziehung klären. Dann kannst du über andere Dinge nachdenken. Ihr habt schließlich auch eine Tochter, Maria!«

Hierauf schwieg Maria eine Weile. Schließlich antwortete sie: »Felix, ich möchte nicht mit Christian zusammenbleiben. Er ist … er ist … gefährlich!«

»Hat er dir schon mal was angetan?«

»Nicht direkt – er verletzt mich … mit Worten. Und manchmal packt er mich an den Handgelenken … sehr fest … Aber vor allem macht mir seine unkontrollierte Wut Angst!«

»Geh in eine Beratung, Maria. Ihr müsst eine Paartherapie machen …«

»Felix, ich will keine Paartherapie! Ich will ihn loswerden! Er soll aus unserem Leben verschwinden! Ich habe Angst davor, dass er demnächst nach Hause kommt. Kann ich nicht … nur für ein paar Tage …«

»Was?« Felix stieß seine Frage viel wütender aus, als er beabsichtigt hatte.

»… mit Soleil bei dir einziehen?«

Felix wurde es schwindlig. Mit einer fahrigen Bewegung suchte er mit der rechten Hand Halt am Schaufenster der Bäckerei, vor der er nun angelangt war. Ein Hund bellte ihn mit gefletschten Zähnen an. Eine alte Frau mit einem Einkaufswägelchen passierte ihn kopfschüttelnd. Er musste sich zusammenreißen. Er stotterte: »Das … also das … muss ich mir erst noch überlegen, Maria. Ich bin gerade in München. Also … und bei mir zu Hause ist alles abgesperrt. Ich muss nachdenken. Bitte überfall mich nicht mit solchen Dingen.« Er dachte nach. Natürlich wollte er Maria nicht im Stich lassen. Er fasste einen Entschluss: »Wir machen es so, Maria: Ich habe jetzt noch einiges zu erledigen, hier in der Stadt. Aber sobald du weißt, wann Christian entlassen wird und nach Hause kommt, rufst du mich an. Dann finden wir eine Lösung, ja? Und wenn sonst etwas ist, dann kannst du mich natürlich auch anrufen. Jetzt schau mal nach vorn. Das wird schon wieder.«

Die alte Frau hatte während seiner Rede ihren Einkaufswagen neben dem Hund geparkt und knurrte nun: »›Das wird schon wieder‹ – soll ich Ihnen was sagen? Von selber wird nichts wieder, sondern alles nur schlimmer!«

Als zwei Tage später erneut Felix' Handy klingelte und eine unbekannte Rufnummer angezeigt wurde, war er sich sicher, dass es wieder Maria war. Mit einem bemüht freundlichen »Ja« nahm er den Anruf entgegen.

Er erkannte ihn sofort an der Stimme. »Grüß dich, Jüngelchen. Wo bist du denn? Ich stehe hier bei dir vor dem Haus, aber du bist nicht da.«

»Ja, ich bin nicht da.« Felix spürte erst jetzt, wie wohl er sich in den vergangenen Tagen gefühlt hatte, abgeschottet von der Außenwelt: wie in einem Kokon. Nur ganz selten hatte er an Gabriel und das große Geschäft gedacht. Sein Herzschlag beschleunigte sich. Hatte der Kunstberater den Deal schon vollendet?

»Wo bist du?«

»Geht dich nichts an.« Er lächelte – Dana küsste ihn aufs Ohr, es kitzelte.

»Hör mal, Jüngelchen, so geht das nicht. Wir sind Partner. Ich muss immer wissen, wo du bist ...«

»Gabriel, du bist ein beschissener Kontrollfreak. Jetzt sag endlich, warum du anrufst«, fiel ihm Felix ins Wort.

»Ja, das interessiert dich, was?« In der Stimme des Kunstberaters schwang ein unangenehm triumphierender Unterton mit. Felix fühlte, wie Ärger in ihm aufstieg. Warum spannte ihn der Idiot so lange auf die Folter? Hatte der Deal nun geklappt oder nicht? – Aber er war zu stolz, um danach zu fragen. Also schwieg er.

In der Leitung blieb es eine Weile still. Felix hörte, wie der Kunstberater an seiner E-Zigarette zog. Dana war aufgestanden. Sie beugte sich über den Schreibtisch, um einen Joint zu drehen. Ihre vom Slip kaum bedeckten Pobacken waren eine nicht sehr subtile Aufforderung.

»Also, die Sache ist die …«, durchbrach Gabriel das Schweigen, noch immer klang er ernst. Doch dann platzte er förmlich mit seiner Neuigkeit heraus – laut, exaltiert und mit überbordender Begeisterung: »… Ich – habe – das – Geld! Dreihundertfünfzigtausend, Felix! Ich habe den Kirchner für dreihundertfünfzigtausend verkauft, Mann!« Gabriel machte kurz eine Pause, um zu hören, ob Felix reagierte, aber da dieser schwieg, jubelte er weiter: »Das Geld ist schon auf meinem Konto. Wir sind ein geniales Team. Eigentlich müsstest du deinem lieben guten Gabriel jetzt den Schwanz küssen. Was sagst du?«

Felix fühlte sich überfordert. Dreihundertfünfzigtausend. Wenn es stimmte, was Gabriel da redete, dann war er jetzt mindestens um einhundertfünfzigtausend Euro reicher. Denn natürlich würde der Kunstberater diese und jene Ausgabe geltend machen. Die alten Kameras und das ganze andere Material, das Geld für Milan und die Leichenentsorgung, das teure Hotel – der ganze Mist eben. Das alles hatte sicher Geld gekostet, das Gabriel zurückverlangen würde. Aber das waren sicher nicht mehr als fünfzigtausend. Der Rest musste geteilt werden. Und dann standen ihm, Felix, einhundertfünfzigtausend Euro zu. Einhundertfünfzigtausend.

»Hallo? Bist du noch dran?« Gabriels Stimme überschlug sich.

»Ja.« Felix räusperte sich. »Und was ist für mich drin?« Er bemühte sich, möglichst ruhig zu klingen, was ihm nicht ganz gelang. Seine Stimme zitterte.

»Wie bitte? Das ist alles, was dir dazu einfällt? ›Was ist für mich drin?‹«, äffte Gabriel ihn nach. »Sag mal, tickst du noch ganz richtig? Wäre da jetzt nicht ein anderes Wort angebracht? Vielleicht so etwas wie ›Danke, Gabriel. Danke, dass du mich reich machst‹?«

»Danke, Gabriel«, erwiderte Felix leise. Er fühlte sich, als hätte er in eine Steckdose gefasst.

»Hey!«, rief der Kunstberater. »Wach auf! Ich glaube, du verstehst nicht, was hier gerade abgeht! Jetzt pass mal auf: Sag mir, wo du bist, und ich hole dich ab. Bei mir steigt heute Abend eine standesgemäße Party. Ich habe schon ein paar gute Leute eingeladen. Catering und so ist auch organisiert. Wo bist du denn?«

»Bei Dana.«

»Was?!« Diese Antwort schien Gabriel nicht zu gefallen. »Ach so. Warte. Also … kein Problem. Ähm … Hört sie mit?«

»Nein«, antwortete Felix bestimmt und nahm den Joint, den Dana eben angeraucht hatte, entgegen.

»Gut, also Folgendes: Du seilst dich da jetzt ab, machst dich fertig und so, und ich hole dich in einer guten Stunde ab, okay? Weil … ich … äh, denke, es wäre nicht gut, wenn sie auch auf unsere Party käme. Nein, das wäre gar nicht gut.«

»Lass mal, Gabriel. Du brauchst mich nicht abzuholen. Ich komme selber. Um wie viel Uhr geht denn deine Party los?«

»*Meine* Party? *Unsere* Party, Jüngelchen, *unsere*!« Er hustete. »Also gut, dann komm selber ... Um neun bei mir ... aber ohne diese kleine Schlampe, ja?« Er zögerte. Felix hörte, wie er an seiner E-Zigarette zog. »Glaube mir, es ist besser so.«

»Gut, dann also bis später«, sagte Felix und legte auf. Er blickte hinüber zu Dana, die sich gerade verführerisch langsam ihr halbtransparentes Top auszog. Felix packte sie am Handgelenk und zog sie auf seinen Schoß, dann sagte er: »Wir müssen uns beeilen, um neun sind wir eingeladen. Es gibt was zu feiern.«

Fünfzehn

Um zehn Uhr abends bogen Felix und Dana in die Straße ein, in der Gabriels Wohnung lag. Felix trug Jeans und ein leger hochgekrempeltes Leinenhemd, es war immer noch T-Shirt-Wetter. Die Stadt roch nach Süden. Bereits unten auf dem Gehsteig hörten Felix und Dana die Bässe des Village-People-Songs »Y.M.C.A.«. Sie lächelten sich an. Dann schaute Felix an der eleganten Fassade entlang nach oben. Bunte, zuckende Lichter und lautes Gegröle deuteten auf beste Partystimmung hin. Bald nachdem er geklingelt hatte, summte der Türöffner. Felix nahm Danas Hand und zog sie hinter sich ins Treppenhaus. Im Aufzug drückte er auf den obersten, mit einem P beschrifteten Knopf. Als die Kabine sich in Bewegung setzte, küsste er Dana. Zärtlich spielte er mit dem Schlitz in ihrer Zunge. Er freute sich auf den Abend. Er hatte ihr absichtlich nichts davon gesagt, dass Gabriel sie, »die kleine Schlampe«, nicht auf seiner Party sehen wollte. Sonst wäre sie niemals mitgekommen. Er schenkte ihr einen verliebten Blick. Sie sah umwerfend aus in ihrem beigefarbenen Minikleid und den ledernen Römersandaletten, deren Schnüre sie fast bis hoch zum Knie gebunden hatte. Die Aufzugtür öffnete sich, »It's Raining Men« von den Weather Girls ertönte, die Gäste johlten mit. Felix sah sich verunsichert um. Er fand es befremdlich, mit einem Aufzug direkt in eine Wohnung zu fahren. Sie befanden sich in einem quadratischen Vorraum. Zielstrebig ging er auf die Tür mit dem Messinggriff zu, durch die der Partylärm drang. Er wollte die Tür aufstoßen, aber er spürte einen Widerstand. Ein schrilles »Eeeiii« ließ darauf schließen, dass da jemand im Weg stand. Die Tür wurde aufgerissen, und Felix und Dana sahen sich zwei Männern in identischen Anzügen gegenüber, die komplett mit dunkelblau schimmernden Glitzerpailletten bedeckt waren. »Das gibt 'nen blauen Fleck, Schätzchen, das kostet was!«, sagte der Größere.

»Entschuldigung.«

Felix war peinlich berührt. Er wollte sich mit Dana an den beiden Glitzermännern vorbeidrängeln, aber da zupfte ihn der Größere an den Händen, beugte sich zu ihm vor und formte mit seinen Lippen einen auffordernden Kussmund. Felix sah ihn verwirrt an.

»Küsschen, dann ist der blaue Fleck gratis – nur für dich.« Felix schüttelte den Kopf und ging weiter. Dana folgte ihm. »Gabriel, was haste denn da für 'ne Klemm-Hete eingeladen?«, hörte er den größeren Glitzermann rufen. Aber davon nahm keiner der Anwesenden Notiz, es war viel zu laut und voll in dem großen Raum.

Trotz der gedämpften Partybeleuchtung war es hell genug, dass er sich einen Eindruck von den anwesenden Gästen machen konnte. Die meisten waren nicht so extrovertiert gekleidet wie die beiden Paillettenanzugträger. Viele der Gäste trugen Businessanzüge und wirkten so, als wären sie direkt aus dem Büro einer Unternehmensberatung oder Bank hierhergekommen. Manche waren in helle Sommeranzüge gekleidet oder in unauffällige T-Shirt-Jeans-Kombinationen. Die Frauen wirkten eher elegant, mit einer Tendenz zur risikolosen Spießigkeit. Der tätowierte, vollbärtige DJ in engem Unterhemd feuerte die Menge auf der Tanzfläche an. »*It's raining men, hallelujah*«, dröhnte es viel zu laut aus den Lautsprecherboxen. Viele der Gäste sangen mit. Ein durchtrainierter junger Mann in kurzem weißem Tennisdress steuerte mit einem Tablett auf Felix und Dana zu und offerierte ihnen Champagner. Felix stellte fest, dass der Kellner barfuß war. Dana nahm sich ein Glas, Felix lehnte ab. »Habt ihr auch Wasser?«

»Wasser, wieso denn Wasser? H zwei O gibt's im Klo«, hörte Felix jemanden hinter seinem Rücken flöten. Die Stimme kam ihm bekannt vor. Er drehte sich um und erblickte den Kunstsammler Gunther von Kleist, der lachend auf ihn zukam. Wie bei ihrer letzten Begegnung auf der Vernissage war er in papageienbunte Gewänder gehüllt und wedelte sich mit einem Fächer Frischluft zu. Von Kleist trippelte trotz seiner drei Zentner behände zu Felix hin und drückte ihm, ehe dieser sich wehren konnte, einen Kuss auf den Mund. »Grüß dich, Felix!«

Felix wischte sich mit dem Handrücken über die Lippen. Der Duft eines schweren Frauenparfüms lag in der Luft. »Hallo, Herr von Kleist.« Der Kunstsammler klimperte mit den getuschten Wimpern und gluckste mit einem Nicken in Danas Richtung. »Schnuckelige Begleiterin hast du da.« Dann stellte er sich vor ihr auf, deutete eine Verbeugung an und sagte: »Gunther von Kleist, Kunstsammler und Unternehmer.«

»Dana«, sagte Dana, nippte an ihrem Champagner und lächelte dem Papagei belustigt zu.

»Dana! Wie Dana plus Sahna, hahaha …« Gunther von Kleist gefiel sein harmloser Witz ganz offensichtlich. Als er endlich aufhörte zu lachen, riss er die Arme nach oben und sang inbrünstig mit: »*She rearranged the sky so that each and every woman should find the perfect guy …*«, dann stoppte er abrupt und meinte: »Na ja, ich lass euch mal.« Er wandte sich von ihnen ab und stürmte auf eine Gruppe Tanzender zu, die ihm euphorisch zujubelte. Doch offenbar fiel ihm noch etwas ein, denn er drehte sich mit einem schwungvollen Tanzschritt wieder zu Felix und Dana um, was aufgrund seines ballonförmigen Körpers dazu führte, dass er eine Vierergruppe weißhaariger Männer in braunen italienischen Anzügen anrempelte. Gunther von Kleist entschuldigte sich mit einem »Pardöngchen« und fragte Felix: »Weiß Gabriel überhaupt schon, dass ihr da seid?« Beschwingte Pirouetten andeutend, wartete er auf Felix' Antwort.

»Nö.« Das ganze Theater war Felix zu viel.

»Ach, das ist ja was«, entfuhr es Gunther von Kleist. Sogleich rief er laut in den Saal hinein: »Gabriel! Gabriel! Wo bist du, mein Schnuckel?« Doch außer einigen schmunzelnden Blicken erzielte er damit keine Wirkung. »Ich denke, er ist mal wieder in der Küche, das alte Schleckermaul. Ich hole ihn, Tschüssing einstweilen, meine Täubchen.« Dann trippelte er mit seinem voluminösen Körper zwischen den eng stehenden Partygästen hindurch in Richtung des Flurs.

»Dana plus Sahna«, wiederholte Dana mit einem Augenaufschlag in Felix' Richtung, der hierauf mit den Schultern zuckte.

»Gunther ist ein harmloser Spinner. Er …« Der Rest von dem, was Felix hatte sagen wollen, ging in einem Remix des Songs »Smalltown Boy« von Bronski Beat unter, der nach einer kurzen Pause, in der nur Gerede und das Klirren von Gläsern zu hören war, angespielt wurde. Die Musik mit ihren synthetisch-melancholischen Sphärenklängen und der hohen Männerstimme schlug Felix aufs Gemüt. Er fühlte sich plötzlich fehl am Platz. Als »*You leave in the morning with everything you own in a little* …« erklang, durchfuhr ihn ein Schreck: Ein großer, ziemlich muskulöser Bodybuilder mit leichtem Bauchansatz steuerte zielstrebig auf ihn zu. Mit einem breiten Grinsen in seinem pickeligen, künstlich gebräunten Gesicht streckte er Felix die Hand entgegen, um sich dann gleich Dana zuzuwenden. Mit einem von einem starken osteuropäischen Akzent gefärbten Deutsch und in anzüglichem Tonfall sagte er: »Hallo, schöne Frau, wen wir haben da?«

Felix starrte den Mann entsetzt an. Wie verrückt war Gabriel, dass er den Leichenentsorger aus Tschechien zu einer Party in seine Wohnung einlud?

Milan Petrovic warf Felix einen auffordernden Blick zu. »Na, du willst nicht vorstellen mir schöne Lady?«

Felix schluckte. »Dana, das ist Milan. Er … äh … arbeitet mit Gabriel zusammen.« Dana sah den Tschechen interessiert an. »Milan, das ist Dana.«

»Freut mich sehr besonders«, sagte der Mann, der Stefan Blanks Leichnam in seinem Resomator hatte verschwinden lassen; und ehe Dana sich in Sicherheit bringen konnte, hatte er sie rechts und links – und aus Felix' Sicht – entschieden zu feucht auf die Wangen geküsst. Dann trat er ganz nah an Felix heran und raunte ihm ins Ohr: »Ist Edelnutte oder Girlfriend?«

Ehe Felix antworten konnte, pflügte Gunther von Kleist wieder durch das Meer der Gäste und drängelte sich zu ihnen durch. »Finde ihn nicht, finde ihn nicht. Auf seiner eigenen Party unauffindbar. Also entweder ist er beim Ficken oder beim Koksen – oder beides.« Erneut keckerte er. Da tat sich plötzlich vom Flur aus wie von selbst ein Gang zwischen den Gästen auf, und ein kleiner dunkelblonder Mann um die Dreißig in Anzughose und hellblauem Hemd betrat den Raum. Als Felix und Dana ihn sahen, schnappten sie beide gleichzeitig nach Luft. »Das ist doch …«, begann Felix seinen Satz.

Doch Gunther von Kleist unterbrach ihn: »… Ja, ja, habe ich gerade reingelassen. Er sagte, er sei der Philipp, und zwar nicht eingeladen, aber ein Freund von Kathrin. Die wiederum habe gesagt, dass er auch mitkommen könne. Außerdem habe er eine Flasche Wein dabei. Ist doch total nett von dem Typ, oder?«

Felix zwang sich, seinen Blick von dem Gast abzuwenden und raunte Gunther von Kleist zu: »Das ist nicht irgendein Typ, du Vollpfosten! Der Mann ist Profifußballer, der spielt beim FC Bayern!«

»Ach, wie sexy, ein Fußballer.« Der Mann im Paradieskostüm verdrehte die Augen. »Na, den muss ich doch gleich mal persönlich unter die Lupe nehmen!« Und schon setzte er sich mit Trippelschritten ins Kielwasser des blonden Sportlers.

Da Milan Petrovic durch den Auftritt des Fußballprofis kurz abgelenkt war, nutzte Dana die Chance, ihm zu entkommen, und verabschiedete sich bei ihm und Felix mit der Begründung, sie müsse auf die Toilette.

»Wollen Sie wirklich nichts trinken?«, fragte der Kellner im Tenniskostüm und baute sich erneut vor Felix auf.

Der warf einen Blick auf das mit Champagnergläsern beladene Tablett und meinte: »Haben Sie auch was Antialkoholisches?«

»Also, wir haben halt die klassischen Beigetränke – Tonic, Bitter Lemon, Bull oder eine Orangina? Oder selbst gemachtes Ginger Beer?« Weil er den letzten Getränkevorschlag mit gar so viel Stolz in der Stimme unterbreitete, entschied sich Felix für ein Ginger Beer. Sofort nahm er einen hastigen Schluck, er hatte Durst. Es schmeckte angenehm würzig, bekam dann aber eine unerwartete Schärfe. Er hüstelte. In diesem Moment legte sich eine Hand auf seine Schulter. Felix wirbelte herum und blickte in Gabriels von einem breiten Grinsen verzerrtes Gesicht. Die andere Hand des Kunstberaters ruhte auf dem Unterarm eines elegant gekleideten, etwa siebzigjährigen Herrn. Er war bartlos und trug einen schwarzen Dreiteiler mit Weste, aus deren linker Tasche eine Uhrenkette hervorschaute, sowie einen dunkelblauen Seidenschal. Seine Füße steckten in feinen Wildlederstiefeletten.

Gabriel begrüßte Felix mit Wangenküsschen, was dieser widerstrebend über sich ergehen ließ, und sagte dann zu seinem Begleiter: »Darf ich vorstellen, das ist mein Assistent Felix Ambach.«

Und zu Felix gewandt, sagte er: »Felix, das ist Oskar LeMaire.«

Felix nickte dem Fremden zu und nahm noch einen großen Schluck von dem scharfen Gesöff.

»Er hat die wunderbare Kirchner-Tänzerin gekauft, von der ich dir erzählt habe.« Der Satz traf Felix wie ein Faustschlag in die Magengrube. Sofort verkrampfte sich sein Gesichtsausdruck. Das Ginger Beer brannte in der Speiseröhre. Angsterfüllt starrte er den eleganten Sammler an und versuchte, den sich anbahnenden Hustenanfall zu bändigen. Was war nur in Gabriel gefahren, dass er diese Begegnung nicht nur nicht verhinderte, sondern sie sogar noch forcierte? Stand er unter Drogen? Wenn Herr LeMaire nicht vollkommen blind war, musste er doch auf den ersten Blick erkennen, dass Felix der Mann auf dem Foto war, das Gabriel ihm zum Beweis der Provenienzgeschichte präsentiert hatte! Es gab keinen Zweifel: Gabriel war wahnsinnig geworden. Felix konnte das Husten jetzt nicht mehr zurückhalten und bellte völlig unkontrolliert los. Gabriel klopfte ihm auf den Rücken. »Na, na, Jüngelchen, nicht so hastig«, sagte er. Er klang besorgt und schob, an den reichen Sammler gewandt, hinterher: »Die Jugend, immer stürmisch, immer ein bisschen wild …«

LeMaire hielt Felix mit den Worten »Freut mich ganz außerordentlich, Sie kennenzulernen, Herr Ambach« die Hand hin. Der Händedruck war trotz seines Alters erstaunlich fest. Über die Musikanlage lief jetzt »I Want To Break Free« von Queen. Felix bekam seinen Husten nicht in den Griff. Vielmehr verspürte er plötzlich auch einen Brechreiz. Er musste so schnell wie möglich weg, er konnte sich nicht länger im Gesichtsfeld des Käufers seiner Kirchner-Fälschung aufhalten. »Warum du schaust so krank?«, erkundigte sich Milan, der die ganze Zeit dabeigestanden hatte, verständnislos. Felix fühlte sich derart gelähmt, dass er unfähig war zu antworten. Auch sah er sich außerstande, dem belanglosen Kunstsammler-Blabla, das Gabriel dem Kirchner-Käufer ins Ohr quatschte, zu folgen.

»… uss au … Klo«, presste Felix keuchend hervor und tauchte, ohne eine Reaktion der drei ihn umringenden Männer abzuwarten, in der Menge unter. Vor der Badezimmertür musste er einige Zeit warten, weil zwei Frauen in Miniröcken und High Heels, deren schlanke Absätze ihn an Waffen erinnerten, noch vor ihm dran waren. Als sich die Tür zur Toilette öffnete, drehte sich Felix schnell weg und machte einige Schritte in die entgegengesetzte Richtung. Dieser ekelhafte Hugo war also auch da! Auf seinem Rückweg rempelte Hugo die beiden Frauen an und spuckte abfällig vor ihnen auf den Boden. Gleichgültig mit den Schultern zuckend, stakten die beiden Schönheiten ins Badezimmer, und Felix atmete auf: Gabriels Lover verschwand in der Menge, er schien ihn nicht erkannt zu haben. Felix legte keinen Wert auf ein Wiedersehen. Als die beiden Frauen nach einigen Minuten wieder aus der Toilette kamen, waren sie erstaunlich gut gelaunt. Felix schob sich schnell an ihnen vorbei ins Bad, schloss die Tür hinter sich ab und setzte sich auf den Rand des Whirlpools. »Kein Witz; da hat der Typ doch echt einen Whirlpool im Gästeklo!«, murmelte Felix zu sich selbst, bevor sein Blick an einem verchromten Dildo hängen blieb.

Dana war nicht zur Toilette gegangen, sondern hatte die Küche aufgesucht, um nachzusehen, was es zu essen gab. Zu ihrer Freude stellte sie fest, dass es am Buffet nicht nur sinnlosen Firlefanz wie Kaviarhäppchen und Austern, sondern auch winzige Brezensemmeln mit Leberkäse gab. Sie schnappte sich zwei, aß eine gleich auf und nahm die andere mit auf die Treppe zur Dachterrasse. Dass Hugo sie beobachtete und dabei seltsam nachdenklich seinen Zündschnurzopf zwischen den Fingern zwirbelte, nahm sie nicht wahr. Auf der Terrasse schien kein Mensch zu sein. Dana schob die Tür auf und trat nach draußen. Es nieselte. Sie holte tief Luft. Die Abkühlung tat gut. Sie beobachtete den Dampf, der von den edlen Steinplatten auf dem Fußboden aufstieg. Dann löste Dana die Schnüre ihrer Sandaletten und überquerte barfuß die Terrasse. Auf der anderen Seite entdeckte sie eine Tür. Sie drückte die Klinke nach unten. Mit tänzerischer Eleganz trat Dana in ein kleines, auf drei Seiten von großen Panoramafenstern eingefasstes Studio. Durch die zugezogenen Lamellenvorhänge drang kaum Licht. Sie näherte sich einem weißen Tisch und betrachtete die dort ausgebreiteten Kunstzeitschriften. Daneben sah sie einen massiven Zigarrenaschenbecher aus Marmor, einen goldenen Füllfederhalter, einen mit dem Logo eines Auktionshauses versehenen Brief, ein Päckchen Extra-Safe-Kondome, ein Schwarz-Weiß-Foto. Ihr Blick war bereits zu einem asiatisch aussehenden Stiftbecher weitergewandert, da stutzte sie und sah sich das Foto noch einmal genauer an. Es zeigte einen eleganten Mann in Frack, Hemd, gemusterter Krawatte, gestreifter Hose und Gamaschen. Was lustig war: Der feine Herr zeigte dem Betrachter einen Stinkefinger! Das wirkte ganz und gar unpassend. War das ein Scherz? Aber ja, denn auf den zweiten Blick sah Dana, dass der Mann auf dem Foto natürlich kein feiner Herr war, sondern Felix. Was sollte das? Obwohl das Foto aussah, als wäre es vor vielen Jahren aufgenommen worden, gab es keinen Zweifel: Das war Felix – zwar verkleidet, aber eben doch ihr Felix! Genau in dem Moment, in dem Dana dies begriff, hörte sie ein Geräusch von der Tür. Sie fuhr herum.

»Was machst du hier?« Gabriels Stimme hatte eine gefährliche Schärfe. In seinen Augen glomm etwas Manisches auf.

»Ich suche nach der … Toilette«, log sie, nicht ahnend, in welcher Gefahr sie schwebte.

»Was machst du auf meiner Party? Ich kann mich nicht erinnern, dich eingeladen zu haben.«

Dana war verwirrt. Felix und Gabriel arbeiteten zusammen – und Felix hatte sie doch unbedingt mitnehmen wollen! Irgendetwas stimmte hier nicht. Sie warf noch einmal einen Blick auf das Bild. »Felix hat gesagt, ich kann mitkommen«, antwortete sie trotzig.

»Ach, Felix, dieser Idiot«, zischte Gabriel mehr zu sich selbst.

Dana spürte, dass er wusste, dass sie das Foto gesehen hatte. Mit einer langsamen Geste nahm sie es vom Tisch. Schaute es eine Weile an, drehte es um und las die Widmung:

> »Meinem werten Freund Alfred Flechtheim, zum Dank und zur Erinnerung. David Goldstein«

Plötzlich nahm sie hinter sich eine Bewegung wahr. Dana drehte sich nicht um, sie war gelähmt vor Angst. Sie hörte, wie sich die Tür des Studios beinahe lautlos schloss. Und während sie noch über einen Fluchtweg nachdachte, erklang ein kurzes Rauschen, sie spürte einen dumpfen Schlag, dann war alles schwarz.

Hugo küsste Gabriel auf den Mund. Der löste sich von ihm, ging zum Schreibtisch, öffnete die unterste Schublade, holte eine Rolle silbernes Gewebeklebeband hervor und warf es seinem Lover zu. Drei Minuten und achtundvierzig Sekunden später lag Dana gefesselt und geknebelt in dem abschließbaren Einbauschrank.

Als Gabriel die Tür des Dachstudios von außen zusperrte, beruhigte sich sein Atem. Beim Hinabsteigen der Treppen summte er Gloria Gaynors »I Will Survive« mit: »*First I was afraid, I was petrified …*« Dann gab er Hugo einen Klaps auf den Hintern und legte, als der zu ihm aufschaute, den Finger auf die Lippen. Dann mischte sich Gabriel unter die Gäste, als wäre nichts gewesen.

Felix stand in der Küche und rauchte die letzte Zigarette aus seiner Schachtel. Es war bereits über dreißig Minuten her, dass Dana sich verabschiedet hatte, um aufs Klo zu gehen. Er hatte alle Räume abgesucht, hatte vor der Toilette herumgelungert und war schließlich in der Küche gelandet, wo er, Kippe für Kippe rauchend, angefangen hatte, wahllos Leute nach Dana zu fragen. Aber keiner konnte ihm weiterhelfen. Milan Petrovic antwortete zwar zunächst: »Habe ich gesehen Schönheit vor fünf Minuten.« Doch als Felix ihn erwartungsvoll ansah, legte er grinsend nach: »Hat mir einen gelutscht in Whirlpool auf Klo.«

Felix verzog das Gesicht. Wo war Dana? Langsam beschlich ihn der Verdacht, dass irgendetwas nicht stimmte. Nach weiterem vergeblichem Suchen beschloss er, Gabriel zu fragen. Der stand wild gestikulierend inmitten einer illustren Runde männlicher Models und gab eine anscheinend witzige Anekdote zum Besten. Alle lachten und prosteten sich zu. Felix packte den Kunstberater am Arm und zog ihn zu sich.

»Nanu, Jüngelchen, was ist?«

»Hast du Dana gesehen?« Felix hörte selbst die Panik, die in seiner Stimme mitschwang.

»Dana? Wieso Dana? Die ist doch gar nicht eingeladen!«

»Doch, ich habe sie mitgebracht, aber jetzt ist sie schon seit über einer halben Stunde verschwunden.«

»Felix!« Gabriel tat so, als spräche er zu einem Kind: »Hier verschwindet doch keiner. Wohin sollte sie denn verschwinden? – Da hat sie eben einen anderen gefunden, mit dem sie nun um die Häuser zieht.«

»Quatsch.« Felix wurde wütend.

»Na, na, na! Ich kenne Dana schon länger. Wäre nicht das erste Mal, dass sie einen Typen auf 'ner Party stehen lässt.« Plötzlich bekam Felix Angst, dass Gabriel recht haben könnte. Es wusste nicht, was er sagen sollte. »Also ... ich habe sie jedenfalls heute Abend hier noch nicht gesehen«, sagte Gabriel. Der Kunstberater zögerte kurz. Dann setzte er nach: »Sonst hätte ich sie auch höchstpersönlich rausgejagt!« Nach diesen harmlos dahergesagten Worten grinste Gabriel Felix diabolisch an, packte seinen Partner hinten am Genick und rüttelte ihn freundschaftlich durch. Dann sagte er mit einem seltsamen Singsang in der Stimme: »Und jetzt entspann dich und feiere mit uns, Felix, wir haben allen Grund dazu!« Felix riss die Augen auf, seine Pupillen suchten Halt in dem überfüllten Raum, der sich immer weiter auszudehnen schien, aber sie fanden nichts.

Im Hintergrund lief »Can't Get You Out Of My Head«. Kylie Minogue.

Teil 4

Das Strandmädchen

Eins

Alles war dunkel. Lediglich ein schwacher Streifen Licht drang durch einen Spalt in der Schranktür. Dana kauerte mehr, als dass sie saß. Sie versuchte sich aufzurichten. Keine Chance: Einige Zentimeter in diese Richtung, einige in die andere, mehr ging nicht. Ihr Kopf lehnte an einer Holzwand, das konnte sie an dem Geräusch, das sie durch sachtes Dagegenklopfen erzeugte, erkennen. Offenbar war sie in einer engen Kiste eingesperrt – verschnürt wie ein Paket. Ihre Hände waren hinter dem Rücken gefesselt, die nackten Unterschenkel über Kreuz gelegt und an den Knöcheln zusammengebunden. Ihre Beine waren eingeschlafen, hin und wieder kribbelten sie. Ihr Ellenbogen schmerzte. Ein Stich. Danas Hinterkopf tat unerträglich weh, als ob ein Presslufthammer auf ihn einhämmern würde. Sie bemerkte die Flüssigkeit, die in ihren Haaren klebte. War es Blut? Anscheinend war sie niedergeschlagen worden, bewusstlos gewesen – und jetzt war sie gefangen. Sie versuchte, um Hilfe zu schreien: »Mmh … mmh …« Mehr brachte sie nicht heraus. Es war lächerlich. Sie war vollkommen hilflos. Nicht einmal schreien konnte sie. Die Schweine hatten ihr den Mund zugeklebt, mit Klebeband. Das Plastik roch unangenehm, und der Klebstoff spannte auf der zarten Haut ihrer Lippen. Immerhin war sie wohl noch angezogen. Ihre Füße fühlten sich nackt an, aber an den Oberschenkeln – ja, da spürte sie Stoff. Zwar war ihr Minikleid verrutscht, doch es war noch da. Auch ihr

Slip war noch am Platz, das Schlimmste konnte sie also ausschließen. Langsam legte sich ihre Benommenheit. Ein kalter Luftzug am Bauch, Gänsehaut am Rücken. Was war das? Von draußen drangen Geräusche an ihr Ohr. Es hörte sich an wie das Wummern von Lautsprechern. Also mussten Menschen in der Nähe sein. Sie hörte genauer hin: Das war der stampfende Beat von »We Will Rock You«, unverkennbar. Kürzlich hatte sie sich zu diesem Song auf einer WG-Party zusammen mit allen Anwesenden auf den Boden gekniet und den Rhythmus mit den flachen Händen auf den Boden geklatscht. Es war der perfekte Partysong. Party! Schlagartig fiel es ihr wieder ein: Sie war auf Gabriels Party gewesen. Er war es, den sie zuletzt gesehen hatte! Der hinterhältige Kunstberater mit seinem affigen Pferdeschwanz war die letzte Person, mit der sie gesprochen hatte, ehe alles um sie herum schwarz geworden war. Danas Erinnerung kehrte zurück: Sie war in Gabriels Dachstudio gewesen. Sie hatte das Foto gefunden, auf dem Felix abgebildet war, verkleidet wie ein feiner Herr vor hundert Jahren. Frack, Hemd, Krawatte, Gamaschen. Irgendwie hatte er in diesem Outfit süß ausgesehen, ihr Felix, wenngleich auch ein bisschen lächerlich. Sie liebte ihn trotzdem. Das Foto schien aus einer längst vergangenen Epoche zu stammen. Ein bisschen vergilbt. Und auf der Rückseite diese komische Widmung an einen gewissen David Flechtheim. Oder Alfred … oder war es Goldheim? Und dann war Gabriel plötzlich hereingekommen und hatte gefragt: »Was machst du hier auf meiner Party?« Dana erinnerte sich an den aggressiven Ton in seiner Stimme. Was war das für eine dämliche Frage? Felix hatte sie mitgenommen. Er und Gabriel waren doch Partner, also angeblich. Und jetzt war sie gefangen in dieser Kiste, vermutlich noch immer in Gabriels Dachstudio.

Wo war Felix? Er musste sie doch längst vermissen. Warum suchte er nicht nach ihr? Dana kam ein schrecklicher Gedanke. Hatte womöglich *er* sie niedergeschlagen? Steckte vielleicht mehr hinter der Geheimnistuerei mit seiner Werkstatt? Waren er und Gabriel in illegale Geschäfte verwickelt? Gabriel war skrupellos, das wusste Dana. Wenn sie doch nur einen klaren Kopf gehabt hätte! Das Denken fiel ihr entsetzlich schwer. Sie musste sich darauf konzentrieren, in eine andere Position zu kommen. Ihre Arme fühlten sich tot an. Blutleer. Von den Schultern abwärts spürte sie ihren Körper nicht mehr. Energisch versuchte sie sich aufzubäumen. Ein stechender Schmerz fuhr ihr vom Nacken über den Rücken bis hinunter zur Hüfte. Verzweifelt gab sie auf. Sie musste sich beruhigen. Immerhin bekam sie Luft. Sie musste ruhig atmen, ganz ruhig.

»Hey, Felix!« Ein kräftiger Schlag auf den Rücken riss Felix aus dem Trancezustand, in den er für Sekunden gefallen war. Plötzlich war alles wieder da: die laute Party in Gabriels Penthouse-Wohnung über den Dächern von München, »We Will Rock You« von Queen, der Geruch von Parfüm, Zigaretten und Champagner. Felix riss den Kopf herum. Zu Gabriel hatte sich nun auch Hugo gesellt. »Geile Party, die Gabriello da für uns schmeißt, was?« Während er dies sagte, schnipste der pockennarbige Südländer provokant mit dem Zeigfinger gegen seinen dünnen Flechtzopf, der vom sonst haarlosen Hinterkopf am Hals entlang bis vorn auf die Brust reichte. Lächerlich sieht dieser Zopf aus, wie ein Rattenschwanz, dachte Felix.

»Hugo!«, wies Gabriel seinen Lover zurecht. »Diese Party schmeißen Felix und ich gemeinsam, ja? Dass wir was zu feiern haben, hat schließlich zu einem nicht unerheblichen Teil auch mit ihm zu tun ...« Er zwinkerte Felix zu. Der Angeflirtete starrte leeren Blicks zurück. Ja, es war auch seine Party. Ja, er selbst hatte »Die Tänzerin« im Stil des Expressionisten Ernst Ludwig Kirchner gefälscht und Gabriel hatte diese Fälschung für dreihundertfünfzigtausend Euro verkauft. An einen Typen, den er – aus welchen Gründen auch immer – ebenfalls zu dieser Party eingeladen hatte. Immerhin war, soweit Felix das überblicken konnte, der Sammler schon wieder gegangen. Aber was ihn jetzt viel mehr interessierte, war: Wo steckte Dana?

Er sah auf die Uhr, es war schon kurz nach vier. Vor über zwei Stunden hatte er seine Freundin das letzte Mal gesehen, und seitdem fehlte jede Spur von ihr. Im Gegensatz zu Felix wurden die anderen Partygäste immer besoffener oder von anderen Substanzen berauscht. Felix fühlte sich müde und hilflos. Schließlich fragte er seinen Partner direkt: »Gabriel, wo ist Dana?«

Gabriel verdrehte die Augen und seufzte: »Jüngelchen, begreife es endlich: Ist doch vollkommen egal, wo die kleine Schlampe ist. Hier gibt's viel bessere Frauen für dich! Genieße die Nacht, lass dich treiben.« Gabriel fuhr sich mit einer fahrigen Bewegung über die Nase, die ihn offenbar juckte. Kein Wunder bei der Menge Kokain, die er über den Abend konsumiert hatte. »So ist das mit Frauen wie Dana: Sie lassen sich von dir auf Partys schleppen, und dann werfen sie sich einem anderen Trottel an den Hals.« Gabriel nippte an seinem Champagnerglas. »Ich würde mal auf der Toilette nachschauen, ob sie sich da nicht gerade von 'nem reichen Anwalt vögeln lässt. Das ist eigentlich ihr Signature Move. Ich kenne Dana nicht anders.« Als Felix nicht reagierte, wurde Gabriel ernst. »Felix, du solltest wirklich darüber nachdenken, ob du nicht …« Erneut klimperte er ihn mit seinen gepflegten Wimpern an. »… Also, ich meine … Hugo und ich haben uns ganz bewusst für Männer entschieden, nicht wahr, Hugo-Darling? Niemand versteht einen Mann besser als ein anderer Mann …«

Hugo war gerade dabei, sich puren Wodka in den Rachen zu schütten. Die Eiswürfel in seinem Glas klimperten im Takt der Musik. Aus den Lautsprechern tönte »Relax« von Frankie goes to Hollywood. Der Latino setzte sein Glas ab, stieß leise auf und sagte: »Honestamente, Gabriello, du bist der Beste und so, aber ich stopfe ihn schon auch gerne mal bei so einer feuchten Reuse rein …« Er lachte dreckig.

»Hugo, du bist ja wi – der – lich!«, schrillte Gabriel gegen die Musik an. Der Kunstberater wirkte glaubwürdig entsetzt. Das Stroboskoplicht verzerrte sein Gesicht zu einer Fratze. Felix schüttelte angeekelt den Kopf – »Reuse!« – und wandte sich ab. Da er alle Räume der Wohnung bereits mehrfach abgesucht hatte, trat er nun zu dem Aufzug, dessen Türen sich direkt in den Vorraum des Penthouse hinein öffneten, und drückte auf die Taste fürs Erdgeschoss. Er wusste einfach nicht mehr weiter. Die Schiebetür aus Edelstahl schloss sich geräuschlos hinter ihm, das Gefährt setzte sich in Bewegung, und Felix genoss die plötzliche Stille. Felix atmete auf und betrachtete sich im Spiegel. Sein Gesicht war blass. Auf der Stirn zeichneten sich erste Falten ab. War das normal für einen Sechsunddreißigjährigen? Er fühlte sich auf einmal so alt. Wo konnte Dana nur abgeblieben sein? Was meinte Gabriel mit »Signature Move«? Würde sich seine Dana wirklich einfach so einen anderen Typen schnappen? Und falls ja: Stand es ihm zu, darüber zu urteilen? Hatte nicht er selbst Dana erst kürzlich mit einer wildfremden Frau betrogen? Klar, irgendwie war das passiert, ohne dass er es richtig gewollt hatte … Aber in Sachen Fremdgehen brauchte er nun wirklich nicht den Moralapostel zu spielen. Es fiel ihm schwer, seine Gedanken logisch aneinanderzureihen: Sie waren gemeinsam auf Gabriels Party gegangen. Sie hatten sich mit dem Kunstliebhaber Gunther von Kleist und diesem Milan Petrovic unterhalten. Milan hatte Dana merkwürdig angesehen und anzüglichen Dreck gequatscht. Milan, der Leichenentsorger aus Tschechien, der den toten Körper des Journalisten Stefan Blank in Nichts aufgelöst hatte. Felix hatte für einen Moment ganz vergessen, dass er einen Menschen umgebracht hatte.

Steckte dieser Milan etwa hinter Danas Verschwinden? Und was wussten die Bullen? Schließlich suchten sie bereits nach dem verschwundenen Journalisten und waren auch schon bei seinem Bruder aufgeschlagen. Der Aufzug stoppte im Erdgeschoss, die Tür ging auf. Felix riss sich am Riemen und lächelte beim Aussteigen die hochgewachsene Frau in hautengem, türkisfarbenem Hochglanztop und rosa Hotpants an, die ihm entgegenkam. Als er draußen war, drehte er sich nochmals zu ihr um. Der Duft, der sie umgab, war betörend. Netzstrumpfhose, atemberaubend hohe, ebenfalls türkisfarbene Pumps, perfekte Beine und ein knackiger Hintern. Als sich die Aufzugtür hinter dieser Erscheinung geschlossen hatte, überlegte er kurz, ob die Frau nicht vielleicht doch ein Mann gewesen war. Kopfschüttelnd durchquerte er die Eingangshalle und trat ins Freie auf den Gehsteig.

Ratlos sah er sich um. Die Straße war nass, und die Regentropfen auf den geparkten Autos reflektierten das Licht der Straßenlaternen. Am liebsten wäre Felix einfach nach Hause gefahren. Was er brauchte, war Ruhe. Wut stieg in ihm auf. Was fiel Dana ein, ihn einfach so auf der Party stehen zu lassen? Er blickte nach oben zum Penthouse. Um diese Uhrzeit war auf der Party nicht mehr ganz so viel los, aber der DJ gab immer noch Vollgas. Der Wind wehte Fetzen eines House-Songs durch die Sommernacht. Felix warf einen prüfenden Blick die Straße hinunter. Keine Dana. Dann schaute er wieder an der Fassade hinauf in Richtung Partylärm. Erst jetzt fiel ihm auf, dass zu Gabriels Penthouse offenbar nicht nur eine geräumige Dachterrasse gehörte, sondern auch noch eine Art alleinstehender Bungalow. Die Jalousien an den großen Panoramafenstern waren heruntergelassen; in dem Bungalow schien kein Licht zu brennen. Felix erinnerte sich, dass er auf seiner Suche nach Dana zwar die Treppen zur Dachterrasse erklommen hatte. Aber die Glastür, die nach draußen führte, war abgeschlossen gewesen. Felix griff zu seinem Handy. Erneut wählte er Danas Nummer. Immerhin gab es noch ein Freizeichen. Genau wie bei seinen letzten drei Versuchen auch. Aber wieder tutete es vergeblich, niemand hob ab. Felix beschloss, zurück ins Haus zu gehen. Er nahm nicht den Aufzug, sondern stieg das Treppenhaus nach oben. Vielleicht gab es von dort einen Zugang zu dem Bungalow. Während er nach oben hetzte, nahm seine Gewissheit, dass nichts und niemand Dana und ihn jemals trennen würde, Stufe für Stufe ab. Vielleicht hatte Dana ihn ja doch versetzt? Vielleicht war sie ja doch die Schlampe, die Gabriel in ihr sah?

Als er im vorletzten Stockwerk angekommen war,

stellte er fest, dass man über diesen Weg weder in Gabriels Wohnung noch auf die Dachterrasse kam. Offenbar war das Penthouse nur über den Aufzug zu erreichen. Das war zwar merkwürdig – und im Falle eines Brandes lebensgefährlich –, aber Gabriel liebte ja auch sonst das Risiko. Oder gab es irgendwo einen geheimen Gang, ein unsichtbares Treppenhaus?

Danas Augen hatten sich zwar mittlerweile an die Dunkelheit gewöhnt, dennoch stieg Panik in ihr auf. Sie bekam immer schlechter Luft. Verzweifelt versuchte sie, durch das Klebeband hindurch zu schreien. Sie wand sich mit aller noch verbliebenen Kraft, aber im nächsten Moment übermannten sie wieder völlige Erschöpfung und Schmerz. Sie spürte, wie ihr die Tränen warm und weich über die Wangen liefen. Ein letztes Mal nahm sie all ihre Energie zusammen und versuchte, ihre hinter dem Rücken gefesselten Arme auseinanderzureißen. Als das nicht funktionierte, warf sie sich gegen die linke Seite ihres hölzernen Gefängnisses. Zuerst zuckte ein scharfer Schmerz durch ihre Schulter, dann – völlig unerwartet – gab die Wand ihren Widerstand auf. Eine Tür schwang auf. Dana kullerte aus dem Schrank und landete auf einem weichen Teppichboden. Dort blieb sie regungslos liegen.

Felix war mittlerweile ein Stockwerk nach unten gegangen und drückte den Aufzugknopf. Hatte er irgendetwas gesagt, womit er Dana beleidigt haben könnte? War sie sauer wegen seines Telefonates mit Maria, seiner ersten großen Liebe? Aber das hatte er ihr doch erklärt. War es möglich, dass sie auf der Party jemanden getroffen hatte, den sie kannte? Und mit dem sie dann weitergezogen war? Aber hätte sie dann nicht …? Felix schüttelte ratlos den Kopf und trat in den Aufzug, in dem bereits eine stark geschminkte, extrem voluminöse Frau in einem orangefarbenen Handwerker-Overall stand und eine Gitarre stimmte. Anstatt eines Gürtels trug sie ein Band mit kleinen bunten Luftballons um die nicht vorhandene Taille. Rot. Blau. Rosa. Orange. Weiß. Gelb. Ihr kahl geschorener Kopf sah ebenfalls aus wie ein großer Luftballon. »Na, auch ein Freund von Gabriel?«

»Ja.« Felix senkte den Kopf. Der Anblick der Frau irritierte ihn.

»Hast du Kummer?« In ihrer Stimme schwang etwas Mütterliches mit.

»Nein.«

Sie ließ von den Saiten ab und griff nach seiner Hand. Felix hob den Kopf. Ihre Blicke kreuzten sich. Sie sah zwar befremdlich aus, hatte aber eine beruhigende Wirkung auf Felix. »Natürlich hast du Kummer! Sehe ich doch! Lass mich raten: Liebeskummer!«

»Nein.« Vorsichtig entzog Felix der Unbekannten seine Hand. Er wollte sie nicht beleidigen. Der Aufzug öffnete sich, er trat rückwärts hinaus und rempelte einige Leute an, die direkt an der Kabinentür standen. »Ruhig, Brauner!«, rief einer. Felix reagierte nicht. Eilig bahnte er sich einen Weg durch die Partygäste, gerade so, als würde er verfolgt. Er hatte beschlossen, die ganze Wohnung nochmals systematisch zu durchkämmen. Vielleicht hatte er Dana in dem Gedränge einfach nur übersehen. Mittlerweile war es nicht mehr so voll, und irgendwo musste sie doch sein! Nachdem er das weitläufige Wohnzimmer und die Küche überprüft hatte, stand er wieder vor der Treppe zu Gabriels Terrassentür, die noch immer abgesperrt war. Felix ruckelte mehrmals heftig an der Türklinke. Vergebens. Er spähte durch die Scheibe. Gegenüber, etwa zehn Meter entfernt, erblickte er den dunklen Bungalow. Sein Herzschlag beschleunigte sich. War Dana etwa da drin? Hatte sie sich eingesperrt?

»Na, na, na, wen haben wir denn da?« Felix erkannte die säuselnde Stimme sofort. Der Kunstsammler Gunther von Kleist stand unten an der Treppe und blickte freundlich zu ihm hoch. Felix wandte sich um und ging die Treppe nach unten. Er fühlte sich, als hätte der in papageienbunte Gewänder gehüllte Mann mit dem Fächer ihn bei etwas Verbotenem ertappt.

»Ich suche Dana«, stammelte Felix. »Sie ist weg, also … verschwunden …«

»Na, da draußen brauchst du aber nicht zu suchen, Felix, Felicis, der Glückliche. Das ist Lateinisch, haha!« Von Kleist klimperte mit den getuschten Wimpern. »Wenn Gabriel eine Party gibt, ist das Studio eine No-go-Area.«

»Wieso?«, stieß Felix ungelenk hervor. Das schwere Frauenparfüm des Kunstsammlers raubte ihm den Atem.

»Ach, da gab's mal Problemchen mit Lustmolchen und Drogenfreunden – du weißt schon … Und seither öffnet Gabriel seinen Freunden nur noch the Livingroom and the Kitchen … schade eigentlich. Gabriel hat da oben eine himmlische Kunstsammlung. Ist aber so ja auch noch genügend Platz in dieser … armseligen Sozialwohnung.« Er beendete den Satz mit einem keckernden Lachen. Dann schwiegen beide eine Weile, nur die wummernde Musik war zu hören. Schließlich meinte von Kleist: »Komm, Felix, der Abend ist doch viel zu schön, um Trübsal zu blasen. Da würde mir doch ganz andere Blasmusik einfallen.« Erneut kicherte er, unterbrach sich dann aber und wurde ernst: »Nein, Spaß beiseite, komm jetzt! Wir holen uns was zu süffeln, und dann setzen wir uns irgendwo gemütlich hin und du zwitscherst mir ein bisschen was von deiner Kunst – und schwupsdiwups, hastesnichjesehen ist Dana wieder da – plus Sahna, haha!«

Mit seiner kleinen fleischigen Hand zog der Paradiesvogel Felix hinter sich her in die Küche, wo er einem blonden Kellner in kurzer weißer Tennishose und dazu passendem Poloshirt eine Flasche Champagner und zwei Gläser abschwatzte. Dann ging es zurück ins Wohnzimmer. Gunther von Kleist steuerte zielstrebig auf die großzügige Couchlandschaft zu und nötigte einige andere Partygäste mit freundlicher Aufdringlichkeit zusammenzurutschen. Felix ließ sich in die Polster fallen und sah sich um: Die schrille Person im Overall saß jetzt auch hier, die Gitarre lag auf ihrem Schoß. Der zierliche Mann im Leinenanzug neben ihr sog an einer Shisha. Überhaupt hielt beinahe jeder an dem niedrigen Tisch ein Shisha-Mundstück in der Hand, dessen Schlauch zu einer der beiden in der Mitte stehenden Wasserpfeifen führte. Gunther von Kleist schenkte Champagner in die beiden Gläser, drückte eines davon Felix in die Hand und flötete: »Prösterchen, Felix!« Dann prostete er auch in die Runde und freute sich, dass ihm mehrere Gläser entgegengestreckt wurden. Als er feststellte, dass Felix sein Glas wieder abgestellt hatte, ohne zu trinken, sah er ihn traurig an. »Du solltest etwas trinken!« Felix schüttelte den Kopf und brummelte abweisend, dass er auf Alkohol verzichte. Kurz entschlossen drückte ihm von Kleist einen Shisha-Schlauch in die Hand. Felix hatte das Zeug noch nie probiert. Er musterte die anderen Raucher am Tisch. Sie wirkten auch nicht verrückter als der Rest der

Partygesellschaft. Und Dana war definitiv nicht mehr hier. Also nahm er das Mundstück zwischen die Lippen und zog an. Ein milder Bananengeschmack breitete sich in seinem Mund aus und sorgte zunächst nur für ein pelziges Gefühl auf der Zunge. Gunther von Kleist unterhielt derweil mit seinem Gequatsche die ganze Runde. Felix nickte hier und da oder sagte etwas zurückhaltend Bestätigendes. Je länger er sich in dieser Gesellschaft befand, umso weniger vermisste er Dana. Das waren spannende Leute hier. Nach seinem nächsten Zug aus der Wasserpfeife erfüllte eine angenehme Wärme seinen ganzen Körper. Hier würde er bleiben.

Zwei

Zuerst hörte er nur ein Rascheln. Dann spürte er eine Hand auf seinem nackten Bauch. Felix lag auf dem Rücken. Er schlug die Augen auf. Über ihm war alles weiß. Befand er sich in einem Krankenhaus? Er drehte den Kopf – und saß sofort aufrecht im Bett. Die behaarte Männerhand rutschte von seinem Bauch. Sie gehörte Gabriel. Der Kunstberater grunzte im Schlaf. Felix starrte auf den Mann neben ihm – oder vielmehr die Männer neben ihm: Neben Gabriel lag Hugo. Da spürte Felix ein sanftes Streicheln an seinen nackten Oberschenkeln. Er zuckte zurück und stellte fest, dass zu seiner Linken noch jemand lag. Vorsichtig hob er die Decke an. Langes schwarzes Haar, ein zierlicher Kopf, ein zarter hellhäutiger Hals – diese Schultern konnten unmöglich einem Mann gehören. Das Wesen seufzte auf, es war definitiv eine Frau. Sie streichelte seinen Oberschenkel. Machte man so etwas im Schlaf? Felix bekam eine Erektion und stellte erschüttert fest, dass er nicht einmal eine Unterhose anhatte. Behutsam schob er die Hand mit den gepflegten, hellgrau lackierten Fingernägeln zur Seite. Dann schlüpfte er, so vorsichtig es eben ging, aus dem Bett. Dabei verrutschte die Decke und entblößte den Körper der Fremden, mit der Felix offensichtlich die Nacht verbracht hatte. Die Haut ihres Hinterns war ebenso hell wie ihr Hals, fast schneeweiß. Sie lag entspannt da, die Beine weit gespreizt. Ihre Schamlippen leuchteten zartrosa. Felix' Augen wanderten an den Oberschenkeln hinunter zu den Füßen. Sie waren schlank, ihre Sohlen leicht geschwungen. Felix riss seinen Blick los und suchte den Boden ab. Irgendwo mussten doch seine Kleider sein. Inmitten der Klamotten der anderen fand er schließlich seine Jeans und das Leinenhemd, aber die Unterhose blieb verschollen. Wie war er mit diesen drei Menschen in einem Bett gelandet? Wer war diese Frau? Hatte er mit ihr geschlafen? Und wo zum Teufel war Dana?

Er schlüpfte in Hose und Hemd, verließ das Schlafzimmer und ging hinüber ins Wohnzimmer. Der Raum sah wüst aus – überall schmutzige Gläser, leere Flaschen, volle Aschenbecher, aus den Boxen tönte leise Fahrstuhlmusik. Die Shisha stand noch auf dem Couchtisch. Felix hatte Kopfschmerzen. Er durchquerte das Chaos, betrat die Küche und öffnete das große Panoramafenster zum Balkon. Die Sonne war längst aufgegangen. Ihre Strahlen ließen das Balkongeländer glitzern. Felix trat hinaus, lehnte sich auf die Balustrade und blinzelte. Unter ihm lag die Stadt, längst schon von den Geräuschen des Morgens belebt. Im Nachbarhaus übte ein

Anfänger Trompete. Felix sog gierig die frische Luft ein. Da hörte er hinter sich ein Geräusch. Er drehte sich um.

»Guten Morgen, Felix.« Es war Gabriel in einem flauschigen weißen Frotteebademantel. »Na, wie hat dir die Nacht gefallen?«

Felix sah den Mann, der sein Geschäftspartner sein sollte, lange an. Dann fragte er: »Was war in der Shisha drin?«

»Hat es nach Banane geschmeckt?«

»Ja.«

»Eine wunderbare Mischung, nicht wahr? Diese Banane schmeckt so natürlich, dass man das Opium und das Haschisch kaum schmeckt. Freut mich, dass du es genossen hast – vor allem mit Lolita von Schnee, die hat schon ein paar besondere Tricks drauf, oder?« Felix sah Gabriel irritiert an. »Mein Lieber, ihr wart ganz schön laut! Ich musste Hugo bremsen, damit er sich nicht auch noch ins Getümmel stürzt, haha!« Felix spürte einen Kloß im Hals. Er war außerstande, etwas zu erwidern. Gabriel fuhr fort: »Ist Lolita nicht eine Magierin? Wenn du schon nicht mit Hugo und mir … also … mit ihr sollte es dir leichtfallen, diese kleine Schlampe zu vergessen.« Da Felix noch immer schwieg, sagte Gabriel: »Ich habe Lolita von Schnee jetzt mal für einen Monat für dich gebucht. Sie nimmt nur viertausend, findet dich gut. Freundschaftspreis.«

»Wie, gebucht?«

»Na ja, als Muse, als Gespielin!« Gabriel packte Felix mit beiden Händen an den Oberarmen, sah ihn eindringlich an und sagte: »Und jetzt komm mit, ich habe noch eine kleine Überraschung für dich.«

Felix hasste Überraschungen, aber Gabriel zog ihn mit festem Griff hinter sich her. Felix wollte seine Dana zurückhaben, wenn sie heute verschwunden blieb, dann würde er die Polizei rufen müssen. Wie in Trance folgte er Gabriel bis ins Wohnzimmer. Der Kunstberater schob mit seinem Unterarm alle Flaschen und Gläser von dem Beistelltisch aus Marmor und deutete auf die Couch davor. »Setz dich, Felix, setz dich.«

Was kam jetzt? Felix setzte sich wie befohlen und starrte seinen offensichtlich durchgeknallten Partner an. »Einen klitzekleinen Augenblick, Jüngelchen ...«, flötete der und verließ den Raum. Einen Moment später kam er wieder rein. Die Arme hinter dem Rücken, tänzelte er mit wehendem Bademantel auf Felix zu. Ohne weitere Vorreden präsentierte er Felix seine Überraschung: einen schlichten schwarzen Lederkoffer. Er legte ihn feierlich auf den Marmortisch und gluckste: »Mach ihn auf!«

Felix blickte von Gabriel zu dem ledern glänzenden Koffer und zurück. Nach einem kurzen Zögern beugte er sich nach vorn und drückte mit beiden Daumen auf die goldenen Knöpfe. Ein sattes Schnappgeräusch war zu hören. Während Gabriel in die Hände klatschte, klappte Felix den Koffer vorsichtig auf.

»Das ist dein Anteil, Felix. Hundertfünfzigtausend Euro. In bar und nicht markierten Scheinen, versteht sich, haha.«

Felix starrte mit offenem Mund auf das Geld. War das ein schlechter Scherz? Alles in bar? Er kam sich vor wie in einer schlechten Krimiserie aus dem Vorabendprogramm. Zaghaft griff er nach einem Bündel Hunderter. So viel Geld auf einmal hatte er noch nie gesehen. Gabriel beobachtete mit aufmerksamem Wohlwollen jede von Felix' Regungen. Sein Blick erinnerte an den eines Tierpflegers im Zoo, der sich diebisch freut, dass das von ihm ausgetüftelte Spielzeug von dem wilden Tier gut angenommen wird. Er hatte erreicht, was er wollte: Felix war beeindruckt, auch wenn er jetzt schon wieder nüchterner auf das Geld blickte als noch im ersten Moment. Aber Gabriel kannte das Gefühl nur zu gut. Man hatte einfach keine Relation zu gebündelten Scheinen. Fünfzig Hundert-Euro-Scheine, aufeinandergestapelt und mit einer Banderole zusammengehalten, nehmen gar nicht so viel Platz weg, wie man annehmen könnte. Trotzdem sind es fünftausend Euro.

»Und?«, fragte Gabriel herausfordernd. »Was machst du jetzt mit der ganzen Kohle?« Felix realisierte allmählich, was da vor ihm lag. Hatte sich der ganze Stress etwa doch gelohnt? Dieses Geld gab ihm die Chance, ganz neu anzufangen. Er konnte sein baufälliges Haus renovieren und das Grundstück verschönern. Oder er konnte eine kleine Wohnung in München kaufen und mit Dana zusammenziehen, das war eigentlich noch besser. Er wollte endlich raus aus Hinteröx, wo man ihn nicht mochte und wie einen Niemand behandelte. Hier in München, da galt er als Künstler, da nahm man ihn ernst. Mit einem Mal fühlte Felix sich mächtig. Wollte er noch vor Kurzem die gemeinsamen Geschäfte mit Gabriel beenden, so geriet er nun ins Wanken. Noch zwei, drei Deals mit dem Kunstberater und er könnte mit Dana ein sorgenfreies Leben verbringen.

»Also, ich würde dir empfehlen, das Geld sinnvoll anzulegen. Kauf keinen sinnlosen Quatsch, sondern lieber schnelle Autos, harte Drogen und Sex.« Erst Gabriels Lachen holte Felix zurück aus seinen Gedanken.

»Nein, keine Sorge. Aber vielleicht kauf ich mir tatsächlich erst mal ein neues Auto.«

Gabriel nickte. »Aber verschwende nicht zu viel Zeit

drauf, Felix! Wir müssen weitermachen. Der Kirchner war erst der Anfang. Wir sollten gleich die nächste Figur in Angriff nehmen. Ich dachte an … Picasso!« Gabriel strahlte ihn triumphierend an. Felix spürte, wie ihm die Gesichtszüge entglitten. Picasso! Der Typ meinte es ernst. Felix starrte einen Partner fassungslos an.

»Ich koche uns mal einen Kaffee!« Gabriel wandte sich ab und ging in Richtung Küche. Dabei wich er mit seinen nackten Füßen geschickt dem bunten Scherbenmeer aus kaputten Flaschen und Gläsern auf dem Boden aus. Felix klappte den Geldkoffer zu, griff ihn mit der rechten Hand und folgte Gabriel in die Küche, wo dieser gerade die Espressomaschine in Betrieb nahm.

»Gabriel, ich werde das ungute Gefühl nicht los, dass du Dana gestern Abend hast verschwinden lassen. Was soll die Scheiße? Wo ist sie? Und warum legst du mir so eine … so eine … fremde Frau ins Bett?«

»Das ist keine fremde Frau, das ist Lolita von Schnee«, wich Gabriel aus. »Und so, wie du heute Nacht ihren Körper erkundet hast, solltest du sie eigentlich in- und auswendig kennen. Jetzt mach also mal halblang, Jüngelchen; Lolita gehört jetzt dir. Ich habe sie für dich gekauft. Sie wird dich diese kleine Schlampe vergessen lassen.«

»Sag nicht immer ›kleine Schlampe‹! Ich liebe Dana, verdammt! Wir werden zusammenziehen!«

Mit einem Mal verschwand jegliches Wohlwollen aus Gabriels Blick. In drohendem Tonfall sagte er: »Jetzt pass mal auf, Jüngelchen. Vergiss endlich diese Nutte, ja? Die macht uns nur Probleme.«

»Gabriel, warum magst du Dana nicht?«

»Das hat mit mögen nichts zu tun. Aber wenn du noch mal scharf nachdenkst, fällt dir vielleicht wieder ein, dass ich dich gebeten hatte, sie nicht mit hierherzunehmen.«

»Das ist doch lächerlich!«, schrie Felix. »Jetzt sag mir endlich, was du ihr angetan hast?«

Gabriel rieb sich mit der Hand übers Gesicht. Dass Felix einfach nicht akzeptieren konnte, wer hier die Ansagen machte. Er sah Felix ernst an. »Pass mal auf. Was denkst du, wenn ich dir sage, dass deine zauberhafte Dana hier im Haus herumgeschnüffelt und dabei – natürlich rein zufällig – das schöne alte Foto gesehen hat, auf dem du den feinen Herrn Goldstein inmitten seiner Skulpturen gibst, ha?« Gabriel ließ die Worte kurz wirken, dann fügte er an: »Ich habe sie gestern oben im Studio dabei ertappt, wie sie das Foto in den Händen hielt.«

»Ich hab's doch gewusst«, stammelte Felix. »Du steckst hinter ihrem Verschwinden, wer denn sonst?« Unvermittelt spürte er eine rasende Wut in sich aufsteigen.

»Halt die Klappe, Felix. Wenn du sie nicht mitgebracht hättest, wäre das alles nicht nötig gewesen.« Gabriel machte einen Schritt auf Felix zu, der noch immer den Lederkoffer fest umklammert hielt. Trotz des legeren Bademantels wirkte der Mittfünfziger gefährlich und zu allem bereit. »Sie selbst hat mir die Widmung darauf vorgelesen. Dieses Foto ist eine ganz zentrale Säule unserer Provenienzlegende. Wenn deine kleine Schlampe das irgendwem erzählt, dann können wir uns gleich die Kugel geben.«

»Wo ist Dana? Sag mir jetzt endlich, was du ihr angetan hast!«

Gabriel zuckte mit den Schultern und wandte sich wieder der Espressomaschine zu. »Sie ist … in Sicherheit.«

Felix sondierte mit einem schnellen Blick den Raum. Auf der Arbeitsfläche links neben ihm lag ein langes Brotmesser. Er ließ den Koffer fallen und schnappte es sich mit der rechten Hand. Zwei Schritte später war er bei Gabriel, packte ihn von hinten und hielt ihm die gezackte Klinge an den Hals. Der Kunstberater schnappte nach Luft. »Wo ist sie?«, presste Felix hervor.

»Mach jetzt bloß keinen Fehler«, zischte Gabriel wütend, aber er unterließ jegliche Gegenwehr. »Ohne mich bist du gar nichts.«

»Wo ist sie?«, wiederholte Felix und drückte das Messer so fest an Gabriels Hals, dass die Zacken der Schneide einzelne kleine Blutstropfen aus der Haut lockten.

»Felix, sie muss weg. Sie weiß zu viel. Sie kann uns ins Gefängnis bringen!«

Felix lockerte den Druck der Klinge ein wenig, zog sie aber ein winziges Stück über Gabriels Haut. Der Kunstberater gab ein Winseln von sich. Plötzlich tauchte Hugo im Türrahmen auf. Er war splitterfasernackt und zielte aus etwa drei Metern Entfernung mit einer Pistole auf Felix' Kopf: »He, loco! Loslassen!«, schrie der Pockennarbige. »Oder ich knall dich ab!«

»Ruhig, Hugo, ruhig!«, ächzte Gabriel. »Nimm die Knarre weg. Wir müssen das friedlich lösen.«

»Leck mich!«, schrie der Mann mit dem Zündschnurzopf und behielt die Waffe im Anschlag.

»Felix, lass mal ein bisschen locker«, ächzte Gabriel. Widerwillig gab der Angesprochene dem Drangsalierten ein wenig Spiel. Die gewonnene Freiheit wirkte sich sogleich auf Gabriels stimmliche Möglichkeiten aus. Er sagte, jetzt mit fester Stimme: »Hugo, du machst den Kühlschrank auf und legst die Waffe rein. Und du, Felix«, Gabriel versuchte seinem Peiniger den Kopf zuzuwenden, »lässt mich jetzt bitte los. Wir sind doch Partner!«

»Ich lasse dich erst los, wenn du mir sagst, wo Dana ist!« Felix drückte die Klinge wieder fester an Gabriels Kehle. Hugos Körper, die Waffe immer noch im Anschlag, straffte sich.

»Sie … ist … oben«, presste Gabriel hervor.

»Wo, oben?«, bellte Felix.

»Im Studio, verdammt. Im Wandschrank.«

Felix ließ Gabriel los und stürmte, ohne Rücksicht auf Hugo und die Pistole, aus der Küche. Er hörte noch, wie Gabriel ihm nachrief: »Du machst einen großen Fehler, Felix!«

Drei

Kriminalhauptkommissarin Ute Dukaz hatte schlecht geschlafen. Ihr vierzehnjähriger Sohn war am Vorabend spät von einer Geburtstagsfeier gekommen und hatte offensichtlich das erste Mal mit größeren Mengen Alkohol experimentiert. Bis spät in die Nacht hatte Dukaz dem Teenager beigestanden, während er sich über der Toilette die Seele aus dem Leib spie. Jetzt saß sie gähnend neben ihrem jüngeren Kollegen Toni Glaser im Auto. Der Regen prasselte auf die Windschutzscheibe. Beide observierten den Eingangsbereich eines Ladens und warteten. Toni Glaser strich sich über den Schnurrbart und überprüfte den Sitz seiner Haare im Rückspiegel.

»Warst' gestern beim Friseur?«, erkundigte sich Ute Dukaz, die wusste, dass ihr Kollege auf sein volles Haupthaar stolz war, auch wenn sie selbst seinen Vokuhila-Schnitt nicht ganz ernst nehmen konnte.

»Ja, und nächste Woche lass ich mir Strähnchen machen«, antwortete er todernst.

»Strähnchen, die hab ich früher auch gehabt«, seufzte Dukaz und beendete damit ihren kurzen Ausflug in die Welt des Small Talks. Eigentlich gingen ihr andere Sachen durch den Kopf als Tonis Frisur. Letzte Woche hatten sie diesen Dr. Christian Ambach verhaftet, aber jetzt hatten sie ihn laufen lassen müssen. Es war ihm einfach nichts nachzuweisen gewesen. Zumindest nichts, was mit dem spurlosen Verschwinden des Journalisten Stefan Blank zu tun gehabt hätte. Aber Dukaz würde nicht lockerlassen. Die Kriminalhauptkommissarin hatte ein untrügliches Gespür dafür, welchen Menschen Gewalttaten zuzutrauen waren. Und diesem Ambach traute sie so einiges zu. Dass er bei seiner Festnahme mit einem Messer auf sie losgegangen war, sagte doch alles. Der Mann hatte etwas zu verbergen, er stand unter Druck, vielleicht war er sogar ein Psychopath. Ihn freizulassen war ein großes Risiko. Bedrohung einer Polizeibeamtin im Dienst: Dafür würde er sich noch verantworten müssen. Aber es lag tatsächlich nichts vor, das eine Verlängerung der U-Haft begründet hätte. Die Gedanken der Ermittlerin schweiften ab zu Christian Ambachs Frau und seiner Tochter. Was für eine Strafe, an einen solchen Menschen gebunden zu sein …

Toni Glaser fluchte. Beim Versuch, seinen Energydrink zu öffnen, war ihm der Verschluss abgebrochen. So war die Dose nutzlos. Genervt warf er sie in den Fußraum, wo sie prompt aufplatzte. Die süßlich nach Kaugummi riechende Brühe breitete sich aus.

»Hoppla«, kommentierte seine Vorgesetzte das Missgeschick. Für gewöhnlich war sie zuständig für tölpelhafte Aktionen. Die Dose markierte noch eine Weile zischend ihr Revier, dann hatte der junge Kommissar sie gebändigt. Seine hellblaue Jeans hatte einige Spritzer abbekommen.

Dukaz blickte Glaser an. »Ich schwör dir, irgendwas an diesen Nothelfer-Figuren ist faul.« Glaser zuckte mit den Achseln. »Meinen Sie? Aber dieser Dr. Ambach ist doch ein Experte. Und der hat ein Echtheitszertifikat erstellt. Außerdem haben sich die Käufer auch nicht beschwert ... Was soll denn mit den Figuren nicht stimmen?«

»Ist einfach so ein Bauchgefühl.«

Glaser hob ungeduldig die Schultern. »Und was genau sagt Ihnen Ihr Gefühl?«

Ute Dukaz antwortete nicht. Konzentriert beobachtete sie, wie ein silberner Audi A5 auf dem Parkplatz zum Stehen kam und ein gut gekleideter Mann mit hellblonden Locken ausstieg. Er ging zur Tür des Ladens, über der ein Schild mit der Aufschrift »Kunsthandlung Pauli« hing, und sperrte auf.

Dukaz und Glaser warteten einen kurzen Moment, dann stiegen sie aus und betraten ihrerseits das Geschäft.

»Grüß Gott, kann ich Ihnen helfen?«, eröffnete Max Pauli das Gespräch. Er wirkte entspannt. Doch das änderte sich schlagartig.

»Ist es richtig, dass Sie es waren, der vor einigen Monaten vierzehn Skulpturen des Holzschnitzers Tilman Riemenschneider bei einer Auktion in München versteigern ließ?« Ute Dukaz sprach leise, aber bestimmt und studierte sehr genau die Reaktionen, die ihre Frage bei dem Kunsthändler hervorrief.

Max Pauli wich aus. »Warum fragen Sie?«

»Die Fragen stellen wir«, meinte Toni Glaser und hielt dem Kunsthändler die Polizeimarke hin. »Also: Haben Sie solche Figuren versteigert oder nicht?«

»Ja, habe ich. Also, versteigern lassen.«

Toni Glaser nickte zufrieden, fischte ein Foto aus der Jackentasche und hielt es Pauli unter die Nase: »Und kennen Sie diesen Mann?«

»Äh, ja …« Pauli wirkte verunsichert.

Als er nicht weitersprach, meine Dukaz: »Geht es ein bisschen genauer?«

Pauli wurde nervös. »Ich glaube … das ist … ein Journalist.« Er stockte.

Die Kriminalpolizistin sah ihn auffordernd an. »Und weiter?«

Der Kunsthändler zuckte mit den Schultern. »Viel mehr weiß ich auch nicht. Nur, dass der …« Er zögerte, als suchte er nach den richtigen Worten. »… also, der nervt. Der ist so ein Verschwörungstheoretiker, nicht ganz dicht. Ganz gleich, was der erzählt – dem dürfen Sie nichts glauben.«

Max Pauli fasste sich verlegen an die Nase. Sein Blick mäanderte durch den Raum. Die drei schwiegen. Das Geräusch eines Müllfahrzeugs beim Entleeren der Tonnen drang durch das Schaufenster des Trödelladens herein. Toni Glaser beendete das Schweigen: »Wissen Sie denn, wie er heißt?«

»Ähm, nein, weiß ich nicht.«

Max Pauli hatte sich verhaspelt. Dennoch hatte die Kripofrau das Gefühl, dass er die Wahrheit sagte. »Das ist Stefan Blank.«

Auf diesen Hinweis der Polizistin zuckte der Kunsthändler erneut mit den Schultern. »Kann schon sein. Wollen Sie einen grünen Tee?«

»Nein, danke«, kam Toni Glaser der Chefin zuvor. Tee war für ihn gleichbedeutend mit Krankenhaus und Altenheim. »War der Herr Blank mal hier bei Ihnen?«

»Ja.« Max Pauli schluckte hörbar.

»Und was wollte er von Ihnen?«

Pauli schenkte Ute Dukaz einen langen Blick. Dann atmete er laut aus, sah nachdenklich an die Decke und meinte: »Das weiß ich nicht mehr.« Er schüttelte den Kopf, seine blonden Locken sprangen hin und her. Dann lächelte er die Polizistin verlegen an und setzte nach: »Tut mir leid.«

Ute Dukaz bemühte sich, ihn noch einmal mit ihren Blicken zu fixieren, aber jetzt wich er ihr aus.

»Es kann doch nicht sein, dass Sie das nicht mehr wissen!«, insistierte Toni Glaser. »Ich meine, der kommt aus München hierher in Ihren Laden – da müssen Sie sich doch erinnern, was der gewollt hat!«

»Bei mir kaufen ständig Münchner ein. Unsere Stadt ist ein beliebtes Ausflugsziel. Die Leute gehen in den Bergen wandern, und danach kommen Sie hier in die Fußgängerzone und kaufen ein. Da kann ich mir doch nicht jeden Münchner merken, der in meinen Laden spaziert …«

»Sparen Sie sich den Quatsch«, unterbrach der Kripobeamte den Kunsthändler grob. »Stefan Blank hat behauptet, dass die Figuren gefälscht sind. Was sagen Sie dazu?«

Max Pauli setzte eine gleichgültige Miene auf. »Dass es nicht stimmt. Die sind echt. Experten haben die Echtheit bestätigt!«

Die drei schwiegen erneut. Dann meinte Ute Dukaz sehr leise und beinahe freundlich: »Aber, Herr Pauli, finden Sie das nicht auch selbst komisch: Ein Journalist behauptet, dass Figuren, die für dreizehn Millionen versteigert wurden, gefälscht sind. Und dann verschwindet er spurlos.« Sie ließ den Satz im Raum stehen.

»Verschwunden?«, murmelte Pauli.

»Sie haben richtig gehört: Verschwunden!« Dukaz setzte alles auf eine Karte. »Und wissen Sie, was ich glaube: Sie haben Blank verschwinden lassen, weil er mit seiner Kritik und seinen Recherchen Ihre Existenz bedroht hat.«

Der Kunsthändler machte ein verächtliches »Pff« und schüttelte widerwillig den Kopf. Dann fasste er sich und sagte bestimmt: »Ich kann Ihnen nicht mehr sagen als das, was ich bereits gesagt habe: Ich kenne diesen Mann nicht, und ich habe mit seinem Verschwinden nichts zu tun. Und die Figuren sind echt.«

Toni Glaser verdrehte die Augen, hob die Schultern und sah die Chefin an. »Also, wenn Sie nichts mehr … also, ich glaube, ich habe keine Fragen mehr …«

Die Polizisten verabschiedeten sich, traten nach draußen, die Ladentür fiel ins Schloss. Max Pauli atmete auf und schlürfte einen Schluck Sencha-Tee – da ging die Tür schon wieder auf. Irritiert hob er den Blick.

»Entschuldigen Sie, eine Sache hab ich ganz vergessen …« Ute Dukaz war gespannt, ob ihr Überrumpelungsplan aufgehen würde. »Könnten Sie mir vielleicht noch schnell die Adresse der Person geben, die ihnen die Riemenschneider-Figuren verkauft hat? An denjenigen hätten wir nämlich auch noch ein paar Fragen.« Der Händler schwieg verstörend lange. Er biss sich auf die Unterlippe. Seine Locken umrahmten jetzt reglos sein Gesicht. »Hallo, haben Sie mich gehört?« Die Kripofrau sprach in einer Lautstärke, als handelte es sich bei ihrem Gegenüber um einen Schwerhörigen. Sie war ungeduldig.

»Äh, ja, was?«, stammelte Pauli schließlich. Dukaz, die jetzt wieder ganz im Laden stand, Toni Glaser direkt hinter ihr, hob aufmunternd die Augenbrauen. »Also, um ehrlich zu sein, Frau äh … äh …«

»Dukaz.«

»Ja, genau! Frau Dukaz! So was … also …« Er hüstelte künstlich. »Solche Daten sind leider streng vertraulich; und die gebe ich grundsätzlich nicht raus, das ist quasi mein Betriebsgeheimnis.«

Die Polizistin schmunzelte. »Wissen Sie was, Herr Pauli? Diese läppische Ausrede könnte glatt von meinem zwölfjährigen Sohn stammen. Das ist natürlich vollkommener Quatsch.«

Pauli machte eine Handbewegung, die wohl seine Ratlosigkeit untermauern sollte. Da er keinerlei Anstalten machte, sich zu erklären, sah die Kriminalbeamtin ihn streng an. »Na gut, dann schicken wir Ihnen eben eine schriftliche Vorladung, kein Problem.« Sie wandte sich zur Tür um und rempelte dabei ungelenk ihren jüngeren Kollegen an.

Als Ute Dukaz gerade durch die Tür nach draußen gehen wollte, hörte sie hinter sich die Stimme des Kunsthändlers: »Halt, Frau Dukaz, ist ja schon gut. Ich will ja ehrlich mit Ihnen sein. Es gibt da nur ein kleines Problem.«

Die Polizistin drehte sich schwungvoll um. Dabei hätte sie beinahe ein zweites Mal ihren Kollegen umgerannt, aber Glaser hatte gute Reflexe. »Aha, aha, ich bin ganz Ohr.«

»Ja, weil, das ist ein ganz spezieller Fall mit diesen Riemenschneider-Figuren.«

»So?«

»Ja, weil … ich kann Ihnen in diesem speziellen Fall

wirklich gar nicht sagen, wie der Mann heißt oder wo der wohnt.«

»Das klingt wirklich sehr ungewöhnlich.« Die Ironie in der Stimme der Ermittlerin war nicht zu überhören.

»Na ja, so ungewöhnlich auch wieder nicht. Das war halt so eine ›Occasion‹, wenn ich das Wort gebrauchen darf. Da kam so ein Spinner in meinen Laden, und der hatte eine Kiste dabei; und da lagen diese schönen Figuren drin. Dass die alt waren, habe ich sofort gesehen.«

»Und dann?«

»Ich habe zu diesem Zeitpunkt noch nicht gewusst, dass sie so wertvoll sind. Aber mir ist sofort aufgefallen, wie schön sie gearbeitet sind. Tja, und dann habe ich die Figuren eben sofort gekauft.

»Figuren für dreizehn Millionen haben Sie einfach so von der Straße weg gekauft?« Ute Dukaz war sich nicht sicher, ob sie das glauben sollte. Nach kurzer Überlegung fragte sie: »Wie viel haben Sie eigentlich dafür bezahlt?«

Diese Frage schien Max Pauli Unbehagen zu bereiten. »Das …« Er räusperte sich verlegen. »Das war in der Tat sehr wenig.« Er räusperte sich noch einmal.

»Wie viel war es denn jetzt?«, schaltete sich Toni Glaser ungeduldig in das Gespräch ein.

»Tausendfünfhundert«, nuschelte der Kunsthändler hastig – geradeso, als könnte er dadurch verhindern, dass die Beamten begriffen, welch unglaublichen Gewinn er gemacht hatte.

»Wie bitte?«, platzte Toni Glaser hervor.

»Ja, ja, das war verrückt … also ein … verrückter … vollkommen verrückter Zufall! Dass ich an diese Figuren komme! Damit konnte keiner rechnen! Sie werden mir das jetzt nicht glauben, aber der Mann wollte nicht mal eine Quittung.« Max Pauli nahm hektisch mehrere Schlucke aus seiner Teetasse.

Als er diese wieder abgestellt hatte, fragte Ute Dukaz ruhig: » Können Sie den Mann denn beschreiben?«

»Na ja, der war so ein bisschen dümmlich, ein bisschen verklemmt, verdruckst.«

»Das interessiert uns doch nicht! Wie sah er aus?«, platzte Toni Glaser hervor. »Sie spielen uns hier doch etwas vor! Sie wissen doch genau, wie dieser Mensch heißt!«

»Nein, wirklich nicht, nein!« Ute Dukaz versuchte, aus Max Paulis Gesichtszügen herauszulesen, ob er log oder die Wahrheit sagte. Sie tendierte zu Letzterem. Der Mann wirkte nicht wie ein notorischer Lügner, eher wie ein Schlitzohr. »Der hatte so eine Brille mit dicken Gläsern ... und ... kurze blonde Haare. Ein junger Mann, vielleicht so Ende zwanzig, Anfang dreißig ... Ja, und komisch gelacht hat der.« Er dachte nach. »Ich glaube, der war ein bisschen behindert.«

»Wie – behindert?« Ute Dukaz war verblüfft.

»Na ja, so ein bisschen zurückgeblieben eben ... ein Stotterer, bisschen dumm ... bisschen langsam ...«

»Das ist ja interessant«, meinte die Kripobeamtin und warf ihrem Kollegen einen vielsagenden Blick zu. »Und da haben Sie gar kein Unrechtsbewusstsein? Einem Behinderten Figuren für dreizehn Millionen abzuschwatzen und ihm dafür nur tausendfünfhundert Euro zu geben?«

»Ja, ja, schon – aber, also, erstens wollte der die ja unbedingt loswerden; und zweitens – ich wusste zu diesem Zeitpunkt ja noch nicht, wie wertvoll die Figuren sind. Ich dachte, sie bringen vielleicht fünftausend Euro ein. Das konnte ich ja nicht ahnen ... und ... außerdem habe ich den Verkäufer … also werde ich … ich werde den auf jeden Fall noch entschädigen.«

»Da kommen Sie jetzt aber reichlich früh drauf!«, kommentierte Toni Glaser abfällig. »Das ist doch schon ein halbes Jahr her! Wo wohnt der Mann denn?«

»Das weiß ich nicht. Der war gleich wieder weg. Der hat mir nichts hinterlassen.«

»Das gibt's doch nicht«, schimpfte der junge Polizist. »Dass jemand Figuren für dreizehn Millionen kauft und nicht einmal eine Adresse vom Verkäufer hat. Damit kommen Sie nicht durch, das sag ich Ihnen!«

»Also, es war ein gehandicapt wirkender junger Mann mit blonden Haaren und dicker Brille, richtig?« Ute Dukaz war bemüht, wieder Sachlichkeit in das Gespräch zu bringen. »Wie hat er denn die Figuren zu Ihnen gebracht? Haben Sie vielleicht ein Autokennzeichen?«

»Nein, er ist gekommen – mit einem … Bonanza-Rad.«

»Mit einem Bonanza-Rad?« Glasers Lachen changierte zwischen Staunen und Ungläubigkeit.

»Ja, ich glaube mit Anhänger«, stotterte Max Pauli. Auf Ute Dukaz wirkte er so, als fände er das, was er erzählte, selbst unglaubwürdig.

»Das ist nicht Ihr Ernst?« Die Beamtin sah den Kunsthändler mit offenem Mund an.

»Doch, schon.«

»Ein Behinderter soll Ihnen die Figuren verkauft haben? Ein Behinderter … mit einem Bonanza-Rad.« Die Kriminalbeamtin hatte bereits vieles erlebt, aber dass diese Behauptung wahr sein sollte, überstieg ihre Vorstellungskraft.

Zurück im Auto, meinte Ute Dukaz zu Toni Glaser: »Na, dann wollen wir mal, Herr Kollege. Obwohl mir diese Geschichte reichlich seltsam vorkommt, bleibt uns wohl nur eine Möglichkeit …«

»… den Dorfdeppen finden, der mit seinem Bonanza-Rad Skulpturen im Wert von dreizehn Millionen Euro durch die Gegend gurkt.« Toni Glaser gluckste. »Ich liebe diesen Job!«

»Ich auch.«

Dann lächelten beide Ermittler derart entrückt, dass ein unbeteiligter Dritter sie für einen kurzen Moment für nicht minder zurückgeblieben hätte halten können.

Georg Seefellner zu finden, war für die Polizisten leichter, als sie erwartet hätten. Den entscheidenden Hinweis gab ihnen ein Jugendlicher, den sie auf dem Parkplatz des örtlichen Supermarkts ansprachen. Behinderte, die mit Bonanza-Fahrrädern umherfuhren, waren Anfang des 21. Jahrhunderts offenbar seltener als Riemenschneider-Skulpturen, die die Kunstwelt noch nicht kannte. Max Paulis Geschichte schien zu stimmen: Von einem Nachbarn in Seefellners Heimatort Waldham erfuhren die Ermittler, dass der Verkäufer der kostbaren Kunstwerke im Krankenhaus lag. Schwerer Verkehrsunfall. »Na, hoffentlich kommen wir da nicht zu spät.« Ute Dukaz warf ihrem Kollegen einen besorgten Blick zu.

Sie klopfte dreimal. Auf das »Herein« einer weiblichen Stimme, drückte Ute Dukaz die Klinke und betrat das Krankenzimmer. Toni Glaser folgte ihr. Die Polizistin ließ ihren Blick über die drei Betten gleiten. Der Greis im rechten Bett zog sich mit seinen hageren Armen an dem über dem Krankenbett hängenden Galgen hoch und ächzte mit lallender Zunge: »Sind Sie schon in festen Händen, junge Frau?«

»Leider ja, junger Mann«, parierte die Kriminalpolizistin mit einem Nicken in Richtung ihres Kollegen, was bei Toni Glaser einen verstörten Blick hervorrief.

»Ich bin zweiundneunzig und hab nen Leistenbruch«, röchelte der Alte.

»Soso, Leistenbruch.« Ute Dukaz passierte das Bett des Greises und musterte den zweiten Mann im mittleren Bett. Er war bärtig, um die vierzig, trug eine Schirmmütze und schnarchte laut.

»Sie ist verheiratet, aber nicht mit mir.« Toni Glaser hielt es für nötig, dieses Missverständnis aufzuklären. Er wollte nicht, dass irgendjemand auf die Idee käme, er könne mit einer übergewichtigen und so geschmacklos gekleideten Frau wie seiner Chefin verheiratet sein. Er mochte sie wirklich gerne, egal, ob sie hin und wieder kiffte oder nicht, aber dass man meinte, er sei mit ihr verheiratet, das ging wirklich zu weit. Zudem saß an dem ganz links im Zimmer stehenden Krankenbett ein Wesen, das seine Männlichkeit direkt ansprach. Die Frau war um die zwanzig, hatte Marilyn-Monroe-Haare, die etwas künstlich aussahen, doch das störte ihn keineswegs. Ihre Brüste schmiegten sich gegen den Stoff des schwarzen Tops wie ein prall gereifter Hefeteig gegen die ihn feucht haltende Klarsichtfolie. Hätte Toni Glaser die Frau mit einem Wort beschreiben müssen, es wäre »Sexbombe« gewesen.

Ute Dukaz, die nur wenig für diese Art von Frauen übrighatte, war sofort klar, dass nur der dritte Patient im Zimmer der Gesuchte sein konnte. Die beiden anderen waren zu alt – es sei denn, Max Pauli hatte sie angelogen.

»Guten Tag«, begrüßte sie die am Bett sitzende Blondine mit gedämpfter Stimme.

»Hi.«

Seit Kelly Christ von ihrem aktuellen Lover mit dem eigenwilligen Spitznamen »Bikini« aus der Prostitution befreit worden war, hatten die beiden ihren Lebensbedarf vornehmlich mit der Ausübung von Straftaten gedeckt. Bei diesen Gelegenheiten hatte Kelly ein untrügliches Gespür für Polizeibeamten in Zivil entwickelt. Diese beiden waren welche, da konnte es keinen Zweifel geben. Immerhin reagierte der Polizist auf ihre Brüste. Kelly griff sich wie beiläufig mit beiden Händen von unten an den Push-up und rückte ihre Oberweite zurecht. Natürlich gab es hier nichts zurechtzurücken, das Ganze war reine Show, aber auf solche Gesten sprangen fast alle Männer an.

»Ist dies Herr Georg Seefellner aus Waldham?«, fragte Ute Dukaz in geschäftsmäßigem Ton.

»Ja. Aber der ist noch nicht aufgewacht. Vielleicht kann ich Ihnen weiterhelfen?« Kelly strahlte Ute Dukaz verführerisch an, aber die Kriminalerin zeigte keinerlei Interesse.

»Wie lange schläft er denn schon?« Ute Dukaz betrachtete den dicklichen jungen Mann mit der hellen Haut, aus dessen Nase und Mund Schläuche hingen.

»Der liegt im Koma – im Koma liegt der!« Die Worte des Greises aus dem rechten Bett drangen in schwächlichem Singsang an das Ohr der Kriminalhauptkommissarin.

»Stimmt das?«, fragte sie die Frau am Bett.

»Ja. Und es ist auch gar nicht sicher …« Tatsächlich gelang es Kelly, in diesem Moment ein paar Tränen aus den Augen zu drücken. Trotz ihrer Abneigung gegenüber Frauen, die ihr Äußeres zur Schau stellten, griff Ute Dukaz in ihre Jacke und reichte der Fremden eine Packung Papiertaschentücher. Reine Routine. Kelly fummelte eines heraus, tupfte sich die Augen trocken und vollendete schluchzend den angefangenen Satz: »… ob er überhaupt je wieder aufwacht.«

»Ist das Ihr Freund?«, fragte Toni Glaser möglichst beiläufig.

»Ja, also, nein – nicht so wie Sie meinen«, schniefte Kelly. »Georg ist mehr wie ein Bruder für mich.«

»Sie kommet jeden Tag – jeden Tag kommet sie. Aber er erwachet nitt, nitt mehr«, sang wieder der Alte von ganz rechts und beendete seinen priesterlich klingenden Singsang mit einem weltlichen Furz.

Ute Dukaz ließ sich von dem Theater des Greises nicht beeindrucken, sondern fragte weiter: »Wie heißen Sie?« Toni Glaser empfand den Ton seiner Chefin als viel zu harsch.

»Kelly – Kelly Christ.«

»Was ist mit Ihrem … brüderlichen … Freund denn passiert?«

»Fahrradunfall … mit einem Lastwagen. Das war furchtbar.« Ihr Schluchzen musste Kelly diesmal nicht spielen, schließlich hatte sie den Unfall tatsächlich miterlebt. »Was … warum interessiert Sie das denn? Und wer sind Sie eigentlich?« Kelly blickte bei dieser Frage bewusst nicht Ute Dukaz an, sondern deren gar nicht so schlecht gebauten Kollegen. Wobei man sagen musste, dass ihr Freund Bikini die schickeren Hemden trug. Aber wer konnte schon wissen, wann der wieder freikam. Kelly dachte nach: So ein Polizist hatte immerhin ein festes Einkommen. Und letztlich machte er fast denselben Job, nur eben von der anderen Seite her. So ein Mann würde ihr schon auch gefallen.

»Wir sind von der Kriminalpolizei«, antwortete Toni Glaser mit unüberhörbarem Stolz in der Stimme. Kelly

Christs interessierte Blicke waren natürlich nicht an ihm vorbeigegangen.

»Oh, wow.« Kelly setzte einen Gesichtsausdruck auf, der zwischen verträumt und beeindruckt changierte. Als Exprostituierte waren Rollenspiele kein Problem für sie. »Und was ...? Hat der Georg etwa was verbrochen?«

»Das werden wir gerade Ihnen auf die Nase binden«, gab Ute Dukaz erstaunlich schroff zurück. Sie hatte diese Tussi mit den aufgepumpten Titten satt. »Wann wacht Ihr Georg denn wieder auf? Was sagen die Ärzte?«

»Morgen will der Chefarzt entscheiden, ob sie ihn langsam aus dem künstlichen Koma holen. Man hat Sorge, also wissen Sie«, Kelly senkte die Stimme, »der Georg ist sowieso schon ... ein bisschen ... langsam im Kopf. Geburtsfehler oder so. Und man hat Angst, dass dann noch mehr kaputt geht, wenn man ihn zu schnell aus dem Koma holt. Deshalb.«

Beim Verlassen des Krankenzimmers war Ute Dukaz' Blick starr nach vorn gerichtet. Trotzdem war ihr klar, dass ihr jüngerer Kollege diesem billigen Flittchen beim Hinausgehen ein paar Sekunden zu lange in die verführerischen Augen geschaut hatte. Sie zuckte fatalistisch die Schultern. Dass Toni Glaser sich so einfach bezirzen ließ, war natürlich enttäuschend. Aber so war es wohl mit den Männern, ganz gleich wie gebildet oder dumm sie waren: pralles Dekolleté, klimpernde Augen, ein leicht geöffneter Mund, und schon war das Gehirn ausgeknipst.

Vier

Die beiden Studentinnen im Straßencafé »Servus Monaco« hörten abrupt auf, an den Strohhalmen ihrer Green Smoothies zu saugen, wechselten ungläubige Blicke und staunten dem seltsamen Paar hinterher. Zwar liefen im belebten Münchner Univiertel so manche Freaks herum. Aber ein Mann, der eine knapp bekleidete Frau geschultert hatte, während er in seiner freien Hand einen ledernen Aktenkoffer trug: Das war schon was Besonderes. Der Germanist am Nebentisch sah sich bemüßigt, seinem kürzlich aus dem syrischen Bürgerkrieg geflüchteten Gesprächspartner zu erläutern, dass es sich bei dem Mann mit der Frau über der Schulter weder um Mädchenhandel noch um die Anbahnung einer Heirat handelte. »Ich weiß auch nicht genau, was die da machen. Aber weißt du, Arif, vielleicht ist es ›Versteckte Kamera‹ oder YouTube oder eine Kunstperformance.« Als der Syrer hierauf verständnislos schaute, ergänzte der Germanist: »›Kunstperformance‹ heißt, dass Menschen was machen, was keiner versteht, what nobody understands. Something what asks questions. Was zum Nachdenken anregt – to think, you know?«

Felix nahm keine Notiz von der Aufmerksamkeit der Cafébesucher und Passanten, die ihm zuteilwurde. Das war ihm scheißegal.

Wenige Minuten vorher hatte er die noch immer bewusstlose Dana mit einem Küchenmesser von ihren Fesseln befreit. Gabriel lief die ganze Zeit hektisch im kleinen Dachstudio hin und her und versuchte vergebens, ihn zu beschwichtigen. Kurz darauf tauchte das nackte

Callgirl im Gang auf, aber ihr Lächeln erstarb sofort, als sie sah, wie entschlossen Felix mit dem großen Messer auf sie zusteuerte. Eilig verzog sie sich zurück ins Bett. Felix hob sich seine reglose Freundin vorsichtig auf die Schulter und sagte im Hinausgehen zu Gabriel: »Nur damit wir uns richtig verstehen, Gabriel. Wir sind immer noch Partner. Aber Dana lässt du ab jetzt in Ruhe, sonst war's das mit unserer Zusammenarbeit. Dein Hugo hat vielleicht einen großen Schwanz, aber einen Picasso wird er dir damit sicher nicht schnitzen!« Sprachlos glotzte Gabriel seinem Partner hinterher.

Mit einem ähnlichen Gesichtsausdruck blickten die Studentinnen im »Servus Monaco« nun dem Mann mit der Frau auf der Schulter nach. So nahmen sie gar nicht wahr, wie ein verwahrloster Bettler mit Krücke sich aus der auf ihrem Tisch liegenden Zigarettenschachtel bediente. Erst als Felix in die Barerstraße abbog, bemerkten die beiden Erstsemester ihre unfreiwillige Spende, aber da hatte sich der Bettler bereits in Sicherheit gebracht. »We also have poor people in Munich. Zwar wenige – also a few – aber ein paar eben schon«, erläuterte der Germanist seinem Gesprächspartner auch diesen Vorgang, bevor er krachend in sein Panino mit Ziegenkäse biss. »If you live here a few months you will see, there are poor in Bayern also.«

»FC Bayern not poor. Bayern play super«, sagte Arif und nickte begeistert.

Zum Glück war in Danas WG niemand zu Hause. Felix legte seine Freundin sanft auf dem Bett ab und strich ihr zärtlich über den Kopf. Kurz hatte er erwogen, Dana in ein Krankenhaus zu bringen. Aber es war ihm schlicht zu gefährlich: Die Ärzte würden Fragen stellen, die er nicht beantworten konnte oder wollte. Und sie würden womöglich die Polizei rufen. Felix hoffte, dass Dana sich ohne fremde Hilfe erholen würde. Er zog ihr das zerknitterte Kleid aus und half ihr in einen frischen Pyjama, den er im Schrank gefunden hatte. Dann ging er in die Küche und kochte Kamillentee. Als er zurückkam, hatte sie die Augen geöffnet. Sie lächelte ihn an. Er küsste sie vorsichtig auf den Mund. Dann half er ihr sich aufzusetzen und reichte ihr den Tee. »Ist noch heiß«, flüsterte er. »Sei vorsichtig.« Noch einmal strich er ihr über den Kopf. »Alles wird gut. Jetzt schlaf dich erst mal aus.« Er griff sich eine Decke vom Sofa und legte sie über sie. »Ich geh kurz duschen«, hauchte er. Sie nickte.

Das warme Wasser tat ihm gut. Es fühlte sich an, als spülte es das Adrenalin aus seinem Körper. Langsam wurde er wieder er selbst.

Als er zurückkam, war Dana eingeschlafen, ihr Atem ging ruhig und gleichmäßig. Felix musste weiter. Er konnte unmöglich hierbleiben und warten. Wohin mit dem Geld? Was tun mit Gabriel? Was, wenn die anderen Trantüten aus Danas WG auftauchten? Dafür hatte Felix keinen Nerv. Nach einigem Nachdenken schrieb er ihr eine kurze Notiz auf den Collegeblock, den er auf dem Sessel vom Flohmarkt fand, und legte den Schlüssel zu Danas Wohnung darauf. Dann griff er sich seinen Koffer und verließ das Haus. Es fühlte sich gut an, mit hundertfünfzigtausend Euro durch die Stadt zu laufen.

Am Kiosk kaufte er sich zwei Schachteln Zigaretten und überließ dem Besitzer gut fünf Euro Trinkgeld. Dann schlenderte er zu seinem Wagen. Auf der Motorhaube lag ein Pizzakarton, gebraucht und aufgeklappt; hinter dem Scheibenwischer hing ein Strafzettel. Felix ignorierte beides, pfefferte den Koffer in den Fußraum des Beifahrersitzes und fuhr los in Richtung Hinteröx. Auf der Autobahn warf er einen prüfenden Blick auf sein Handy. Eine neue Nachricht auf der Mailbox. Felix hatte eine gewisse Ahnung, wer sie hinterlassen haben könnte. Nachdem er sich genüsslich eine Zigarette angezündet hatte, klemmte er sich das Telefon zwischen Schulter und Ohr und hörte die Nachricht ab: »Lieber Felix, Gabriel hier. Du bist gerade wortlos bei mir zur Tür raus. Trotzdem will ich dir diese Nachricht hinterlassen.« Gabriel räusperte sich, dann fuhr er fort. War sein Ton anfangs indifferent und emotionslos gewesen, so verfiel er nun in einen einschmeichelnden Singsang. »Ich kann verstehen, dass du sauer auf mich bist, weil du denkst, dass du diese Dana liebst. Ich verstehe das, Felix: Dass du für Menschen eintrittst, für die du etwas empfindest, ist ja klar. Und ich finde das auch prinzipiell gut ...«

Felix schüttelte den Kopf. Was sollte das schon wieder heißen, ›denkst, dass du sie liebst‹? Er war versucht, einfach aufzulegen, aber Gabriel war noch nicht fertig. Vielmehr wechselte er jetzt in einen schärferen, vorwurfsvollen Tonfall: »Aber sage nicht, ich hätte dich nicht gewarnt! Wenn du wüsstest, was ich über Dana weiß, dann wärst du vielleicht auch etwas vorsichtiger mit ihr! Aber es ist, wie es ist.« Es klang, als zöge Gabriel an seiner E-Zigarette. »Darum geht es mir jetzt auch nicht. Du hast gesagt, ich soll die Finger von ihr lassen, und das respektiere ich. Und weißt du warum?« Jetzt machte Gabriel eine lange Kunstpause. »Weil ich *dich* respektiere.«

Felix schnippte seinen Zigarettenstummel durch den schmalen Spalt des Fahrerfensters. Der Fahrtwind blies ihn auf den Seitenstreifen der Autobahn. »Respektieren!« Über Felix' Gesicht huschte ein verächtliches Lächeln. Er war kein bisschen beeindruckt von Gabriels Worten. Der aber sprach weiter: »Schön, dass du auch weiterhin mit mir zusammenarbeiten willst. Das ist klug von dir, Felix. Ich freue mich schon darauf.« Er hustete und klang nun ein wenig verlegen. »Wie gesagt, Picasso ist das Thema. Aber diesbezüglich werde ich mich in ein paar Tagen bei dir melden – jetzt erhol dich erst mal.« Felix schloss das Fenster wieder, das Geräusch des Zugwinds nervte ihn. »Nur eine Sache noch zum Schluss.« Mit seinen nächsten Worten wurde Gabriels Tonfall noch einmal schärfer, sodass Felix sich anstrengen musste, ein aufkeimendes Unwohlsein zu verdrängen: »Im Gegenzug für meinen Respekt bist du ab jetzt verantwortlich für Dana. Was ich damit sagen will: Du allein trägst fortan die Verantwortung, falls diese Frau uns in irgendeine Scheiße reitet. Wenn das für dich okay ist, dann können wir friedlich und erfolgreich koexistieren und unser nächstes Projekt angehen. Mach es gut.« Dann knackte es in der Leitung, und Gabriels Stimme war weg.

Felix fuhr weiter die Autobahn entlang – die Berge am Horizont wurden immer größer, schon konnte er ihre graue Silhouette erkennen. Das Grün der Bäume, die die Straße säumten, wischte an ihm vorüber. Er ließ noch einmal den Wahnsinn der letzten vierundzwanzig Stunden vor seinem inneren Auge Revue passieren: die Party, die Suche nach Dana, das Erwachen in Gabriels Bett, das Callgirl an seiner Seite, das viele Geld – und Dana, ohnmächtig, gefesselt und mit einer blutenden Wunde am Kopf. Sie war vollkommen wehrlos gewesen. Hatte Gabriel tatsächlich vorgehabt, sie umzubringen? Je länger Felix nachdachte, umso mehr wich seine Benommenheit, die wohl auf das Kraut in der Wasserpfeife zurückzuführen war. Und je klarer seine Gedanken wurden, umso deutlicher kristallisierte sich eine Erkenntnis heraus, die ihn schon lange verfolgte und der er jetzt endlich Folge zu leisten hatte: Er musste sich von Gabriel trennen! Der Mann war hochgradig gefährlich und ging über Leichen. Hätte Felix Dana nicht gefunden und Gabriel nicht gezwungen, die Tür zur Dachterrasse aufzusperren, dann hätte dieser wahnsinnige Teufel sie sterben lassen. Mit einem Mann, der nicht einmal davor zurückschreckte, einen Menschen, den er – Felix – liebte, zu töten, konnte er nicht zusammenarbeiten. Wer sagte denn, dass Gabriel nicht auch irgendwann ihn umbringen würde? Felix' Blick fiel auf den Lederkoffer. Hundertfünfzigtausend Euro. Das Geld war ihm sicher. Damit ließ sich etwas anfangen. Ja, jetzt – genau jetzt war der richtige Zeitpunkt, um endgültig aus diesem Zug auszusteigen, der mit Höllentempo ins Verderben fuhr.

Als die Reifen des Wagens im Kies vor seinem Haus knirschend zum Stehen kamen, war Felix felsenfest davon überzeugt, den richtigen Entschluss gefasst zu haben. Er stieg nicht aus, sondern wählte noch vom Fahrersitz aus Gabriels Nummer. Die Mailbox. Felix wartete, bis der Kunstberater seinen Spruch abgelassen hatte, dann holte er Luft und sagte: »Hallo, Gabriel, ich bin's. Ich habe mir auf der Autofahrt alles noch einmal durch den Kopf gehen lassen. Ich möchte nichts mehr mit dir zu tun haben. Ruf mich nie wieder an. Lass mich in Ruhe.« Er legte nicht sofort auf, sondern hielt noch kurz die Luft an. Hatte er irgendetwas Wichtiges vergessen? Ihm fiel nichts ein. Sein Kopf schmerzte. Er nahm das Telefon vom Ohr und legte es mit einer langsamen, beinahe feierlichen Bewegung auf den Beifahrersitz. Ihm war bewusst, dass er sich mit diesem Anruf den Weg zu einem Leben in Wohlstand verbaut hatte. Dennoch fühlte er sich gut mit seiner Entscheidung, geradezu erleichtert. Es war nicht gut, mit Verbrechern zusammenzuarbeiten. Ganz und gar nicht gut.

Felix stieg aus, ging aber nicht direkt zum Haus, sondern ließ den Blick schweifen – über das Wohnhaus, das Nebengebäude mit der Werkstatt, den verwilderten Garten. Nein, er würde die Hundertfünfzigtausend nicht hierein investieren. Er würde sich mit dem Geld eine kleine Wohnung in München kaufen und mit Dana zusammenziehen. Die Leute in der Stadt konnten sicher auch Schreiner brauchen, die wussten, wie man alte Möbel und Türen wieder auf Vordermann brachte. Vielleicht konnten er und Dana auch einen kleinen Laden aufmachen, in dem sie gebrauchte Möbel verkauften, die er restauriert hatte. Felix ging zum Wohnhaus und steckte den Schlüssel ins Schloss. Wie aus dem Nichts tauchte die Nachbarskatze auf und umschmeichelte seine Beine. Er dachte an Dana, die Katzen liebte, die selbst geschmeidig und elegant wie eine Katze war. Just in dem Moment, in dem er den Schlüssel umdrehte, meldete sein Handy, dass eine Nachricht eingegangen war. Vermutlich war Dana jetzt aufgewacht. Felix lächelte und trat ins Haus. Der leicht modrige Geruch gab ihm ein heimeliges Gefühl. Er knipste das Flurlicht an und stieg die Treppe hinauf. Alles wirkte unberührt. Niemand war hier gewesen, außer vielleicht ein paar Mäuse. Auch im Schlafzimmer war alles beim Alten. Er warf sich aufs Bett und schloss die Augen. Konzentrierte sich auf eine ruhige Atmung. Da ertönte erneut der Signalton seines Handys. Felix griff sich in die Hosentasche, holte das Smartphone heraus und rief die Kurznachrichten auf. Der Anblick dessen, was er dann sah, durchzuckte ihn wie ein Stromschlag. Die beiden Nachrichten stammten nicht von Dana – sondern von Gabriel. Die erste bestand aus nichts als einem Foto. Es war ein Bild der Pistole, mit der er den Journalisten Stefan Blank erschossen hatte. Sie lag in einer durchsichtigen Plastiktüte. Felix spürte, wie das Blut durch die Adern an seinen Schläfen pochte. Er scrollte zur zweiten Nachricht: »Jüngelchen, freu mich schon auf den Picasso. Komme übermorgen mit dem Holz und weiteren Infos.« Dahinter waren zwei Emoticons – ein zwinkernder Smiley und ein lachender Teufel. Gabriel war ein Hurensohn!

Felix setzte sich auf, packte den Lederkoffer und schleuderte ihn von sich. Der Koffer flog eiernd durch den Raum und streifte den kleinen Röhrenfernseher. Der Klappstuhl, auf dem der Fernseher stand, wackelte, aber er fiel nicht um. Felix fuhr sich mit der Hand durch die Haare, legte die Stirn in Falten. Was konnte er tun? Gabriel hatte ihn in der Hand.

Er stand auf, griff sich den Geldkoffer und ging damit hinüber zur Werkstatt. Als er auf der Schwelle stand, wanderte sein Blick wie von selbst auf den Holzboden zu seinen Füßen. Für einen Moment sah er den toten Journalisten wieder in einer Blutlache vor ihm liegen. Aber dann riss er sich zusammen und warf einen suchenden Blick durch das Atelier. Er brauchte einen sicheren Platz für das Geld. Auf die Bank konnte er damit nicht. Vermutlich war es am sichersten, die Geldscheine auf mehrere Bündel zu verteilen und dann einzeln in der Werkstatt zu verstecken. Felix sah sich um. Da fiel sein Blick auf mehrere ölverschmierte Putzlappen, die in einem Eimer unter dem Waschbecken lagen. Schnell schnappte er sich den Eimer und nahm die Lappen heraus. Wenn er die Geldbündel in diese Lappen wickelte und dann an verschiedenen Verstecken in der Werkstatt deponierte, dann musste jemand, der nach Geld suchte, schon sehr gründlich vorgehen, um alles zu finden.

Doch Felix kam nicht dazu, seinen Plan zu verwirklichen. Draußen quietschte eine Fahrradbremse. Hastig stellte er den Lederkoffer unter die Werkbank, warf einige Lumpen darüber und öffnete die Tür. Es war Kelly Christ, die da gerade durchs Gartentor trat. Die Frau, die ihn mit vorgehaltenem Messer zum Sex gezwungen hatte. Lächelnd schob sie ihr klappriges Damenrad zur Werkstatt und lehnte es an die Mauer.

»So sieht man sich wieder«, flötete sie und strich sich durchs Haar, heute war es eine Pagenkopffrisur in Rot. Felix starrte sie an.

»Und? Was ist? Magst du mich gar nicht reinbitten?«

»Muss nicht sein.«

»Diesmal habe ich auch kein Messer dabei«, meinte sie kokett.

»Was willst du?« Felix hatte keinen Nerv für Spielchen.

»Diesmal habe ich kein Messer dabei«, wiederholte Kelly ihren Satz von gerade eben und ergänzte: »Sondern was viel Besseres.«

Felix schob die Hände in die Hosentaschen und zuckte mit den Schultern. Es sollte gleichgültig aussehen.

Kelly kam ihm sehr nahe und hauchte: »Willst du denn gar nicht wissen, was ich dabeihabe?« Ihre Lippen berührten beinahe Felix' Ohrmuschel. Ruckartig packte er sie am Arm und schubste sie mit Gewalt von sich weg.

»Was soll die Scheiße? Was willst du?«

Kelly pustete sich eine Strähne aus dem Gesicht und lächelte dann in einer Art, die Felix nicht gefiel. »Na gut, dann kommen wir eben gleich zum Geschäftlichen. Ich weiß, was du gemacht hast.«

»Wie, was ich gemacht hab?«

»Na ja, ich sage jetzt nur mal Stichwort Georg Seefellner …«

Felix wurde bleich und blickte sie entgeistert an. »Kenn ich nicht, wer soll das sein?«

»Komm schon …« Sie zögerte. Dann sagte sie: »Jüngelchen«, und Felix fuhr zusammen: Hatte sie ihn gerade wirklich »Jüngelchen« genannt? Arbeitete sie am Ende mit Gabriel zusammen? Er schwieg verunsichert und versuchte in ihren Gesichtszügen zu lesen. Woher kannte sie Gabriel? Hatte er sie auf ihn angesetzt? Oder war das mit dem »Jüngelchen« einfach Zufall?

»Georg hat mir alles erzählt …« Sie schenkte Felix einen auffordernden Blick. »Die Bullen waren auch schon bei ihm …« Felix blieb beinahe das Herz stehen. Sagte sie die Wahrheit? Er versuchte, Kellys Augen auszuweichen, sein Blick blieb an ihrem Ausschnitt hängen, da klingelte ein Handy. Es war sein eigenes. Hastig langte er in die Hosentasche und prüfte das Display: Maria. Was wollte seine Ex ausgerechnet jetzt von ihm? Er hob den Kopf. Kelly sah ihn noch immer abwartend an. Kurz entschlossen nahm Felix den Anruf entgegen. Er flüsterte: »Hallo, Maria. Du, ich kann jetzt nicht, ist gerade schlecht. Ich rufe dich später zurück, ja?« Ohne eine Antwort abzuwarten, legte er auf und wandte sich erneut Kelly zu. »Okay, was willst du?«

Abgebrüht antwortete diese: »Ich schlage dir ein faires Geschäft vor: Du zahlst mir zehntausend Euro, und dafür halte ich die Klappe.«

»Was hat dir der Georg erzählt?«

»Ich weiß alles!« Kelly sah ihn herausfordernd an.

»Und vielleicht wäre es sinnvoll, wenn ihr euch absprecht, bevor die Bullen das nächste Mal bei ihm aufkreuzen – oder bei dir!«

Felix lief es eiskalt den Rücken hinunter. Nervös fummelte er sich eine Zigarette aus der Hosentasche und zündete sie an. Seine Hände zitterten. »Glaubst du im Ernst, dem Deppenschorsch glaubt irgendeiner was?« Er nahm einen tiefen Zug. »Der Typ ist doch plemplem!«

»Da wär ich mir an deiner Stelle nicht so sicher«, entgegnete Kelly kühl. Dann nahm sie ihr Fahrrad von der Wand, drehte sich noch einmal zu ihm um und sagte: »Übergabe, morgen zwanzig Uhr im Boxenstopp.«

Felix warf die Zigarette weg, packte das Rad und stellte sich Kelly in den Weg. »Ich lass mich doch nicht von dir erpressen. Der Georg steht auf meiner Seite. Dem brauche ich bloß zu sagen, dass …«

»Du weißt ja gar nicht, wo er ist«, unterbrach die junge Frau ihn triumphierend. Als Kelly seinen verwirrten Blick sah, fügte sie noch an: »Zu Hause ist er mal nicht!« Sie lächelte überlegen.

»Ja, im Krankenhaus wird er halt sein!«, brach es aus Felix hervor. »Fragt sich nur, ob bei uns, im Martha Maria oder in der Unfallklinik. Wo ist der Schorsch? Sag es mir!« Der aggressive Ton in seiner Stimme überraschte ihn selbst.

Kelly kicherte, zuckte mit den Schultern und erwiderte: »Ein Grund mehr, mir morgen das Geld vorbeizubringen …«

Felix packte das Fahrrad fester, riss es zu sich her, was dazu führte, dass Kelly strauchelte und nun direkt vor ihm stand, dann schnaubte er ihr wütend ins Gesicht: »Was soll der Scheiß? Du sagst mir jetzt sofort, wo der ist, oder ich mach dich fertig!«

Kelly war zwar abgebrüht, aber sie hatte in ihrem Leben doch einige Erfahrungen mit gewalttätigen Männern gesammelt. Und die Augen dieses Exemplars strahlten jetzt zweifellos Gewalt aus. Vielleicht war es doch keine gute Idee gewesen, hier aufzutauchen, und noch dazu allein. Ihre Angst siegte über die Absicht, sich schnell und ohne größeren Aufwand Geld zu beschaffen.

Also stammelte sie: »Na ja, du hast schon recht … Im Krankenhaus ist er, der Georg, in der Klinik. Im Martha Maria – Zimmer dreihundertsechzehn.«

Felix nickte und ließ das Fahrrad wieder los. Kelly nutzte die wiedergewonnene Freiheit und schob, so schnell sie konnte, ihr klappriges grünes Gefährt durch das Gartentürchen.

Fünf

In Zimmer 316 lief »Living On A Prayer« im Radio. Die Krankenschwester, die gerade einen Infusionsbeutel wechselte, summte den Bon-Jovi-Song mit. So weit war alles Routine. Doch dann vernahm sie ein röchelndes Husten aus jener Zimmerecke, aus der schon seit Wochen keine nennenswerten Geräusche mehr gekommen waren: Georg Seefellner, der so lange in tiefem Koma gelegen hatte, rührte sich. Und das war aufsehenerregend, denn es gab etliche im Krankenhaus, die ihn schon abgeschrieben hatten.

»Allmächtiger«, entfuhr es der dicken Frau im weißen Kittel. Der Patient im Bett am Fenster hatte sich aufgesetzt und sah sich suchenden Blicks um. Dann hustete er erneut.

Sofort eilte die Krankenschwester zu ihm hin. »Ja, da schau her! Wir sind aufgewacht, Herr Seefellner! Wie geht es uns denn?«

»Den Felix muss ich warnen, die Buben werfen sonst wieder mit Eiern nach mir …«

»Ja, klar müssen Sie das! Wer ist denn der Felix? Ist das vielleicht Ihr Sohn, Herr Seefellner?« Die Schwester betrachtete den Patienten aufmerksam. Aber der schien durch sie hindurchzuschauen. Fürsorglich griff sie nach seiner Hand.

Als sie seine nächsten Worte hörte, zog sie diese jedoch schnell wieder zurück: »Ich will deine Muschi lecken«, nuschelte Seefellner – wenn sie sich nicht massiv verhört hatte. Aber er murmelte weiter: »… den Felix warnen … sonst kommen die Heiligen mich holen … schöne Brüste … die Muschi …« Der Rest der Worte verlor sich in unverständlichem Gebrabbel.

Die Krankenschwester hatte sich derweil wieder gefangen und redete beruhigend auf ihn ein. »Ja, ja, schon recht.« Behutsam drückte sie den Patienten zurück in die Liegestellung.

»Und ich? Was ist mit mir?«, rief da der Greis im Bett ganz rechts, den sie kurz zuvor im Stich gelassen hatte. »Wenn wir schon mal dabei sind: Ich möchte natürlich auch Ihre Muschi lecken! Und weil ich zuerst wach war, bin ich auch zuerst dran!« Er keckerte röchelnd.

»Jetzt gehen'S, Herr Rott, Sie sind doch anständig. So was sagt man doch nicht zu einer Dame!«

»Und dieser junge Schnösel darf das? Der hat doch nicht einmal gedient!«

»Nein, der darf das auch nicht. Aber schauen Sie, er

schläft ja schon wieder, unser Herr Seefellner ...« Tatsächlich hatte der Komapatient nun die Augen wieder geschlossen und atmete tief und ruhig wie ein Schlafender. »Aber ich glaube, den müssen wir jetzt in ein anderes Zimmer bringen.«

»Damit der feine Herr dann in aller Seelenruhe Ihre Muschi lecken kann, oder was?«

»Nein, Herr Rott, damit er in Ruhe aus dem Koma aufwachen kann. Mit Muschilecken wird das heute nichts.« Der Alte grummelte etwas Unverständliches, und die Krankenschwester eilte aus dem Zimmer. Eine halbe Stunde später schlief Georg Seefellner wieder ruhig. Man hatte ihn auf das Einzelzimmer 318 verlegt, das auf demselben Gang nur zwei Türen weiter lag.

»Das ist ja interessant«, sagte Toni Glaser in den Telefonhörer, und das war keineswegs ironisch gemeint, weshalb seine Chefin Ute Dukaz sofort von den Akten auf ihrem Schreibtisch aufsah. Der Kriminalpolizist stellte seiner Gesprächspartnerin am anderen Ende der Leitung noch einige Fragen, machte sich Notizen und beendete dann das Gespräch mit den Worten: »Ich denke, wir sind gleich bei Ihnen.«

Auf Dukaz' neugierigen Blick hin erklärte Glaser: »Das war das Krankenhaus – die Oberschwester. Der Herr Seefellner ist wohl aus dem Koma aufgewacht. Allerdings hat er angeblich ziemlich versautes Zeug geredet. Von Muschis und vom Lecken und so ... Die haben aber gesagt, dass das häufiger vorkommt bei Komapatienten. Da kommt das Unterbewusste durch.« Er schmunzelte.

»Ist er denn vernehmungsfähig?«

»Jetzt schläft er wieder. Er ist wohl noch nicht stabil,

sagt die Schwester. Die haben ihn in ein Einzelzimmer verlegt. Aber ehrlich gesagt glaube ich ...«

»... wir sollten da trotzdem gleich mal hinfahren«, entschied die Chefin.

»Ja, genau.«

Innerhalb der nächsten drei Minuten starteten beinahe zeitgleich zwei Fahrzeuge. Beide hatten dasselbe Ziel. Mit einem kleinen Unterschied: Für Felix war die Strecke fünfundzwanzig Kilometer kürzer. Auf Land- und Nebenstraßen addierte sich dies auf einen Vorsprung von fast fünfunddreißig Minuten. Und dadurch, dass der Bichlmayr-Bauer just an diesem Tag seine Kühe von der hinteren Wiese beim Osterholz auf die vordere Lentnerweide trieb, erweiterte sich Felix' Vorsprung auf die Polizisten auf exakt vierzig Minuten. Die würde er auch benötigen, wenn er seinen grausamen Plan umsetzen wollte: Georg Seefellner töten. Stundenlang hatte Felix mit sich gerungen. Am Ende stand die Entscheidung, die ihn schmerzte, denn er mochte den gutmütigen Kerl. Aber Felix sah für sich keine andere Wahl. Der Stotterer mit dem kindlichen Lächeln war das Verbindungsstück zwischen ihm und der Polizei. Wenn Seefellner ihn nicht schon absichtlich verriet – früher oder später würde sich der geistig Minderbemittelte verplappern. Und wenn die Polizei Felix erst einmal als Urheber der Riemenschneider-Skulpturen identifiziert hätte, dann würde eine Kettenreaktion in Gang gesetzt, an deren Ende Felix nur eines blühen konnte: der Knast. Um diesen Dominoeffekt zu verhindern, musste er Seefellner opfern. Die Frage war nur: Wie sollte er das anstellen, ohne dabei erwischt zu werden?

Auf dem Krankenhausparkplatz angekommen, stellte Felix den Fiat in die freie Parkbucht, die der Ausfahrt am nächsten gelegen war, zog eine graue Langhaarperücke an, klebte sich einen dünnen Schnauzbart auf die Oberlippe, stieg aus und eilte zum Haupteingang. Beides hatte er sich kurz vorher im örtlichen Spielwarenladen besorgt. Weil er das Krankenhaus von früheren Besuchen kannte, war es ihm möglich, ohne Zeitverlust den Aufzug anzusteuern. Er drückte den Knopf für die dritte Etage. Als sich die Tür öffnete, orientierte er sich kurz, eilte dann zum Zimmer mit der Nummer 316 und trat ohne zu zögern ein. Sofort erkannte er, dass dies nicht der richtige Raum sein konnte. Rechts lag ein bleicher alter Mann und in der Mitte ein Typ mit Vollbart und Basketballmütze, der etwa in seinem Alter war. Kelly Christ hatte ihn also angelogen.

Der Alte musterte ihn mit wachen Augen. »Grüß Gott – sagt man da nicht ›Grüß Gott‹, wenn man in ein Zimmer hineinkommt?«

»Grüß Gott«, presste Felix hervor, er war gestresst. Aber trotz des Adrenalins in seinen Adern durfte er jetzt nicht in Hektik verfallen. Langsam wandte er sich wieder zur Zimmertür um. Doch der alte Mann, dessen Gesicht ausschließlich aus Falten bestand, hob die Stimme: »Sie wollen bestimmt auch zum Schorsch.«

Felix' Halsschlagader pochte, er vergaß alle Vorsätze, cool zu bleiben, und drehte sich ruckartig wieder zu dem faltigen Männchen um. Hatte Kelly Christ etwa doch die Wahrheit gesagt?

»Kennen Sie den Georg?«

»Klopft man nicht an, bevor man in ein Zimmer hineinkommt?« Felix spürte den inneren Drang, dem Alten die Gurgel umzudrehen. Er hatte keine Zeit für Kinkerlitzchen. Doch der Mann schien es nicht böse zu meinen. Er freute sich, dass die Leere des Krankenhausalltags durch diesen Fremden durchbrochen wurde.

»Kennen Sie den Georg?«, wiederholte Felix. Ruhig bleiben, nicht rausbringen lassen. Das war der Plan.

»Ja«, erwiderte der Alte trocken.

»Wo ist er?«

»Sage ich nicht …« Felix starrte den Greis ungläubig an. Der gab vor nachzudenken. »… oder doch.« Jetzt lächelte der Kauz. »Sag ich, wenn Sie das Klopfen nachholen. Dann bin ich bereit, mit Ihnen zu sprechen. Sie sind von der Polizei, nicht wahr? Verdeckter Ermittler oder so – oder weshalb diese lächerliche Verkleidung? Ich kenne mich aus, ich war mal beim Zoll.«

Felix stammelte ein bestätigendes »Äh, ja«.

Der Alte nickte wissend. »Deshalb die Verkleidung, was?«

Felix bemühte sich, seine wachsende Nervosität in den Griff zu bekommen. »Also, was ist jetzt? Wo ist der Georg … äh … Herr Seefellner?«

»Sage ich – wie gesagt – wenn Sie noch einmal hinausgehen, anklopfen und so weiter und so fort …«

Felix schüttelte fassungslos den Kopf und überlegte: Blieb ihm denn irgendeine Wahl? Gab es einen anderen Weg herauszufinden, wo Seefellner jetzt war?

Schließlich lächelte er den alten Zöllner freundlich an und trat nach draußen – erschrak aber sofort, weil eine Mittfünfzigerin im Leoparden-Bademantel auf ihn zukam. »Guten Tag! Heißer Bart!«, flirtete sie ihn an.

»Guten Tag«, erwiderte er reflexartig und stellte erleichtert fest, dass die Frau weiterging. Dann drehte er sich wieder zur Tür, klopfte und trat erneut ein. Dieses Mal nickte der Alte wohlwollend. Felix sagte wie geheißen: »Grüß Gott.« Der Greis erwiderte den Gruß und lächelte freundlich.

»Ja – und jetzt?«, blaffte Felix den Mann an.

»Zwei Zimmer weiter«, verkündete dieser fröhlich, »Dreihundertachtzehn müsste das sein. – Und ich verrate Ihnen noch etwas, und das ist ein Skandal: Der Herr Seefellner, der alte Lustmolch, wurde nur verlegt, damit er unserer Schwester die Muschi lecken kann! – Und jetzt kommen Sie!« Felix schüttelte verständnislos den Kopf. Der Alte war verrückt. Aber er hatte ihm gegeben, was er wollte. Und so schenkte er dem Zöllner noch einen dankbaren Blick und huschte wieder nach draußen.

Die Patientin im Bademantel war zwar verschwunden. Aber weiter hinten im Gang unterhielten sich zwei Menschen in weißen Kitteln. Von der anderen Seite näherte sich eine Putzfrau mit Putzwagen. »Scheiße«, zischte Felix. Mindestens vier Leute hatten ihn bereits gesehen – und die Überwachungskamera vor dem Aufzug. Jetzt öffnete sich auch noch schräg gegenüber die graue Tür unter dem Schild mit der Aufschrift »Stationszimmer«; den Stimmen und Wortfetzen nach zu urteilen – es ging um Diagnosen und Dienstpläne – waren es mehrere Ärzte oder Schwestern, die da auf den Gang traten. Geistesgegenwärtig drehte Felix sich weg und ergriff die Flucht in Richtung Aufzug. Sein Herz raste. Hoffentlich kam die Gruppe nicht auch hierher. Er rief den Aufzug, ein Rumpeln war hinter den geschlossenen Stahltüren zu hören, aber es passierte nichts. Die Gespräche der Krankenhausmitarbeiter schienen leiser zu werden. Felix wandte sich vorsichtig um. Die Gruppe hatte sich tatsächlich in die entgegengesetzte Richtung entfernt. Er atmete auf, überquerte mit einigen großen Schritten in schräger Richtung den Gang und drang ohne anzuklopfen in Zimmer 318 ein. Lautlos schloss er die Tür hinter sich und glitt am rechter Hand liegenden Bad vorbei zu dem Bett, von dem er zunächst nur das Fußende hatte sehen können. Als das Bett nun voll in seinem Sichtfeld lag, stellte er erleichtert fest, dass er sich im richtigen Zimmer befand: Da lag er. Seinem ruhigen Atem nach zu urteilen, schlief Georg Seefellner. Felix betrachtete den blonden, leicht speckigen Mann, der noch blasser wirkte als sonst. Seefellner tat ihm leid. Aber es gab keinen Ausweg: Der Trottel wusste zu viel. Insgeheim hatte Felix gehofft, dass der Patient an irgendwelchen Maschinen hängen würde, deren Stecker er bloß zu ziehen bräuchte. Aber offenbar benötigte der Deppenschorsch keine Beatmungshilfe mehr. Und obwohl er gerade jetzt aussah wie die personifizierte Unschuld, stellte sein verbesserter Gesundheitszustand für Felix einen Grund mehr dar, seinen Plan in die Tat umzusetzen. Seefellner musste sterben. Felix starrte auf den leicht geöffneten Mund des Mannes. Es war totenstill. Seine rechte Hand griff wie ferngesteuert zu dem Kissen, das am Fußende von Seefellners Bett lag. Felix dachte in diesem Moment an Gabriel.

Toni Glaser fluchte ein letztes Mal, als die Kuh Isolde, angetrieben durch einen Stockhieb ihres Besitzers Ferdinand Bichlmayr, endlich mit aller Widerwilligkeit und Trägheit, die diesen Eutertieren zu eigen sind, von der Hauptstraße abbog und den Weg frei machte für den zivilen Polizeiwagen. Zehn Minuten später passierten die beiden Ermittler die Zufahrt zum Parkplatz des Krankenhauses Martha Maria. Unter all den Autos auf dem Parkplatz stand auch ein heruntergekommener Fiat Multipla in Rot. Aber sie schenkten dem schäbigen Fahrzeug keine Beachtung. In zwei Minuten würden sie an Seefellners Bett stehen und hoffentlich erfahren, wie er an die Heiligenfiguren gekommen war und weshalb er sie für nur tausendfünfhundert Euro verkauft hatte, obwohl sie doch Millionen wert waren. Und vielleicht würden sie dann endlich herausfinden, wo der verschwundene Journalist Stefan Blank zu finden war.

Im selben Moment, in dem Toni Glaser im Aufzug auf den Knopf mit der Ziffer 3 drückte, presste Felix dem schlafenden Seefellner ein Kissen aufs Gesicht. Waren es Angst oder Mitleid oder Unerfahrenheit – zunächst wandte er nicht genug Kraft auf, und der Deppenschorsch, der so lange im Koma gelegen hatte, wachte auf, regte sich, gab Töne von sich, die Felix die Panik in sämtliche Glieder jagten. Also drückte er das Kissen fester nach unten. Die Gegenwehr, die Seefellner leistete, sein Aufbäumen, ja sogar die undefinierbaren Geräusche, die er verlauten ließ, wurden stärker und lauter. Die Töne verwandelten sich in Schreie, die das Kissen lediglich notdürftig zu dämpfen vermochte. Seefellner kämpfte gegen seinen Tod an. Der Deppenschorsch wollte leben. Felix schwitzte, sein Puls raste. Das Töten des Journalisten Stefan Blank war nicht geplant gewesen, ein Schuss aus der Pistole, Mord aus der Distanz, eine saubere Aktion. Das hier hingegen war gezielt, hautnah, furchtbar: Seefellner röchelte, quiekte und strampelte. Felix dachte an ein Tier, an etwas Kreatürliches wie eine Sau, Seefellners Überlebenskampf nahm ihm alles Menschliche.

Und dann war es plötzlich aus.

So heftig Seefellners Gegenwehr gewesen war, so erschütternd wirkte die abrupte Stille, die sich im Krankenzimmer mit der Nummer 318 ausbreitete. Felix rang den Brechreiz, der sich aus den Tiefen seines Magens nach oben drängte, nieder, riss Seefellner das Kissen vom Kopf, starrte in ein blasses Gesicht mit aufgerissenen Augen, aus denen jegliches Leben gewichen war. Aus einem der Nasenlöcher quoll ein wenig Blut, es sah hässlich aus. Er wandte sich ab, rannte aus dem Zimmer, schon stand er vor dem Aufzug, der sich wie von Geisterhand öffnete. Felix atmete erleichtert auf, erschrak aber im selben Moment, denn in der Kabine standen zwei Menschen – ein jüngerer Mann mit Schnauzbart und eine kräftig gebaute Frau. Er rempelte sich an ihnen vorbei, was sie mit erstaunten Blicken quittierten. Die beiden stiegen aus. Die Aufzugtüren schlossen sich. Felix zog sich die Perücke vom Kopf und entledigte sich des falschen Bartes. Beides wickelte er in das Kissen, das er mitgenommen hatte. Es sollte wie ein natürlicher Tod aussehen. Aber natürlich würde es das nicht.

Als die Aufzugtür sich wieder öffnete, befand er sich im Erdgeschoss. Mit wenigen großen Schritten erreichte er den Parkplatz, sperrte den Wagen auf, sprang hinein, fuhr los. Er war unfähig zu denken. Nur eines ging ihm nicht aus dem Kopf: Er war ein Mörder, endgültig. Stefan Blanks Tod war noch so etwas wie Notwehr gewesen. Das hier war es nicht mehr. Felix hatte kaltblütig und berechnend gehandelt. Doch dann geschah etwas Sonderbares: Nach Sekunden verflog sein Unwohlsein, und es stellte sich ein Gefühl ein, das er sich nicht erklären konnte: Erleichterung, Freiheit. Plötzlich war der Weg frei für andere Gedanken. Er dachte an seine Zukunft mit Dana. Er schöpfte Hoffnung. Als er den Zündschlüssel drehte, rann ihm eine Träne über die Wange.

Vor seinem Haus in Hinteröx entfachte er ein Feuer

und verbrannte das Kissen und die falschen Haare. Erst als die Flammen meterhoch loderten, fiel ihm auf, wie lange er schon nicht mehr geraucht hatte. Die Zigaretten musste er irgendwo verloren haben. Also raffte er sich auf und ging ins Haus. Aber auch in der Küche und im Schlafzimmer fand sich nichts Rauchbares mehr. Er klaubte drei nicht zu Ende gerauchte Zigarettenstummel aus dem Aschenbecher in der Küche und rollte sie mithilfe eines nur noch schlecht haftenden Papers, das er in seinem Nachtkästchen fand, zu einer behelfsmäßigen Zigarette. Ein armseliger, erbärmlicher Moment. Doch als er wieder am Feuer saß und der Rauch der Zigarette nach oben stieg, durchströmte ihn eine Woge der Erleichterung. Seine Lippen formten stumme Worte. Mit einem merkwürdigen Lachen löste sich sein starrer Blick vom Feuer.

Sechs

Als der Fremde in den Aufzug stürzte, als wäre er auf der Flucht vor dem Leibhaftigen, wechselten Ute Dukaz und Toni Glaser einen genervten Blick. Dann steuerten sie zielstrebig das Zimmer mit der Nummer 316 an. Alles sah nach einem normalen Einsatz aus. Doch bereits zwei Minuten später war alles anders: In besagtem Krankenzimmer lag kein Georg Seefellner. Und als Toni Glaser schließlich in Erfahrung gebracht hatte, wohin man ihn verlegt hatte, kamen alle Reanimationsversuche zu spät. Das Lebendigste im ganzen Raum war noch das Summen der Neonröhre. Der Patient war tot.

Kurze Zeit später saßen die beiden Polizisten im Stationszimmer und sprachen mit dem Oberarzt. An einer Kaffeetasse mit Borussia-Dortmund-Logo nippend, meinte der beschwichtigend: »Das ist nicht weiter ungewöhnlich. Wissen Sie, wenn man so lange im Koma liegt, hängt das Leben an einem seidenen Faden. Da kann alles passieren.«

»Ja, aber Ihre Kollegin hat uns doch angerufen und gesagt, dass der Mann aufgewacht sei und …«

Der Mediziner unterbrach Toni Glaser arrogant lächelnd. »Manchmal wachen sie auf, manchmal schlafen sie wieder ein.«

»Einfach so?«, hakte Ute Dukaz nach. Sie traute Ärzten nicht.

»Einfach so!«, bestätigte der Gefragte tonlos. Das Misstrauen der Polizisten schien ihn in seiner beruflichen Ehre zu verletzen.

»Und es kann nicht sein, dass es sich hier um ein Verbrechen handelt? Was ist mit dem Blut an der Nase?«

Der Arzt stellte die Kaffeetasse ab, blickte eine gefühlte Ewigkeit auf die Uhr an der Wand und wandte sich dann wieder Ute Dukaz zu. »Hatten Sie schon mal Nasenbluten?«

»Ja«, erwiderte die Kriminalpolizistin leicht gereizt.

»Und haben Sie sich dann gleich als Opfer eines Verbrechens gefühlt?«

»Nein.«

»Na also!«

Als Dukaz hierauf genervt mit den Achseln zuckte und den Kopf schüttelte, meinte der Mediziner: »Hören Sie, der Mann hatte einen schweren Unfall mit Hirnblutungen. Wir haben uns wirklich alle Mühe gegeben, das in den Griff zu bekommen. Aber das Gehirn wird nun mal vom Schädelknochen umschlossen. Der ist hart, da ist nur beschränkt Platz für eine Ausdehnung. Und wenn dann Schwellungen und Blutungen hinzukommen, dann muss das Blut irgendwohin. Da kann es zu nachträglichen Blutungen kommen. Vielleicht hängt es auch damit zusammen, dass er aufgewacht ist. Vielleicht ist dadurch im Gehirn etwas in Bewegung gekommen … Wir beobachten so etwas immer wieder. Ich halte dies für nicht außergewöhnlich.«

»Sind Sie sich wirklich ganz sicher, dass das hier ein normaler Todesfall ist?«, sprang Toni Glaser seiner Chefin bei.

»Was heißt in der Medizin schon ganz sicher? Ich kann nur sagen: Wenn man einen Patienten zweimal reanimiert hat, dann ist der seidene Faden, an dem sein Leben hängt, ganz schön dünn. Da spricht für mich nichts gegen einen natürlichen Tod.«

Dukaz schüttelte enttäuscht den Kopf. »Das ist doch scheiße!«

Der Arzt überging diesen verbalen Ausfall und meinte: »Ich verstehe Ihre Haltung nicht: Hier ist soeben ein Mann gestorben, der lange im Koma lag und zweimal reanimiert werden musste. Er war ohnehin schon geschwächt, und es gibt keine Anzeichen für Fremdeinwirkung. Warum wollen Sie denn unbedingt auf ein Verbrechen hinaus?«

»Weil er ein eminent wichtiger Zeuge für uns gewesen wäre!« Toni Glaser sah den Arzt ernst an. »Wir ermitteln in einem Fall, in dem ein Mann spurlos verschwunden ist. Ich darf Ihnen jetzt keine Details verraten, aber im weitesten Sinne geht es um Kunstbetrug im Millionenbereich. Und Herr Seefellner könnte damit was zu tun gehabt haben.«

Der Arzt machte ein nachdenkliches Gesicht. »Warum fragen Sie nicht seine Familie?«

»Da gibt es niemanden«, erwiderte Ute Dukaz ruhig. »Und seine Wohnung haben wir auch schon durchsucht.«

Der Mediziner nickte langsam. Dann sagte er: »Da fällt mir etwas ein: Unsere Oberschwester, Frau Söllingen, die hat mit ihm gesprochen, als er kurz aus dem Koma aufgewacht ist. – Warten Sie, ich rufe sie schnell. Dann können Sie sie gleich selbst fragen. Ich bin nämlich etwas unter Zeitdruck.« Er drückte einige Tasten auf dem drahtlosen Telefon, das auf dem Tisch lag, und fünf Minuten später trat die Oberschwester ein.

»Frau Söllingen, Sie haben doch mit dem Herrn Seefellner gesprochen, als er kurz aufgewacht ist. Was hat er denn da zu Ihnen gesagt?«

»Oh, das war nur versautes Zeug. Also sicher nichts, was die Polizei interessiert.«

»Sie haben uns davon ja bereits am Telefon berichtet«, übernahm Toni Glaser die Befragung. »Aber erinnern Sie sich vielleicht noch an den genauen Wortlaut?«

»Er hat gesagt …«, die Wangen der Frau röteten sich, verlegen senkte sie den Blick, »… dass er meine Muschi lecken will und so was.«

»Soso«, meinte Dukaz und verzog kaum merklich das Gesicht. »Ich glaube, das bringt uns jetzt auch nicht weiter.«

Der Arzt sah gestresst in die Runde: »Brauchen Sie mich jetzt noch, ich meine …«

Doch bevor er seinen Satz vollenden konnte, hakte Toni Glaser bei der Schwester nach: »Aber hat er vielleicht auch irgendetwas über Versteigerungen gesagt? Über Kunst?«

»Nein, es ging nur um Muschis und Brüste …« Die Oberschwester überlegte. Dann sagte sie plötzlich: »Doch, da war, glaube ich, noch was: Dass er jemand warnen muss – das hat er, glaube ich, auch gesagt. Jemanden warnen …«

Ute Dukaz setzte sich wieder. »Das ist ja interessant. Erinnern Sie sich auch noch daran, wen er warnen musste?«

Die Oberschwester antwortete nicht sofort, sondern suchte in ihrem Gedächtnis nach einem Namen. Dabei strich sie sich mit der rechten Hand über die linke. Dann sagte sie bedauernd: »Nein, tut mir leid, da muss ich passen. Er hat was von warnen gesagt, aber ich glaube nicht, dass er einen Namen genannt hat. – Und ich glaube auch nicht, dass wir dieses Gerede überbewerten sollten. Er war schließlich sehr lange im Koma …«

»Das habe ich bereits erklärt«, fiel der Arzt ihr ins Wort, um klarzustellen, dass er hier der Ansprechpartner in medizinischen Belangen war.

»Fielen vielleicht auch Wörter wie Kunst, Skulptur, Fälschung – oder ging es vielleicht um viel Geld?« Die Kripofrau blickte der Krankenpflegerin eindringlich in die Augen.

Toni Glaser ergänzte: »Wissen Sie, wir sind vielleicht einem großen Kunstbetrug auf der Spur. Und da ist der Herr Seefellner ein wichtiger Zeuge. Es geht um Heiligenfiguren, die der …«

»Ja!«, unterbrach die Frau. »Heilige! Das hat er auch gesagt! Heilige!«

Toni Glaser nickte und erkundigte sich dann vorsichtig: »Und was genau hat er da gesagt?«

»Irgendwas mit Heiligen, die ihn zu sich holen …« Die Schwester kaute an ihrer Unterlippe. »Sonst kommen mich die Heiligen holen? Irgendwie so hat er das gesagt, glaube ich.«

»Sonst kommen mich die Heiligen holen?« Ute Dukaz machte ein ungläubiges Gesicht.

»Ja, das hat er gesagt. Da bin ich mir ganz sicher. Denn – jetzt fällt's mir wieder ein – da habe ich schnell ein Kreuzzeichen gemacht, ich bin nämlich religiös.«

»Aha«, kommentierte die Kriminalbeamtin, wobei sie sich vergebens bemühte, jegliche Ironie aus ihrer Stimme zu tilgen. Der Oberarzt stellte die Kaffeetasse ab, blickte auf die große Uhr an der Wand und sagte: »Gut. Dann hätten wir das ja geklärt. Wenn Sie mich jetzt bitte entschuldigen, ich muss noch zur Visite.« Er stand auf, knöpfte seinen Kittel zu und verließ den Raum. Ute Dukaz' Blick folgte für einige Momente dem Sekundenzeiger der Uhr. Dann sah sie Toni Glaser an und meinte: »Ja, also, ich glaube, wir haben es dann jetzt. Vielen Dank, Frau Söllingen, dass Sie sich so viel Zeit genommen haben.«

Minuten später fragte Toni Glaser im Dienstwagen: »Wieso haben Sie das jetzt so abrupt abgebrochen?«

»Weil es doch eh nichts bringt. Die erinnert sich an nichts – und …«

»Was und?«

»Ja, und außerdem muss ich zum Schlagzeugunterricht. Und da wäre ich heute gern einmal pünktlich.«

Im Boxenstopp war es ruhig. In der Regel traf man hier vor neun Uhr abends nur eine Handvoll trauriger Arbeitsloser, frühreifer Jugendlicher oder Berufsalkoholiker. Von jeder dieser Spezies war um fünf nach acht genau ein Vertreter anwesend. Hinter der Bar stand eine gelangweilte Aushilfe mit blau gefärbten Haaren, die erst am

Abend zuvor eingearbeitet worden war. Sie war mit ihrem Handy beschäftigt. Aus der Rückwand, die komplett aus alten Lautsprechern bestand, schepperte das Riff von »More Than A Feeling« der Band Boston. Am Tresen in einer dunklen Ecke neben dem Spielautomaten saß Kelly Christ vor einem Glas Cola-Rum. Ungeduldig schubste sie mit einem grünen Strohhalm die Eiswürfel hin und her. Hinter ihr an der Wand gab sich ein Spielautomat alle Mühe, durch wildes Jackpot- und One-Million-Geblinke Aufmerksamkeit auf sich zu ziehen. Kelly machte das Blinken nur noch nervöser, als sie es ohnehin schon war. Sie hatte sich heute für eine unscheinbare dunkelhaarige Perücke und eine Brille vom »Modell Leseratte« entschieden. Georg Seefellners unerwarteter Tod hatte sie mitgenommen – und zwar sowohl in zwischenmenschlicher als auch in geschäftlicher Hinsicht: Seefellners Ableben hatte ihrem Erpressungsplan die Grundlage entzogen. Aber er konnte noch funktionieren. Letztlich hing jetzt alles nur davon ab, ob dieser Felix bereits von Georgs Tod erfahren hatte.

Der Genannte traf mit einer Viertelstunde Verspätung im Boxenstopp ein. Er begrüßte Kelly mit einem lässigen »Servus« und ließ sich auf den Barhocker neben ihr fallen. Ohne Kellys von Tränen verschmiertes Make-up zu bemerken, bestellte er sich bei der gelangweilten Aushilfskellnerin ein alkoholfreies Weißbier und fixierte die neben ihm Sitzende mit einem ernsten Blick.

»Was ist? Was glotzt du so bescheuert?«, blaffte Kelly ihn an. Sie war misstrauisch. Wieso war der Typ so spät gekommen? Nahm er sie etwa nicht ernst?

»Du hast mich herbestellt, ich bin da«, erwiderte er ganz ruhig.

»Hast du *es* dabei?«

Er nickte.

Die Bedienung kam und stellte das Weißbierglas vor ihm auf einem Bierfilz ab. Als sich die Kellnerin wieder weit genug entfernt hatte, zischelte Kelly: »Dann steck es in meine Manteltasche.«

Felix sah sie irritiert an – sie trug keinen Mantel. Kelly nickte in Richtung Tresen. An einem Haken unterhalb der Bar erkannte Felix einen hellen Trenchcoat. Ohne sich umzublicken, griff er in die Innentasche seiner olivfarbenen Arbeitsjacke. Die anderen Gäste schienen sich nicht dafür zu interessieren, dass er jetzt einen dicken Umschlag herauszog und in eine der Außentaschen des hellen Frauenmantels schob. Dann ging er zurück zu Kelly, woraufhin diese aufstand, sich ihren Mantel überstreifte und mit den Worten »Ich geh kurz mal für kleine Mädchen, bin gleich wieder da« in Richtung der Toiletten verschwand. Felix nahm sein Weißbierglas und trank es in wenigen gierigen Schlucken aus. Er hatte Durst. Kelly kam in ihrem gut sitzenden Mantel zurück und nahm lächelnd neben ihm Platz.

»Alles okay, das war's.« Erleichtert umfasste sie ihr halb volles Cola-Rum-Glas und rührte mit dem Strohhalm darin herum. Dann hob sie den Blick und sah Felix an. Der saß regungslos neben ihr. Wie ein Felsmassiv. Wieso machte er keine Anstalten zu gehen? Der Deal war gelaufen. Sie schaute wieder auf ihr Glas und dann wieder zu ihm: Er saß einfach nur da und starrte das Regal mit den Spirituosen an. Dann, ohne den Blick abzuwenden, sagte er: »Noch nicht ganz. – Also … das war's noch nicht ganz.«

Kelly wurde es heiß. Sie nahm am Strohhalm vorbei einen tiefen Schluck von ihrem Drink. »Wie bitte?«, fragte sie.

Jetzt drehte sich Felix zu ihr um und sah ihr fest in die Augen.

»Nur, dass wir uns verstehen: Der Umschlag ist lediglich ein Zeichen meines guten Willens, klar?«

Felix hielt kurz inne, weil ein Jugendlicher an die Bar getreten war und sich ein Radler bestellte. Als er versorgt war, legte Felix nach: »Ich weiß nicht, ob du es schon gehört hast, aber der Seefellner Georg ist ja leider gestern von uns gegangen.« Felix streckte seine Hand aus, streichelte Kelly zärtlich über die Perücke und schob flüsternd die Drohung hinterher: »Wäre doch schade, wenn dir auch was zustoßen würde.«

Die sonst so coole Kelly nickte hektisch und wandte sich schnell wieder ihrem Drink zu. Felix' Blick machte ihr Angst. Wenn sie das eben richtig verstanden hatte, dann hatte er Seefellner umgebracht. Während Kelly noch darüber nachdachte, was dies für sie bedeutete, stand Felix auf, strich sich die Jacke glatt und verließ die abgerockte Dorfkneipe, ohne sich zu verabschieden.

Er war bereits auf der Autobahn in Richtung Osten, da klingelte sein Telefon. Dana. Er freute sich, ihre Stimme zu hören. »Na, geht es dir wieder besser?«

»Ja, bis auf Schmerzen am Handgelenk und einen steifen Nacken ist alles wieder gut. Bei der Polizei war ich aber noch nicht.«

Felix erschrak. Daran hatte er überhaupt nicht gedacht – dass Dana auf die Idee kommen könnte, zur Polizei zu gehen! »Äh, das … das solltest du auch nicht. Also, äh …«

»Wie meinst du das?« Die Empörung in Danas Stimme war nicht zu überhören.

»Also, was ich meine: Ich bitte dich, jedenfalls jetzt

noch nicht zur Polizei zu gehen. Weil … das … wäre … auch schlecht für mich.«

»Wieso? Hast du etwa mitgeholfen, mich …?«

»Nein, nein, oh Gott, nein! Aber – ach, kann ich dir das nicht ein anderes Mal erklären? Nicht am … Telefon? – Du musst mir vertrauen … Ich liebe dich.«

»Magst du heute Abend nicht zu mir kommen? Ich hätte Lust auf eine Massage …«

»Das wäre schön, aber … ich bin gerade geschäftlich unterwegs.« Er blickte nach draußen ins Dunkel der Nacht. Weit und breit keine Sterne, der Himmel war bewölkt. »Aber morgen komme ich nach München, und dann kriegst du deine Massage, versprochen.«

Ohne eine einzige Pause einzulegen, passierte Felix die Grenze zu Tschechien und nahm den kürzesten Weg in Richtung Hauptstadt. Am Ende der Reise rollte der rote Multipla über die Schotterpiste eines Gewerbegebiets auf ein großes verschlossenes Stahltor zu. Aus der Dunkelheit drang bedrohliches Hundegebell. Es klang nach einem ganzen Rudel aufgepeitschter Kampfhunde. Felix stieg aus, lehnte sich an den Wagen, dessen Motor weiterlief, und zündete sich eine Zigarette an. Plötzlich überstrahlte gleißendes Flutlicht die Szenerie. Felix riss reflexartig die Hand vor die Augen, aber er sah praktisch nichts. Dafür *hörte* er umso mehr: Das Gebell kam näher. Seelenruhig rauchte er weiter. Als seine Augen sich an das Scheinwerferlicht gewöhnt hatten, tauchte Milan Petrovic hinter dem Tor auf, grüßte winkend und ließ ihn ein.

Felix setzte sich wieder hinters Steuer und folgte dem vor ihm herlaufenden Bodybuilder im Schritttempo. Langsam verließen sie den vom Flutlicht ausgeleuchteten Bereich und drangen immer tiefer in die Eingeweide des unübersichtlichen Geländes vor. Schließlich gab der Leichenentsorger ihm ein Zeichen. Felix stoppte den Wagen und stieg aus. Wie aus dem Nichts tauchte die große Dogge auf, die Felix von seinem ersten Besuch schon kannte, und schnüffelte knurrend an seinen Schuhen und an seinem Hosenladen herum.

»Weg, Hulk! Ist Mann, kein Frau«, befahl Milan dem schwarz-weiß gefleckten Tier. Dann wandte er sich Felix zu. »Grüß dich.« Er reichte ihm die Hand. Felix hatte völlig vergessen, wie gepflegt die Hände des Leichenentsorgers waren. Sie passten so gar nicht zu dessen Arbeitsumfeld hier auf dem Schrottplatz.

»Lass schnell machen, heute ich noch muss arbeiten viel. Du bist zu spät. Ich mag nicht.«

Felix warf einen Blick auf sein Handy. Ein Uhr nachts, hatten sie ausgemacht, jetzt war es sieben nach eins. Aber mit einem Exsöldner würde er sich wegen einiger läppischer Minuten sicher nicht anlegen.

Milan stapfte in seinen schwarzen Klamotten auf einen großen verrosteten Kran zu. Er öffnete die Fahrerkanzel und startete die Maschine. Laut tuckernd setzte sich der Arm des Krans in Bewegung und schwenkte in Richtung des alten Fiat. Langsam, aber zielsicher griff die riesige Kralle nach dem roten Fahrzeug mit dem knallgelben Schriftzug. Wie ein federleichtes Plastikspielzeug wurde Felix' Auto in die Luft gehoben, um kurz darauf donnernd in der Schrottpresse zu landen. Felix beobachtete den Vorgang aufmerksam, der Wachhund wich nicht von seiner Seite. Milan sprang behände vom Kran und aktivierte die Schrottpresse. Diese verwandelte das Auto innerhalb von Sekunden und unter ohrenbetäubendem Lärm in ein kompaktes Paket Altmetall. Währenddessen kraulte Felix der Dogge den Kopf, was ihr offenbar gefiel. Nach getaner Arbeit begleitete Milan ihn zurück zum Tor.

»Hulk mag dich! Ich noch brauche Papiere für Abmeldung.«

»Stimmt«, sagte Felix und fummelte den Fahrzeugschein aus der Jackentasche. »Und ich kann mich auf dich verlassen?«

»Klarowitsch. Kommst du zu mir, lasse ich verschwinden.« Er imitierte die Geste eines Magiers: »Menschen, Autos, Jungfrauen …« Milan lachte dreckig. »Aber natürlich nur, wenn stimmt Bezahlung.«

Felix drückte dem Mann die vereinbarten fünftausend Euro in die Hand und war überrascht, dass dieses Mal keine Nachforderung kam. Der Schrotthändler verzichtete sogar darauf, die Scheine nachzuzählen, und meinte, während er sie in der Tasche seiner schwarzen Bundfaltenhose verschwinden ließ: »Taxi gleich kommt.« Dann verabschiedete er sich mit einem fröhlichen »Bis bald!« und einem kräftigen Klaps auf Felix' Schulter. Der erwiderte den Gruß nicht, sondern hoffte insgeheim, den Meister des Verschwindens nie wieder sehen zu müssen.

Eine halbe Stunde später wartete Felix am Prager Hauptbahnhof mit einem heißen Kaffee aus dem Pappbecher auf den Nachtzug nach München. Er befand sich in grüblerischer Stimmung: Zehntausend für Kelly, fünftausend für Milan – das Geld verflüchtigte sich schneller als Wasserdampf. Aber was sollte er machen? Diese Investitionen waren notwendig gewesen. Er durfte keine Spuren mehr hinterlassen – es gab schon zu viele. Und für das, was jetzt vor ihm lag, brauchte er Ruhe: Es galt eine Skulptur zu schaffen, die die Kunstwelt begeistern würde. Eine Skulptur des vielleicht bedeutendsten Künstlers des 20. Jahrhunderts.

Sieben

»Komm mal runter, ich zeig dir was.« Felix freute sich diebisch über Danas erstaunten Gesichtsausdruck, als er ohne Vorankündigung am späten Vormittag vor ihrer WG-Tür stand. Er küsste sie und wiederholte seine Aufforderung: »Jetzt komm mal mit runter!« Dann nahm er sie an der Hand und hüpfte mit kindlicher Freude die Treppen hinunter. Auf dem Gehsteig angelangt, blieb er vor einem neuen, aber unscheinbaren schwarzen VW-Transporter stehen, hob den Schlüssel und rief triumphierend: »Meiner! Baujahr 2014 – schick, oder?« Dana sah ihn ungläubig an. »Wo hast du dieses Auto her?«

»Na ja, gekauft natürlich!« Felix musste sich zusammenreißen, um nicht loszulachen. »Lass uns zu mir rausfahren. Ich muss arbeiten. Ich will dich ab jetzt immer bei mir haben.«

»Spinnst du? Wo hast du das Geld für ein neues Auto her?«

»Komm, steig ein.« Felix sperrte die Tür auf, öffnete den Wagenschlag und forderte Dana mit einer einladenden Geste dazu auf, Platz zu nehmen.

Doch seine Freundin zögerte. »Ich … also … ich brauche doch noch was zum Anziehen.«

»Dann kaufen wir dir eben was. Steig endlich ein, Dana!«

Zögerlich tat sie wie ihr geheißen. Felix umrundete

den Wagen, kletterte hinter das Steuer und ließ den Motor an. Er sah zu Dana hinüber. »Und? Guter Sound, oder?«

»Na ja, ein Porsche ist es nicht.«

Felix parkte aus. »Nein, aber ein schrottreifer Fiat ist es auch nicht. Dafür ist er praktisch, unauffällig und eigentlich auch ganz schön für einen Transporter, oder?«

»Wo hast du das Geld her, Felix?«

Danas Tonfall erinnerte Felix an den seiner Mutter, die genauso mit ihm gesprochen hatte, wenn sie ihn beim Stibitzen von Schokolade oder anderen Süßigkeiten erwischt hatte. Er wiegelte ab: »Der war gar nicht so teuer.«

»Wie viel?«

»Dreißig.«

»Tausend?«

»Ja. Aber der hat allen Schnickschnack und hundertachtzig PS. Da geht was.« Felix konnte nicht anders, er musste bis über beide Ohren grinsen.

»Und woher hast du das Geld?«

Felix hatte erwartet, dass Dana diese Frage stellen würde. Aber bereits auf der stundenlangen Autofahrt nach Tschechien hatte er seine Situation analysiert und mehrere Entscheidungen getroffen. Erstens: Gabriel hatte ihn wegen seiner Fingerabdrücke auf der Pistole in der Hand. Und wenn sein Partner ihn schon damit erpresste, das Fälscherhandwerk weiter auszuüben, dann würde er es wenigstens richtig tun und sich die finanzielle Grundlage für ein schönes Leben mit Dana schaffen. Zweitens: Wollte er mit Dana zusammenbleiben – und das wollte er –, dann musste er sie in die Geschäfte, die er mit Gabriel tätigte, einweihen, zum Teil jedenfalls. Egal, was der Kunstberater davon hielt. Felix brauchte eine Verbündete. Denn eines war klar: Gabriel würde ihn genauso lange unterstützen, wie er ihm von Nutzen war. Danach würde er ihn eiskalt abservieren. Der Kunstberater war ein skrupelloser Krimineller. Wollte Felix seine Karriere als Kunstfälscher weiterverfolgen, brauchte er jemanden, auf den er sich verlassen konnte, jemanden, der auf seiner Seite stand. Und weiter fälschen wollte er. Ja, er würde fortan bahnbrechende Holzskulpturen berühmter Künstler erschaffen und damit viel Geld verdienen. In seinem ganzen Leben hatte er nie welches besessen. Aber jetzt, am Steuer seines neuen Wagens, spürte er, dass es ein gutes Gefühl war, welches zu haben. Es gab ihm Freiheit und eine ernsthafte Perspektive im Leben.

Und mit Dana an seiner Seite würde er dem Kunstberater Grenzen aufzeigen. Denn – Fingerabdrücke hin oder her – letztlich war er, Felix, der Künstler. Er war derjenige, der es vermochte, Skulpturen zu schaffen, die auf dem Kunstmarkt als Originale durchgingen. Felix würde den Spieß umdrehen, die Rollen neu verteilen. Letztendlich war Gabriel nur sein Werkzeug. Er war nichts weiter als ein Knecht, der zwischen ihm und den Käufern zu vermitteln hatte.

Dana musste ganz auf seiner Seite stehen. Er liebte sie. Sie war wegen ihm und seiner Geschäftsbeziehung zu Gabriel beinahe draufgegangen. Er musste sie einfach einweihen. Und so nutzte Felix die Autofahrt aufs Land, um Dana von seinen und Gabriels Geschäften zu unterrichten.

Eine knappe Dreiviertelstunde später wusste sie, dass er die Tänzerin, für die sie Modell gestanden hatte, im Stil Ernst Ludwig Kirchners gefälscht hatte und es Gabriel gelungen war, diese Skulptur für atemberaubende 350 000 Euro zu verkaufen. Er erklärte Dana, wie Gabriel und er arbeiteten und warum Felix dagegen gewesen war, die Polizei zu informieren.

Von den Fingerabdrücken auf der Pistole, die ihn mit dem toten Journalisten verbanden, und den Riemenschneider-Heiligen erzählte er ihr nichts. Auch die Morde an Stefan Blank und Georg Seefellner behielt er für sich. Es war besser, wenn sie über diese Dinge nicht auch noch Bescheid wusste.

Nachdem Felix sich offenbart hatte, herrschte Stille im Auto. Dana blickte geistesabwesend aus dem Fenster. Dann brach sie das Schweigen. »Mir wäre es lieber, du hättest nichts mehr mit Gabriel zu tun. Und noch viel lieber wäre mir, wenn du dein Geld auf ehrliche Art und Weise verdienen würdest.« Dana zögerte einen Augenblick. »Aber es ist, wie es ist. Ich stehe an deiner Seite. Ich liebe dich.« Erleichtert beugte sich Felix zu ihr hinüber und gab ihr einen Kuss auf die Wange.

»Und als Nächstes willst du wirklich einen Picasso fälschen? Ist das nicht ein bisschen größenwahnsinnig?« Felix saß noch immer am Steuer, Dana streichelte ihm den Nacken. Eine wohlige Gänsehaut breitete sich auf seinem Rücken aus.

»Das wird diesmal sogar leichter.« Weil Dana die Stirn runzelte, fügte er erläuternd hinzu: »... weil Picassos Gesamtwerk ziemlich unüberschaubar ist. Der hat im Laufe seines Lebens über fünfzigtausend Stücke gemacht. Das musst du dir mal vorstellen – fünfzigtausend! Die sind überall auf der Welt verstreut und längst nicht alle katalogisiert. Da hat niemand den Überblick.« Felix zündete sich eine Zigarette an, die ihm Dana gleich frech aus dem Mund nahm, um sie selber zu rauchen.

»Also ... so hab ich das nicht gemeint«, sagte sie, während sie den Rauch aus der Nase entweichen ließ. »Ich meine – du musst diese Skulptur ja auch *herstellen* – so, dass sie wirklich aussieht wie ein echter Picasso. Ich stelle mir das nicht so leicht vor …«

Felix bemühte sich, den Stolz, der in ihm aufstieg, zu verbergen, aber es gelang ihm nicht ganz. Zu lange hatte sich kein Mensch um seine Talente geschert. Er nahm Dana die Kippe wieder ab, zog daran und meinte: »Das hört sich jetzt vielleicht verrückt an, aber Picassos Holzskulpturen sind handwerklich echt nicht besonders anspruchsvoll. Der war ja vor allem ein genialer Maler. – Schon mit vierzehn wurde er auf die Kunstakademie aufgenommen, weil er so gut war. Also, ein Gemälde von Picasso könnte ich niemals fälschen. Aber die Bildhauerei hat er nie richtig gelernt. Soweit ich weiß, hat er erst mit über sechzig mit Skulpturen angefangen. Das waren mehr so Spielereien, die er vor allem für sich selbst gemacht hat. Nicht zum Ausstellen oder Verkaufen, sondern zum Spaß. Und so sehen die ja auch teilweise aus, oder?«

Dana zuckte mit den Schultern, wobei Felix nicht genau einordnen konnte, ob sie ihm nun zustimmte oder nicht. »Weißt du schon, was für ein Motiv du nehmen willst? Soll ich dir vielleicht wieder Modell stehen?«, fragte sie kess und nahm eine verführerische Pose ein. Ohne den Blick von der Straße zu wenden, antwortete Felix längst nicht mehr so locker wie gerade eben: »Ich glaube, ich werde eine Badende machen. Picasso hat sich sein ganzes Leben lang mit Badenden beschäftigt. Da gibt es Hunderte Bilder. Und es gibt auch eine Gruppe von Holzplastiken, die ›Die Badenden‹ heißt. Die hat er in den Fünfzigerjahren gemacht. Wir sind ja gleich da, dann zeige ich dir, wie die aussehen …« Weiter kam er mit seiner Erklärung nicht, denn sein Handy klingelte. Er zog es aus der Hosentasche und starrte auf das Display: schon wieder Maria. Für einen Moment zog er in Erwägung, den Anruf abzuweisen. Aber er hatte Maria versprochen, sie zurückzurufen – sein schlechtes Gewissen setzte sich durch. Außerdem war er durch das offene Gespräch mit Dana voller Selbstvertrauen. In diesem Moment fühlte er sich allem gewachsen. »Die Frau meines Bruders …«, erklärte er Dana und nahm den Anruf entgegen, während er mit einer Hand weiterlenkte.

Maria wirkte aufgewühlt. Felix war sich nicht sicher, ob sie sogar weinte. »Es ist wegen Christian, Felix. Es wird immer schlimmer. Du musst mir helfen, bitte!«

»Was macht er denn, der Christian?« Felix blieb gelassen. Dass sein älterer Bruder ein cholerischer Idiot war, war nichts Neues.

»Er … er ist so ….«, Maria hielt inne, sie suchte nach dem passenden Wort, »… gewalttätig … Er hat Soleil geschlagen!« Der Name ihrer Tochter ging beinahe in ihren Tränen unter.

»Das ist natürlich nicht in Ordnung.« Erst als er den Satz ausgesprochen hatte, bemerkte Felix, wie kaltherzig das klang.

Aber Maria schien derart mit sich selbst beschäftigt zu sein, dass sie gar nicht darauf einging. »Seit er von der Polizei zurückgekommen ist, habe ich richtig Angst vor ihm. Er kommt mir vor wie ein Psychopath. Ich habe Angst, dass der uns was Schlimmes antut. Felix, ich weiß nicht mehr weiter – du *musst* uns helfen!«

Felix warf einen Seitenblick zu Dana, sie schien dem Gespräch sehr aufmerksam zu lauschen. »Ja, schon … aber … weißt du …«

»Felix, ich glaube, dass Christian in Schwierigkeiten

steckt! Ich glaube, dass er in einen riesigen Skandal verwickelt ist!«

»Was für ein Skandal denn?«

»Ich weiß es nicht genau. Aber da war mal ein Mann bei uns, ein Journalist. Und mit dem hat der Christian gestritten, und der Christian hat ihn dann fast mit dem Golfschläger aus dem Haus geprügelt.«

»Mit einem Golfschläger? Und worum ging es da?«

»Ich glaube, um diese Auktion, wo der Christian das Gutachten geschrieben hat. Der Journalist hat behauptet, dass die Skulpturen gefälscht sind. Und dass der Christian das gewusst und absichtlich ein falsches Gutachten geschrieben hat. Der Christian hat den Mann bedroht, und dann war der weg.« Sie schnäuzte sich kurz, dann sprach sie weiter. »Aber später ist dann die Polizei gekommen und hat nach dem Journalisten gefragt, weil der angeblich spurlos verschwunden ist. Die Polizei hat den Christian gefragt, ob er was mit dem Verschwinden zu tun hat. Aber der Christian hat Nein gesagt.«

»Und warum regst du dich dann so auf?«

»Weil ich glaube, dass er gelogen hat. Felix! Ich glaube, der Christian ist da in was ganz Schlimmes hineingeraten. Meinst du, es kann sein, dass er den Journalisten umgebracht hat?« Ein Heulkrampf schüttelte sie. »… Ich brauche dich! Und Soleil auch – bitte!«

Felix klemmte das Handy zwischen Ohr und Schulter, setzte den Blinker und bog in die Einfahrt zu seinem Haus ein.

»Felix? Bist du noch da?«

»Ja«, antwortete er genervt.

»Kannst du nicht vorbeikommen und mal mit deinem Bruder reden?« Felix wusste nicht, was er davon halten sollte. Insgeheim freute er sich ja, dass das hochnäsige

Arschloch endlich auch einmal ernsthafte Probleme hatte. Andererseits empfand er noch immer etwas für Maria, seine erste große Liebe. Aber jetzt hatte er Dana, die vermutlich nicht die Hälfte von dem verstand, was hier gerade gesprochen wurde. Und am allerwichtigsten war sein Plan, in den nächsten Tagen eine Picasso-Skulptur zu erschaffen. Vor allem für diese Aufgabe konnte er alles brauchen, nur keinen neuen Streit mit seinem feindseligen Bruder. Eigentlich wollte er überhaupt nichts mehr mit Christian zu tun haben. Warum hatte er denn die Riemenschneider-Heiligen gefälscht? Um den Bruder zu vernichten! Und wenn der nun die Polizei belog und auf seine Frau und Tochter losging, dann war dieses Ziel – wenngleich über Umwege – in greifbare Nähe gerückt. Mit einer Kälte, die er sich selbst nicht zugetraut hätte, sagte Felix: »Maria, es tut mir leid. Ich habe keine Zeit, mit Christian zu reden – und auch keine Lust. Ich weiß, dass er ein Psychopath ist. Aber das hättest du dir früher überlegen müssen. Wir beide hatten unsere Chance. Mach's gut.« Er legte auf, schob das Telefon in die Hosentasche, zog den Zündschlüssel ab und öffnete die Fahrertür.

»Was war denn das?« In Danas Blick mischten sich Verstörtheit und Besorgnis.

»Meine Schwägerin. Sie hat Probleme mit ihrem Mann.«

»Und um was für einen Skandal geht es?«

»Ach, das ist eine lange Geschichte.« Felix war fest entschlossen, nichts von den Riemenschneider-Fälschungen zu erzählen. Die falschen Heiligen würden nur weitere Fragen aufwerfen.

»Ich liebe lange Geschichten.«

Felix beugte sich hinüber zum Beifahrersitz, seine Lippen suchten Danas. Ehe er sie küsste, flüsterte er: »Und ich liebe dich.«

Den Rest des Tages verbrachten sie im Bett. Am Abend fuhren sie in die benachbarte Kleinstadt und kauften die Zutaten für ein Abendessen, das sie gemeinsam kochen wollten. Felix hatte Lust auf Steaks, und Dana wollte unbedingt Fisch. Also kauften sie ein 600 Gramm schweres Côte de Bœuf beim Metzger und in der Feinkostabteilung des Supermarkts ein großes Stück Thunfisch. Dazu besorgten sie noch Sesam, Spinat, Kartoffeln, Fenchel und diverse Gewürze. Zusätzlich landete eine Kiste spanischen Weins im Wagen. Als sie bereits an der Kasse standen, eilte Dana noch einmal zurück in die Weinabteilung und holte eine Flasche Crémant d'Alsace. Es sollte schließlich ein Festessen werden. Zu Hause öffnete Felix den Crémant, obwohl er selbst keinen Alkohol trank, und Dana startete ihre Lieblings-Playlist. Zu der von Nouvelle Vague gehauchten Coverversion von »Dance With Me« tänzelte sie langsam durch die Küche. Im Gegensatz zum rockigen Original der Heavy-Metal-Band The Lords of the New Church kam diese Version mit einem langsamen Beat und einem romantischen Akkordeon aus, ganz ohne Metal-Gitarren. Dana sang mit und blickte dabei Felix tief in die Augen: »*Burning like the voodoo man with devils on his sleeve …*« Dabei fuhr sie mit ihren Händen an seinen Oberschenkeln entlang. Das geplante Menü kochte sich wie von selbst. Felix fand es wunderbar, verliebt zu sein. Hoffentlich dauerte dieser Zustand ewig. Um kurz vor neun war das Essen fertig und die Schaumweinflasche leer; ein paar leicht ramponierte Teelichter standen auf dem Tisch – etwas Romantischeres hatte Felix nicht gefunden. Gerade wollten sie anfangen zu essen, da drang von draußen ein Geräusch ins Haus. Felix hob den Blick. »Da kommt wer.« Seine Wangen waren von der Wärme in der Küche gerötet. Er erhob sich und schaute aus dem Fenster. Dana beobachtete ihn besorgt. »Gabriel«, sagte Felix nur und verzog keine Miene. Aber es klang wenig begeistert.

»Okay, dann bin ich weg«, sagte Dana hastig.

»Du kannst doch jetzt nicht gehen!« Felix hatte sich vom Fenster abgewandt und sah sie ernst an. Aus den Augenwinkeln nahm er wahr, wie Gabriel aus dem Auto stieg. »Ich liebe dich!«

»Felix! Schon vergessen? Der Typ wollte mich umbringen!«

Felix beobachtete, wie Gabriel den neuen Transporter begutachtete. »Vor Gabriel brauchst du keine Angst mehr zu haben. Das haben wir doch besprochen. Ich beschütze dich. Wenn er dir noch einmal ein Haar krümmt, dann bringe ich ihn um.«

»Das sagst du doch nur so.«

»Sicher nicht!«, antwortete Felix mit einer Entschlossenheit, die Dana beeindruckte. »Hugo ist auch dabei.«

Dana sprach aus, was Felix dachte: »Was wollen die hier, Felix?«

»Keine Ahnung. Vielleicht bringt er das Holz für den Picasso. Obwohl wir eigentlich ausgemacht haben, dass er vorher anruft. Ich weiß es nicht.«

Dana stand im Türrahmen. »Ich geh nach oben.«

Felix nickte. »Okay.« Als er Danas leise Schritte auf der Treppe hörte, drehte er schnell die Herdplatten ab und verließ die Küche. Die Muskeln seines Oberkörpers waren gespannt, als er vor die Tür trat.

»Na, da ist er ja! Grüß dich, Felix!«, rief ihm Gabriel entgegen. Seine Stimme klang wie geölt. »Schau mal,

Hugo ist auch dabei.« Er sagte dies so, als sollte Felix sich darüber freuen.

»Hallo«, antwortete Felix. »Warum rufst du nicht an, bevor du vorbeikommst?« Gabriel stand noch immer bei Felix' neuem Auto. »Toller Wagen! Deiner?«

»Von wem denn sonst?«

Gabriel hob den Kopf und sog langsam die Luft ein. »Täusche ich mich – oder riecht es hier nach feinstem Rind? Es geht doch nichts über ein gutes Stück Côte de Bœuf! Und dazu ein kurz gebratener Thunfisch im Sesammantel? Pas mal! Auch der Spinat mit Knoblauch und die Ofenkartoffeln ... Da krieg ich ja gleich richtig Hunger.«

Felix starrte ihn ungläubig an. Zwar war das Küchenfenster gekippt, aber die Beschreibung des Essens, das in der Pfanne auf dem Herd brutzelte, war zu präzise, als dass er glauben konnte, Gabriel hätte dies mit seiner vom Kokain geschädigten Nase erschnüffelt. Über ihm ging das Schlafzimmerlicht an.

»Aha! Du hast Besuch?« Gabriel hob den Kopf in Richtung des Fensters. »Ist das Essen also gar nicht für Hugo und mich?«

»Nein. Woher hätte ich denn wissen sollen, dass ihr kommt?«

Ohne auf Felix' schroffen Ton einzugehen, meinte der Kunstberater: »Ich habe das Material dabei, Jüngelchen. – Hugo, sei so lieb und hol die Sachen aus dem Kofferraum.«

»Pendejo, bin ich dein Diener oder was?«

Gabriel zuckte entschuldigend mit den Achseln. »Felix hilft dir bestimmt. Nicht wahr, Felix?«

Der Angesprochene blickte gleichgültig in die Runde, denn auch er fühlte sich nicht als Diener. Allerdings wollte er die beiden so schnell wie möglich loswerden. Also näherte er sich dem Kofferraum des Jaguar, dessen Klappe Hugo bereits geöffnet hatte. Die spärliche Beleuchtung gab den Blick frei auf verschieden große und unterschiedlich geformte Holzstücke – Balken, Bretter, teils wurmstichig; einige hatten eine ganz glatte Oberfläche, als habe sie das Meerwasser abgeschliffen. Felix hatte gelesen, dass Picasso große Teile seines Lebens an der Côte d'Azur verbracht hatte. Er erinnerte sich an Fotos, die den berühmten Maler in einem weißen Bretonen-Shirt mit blauen Streifen am Strand zeigten. Gabriel war zwar ein Arschloch, aber dieses Holz sah durchaus brauchbar aus.

»Das komplette Material stammt aus der Zeit zwischen neunzehnhundertfünfzig und -siebzig.« Gabriel war jetzt auch an den Kofferraum getreten. Der Sandelholzduft, der ihn umgab, überdeckte Hugos strengen Körpergeruch. Felix war genervt. Die beiden sollten so schnell wie möglich verschwinden. Er sah nach oben zum Schlafzimmer.

Der Kunstberater folgte seinem Blick.

»Ist etwa die kleine Schlampe da?«

Das hätte Gabriel besser nicht gesagt. Ehe er ausweichen konnte, hatte Felix ihn am Hemdkragen gepackt und zu sich hergezogen. Gesicht an Gesicht roch er jetzt nicht nur Sandelholz, sondern auch einen Anflug von Angstschweiß. »Sag das nie wieder, ja? Nie wieder – verstehst du! Sonst kannst du deine Scheiße in Zukunft … Ah!« Weiter kam er nicht – ein stechender Schmerz hinderte ihn daran weiterzusprechen. Hugo drückte ihm etwas Spitzes so fest gegen den Rücken, dass er alle Konzentration aufbringen musste, um Gabriel weiter fest im Griff halten zu können. »Sag dem Scheißer, dass er die

Waffe wegnehmen soll, sonst erwürge ich dich!«, presste er mit schmerzverzerrtem Gesicht hervor.

»Hugo, weg mit dem Messer!«, stöhnte Gabriel.

»Der soll *dich* loslassen, Gabriello!«

»Ah«, stöhnte Felix auf, weil Hugo den Druck mit dem Messer nochmals erhöht hatte. Aber er gab nicht klein bei.

»Hugo, weg jetzt mit dem Messer, verdammt noch mal!«, keuchte Gabriel, dem die verringerte Luftzufuhr Probleme bereitete.

»Okay, okay«, seufzte der Latino lässig, und Felix sah im Dunkel der Nacht kurz die Klinge eines großen Butterflymessers funkeln – eine Klinge, die mit einem gezielten Stich einen ausgewachsenen Stier hätte töten können.

Auch Felix lockerte jetzt den Griff um Gabriels Hals ein wenig und knurrte: »Ein letztes Mal: Nenn Dana nie wieder Schlampe. Und sag deinem Handlanger, dass er mich nie wieder bedrohen soll. Sonst kannst du dir deine Picassos in den Arsch schieben.«

»Gut, gut. Verstanden, Felix. – Aber du weißt einfach nicht, was ich von deiner Freundin weiß. – Soll mir egal sein. Aber sag nicht, ich hätte dich nicht gewarnt.«

Felix unterbrach den Kunsthändler rüde: »Halt's Maul, Gabriel. Wenn du willst, dass ich hier Kunst schaffe, dann musst du dafür sorgen, dass es mir gut geht. Und zu meinem Wohlbefinden gehört auch, dass man meine Freundin nicht als Schlampe bezeichnet.« Dann ließ er Gabriel abrupt los und stieß ihn von sich. Plötzlich freigelassen, starrte ihn der Kunstberater schockiert an. »Was ist in dich gefahren? Warum bist du so aggressiv? Wir sind doch Freunde, Felix – Partner!«

»Ich bin nicht aggressiv«, sagte Felix. Seine Stimme

war jetzt ganz ruhig, und er sprach überdeutlich. »Ich habe nur ein wenig dazugelernt. Ab jetzt mache ich hier die Ansagen. Wir laden das Holz jetzt zu dritt aus. Und dann schiebt ihr ab und lasst mich in Ruhe. Ich habe Hunger. Und wenn ich den Picasso fertig habe, dann rufe ich dich an. Hast du verstanden, *ich* rufe *dich* an, ja? Und wage es bloß nicht, noch einmal unangemeldet hier anzutanzen.«

Das hierauf folgende Ausladen des Materials geschah schweigend. Die drei Männer räumten die Holzstücke in das Atelier, das Felix aufgesperrt hatte und – nachdem alles Holz in der Werkstatt war – sorgfältig verriegelte. Als sie wieder zwischen den Autos standen, fragte Gabriel vorsichtig:

»Brauchst du noch irgendwas? Also, ich meine: Muss ich dir noch einen Tipp geben, wie die Skulptur am besten aussieht, damit sie auch was wird?«

Felix antwortete nicht sofort. Stattdessen schenkte er dem Kunstberater einen langen Blick, der durch die Dunkelheit nur noch finsterer wirkte. Dann sagte er: »Gabriel, hör auf, mich zu bemuttern. Ich weiß, was ich tue.«

»Gut, einverstanden.« Es wirkte tatsächlich so, als würde der schlitzohrige Kunstberater klein beigeben. Dann zupfte Gabriel das Einstecktuch aus der Tasche seines Jacketts und tupfte sich die Stirn damit ab. »Das ist gut, Felix. Ich sehe, du wirst reifer und entschlossener. Das gefällt mir.« Er steckte das gepunktete Tuch wieder in die Tasche des schwarzen Einreihers und schob beiläufig hinterher: »Und die Sache mit dem Seefellner hat sich übrigens auch erledigt, aber das weißt du vermutlich schon …«

Wieso dachte Gabriel, dass er davon wusste? In Felix keimte Verunsicherung auf, und so wusste er sich nicht besser zu verteidigen als mit einem unwirschen »Wieso soll ich das denn wissen?«.

Bevor sich Gabriel zu seinem Jaguar umdrehte, zwinkerte er Felix kaum merklich zu. Oder war das Zwinkern nur Einbildung?

Als die Scheinwerfer des rückwärts vom Hof fahrenden Jaguar ihm grell ins Gesicht blendeten, konzentrierte Felix sich darauf, nicht zu blinzeln. Diese Blöße wollte er sich nicht geben.

Acht

Obwohl er nicht viel Schlaf bekommen hatte – zu intensiv war die Nacht mit Dana gewesen –, stand Felix am nächsten Morgen bereits früh in der Werkstatt. Er fühlte sich voller Tatendrang und schlug als Erstes jene Seite des Kunstbands über Picassos plastisches Werk auf, auf der »Die Badenden« abgebildet waren. Nach einer Weile gesellte Dana sich zu ihm: Nur in Unterwäsche gekleidet, sah sie ihm dabei zu, wie er das Material, das Gabriel mitgebracht hatte, auf dem Boden ausbreitete, um sich einen Überblick zu verschaffen. Zusätzlich zu den Latten, Rahmen und Brettern hatte Gabriel auch einen Kasten mit alten Nägeln, Schrauben und Holzzapfen mitgebracht, mit denen Felix die einzelnen Teile, aus denen seine Skulpturen bestehen sollten, verbinden konnte. In dem Buch war vermerkt, dass die Kunstwerke zwischen 1,36 Meter – dabei handelte es sich um die Plastik »Die Taucherin« – und 2,31 Meter hoch waren. Die längste Planke, die Gabriel angeschleppt hatte, war rund einen

Meter lang und damit viel zu kurz, um Skulpturen aus dieser Reihe zu erschaffen. Aber im Grunde spielte das keine Rolle. Schließlich wollte Felix keine Kopien erschaffen, sondern Originale. Und weshalb sollte Picasso nicht auch kleinere »Badende« entworfen haben? Die Qualität des Holzes sah brauchbar aus. Ein Teil davon hatte einen ähnlich rötlich-braunen Farbton wie die Skulpturen, die sich laut Katalog im Besitz der Stuttgarter Staatsgalerie befanden. Felix war gerade dabei, alle Holzstücke dieses Farbtons zusammenzulegen, da ließ Dana plötzlich alle Hüllen fallen und warf sich vor dem Metallregal in Pose. Doch der Künstler war so sehr damit beschäftigt, die vor ihm liegenden Puzzleteile in eine Picasso-taugliche Ordnung zu bringen, dass er gar keine Notiz von der sinnlichen Nacktheit seiner Geliebten nahm.

»Hey, Pablo, gar keinen Blick für deine Badenixe übrig?«, versuchte Dana auf sich aufmerksam zu machen.

Felix blickte zu ihr hinüber, lächelte kurz, schüttelte nachdenklich den Kopf und wandte sich dann wieder den Balken, Leisten, Stäben und Brettern zu. Er durfte sich jetzt nicht ablenken lassen. Zwar war es leichter, einen Picasso zu fälschen als einen Riemenschneider oder Kirchner, aber dennoch erforderte diese schöpferische Arbeit höchste Kreativität und Konzentration. Er murmelte bedauernd: »Jetzt nicht, Dana. Ich liebe dich. Aber ich muss jetzt wirklich weitermachen …«

Dana ließ in gespielter Traurigkeit den Kopf hängen, umarmte ihn von hinten und küsste ihn am Hals. Sofort spürte er den Drang, sie zu umarmen, aber da schlüpfte Dana bereits wieder in ihren Slip und das Top und setzte sich mit angewinkelten Beinen an den Ateliertisch, um alte Kunstkataloge und -bände durchzublättern.

Und auch Felix wandte sich wieder den »Badenden« zu – am meisten sprach ihn von den sechs Skulpturen »Das Kind« mit seinem runden Kopf und den kleinen Holzstücken an, die Picasso für Nase und Augen verwendet hatte. Weil sie im Gegensatz zu den übrigen Skulpturen der Serie sehr schlicht wirkte und keine Einritzungen oder Einbrennungen aufwies, was eine Fälschung verkompliziert hätte, wählte er »Das Kind« als Grundlage für sein neues Werk.

Er zündete sich gerade, ohne sich dessen bewusst zu sein, eine Zigarette an, da riss ihn ein Ruf von draußen aus der Konzentration.

»Felix, servus, ich bin's!«

Natürlich erkannte er die Stimme, aber den Mann konnte er jetzt wirklich nicht brauchen! Genervt knallte er den Bleistift auf die Werkbank und trat nach draußen.

Der sechzigjährige Hubert Novak stand in blauer Latzhose und mit einem breiten Lächeln im Vollbart zwischen Gartenzaun, Wohnhaus und Werkstatt. Die Mundwinkel des Dorfnachbarn fielen jedoch schnell nach unten, als er Felix' finsteren Gesichtsausdruck bemerkte. Mit verhaltener Euphorie meinte Hubert Novak: »Felix, ich wollt nur Bescheid sagen, ich hätte mal wieder einen Auftrag für dich. Bei mir im Austragshäusel, weißt schon, wo wir die Gäste drin haben, müssten die Balkone neu gemacht werden.« Er zögerte, um die Wirkung der folgenden Worte zu verstärken, und sagte dann: »Da sind fünfhundert Euro drin, wenn nicht mehr.«

»Kein Interesse«, entgegnete Felix kurz angebunden. Mit dieser Reaktion hatte der Vollbartträger nicht gerechnet. Verdattert kratzte er sich am Kinn. »Ach so! Ich dachte, du freust dich? Ich wollte dir nur helfen, wo ich doch weiß, wie knapp es bei dir immer ist …«

Felix war verärgert: War er denn nur von Menschen umgeben, die sein Talent nicht schätzten? Die dachten, ohne sie käme er nicht klar? Er hatte dieses gönnerhafte Auftreten endgültig satt! »Du dachtest, ich freue mich, wenn du mir wieder so einen Scheißjob anbietest, der völlig unterbezahlt ist, ja? Das dachtest du also ernsthaft?« Er durchbohrte den gutmütigen Nachbarn mit einem feindseligen Blick.

Hubert Novak wich unmerklich einen Schritt zurück. »Äh, ja. Wieso denn unterbez– «, doch der deutlich jüngere Holzschnitzer ließ ihn nicht ausreden.

»Ich sag dir jetzt mal was, Novak! Da freu ich mich überhaupt nicht über dein Scheißangebot, such dir in Zukunft einen anderen Deppen, der dein Gelump billig repariert. Ich mache so einen Rotz nicht mehr, verstehst du, Hubert. Das hab ich überhaupt nicht nötig!«

Hubert Novak verstand die Welt nicht mehr. Hatte Felix sich nicht erst kürzlich bei ihm Geld »geliehen«, weil er pleite war? Was war nur in den jungen Ambach gefahren? Als wäre er ein völlig anderer, ein Fremder geworden.

»Was ist denn mit dir los, Felix? So kenn ich dich ja gar nicht!«

»Soll ich dir was sagen, lieber Hubert? Du kennst mich weder so noch anders. Du kennst mich überhaupt nicht! Woher auch? Nur, weil wir im selben Kaff wohnen, brauchst du nicht zu glauben, dass du irgendwas von mir weißt. Ich mache keine Handlangerjobs mehr, verstehst du das?«

Dana, alarmiert von der Lautstärke des Gesprächs, hatte die Kunstbände zur Seite gelegt und schaute verstohlen durch das Werkstattfenster nach draußen. Was war um Gottes willen in Felix gefahren? Es gefiel ihr gar nicht, dass er scheinbar ohne jeden Grund den älteren Herrn anschnauzte. Sie kannte den Mann zwar nicht, aber der wirkte doch gutmütig! Felix jedoch redete sich immer mehr in Rage: »Ich hab's so satt, diese Distanzlosigkeit! Dieses dumpfbatzige, hinterwäldlerische Hineinlatschen in fremde Grundstücke! Wer, Hubert, glaubst du eigentlich zu sein, dass du einfach so hier reinspazieren kannst? Hängt da vorn am Gartenzaun etwa ein Schild mit ›Tag der offenen Tür‹?«

Der Dorfbewohner schwieg sprachlos. Weder er noch Felix hatten bemerkt, dass Dana nach draußen getreten war. Aber jetzt stand sie vor ihm, in ihrem knappen Slip und dem Hemdchen und streckte ihm mit einem freundlichen »Grüß Gott« die Hand hin.

»Dana. Ich bin Felix' Freundin«, stellte sie sich vor. »Tut mir leid, wenn Felix gerade etwas aufbrausend ist, aber wir hatten eine kleine Meinungsverschiedenheit.«

Der Künstler sah seine Freundin verdutzt an, sagte aber nichts. Novak bestaunte die anmutige Erscheinung der jungen Tänzerin wie eine Art achtes Weltwunder.

»Ach so, ja dann … also dann … nix für ungut«, stammelte er und ließ, ohne dies zu wollen, den Blick von Danas rehbraunen Augen bis in ihren Ausschnitt gleiten. Dann wurde er dieser eigenmächtigen Aktion seiner Augen gewahr, riss den Blick los, räusperte sich und murmelte zu Felix gewandt: »Tut mir leid, Felix, ich wollt euch nicht stören.«

Felix holte Luft, er war noch immer empört, doch Dana kam ihm zuvor: »Ja, Herr …«

»Novak«, sagte Novak.

»… es ist jetzt gerade wirklich etwas ungünstig. Vielleicht kommen Sie ein anderes Mal wieder, ja? Und dann mache ich uns einen Kaffee. Das wäre doch nett.« Sie blickte den Mann so intensiv aus ihren großen Augen an, dass dem ganz schummrig wurde.

»Gut … freilich … kein Problem«, stotterte Novak, schob ein »Also dann, habe die Ehre« hinterher und schlurfte – erleichtert, dass es zu keiner Schlägerei gekommen war – in seinen Gummistiefeln davon.

So herausgeputzt hatte sich Toni Glaser schon lange nicht mehr. Er war extra zum Friseur gegangen, hatte die blonden Strähnchen nachfärben und sich sogar den Schnurrbart professionell stutzen lassen. Er hatte sich extra in sein bestes Westernhemd geworfen und fuhr nun nervös zum verabredeten Treffpunkt: Gerold's Gyros-Planet im Gewerbegebiet von Waldham. Entgegen dem anderes verheißenden Namen gab es dort auch Pizza, Burger und asiatische Gerichte. Es dunkelte bereits, als Toni Glasers silberner Golf auf den Parkplatz rollte. Ein kurzer Blick auf die Uhr, dann noch einer in den Rückspiegel – das Aussehen musste stimmen. Toni war aufgeregt wie ein Kind vor der Bescherung an Heiligabend. Weil es noch fünf Minuten bis zur verabredeten Uhrzeit waren, entschloss er sich, im Auto zu warten. Er ließ seinen Polizistenblick über den Parkplatz schweifen. Entwarnung, alles harmlos: Eine Gruppe Jugendlicher stolperte, sich gegenseitig schubsend, aus dem in Neonlicht getauchten Gyros-Planet. Eine Mutter tröstete ihre Tochter, weil die nicht den Original-, sondern nur den Chicken-Gerry-Burger bekommen hatte. Und dann sah er sie: Neben dem mannsgroßen Gyrosspieß aus Plastik stand sie; das schwarze Minikleid war elegant und doch extrem kurz geschnitten. Sie sah noch atemberaubender aus als neulich im Krankenhaus. Toni Glaser konnte seinen Blick kaum von ihr abwenden.

Erregt nestelte er das Mundspray aus der Hosentasche, öffnete den Mund und feuerte zweimal ab. Dann stieg er aus dem Wagen, wobei er sich Mühe gab, möglichst lässig auszusehen. Als sie ihn erblickte, lächelte sie ihn entwaffnend an. Toni Glaser streckte Kelly Christ die Hand zur Begrüßung entgegen. Wie förmlich das war, fiel ihm erst auf, als sie seine Hand ergriff, ihn zu sich hinzog und ihm zwei Küsschen auf die Wangen gab. Ihr Mund kam seinen Lippen dabei sehr nahe.

»Schön, dich wiederzusehen«, flötete Kelly und strich sich die Haare hinters Ohr. Heute trug sie eine Echthaarperücke, deren Schwarzton im Katalog mit »Espresso Mix« bezeichnet wurde.

»Ja, genau«, sagte Toni Glaser, »finde ich auch.« Sein Gehirn arbeitete auf Sparflamme, aber er konnte nichts dagegen tun. Es entstand eine Pause, in der das Gegröle einiger Jugendlicher vom Parkplatz zu hören war – es klang wie »Yo Digger, gönn dir«.

»Wenn du mir jetzt noch Fragen wegen dem armen Georg stellen willst – ist das dann ein Verhör?«, fragte Kelly, wobei sie ihre Lippen lasziv öffnete.

»Na ja, eigentlich ist das nicht richtig offiziell«, druckste Toni Glaser herum. Plötzlich war er wieder dieser pubertierende Junge, der sich das erste Mal mit seinem Schwarm im Freibad traf. Genau jetzt war der perfekte Augenblick, Kelly die Blumen, die er extra besorgt hatte, zu überreichen. Aber er hatte den Strauß im Auto liegen gelassen. Verlegen trat er auf der Stelle hin und her: Zum Auto konnte er jetzt wirklich nicht mehr zurück, denn Kelly flirtete ihn heftig an: »Nicht offiziell? Das finde ich spannend. Dann …« Ihr Blick tauchte kurz in Tonis Augen ein, dann schaute sie zum Eingang von Gerold's Gyros-Planet, »… essen wir was?« Als ihr verführerischer Blick wieder bei Toni landete, schob sie mädchenhaft hinterher: »Da ist es auch wärmer, mir ist nämlich kalt.« Sie schüttelte sich.

»Äh, na klar, machen wir«, antwortete Toni Glaser und Kelly hakte sich wie selbstverständlich bei ihm ein.

Felix fiel es schwer, sich nach Hubert Novaks Abgang auf Picasso zu konzentrieren. Er dachte über sein Verhalten nach. Warum war er nur derart ausgeflippt? Zum Glück hatte Dana die Situation gerettet. Grübelnd fertigte er noch einige Bleistiftskizzen an, wobei er versuchte, die Formen von Picassos »Kind« – sein Körper wurde von einem Längsbalken gebildet, der Kopf von einem runden Holzbrett und die Beine von zwei nach unten strebenden, schmäleren Leisten – mit den Armen des Kunstwerks »Die Frau mit ausgebreiteten Armen« zu verschmelzen. Er wollte beim Fälschen den Weg gehen, den er bereits bei der Kirchner-Skulptur gewählt hatte: Die Fusion der Merkmale zweier Kunstwerke zu einem neuen, dritten. Aber auf unerklärliche Weise war ihm die Inspiration abhandengekommen. Es wollte ihm partout keine stimmige Skizze gelingen.

Weil Dana dies spürte, verließ sie das Atelier und zog sich ins Wohnhaus zurück. Kaum war sie draußen, hielt Felix mit seiner zeichnerischen Arbeit inne, legte den Bleistift auf dem Werkstatttisch ab und ging zum Schuppen. Dort fand er, was er suchte: Mit mehreren, je zwei Meter langen Leisten kehrte er ins Atelier zurück. Er verschraubte sie mithilfe einiger Winkel zu einem stabilen Rahmen. Schließlich tackerte er ein altes Leintuch, das er im Schrank fand, auf die Konstruktion und befestigte an der Unterseite drei Stützen. Als er fertig war, betrachtete er zufrieden den improvisierten Paravent.

Der würde ab jetzt den Raum zweiteilen und dafür sorgen, dass überraschende Besucher nicht unvermittelt vor einem halb fertigen Picasso stünden.

Am Abend saß er mit Dana draußen vor einem knisternden Lagerfeuer. Die Katze schlief auf ihrem Schoß und Felix rauchte Kette. »Ich hab einfach keine Lust mehr, hier zu wohnen, Dana. Das macht mich alles irgendwie fertig.«

»Aber wieso denn? Ist doch total idyllisch hier – der Garten, die Ruhe …«

»Ja, für dich vielleicht. Aber für mich ist das hier alles überlagert von Erinnerungen. Direkt hier zum Beispiel«, er deutete auf die Stelle, an der Dana saß, »hat mich mal mein Bruder gefesselt und mir einen glühenden Holzscheit übergezogen.« Felix schob das T-Shirt nach oben und drehte Dana den Rücken so zu, dass die Flammen ihn in flackerndes Licht tauchten.

»Ich kenne deine Narben … jedenfalls die körperlichen.« Sie strich ihm zärtlich über die verheilte Wunde.

»Was hältst du denn davon, dass wir zusammenziehen?« Dana sah ihn überrascht an. »Wir packen hier einfach alles zusammen und ziehen in eine schöne Wohnung in München. Ich kauf uns eine.«

»Aha. Bist du Millionär, oder was?«

Ohne weiter auf die Bemerkung einzugehen, meinte Felix: »Ich habe nachgedacht. Es ist doch so: Du willst dein Tanzstudium weitermachen. Und ich will bei dir sein. Wenn ich also immer in deiner Nähe sein will, dann dürfen wir nicht zu weit von deiner Tanzschule weg sein.« Er griff nach einem Stock und stocherte damit in der Glut. »Und außerdem wäre es für mich viel inspirierender, in der Stadt zu wohnen als in der Pampa. Hier ist doch nichts los! Und von Nachbarn überfallen wird man auch noch dauernd – oder observiert. Also, Freiheit ist was anderes!«

»Aber es ist doch so friedlich hier – und außerdem: Ich mag die Katze«, sagte Dana mit ihrer weichen Stimme, während sie dem auf ihrem Schoß schlummernden Tier den Hals kraulte.

»Ich will das Haus auch gar nicht komplett aufgeben. Zum Arbeiten muss ich ja sowieso weiter hierherkommen. – Und wenn du Zeit hast, kommst du einfach mit.«

Dana zog ihn sanft zu sich und gab ihm einen Kuss. »Einverstanden«, sagte sie, »aber lass uns erst mal eine Wohnung *mieten*. Kaufen ist doch viel zu teuer.«

Kelly Christ stöhnte wild auf vor Lust. Sie war in Ekstase: So viel Talent und Power im Bett hätte sie dem Bullen nicht zugetraut. Vor allem, nachdem er ihr am Anfang etwas unerfahren, ja geradezu tapsig vorgekommen war: Er hatte ihr im Auto einen Strauß Tulpen überreicht, und als sie schließlich bei ihr zu Hause gelandet waren, hatte er ihr auch noch einen Countrysong vorgesungen. Total süß, aber Kelly war nun mal vor allem scharf auf seinen Körper. Erst als sie das Ruder übernommen und ihn geküsst hatte, hatte Toni kapiert, um was es ihr ging: guten, sportlichen Sex.

Als Tonis Puls wieder auf Normallevel war, rollte er sich neben die erschöpfte, noch immer atemlose Kelly und starrte an die mit Rissen und Flecken übersäte Decke. Er kam sich vor wie ein anderer Mensch, fühlte sich wie neu geboren. Noch nie hatte er mit einer so schönen Frau geschlafen. Um präzise zu sein: Er hatte in seinem bisherigen Leben überhaupt nur mit drei Frauen gevögelt. Die erste war eine Freundin seiner älteren Schwester gewesen, die zweite die Prostituierte Celina beim Puffausflug mit der Polizeischule, und die Dritte war eine Kollegin aus seiner Ausbildungszeit in Bamberg gewesen, ziemlich verklemmte Angelegenheit. Aber das hier war etwas ganz anderes: Liebe! Er lächelte beseelt. Das war alles zu schön, um wahr zu sein. Doch dann drehte sich Kelly von ihm weg zu dem schäbigen Nachtkästchen und blickte entsetzt auf ihr Telefon, das heftig blinkte.

»Scheiße, Bikini«, zischte sie nur. Toni verstand gar nichts.

»Mein Freund«, erklärte sie flüsternd, bevor sie den Anruf annahm.

»Ja, hallo, Schatzi! Wie geht es denn meinem süßen, starken Bikini?«

Sofort verfiel Toni Glaser in Panik: Ja, er war ein unerfahrener Liebhaber – aber noch weniger Ahnung hatte er in Sachen Fremdgehen. Wo war er da nur hineingeraten? Kelly hatte einen Freund! Er fühlte sich schuldig, obwohl er selbst ja gar niemanden betrogen hatte. Woher hätte er wissen sollen, dass diese Traumfrau schon vergeben war? Warum hatte sie ihm nichts davon erzählt? Und warum stieg sie mit ihm ins Bett? Hektisch fahndete er im und neben dem Bett nach seiner Unterhose und den Socken. Auch Kelly schlüpfte wieder in ihre Unterwäsche – die praktisch aus nichts bestand –, während sie routiniert weitertelefonierte: »Nein, lieb gemeint, aber du brauchst mir wirklich keinen Burger mitzubringen, hab irgendwie keinen Hunger heute.«

Als Kelly schon fast wieder angezogen war, humpelte Toni noch immer mit der Hose in den Kniekehlen durchs Zimmer, auf dem Weg zu seinen Cowboystiefeln. Er war gerade erst notdürftig angekleidet – das Hemd hing noch aus der Hose, die Gürtelschnalle in Form eines Weißkopfadlers baumelte offen hin und her, und die Hosenbeine knuddelten sich über den Stiefeln –, als Kelly ihn bereits mit einer Hand vehement in Richtung Ausgang schob. Für eine romantische Verabschiedung blieb unter diesen Umständen keine Zeit. »Mein Freund hat Freigang, er ist gleich da«, flüsterte sie, das Mikrofon ihres Smartphones abdeckend. »Wir sehen uns!« Da war der Kripomann sich nicht so sicher. Immerhin bedeutete »Freigang«, dass Kellys Freund ein Verbrecher – und damit sein natürlicher Feind war. Was würde seine Vorgesetzte dazu sagen, dass er mit einer Gefängnisbraut schlief? Toni Glaser sehnte sich nach einer heißen Dusche und dem Duschgel mit Apfelaroma.

Neun

Er stand am Meer, mit den Füßen in der Brandung, um ihn herum kreischten Möwen. Er drehte sich um. Hinter ihm, etwa in Wurfweite, wuchsen hölzerne Skulpturen aus dem Sand, sie sahen aus wie die »Badenden« von Picasso. Plötzlich begannen die Figuren sich zu bewegen. Sie lachten, warfen sich einen Ball zu und kamen langsam näher. In ausgelassener Stimmung näherten sie sich dem Wasser. Es roch nach Ferien. Doch plötzlich hörte Felix ein bedrohliches Geräusch. Es kam von fern. Sein Gefühl sagte: weglaufen! Aber er kam nicht von der Stelle. Er blickte nach unten auf seine Füße: Sie steckten so tief im Sand, dass er sie nicht bewegen konnte. Teuflischer Treibsand. Das Geräusch kam näher. Die »Badenden« schienen von der drohenden Gefahr nichts mitzubekommen, die Holzfiguren lachten und plantschten in der Brandung. Erst jetzt gelang es Felix, das Geräusch zu lokalisieren: Es kam von oben und näherte sich sehr schnell. Plötzlich brach Gabriels Jaguar durch die Wolkendecke über ihm. Der Wagen war größer als ein Langstreckenflugzeug. Ehe das Monstrum ihn unter sich begraben konnte, wachte Felix schweißgebadet auf. Was für ein Traum! Ein Geräusch aus diesem Traum war allerdings noch immer zu hören. Rollten da Autoreifen über den Kies vor dem Haus? Felix erhob sich und trat zum Fenster. Mit rasendem Herzen blickte er nach unten. Doch da war nichts. Noch lange stand er so da. Erst allmählich, als sich sein Puls wieder normalisierte, dachte er an die Skulptur, die er am nächsten Morgen kreieren wollte. Am Tag noch war er sich sicher gewesen, dass ihm diese Fälschung leichtfallen würde – es gab ja nichts zu schnitzen. Es ging nur darum, ein glaubwürdiges Arrangement für die einzelnen Holzteile zu finden, eines, das Picassos Stil und Formensprache gerecht wurde. Im Kunstband hatte er gelesen, dass sich der spanische Meister Zeit seines Lebens vom Spiel der Menschen am Meer inspiriert gefühlt hatte. Picasso sei fasziniert gewesen von der Freiheit der Körper, die sich am Strand entfesseln konnte, hieß es da. Als Felix darüber nachdachte, befiel ihn plötzlich selbst eine Sehnsucht nach dem Meer. Er war noch nie dort gewesen. Wie sich Salzwasser wohl auf der Haut anfühlte? Sein Blick fiel auf Dana, die im Schlaf zu lächeln schien. Mit ihr wollte er ans Meer. Was für ein Glück, dass sie sich begegnet waren! Und am Strand würde sie für ihn tanzen. – Wie angenehm fühlte es sich an, von solch guten Gedanken durchströmt zu werden. Felix richtete sich auf und warf erneut einen Blick aus dem Fenster. Es war eine mondhelle Nacht. Der Künstler stand auf, schlüpfte in seine Arbeitshose und das karierte Hemd und schlich leise die Treppe nach unten. Weil dies nicht ganz ohne Knarzen ging, blieb er im unteren Flur stehen und lauschte. Dana hatte nichts bemerkt. Lautlos öffnete er die Tür und trat nach draußen. Die sommerliche Nachtluft war kühl, aber nicht kalt. Sie roch nach Gras und Feuchtigkeit. Er ging in die Werkstatt und studierte nochmals die Passage, die er in seinem Kunstband über »Die Badenden« gefunden hatte. Jetzt fiel ihm etwas auf, das er gestern überlesen hatte. Und zwar, dass sich die Kunstwissenschaft über ein Detail von Picassos Arbeitsweise nicht einig war – über die Frage nämlich, ob der geniale Maler erst Entwurfszeichnungen gemacht und dann die Skulpturen aus Holz zusammengebaut hatte oder andersherum. Die Mehrzahl der Experten schien zur zweiten Variante zu tendieren: dass Picasso also zunächst die Figuren aus dem Material gebaut hatte, das ihm zur Verfügung stand – Fundholz, aber auch Reste von Kisten, Keilrahmen, Sofafüße und Besenstiele; und dass er erst hinterher die Zeichnungen angefertigt hatte, zum Zweck der Archivierung, oder um sie als eigenständige Kunstwerke in die Welt zu setzen. Die Wissenschaftler hielten diese Theorie für plausibler, weil die Zeichnungen die Skulpturen bis ins Detail widerspiegelten. Hätte es sich aber um Entwürfe gehandelt, so die Vermutung, wäre Picasso wohl mit großer Wahrscheinlichkeit bei der anschließenden Ausführung zumindest ein wenig von ihnen abgewichen. Dies brachte Felix auf die Idee, selbst auch im Nachhinein Zeichnungen anzufertigen, welche den Echtheitscharakter seiner Fälschung stützen würden. Dazu musste Gabriel ihm aber auf Antikmärkten entsprechend altes Papier besorgen. Felix warf einen

Blick auf die Uhr. Es war fünf in der Früh. Kurz entschlossen wählte er Gabriels Nummer.

»Jüngelchen«, meldete sich Gabriel wenig später mit heiserer Stimme, »es ist mitten in der Nacht!«

»Ich weiß, tut mir leid, aber mir ist etwas Wichtiges eingefallen.« Hierauf erklärte er dem Kunstberater seinen Plan und bat ihn, Material für die Skizzen zu beschaffen. Das Gespräch dauerte nur wenige Minuten. Dann fiel Felix' Blick wieder auf das Buch – und eine Zeile stach ihm besonders ins Auge: »Wir können davon ausgehen, dass Picasso von Anfang an eine szenische Gruppe im Auge hatte. Das Spiel mit den verschiedenen Formaten – von der gelängten ›Taucherin‹, die auf die Silhouette von ›Frau mit Kinderwagen‹ zurückgreift, bis zum pausbackigen ›Kind‹ – dient ebenso dazu, Formvariationen zustande zu bringen wie das vielfältige gestische Inventar.«

»Das ist es«, flüsterte Felix. »Ich mache nicht nur eine Figur. Ich mache eine ganze Gruppe. Das ist doch viel glaubwürdiger. Und mehr Geld bringt es auch!« Aber dazu brauchte er deutlich mehr altes Material als ihm sein Partner gebracht hatte. Also griff Felix erneut zum Telefon. Gabriel stöhnte zur Begrüßung nur ein langgezogenes »Jaah« in den Hörer.

Felix aber ließ sich nicht beirren. »Noch was: Wenn du Papier besorgst, Gabriel, dann sieh auch gleich zu, dass du noch mehr Holz findest – alte Stuhlbeine, Bilderrahmen, Obstkisten und all so was. Ich mache eine ganze Serie. Weißt du, Gabriel, für Picasso war der Seriencharakter wichtig. Wenn wir auch eine Serie machen, dann wird das viel glaubwürdiger.«

Gabriel grunzte etwas Zustimmendes. Kaum hatte Felix wieder aufgelegt, machte er sich ans Werk. Und als

Dana gegen zehn mit einer Tasse Milchkaffee ins Atelier trat, war die erste Skulptur fertig.

»Darf ich vorstellen«, sagte Felix, nachdem er sie mit einem Kuss begrüßt hatte: »›Badender Junge mit ausgebreiteten Armen‹.« Er platzte beinahe vor Stolz.

Dana nippte an ihrem Kaffee und begutachtete die etwa einen Meter hohe und, da, wo die Arme sich ausbreiteten, etwa vierzig Zentimeter breite Skulptur. »Der ist aber süß«, meinte sie und stupste mit ihrem Finger auf das kleine Holzstück, das Felix dem Strandbuben als Penis an die entsprechende Stelle montiert hatte.

»So, und jetzt brauche ich eine Pause«, seufzte der Künstler. Er fühlte sich so befreit wie genial. Alles kam ihm mit einem Mal wieder ganz leicht vor. »Komm, setzen wir uns raus und blinzeln in die Sonne.« Er lächelte Dana entrückt an.

An der Feuerstelle war noch etwas Glut von der Nacht. Sie kuschelten sich aneinander, und Felix dachte seit vielen Tagen zum ersten Mal an: nichts. Er genoss den Moment. Es war kaum zu glauben, aber er war ein Künstler. Er hatte einen Picasso erschaffen. Und bald würde er reich sein. Die Zukunft konnte kommen, wenn es nach ihm ging.

Den Rest des Tages verbrachte er abwechselnd mit Arbeit und Erholung. Wenn er gerade nicht an seinem zweiten Werk – »Strandmädchen mit Sonnenschirm« – arbeitete, suchte er im Internet nach einer Wohnung in München. Aber das war enttäuschend.

»Das gibt's ja wohl nicht!«, fluchte er. »Da gibt es keine einzige Dreizimmerwohnung in der Maxvorstadt, die weniger als tausendsiebenhundert Euro kostet – kalt! Dafür kann ich hier draußen ja ein Schloss mieten!«

Dana schmunzelte. »Ich habe dich doch gefragt, ob du

Millionär bist! – Vielleicht ist mein WG-Zimmer fürs Erste gar nicht so übel. Und wenn es uns zu eng wird, dann fahren wir eben hier raus …«

Felix verdrehte die Augen. Auf Inge und Karl, Danas Mitbewohner, hatte er keine Lust. Er scrollte weiter, aber die Fotos des Wohnungsangebots provozierten ihn erneut: »Und weiß du was? So eine fucking Tausendsiebenhundert-Euro-Bude ist dann nicht einmal schön – sondern ein total steriler Neubau mit dem Charme einer Gefängniszelle!«

Er wischte die Internetseite mit den Immobilienangeboten weg, legte das Tablet, das ihm Gabriel seinerzeit geschenkt hatte, beiseite und machte sich wieder an die Arbeit.

Am späten Nachmittag rief Gabriel an und erkundigte sich, ob Felix seine Ankündigung in der Nacht ernst gemeint habe. Ob er wirklich eine ganze Gruppe Badender erschaffen wolle? Felix hatte kurz vor dem Anruf seines Partners die zündende Idee zu seiner zweiten Skulptur »Strandmädchen mit Sonnenschirm« gehabt: Von der Formensprache her wollte er sich an Picassos »Jungem Mann« aus der »Badenden«-Serie orientieren. An dem hölzernen Längsstück, das die Körpermitte darstellte, würde er allerdings zwei kleine runde Holzstücke als Brüste applizieren, und den Schirm wollte er aus einer Leiste gestalten, an der er fächerförmig kürzere Holzstücke befestigen würde.

Weil er spürte, dass ihm auch diese Figur glücken würde – und dazu noch in derart kurzer Zeit –, strotzte er vor Selbstbewusstsein und antwortete Gabriel dementsprechend überheblich: »Und ob ich das ernst meine! Und ich sage dir was, Alterchen: Meine Skulpturen werden noch besser als die von Picasso. Ich werde ihn übertreffen. Meine Figuren sind ausdrucksstärker, die Essenz der Bewegung kommt bei ihnen stärker rüber. Aber das ist ja auch kein Wunder: Der war ja schon ein alter Sack, als er die ›Badenden‹ zusammengenagelt hat. Aber ich, Gabriel, ich bin jetzt auf der Höhe meiner Schaffenskraft!«

»Gut, gut«, meinte Gabriel und verkniff sich die Frage, ob Felix irgendwelche Drogen zu sich genommen habe. »Aber sei vorsichtig. Die Kunstwelt ist voller Feinde, ein Haifischbecken, in dem alle nur auf Fehler lauern. Bewege dich also nicht zu weit von deinem Vorbild weg.«

»Vorbild?« Felix schüttelte den Kopf. »Ich mache sein Werk besser! Ich werte es mit meinen Skulpturen auf!« Er lächelte Dana zu, die etwas verunsichert zurücklächelte. »Dana ist übrigens auch total begeistert. Belaste mich also nicht mit irgendwelchem negativen Psycho-Müll, der mir die Inspiration raubt. Sonst sind wir alle geliefert. Ohne mich läuft hier nämlich nichts mehr – gar nichts!«

»Ist ja gut«, versuchte de Moño ihn zu beschwichtigen, aber Felix war in Fahrt.

»Ach ja, und du besorgst mir jetzt mehr Holz und Papier und nächste Woche ist das Meisterwerk fertig – eine ganze Gruppe charaktervoller Figuren. Vier mache ich: ›Badender Junge mit ausgebreiteten Armen‹, ›Strandmädchen mit Sonnenschirm‹, ›Mann mit Ball‹ und ›Badende Schönheit‹ – inklusive einer Nachzeichnung, auf der alle vier drauf sind. Und dafür müssen dann zwanzig Millionen her, Gabriel. Für jede fünf. Das ist dann dein Job.« Er zwinkerte Dana zu.

Der Kunstberater verzichtete auf einen Kommentar zur Höhe des genannten Geldbetrags. Er hatte in seinem Leben viele Künstler kennengelernt und wusste, dass derartige Höhenflüge zwar für die Gesprächspartner der vermeintlichen Genies anstrengend sein konnten; dass die Hybris aber mitunter in künstlerischer Hinsicht erstaunliche Ergebnisse zutage brachte.

An den folgenden zwei Tagen ließ Gabriel nichts von sich hören. Während Felix mit dem wenigen vorhandenen Material an der Grundform seiner zweiten Figur arbeitete – dabei stets darauf bedacht, den natürlichen Charakter der Holzteile in der letztendlichen Skulptur aufgehen zu lassen –, setzte sich der Kunstberater, begleitet von seinem Lover Hugo, in ein Flugzeug nach Nizza. Doch galt diese Reise nicht der Erholung. Vielmehr klapperte Gabriel, während Hugo am Strand von Antibes frühreife Teenagermädchen anbaggerte, sämtliche Antikmärkte und Trödelläden ab, die er an der Côte d'Azur finden konnte. Außerdem besuchte er einige kunstinteressierte Menschen, darunter einen britischen Landadeligen, einen russischen Milliardär und einen chinesischen Internetunternehmer. Er kannte diese Sammler seit Jahren und wusste, dass sie bereit waren, für Kunst viel Geld auszugeben.

Als er auf den Brocante-Märkten ausreichend Material zusammengetragen hatte, von dem er vermutete, dass sein übergeschnappter Partner es für seine epochale Serie brauchen konnte – einen alten, strohbezogenen Stuhl, mehrere Bilderrahmen, ein Setzkästchen, einen Besen, Holzbalken, einen Fensterrahmen und sogar einen alten Block mit rund zwanzig unbenutzten Bögen Papier –, begab Gabriel sich zu einer Autovermietung. Kurz war er versucht, einen Citroën Picasso zu buchen, aber das erschien ihm im letzten Moment dann doch zu manieriert. Zumal Hugo den Wagen nach Deutschland fahren sollte und Gabriel sich sicher war, dass sich sein impulsiver Liebhaber weigern würde, mit einem derartig kleinen Fahrzeug die lange Reise nach Bayern anzutreten. Auch über den Renault Scénic in rentnerfarbenem Metallicbraun, der es letztlich wurde, rümpfte Hugo die Nase, aber die zweihundert Euro, die Gabriel ihm in die Brusttasche steckte, besänftigten ihn sogleich.

Der zweite Tag seines Freigangwochenendes kam für Hans Bicker alias Bikini viel zu früh. Immerhin hatte er seine Zeit draußen optimal genutzt: Am Samstagabend hatte er drei doppelte Barbecue Bacon Cheeseburger verputzt, direkt danach mit seiner Freundin Kelly geschlafen und sich danach vor dem Fernseher mit ihr zwei große Pizzen mit Schinken und Peperoni geteilt. Der Gefängnisaufenthalt an sich war für Bikini Routine, was ihm jedoch fehlte, waren ordentliches Essen und regelmäßiger Sex.

An diesem Morgen stand er früh auf, machte seine Hantelübungen und saß nun, nur in Unterhemd und Boxershorts, an dem wackeligen Tisch in seiner und Kellys Bruchbude und frühstückte. Die Hälfte des Nutellaglases war bereits auf diversen Toastbroten gelandet, als sich auch Kelly mit einer Tasse Tee zu ihm setzte. Sein Plan sah vor, direkt nach dem Frühstück ausgiebig mit ihr zu bumsen. Aber Kelly hatte wohl andere Pläne: Offenbar wollte seine Freundin reden. Bikini hasste es. »Du, Bikini-Schatz, ich finde das ja alles ganz schön mit uns. Und ich freu mich auch echt, dass du jetzt am Wochenende immer Ausgang hast, aber manchmal würde ich mir wünschen, du wärst ein kleines bisschen romantischer.«

Bikini grunzte mit vollem Mund: »Wie, romantischer?

Besorg ich dir's nicht gut genug?« Einige Toastbrotbrösel flogen in Kellys Richtung. Sie ließ sich nicht beirren.

»Siehst du, genau das meine ich: ›Besorg ich dir's nicht gut genug?‹ … Das ist doch lieblos. Alles ist so lieblos! Du könntest mir auch mal Blumen mitbringen, oder ein paar Kerzen anzünden – so was halt.« Kelly zog die Knie an und setzte sich im Schneidersitz auf den Stuhl. Unsicher beobachtete sie Bikini. Während der einen weiteren Nutellatoast verschlang, zeigte er seiner Freundin einen Vogel und entgegnete mampfend: »Ja, genau, Blumen und Kerzen. So weit kommt's noch! Und am Ende soll ich dir noch Liebesgedichte aus dem Knast schicken oder irgendein schwules Lied vorsingen – hey, Baby – ich bin nicht schwul, kapiert?«

Bikini nahm einen großen Schluck Milch direkt aus dem Tetrapak. Kelly verdrehte die Augen. Es war einfach nicht von der Hand zu weisen: Den direkten Vergleich mit Bikini entschied Toni Glaser klar für sich. Der Polizist hatte Manieren, eine romantische Ader und verdiente sein Geld völlig legal. Kelly sah ihren Langzeitfreund nachdenklich an.

»Apropos Romantik …«, sagte dieser schmatzend, »… wo kommen eigentlich die hässlichen Blumen her?« Bikini deutete auf den Strauß Tulpen, der in einem Willibecher auf dem Fensterbrett stand. Kelly hatte in der Eile vergessen, Toni Glasers Mitbringsel verschwinden zu lassen.

»Hab ich mir selber gekauft, wieso?« Wenn Kelly etwas gut konnte, dann lügen.

»Für so einen Scheiß gibst du unser Geld aus? Wir haben doch eh keins!« Hans Bicker starrte seine Freundin wütend an. Dann nahm sein Gesicht einen misstrauischen Ausdruck an, und er drohte: »Wenn du einen

Liebhaber hast, sag's mir lieber gleich, Kelly. Ich find's eh raus.« Dabei deutete er auf den Baseballschläger, der neben mehreren Holzlatten in einer Zimmerecke lehnte.

»Einen Liebhaber – weil ich mir ein paar Blumen gekauft habe?« Sie kicherte künstlich. »Komm mal runter, Bikini!« Eine unangenehme Stille trat ein. Kelly erinnerte sich daran, wie Bikini vor Jahren einem höflichen Barmann, der seiner Meinung nach mit ihr geflirtet hatte, ohne Vorwarnung die Fresse poliert hatte, weil dieser ihr in den Mantel geholfen hatte. Eifersüchtig war Bikini, dass wusste sie. Deshalb hatte sie ihr Handy auch mit einem vierstelligen Passwort geschützt.

»Wir brauchen dringend Kohle …«, nahm Bikini das Gespräch wieder auf. Er überlegte. »… Was ist eigentlich mit diesem Vogel, der dem Dorfdeppen damals so viel Geld gegeben hat? Bei dem müsste doch was zu holen sein …«

»Kannst du vergessen.«

»Wieso?«

»Habe ich schon gecheckt. Habe alles durchsucht, als du im Knast warst.«

»Und?«

»Na, nichts ›und‹! Da gibt's nichts zu holen. Eine kaputte Werkstatt, völlig fertiges Haus.« Kelly dachte kurz an die Nacht zurück, in der sie Felix Ambach mit Waffengewalt dazu gezwungen hatte, mit ihr zu schlafen. Sie hatte mit ihrem Handy sogar ein Foto von Felix gemacht, um ihn zu erpressen. Aber seit sie ahnte, dass der zu einem Mord fähig war, war das keine echte Option mehr. »Der hat noch nicht mal einen Flatscreen.«

Dieses Argument überzeugte Bikini sofort. Wenn kein Flat im Haus war, dann war bei dem Typen wirklich nichts zu holen. »Okay … okay … Trotzdem müssen wir bald was Neues anleiern. Wir brauchen dringend Kohle.« Er dachte nach: Die Masche, über Ebay Sachen zu verkaufen, die sie gar nicht besaßen, konnten sie auch vergessen. Denn dafür saß er ja schließlich gerade ein.

»Ich weiß doch, Schatz.« Kelly war bewusst, dass ihre gemeinsame Zeit sich dem Ende zuneigte. Das tat ihr leid. Aber wenn sie an Toni dachte, dann spürte sie ein starkes Ziehen im Bauch. Das musste Liebe sein. Falls Toni auch längerfristig etwas von ihr wollte, würde sie Bikini bald verlassen. Der hatte die ganze Zeit weitergefaselt. Jetzt hörte sie ihm wieder zu. Gerade sagte er: »... Wie wäre es denn mit ein paar Einbrüchen am Stadtrand mit der alten Telekom-Masche, das hat ja immer ganz gut funktioniert. Das können wir doch bei meinem nächsten Freigang mal testen?«

»Wir könnten auch einfach mal testen, wie es wäre, ganz normal arbeiten zu gehen – so wie andere Leute auch!«, meinte Kelly patzig.

»Schwachsinn«, kanzelte Bikini ihren Vorschlag ab.

Kelly runzelte die Stirn. Sie war froh, dass ihr Freund heute Abend wieder ins Gefängnis musste, denn das bedeutete fünf Tage Ruhe.

»Wie wäre es denn, wenn wir das Coupé verkaufen? Ohne Benzin steht das eh nur rum und rostet vor sich hin.« Auch diese Idee fand Bikini völlig daneben. Der Daimler war sein ganzer Stolz. Solange er ihn wegen des Knastaufenthalts nicht fahren konnte, war der Wagen auf dem ehemaligen Supermarktparkplatz gut aufgehoben. Zumal ihn eine Plane vor der Witterung schützte. Verärgert über Kellys dämlichen Vorschlag stand er auf, kramte nach Zigaretten und stellte sich an das große Fenster. Es war über und über mit Schlieren überzogen.

»Was soll das hier jetzt eigentlich?«, fragte Ute Dukaz ungeduldig. Sie saß neben ihrem Kollegen im Dienstwagen. Toni Glaser blickte in Richtung des verwaisten Gewerbegebiets. Auf dem Parkplatz standen Holzpaletten, Kabeltrommeln, Müll und ein mit einer grauen Plane abgedecktes Auto.

»Kann ich nicht sagen«, erwiderte er verdruckst. Toni wollte seiner Chefin nicht erzählen, warum sie hier parkten – direkt vor Kellys Apartment. Es würde zu viele Fragen aufwerfen. Ute Dukaz schüttelte missbilligend den Kopf.

Plötzlich öffnete sich das große Fenster im ersten Stock des Flachbaus, ein Mann im Unterhemd wurde sichtbar. Er zündete sich eine Zigarette an. Toni Glaser zückte den Fotoapparat mit dem Teleobjektiv und drückte mehrmals ab. Sein Herz klopfte schneller. Das musste er sein, der kriminelle Lover seiner Angebeteten! Sein Oberkörper war durchtrainiert, ansonsten wirkte der Mann nicht wie ein klassischer Verbrecher. Weder sah er auf die Entfernung heruntergekommen aus, noch schien er unter Drogeneinfluss zu stehen. Mit dem unauffälligen Kurzhaarschnitt hätte er alles sein können: Banker, Verkäufer oder Barkeeper. Der Typ kam Toni Glaser nicht sonderlich gefährlich vor. Wenn es hart auf hart käme, dann würde er schon mit ihm fertig werden. Der Mann nahm scheinbar keine Notiz von den Polizeibeamten im zivilen Einsatzfahrzeug.

»Wer ist das, Toni? – Das wüsste ich jetzt schon ganz gern. Mit welchem Fall steht der im Zusammenhang?«, flüsterte Ute Dukaz. Toni überlegte. Noch konnte er seine Kollegin nicht einweihen. Wie sah es denn aus, wenn sich herausstellte, dass er eine Affäre mit einer Kriminellen angefangen hatte und es momentan nur darum ging, herauszufinden, was für ein Kaliber ihr Noch-Freund war? »Äh … ich sag's mal so … äh, das ist hier … eher privat … Tut mir leid, dass ich Sie da mit reinziehe, Frau Dukaz, aber ich habe jetzt, was ich brauche. Wir können … also … fahren.«

Die Kriminalhauptkommissarin verdrehte die Augen, natürlich hatte sie geahnt, dass eine Frau die Ursache für die »Ermittlungen« ihres Kollegen war – und sie hatte auch bereits einen Verdacht, welche Frau das war. Trotzdem hinderte sie Toni jetzt daran, die Zündung zu betätigen. »Warte noch, bis der Mann das Fenster wieder zugemacht hat «, sagte sie, » oder willst du, dass er uns bemerkt?«

Nachdem Bikini endlich das verdreckte Fenster geschlossen hatte, warteten die zwei Kriminaler noch eine Minute in ihrem Audi, bevor sie davonfuhren.

Zehn

Am Münchner Flughafen dockte gerade die 22-Uhr-Maschine aus Nizza an einer der Brücken des moderneren Terminals 2 an. Gabriel de Moño aktivierte sein Smartphone und sah eine Nachricht über einen verpassten Anruf, es war eine französische Telefonnummer. Er war sich ziemlich sicher, dass es sich nicht um die Nummer eines der Männer handelte, die er in den vergangenen Tagen an der Côte d'Azur in ihren Sommerdomizilen besucht hatte. Kurz überkam ihn ein ungutes Gefühl. Aber dann rief Gabriel doch zurück. Am anderen Ende meldete sich eine Frauenstimme: »Oui?«

»Hello, this is Gabriel de Moño. I'm sorry, I don't speak French. But – you tried to call me?«

»Oh, yes«, erwiderte die Frau in einem Englisch mit starkem französischem Akzent, den Gabriel nicht unsympathisch fand: »Mein Name ist Viviane Metancourt – Paris.« Dieser Satz beschleunigte Gabriels Herzschlag. Wenn er sich nicht täuschte, waren die Metancourts eine der bedeutendsten – und reichsten – Unternehmerdynastien Frankreichs. Die Frau aber sprach bereits weiter: »Mein Freund Wang Lao erzählte mir, dass Sie einen Picasso im Angebot haben?«

»Ja, das ist richtig, Madame Metancourt.« Gabriel hätte jetzt gerne eine Line Koks gezogen, um seine Nervosität zu bekämpfen, aber der Sicherheitsbereich des Flughafens war hierfür absolut nicht der richtige Ort.

»Um was handelt es sich denn genau? Wang Lao sprach von einer Picasso-Skulptur aus den Fünfzigerjahren …«

»Ja, so ist es. Und es ist nicht nur eine Skulptur, Madame Metancourt, sondern eine ganze Gruppe.« Gabriel senkte die Stimme. »Es handelt sich um eine kunsthistorische Sensation.« Auf der Stirn des Kunstberaters sammelten sich Schweißperlen. War es voreilig gewesen, seinen Kunstfreunden in Südfrankreich von den wie aus dem Nichts aufgetauchten Picassos zu erzählen? Er hatte ja noch kein einziges Stück gesehen. Und er konnte dieser Frau, die offensichtlich interessiert war, auch noch nichts Präzises erzählen, er wusste nicht einmal, ob Felix nur die Klappe aufgerissen hatte oder wirklich für die nächste Sensation auf dem Kunstmarkt sorgen würde. Gabriel räusperte sich. »Aber, hören Sie, Madame Metancourt … Ich kann Ihnen gerade nicht mehr erzählen.« Jetzt flüsterte er. »Ich bin nämlich am Flughafen.

Und diese Picasso-Geschichte ist wirklich groß.« Er zögerte. »Aber … Sie wären jedenfalls interessiert?«

»Ja.« Die Antwort kam prompt. »Wie hoch wäre denn der Preis?«

»Oh, das kann ich noch nicht … genau … äh, sagen …«

»Können Sie mir eine Hausnummer nennen? Dann könnte ich das schon mal mit unserer Bank abklären.«

»Ich …« Gabriel überlegte fieberhaft, ob es klug war, jetzt schon eine Zahl zu nennen. Andererseits würde er völlig unglaubwürdig wirken, wenn er gar keine Hausnummer nennen könnte. Also sagte er, und seine Stimme klang dabei fest: »Zwanzig Millionen.« Auf der anderen Seite der Leitung blieb es für seine Begriffe einen Moment zu lange still. Er blickte sich um. In der Zwischenzeit stand er auf einem der langen Laufbänder, die die einzelnen Bereiche des Terminals 2 miteinander verbanden. Die Leute um ihn herum nahmen keine Notiz von ihm. »Haben Sie gehört?«

»Ja, ja, vielen Dank, Herr de Moño. Ich notiere mir das nur eben … zwanzig Millionen. Picasso … eine Gruppe … gut. Bis wann dürfen wir mit Konkretem von Ihnen rechnen – Bildmaterial, Beschreibung?«

»Oh, ähm …« Gabriel überlegte: Zu lang durfte der Zeitraum nicht sein, den er jetzt nannte, sonst würde seine Geschäftspartnerin womöglich misstrauisch werden oder abspringen. Zu kurz aber auch nicht, denn sonst käme Felix ins Trudeln. Also sagte er: »In einer Woche könnte ich Ihnen Informationen zukommen lassen. Per Mail, wenn es Ihnen recht ist?« Eine Woche sollte Felix reichen.

Sofort, nachdem er aufgelegt hatte, rief er ihn an. »Felix, ich habe eine Interessentin! Es ist Viviane Metancourt – ihrer Familie gehört der Lamasson-Konzern!«

»Lamasson? Sagt mir nichts.«

»Die machen Kosmetikartikel, Wein, Mode, und ein Fernsehsender gehört ihnen auch. Die haben richtig Asche, Jüngelchen!« Erst während er Felix dies erklärte, realisierte Gabriel, was für einen dicken Fisch sie jetzt an der Angel hatten. »Ich habe ihr gesagt, dass sie mit ungefähr zwanzig Millionen rechnen muss – und sie hat keine Sekunde gezögert. Sie ist interessiert. Ich habe ihr versprochen, dass sie in einer Woche Fotos bekommt. Das schaffst du doch, oder?«

»Ich finde das nicht gut, dass du hier jetzt so Druck machst. Ich habe zwar schon eine Skulptur fertig, und bei der zweiten steht das Grundgerüst, aber jetzt habe ich kein Material mehr. Hast du schon was organisiert?«

»Ja, morgen bekommst du es. Hugo und ich waren in Südfrankreich. Damit die Herkunft stimmt. Ich habe dir wunderbare Fundstücke besorgt. Hugo ist gerade mit dem Auto auf dem Weg zu dir. Morgen Vormittag sollte er bei dir sein. Wenn nichts los ist, schafft er die Strecke in neun oder zehn Stunden.«

»Da bin ich ja mal gespannt«, antwortete Felix knapp.

»Sobald du die Dinger fertig hast, machen wir Fotos und schicken Sie dieser Frau. Und dann geht's ab nach Paris. Da kommst du auch mit!«

»Ich bin doch nicht verrückt und gehe mit, wenn du der Alten meine Skulpturen zeigst!«

»Nein, aber nach Paris kannst du doch mitkommen, Felix. La tour Eiffel, das Montmartre der Künstler, die Stadt der Liebe. Ich mache das Geschäftliche – und du und Hugo, ihr lasst es euch gut gehen.«

»Das kannst du dir abschminken. Hugo soll mal lieber schauen, dass er so schnell wie möglich mit dem Material hier aufkreuzt.«

»Ja, ja, morgen. Morgen wird er sicher da sein. Ich komme dann auch vorbei.«

Die Verabschiedung der beiden Männer beschränkte sich auf das Nötigste. Felix legte das Handy auf die Werkbank und fühlte sich mit einem Mal unwohl: Wieso erzählte Gabriel von seinen Werken, bevor sie überhaupt fertig waren? Sein sogenannter Partner war geschwätziger als ein altes Waschweib. Hoffentlich handelte es sich bei dieser Madame Metancourt nicht um eine Fahnderin, Spezialgebiet Kunstbetrug! Er warf noch einen Blick auf das fast fertige »Strandmädchen mit Sonnenschirm« und verließ dann, nicht ohne abzusperren, das Atelier.

Dana saß in der Küche und lackierte sich die Fußnägel. Als Felix ihr von seinem Telefonat mit Gabriel berichtet hatte, fragte sie fröhlich: »Und warum schaust du jetzt so böse? Na klar kommen wir da mit. Paris ist wunderschön!«

»Ich weiß nicht«, meinte Felix. »Ich kann kein Französisch und … mir geht das alles zu schnell.« Er spielte mit dem Zuckerlöffel in der Schale herum.

»Machst du eine Pause?« Dana stellte ihren Fuß vom Stuhl auf den Boden. »Voulez-vous coucher avec moi?« So viel Französisch verstand er dann doch. Und ohne das neue Material machte es auch keinen Sinn, weiterzuarbeiten.

Hugo fuhr die ganze Strecke ohne Pause. Ein ausgewogener Mix aus Kokain, Energydrinks und zwei Schachteln französischer Zigaretten trugen ihn durch Frankreich, Italien, die Schweiz und Österreich nach Deutschland. Früh morgens stellte er den Wagen vor Gabriels Wohnung in München ab, machte ein paar Dehnübungen, die er aus dem Yogaunterricht kannte, und schlief noch auf dem Fahrersitz ein.

Tatsächlich hatte Gabriel nicht zu viel versprochen. Die Gegenstände, die Hugo am Vormittag zusammen mit Gabriel lieferte, waren durchaus brauchbar, das sah Felix auf den ersten Blick. Was er nicht sah – sehen konnte –, war, dass Gabriel aus einem der Fundstücke, es handelte sich um ein kleines Nachtkästchen aus Holz, drei große, sorgfältig mit Klebeband umwickelte Päckchen Kokain zog. Auch Hugo hatte anscheinend nichts von der Zusatzladung mitbekommen, die er über mehrere Grenzen gebracht hatte. Während Felix und Hugo Holzteile in die Werkstatt trugen, verstaute Gabriel die Drogen in der Sporttasche im Kofferraum.

Danach beaufsichtigte er wieder die beiden Männer beim Entladen. Nach getaner Arbeit setzten sich die drei auf die Bank an der Hauswand. Dana kehrte gerade vom Joggen zurück. In der kurzen Laufhose kamen ihre schlanken Beine gut zur Geltung. Gabriel, der Hugos interessierten Blick sofort registriert hatte, meinte: »Hugo – das ist eine Frau!«

»Ich weiß …« Der bisexuelle Latino mit dem blütenweißen Hemd lachte dreckig.

»Hast du ihnen schon gesagt, dass wir auch nach Paris mitkommen?«, erkundigte sich Dana bei Felix. Der sah erst sie mit gerunzelter Stirn an und schaute dann aus dem Augenwinkel in Richtung des Kunstberaters. Nach allem, was passiert war, würde Gabriel dies niemals akzeptieren. Welch ein Irrtum. Stattdessen erwiderte Gabriel mit seiner öligsten Stimme: »Wirklich? Das ist ja schön! Dann wird das ein richtiger Familienausflug!«

Felix wandte den Kopf ganz zu seinem Partner um.

Doch dessen Gesichtszüge zeigten nicht das kleinste Anzeichen von Ironie.

»Ich kann auch Französisch.« Dana lächelte Gabriel an, als hätte er sie nie gefesselt, geknebelt und beinahe umgebracht.

»Sí, claro«, kommentierte Hugo und lachte noch dreckiger als gerade eben.

Später, im Auto, motzte Hugo: »Wieso kommt sie mit? Ich dachte, die ist eine puta?«

Gabriel antwortete nicht sofort, sondern nahm erst einen Zug von der E-Zigarette: »Weil wir sie sowieso nicht mehr loswerden, Darling.« Er nahm noch einen Zug. »Und wir gehen sogar noch weiter: Ich nehme sie mit zu Madame Metancourt – als meine Assistentin. Dieses Flittchen soll uns ruhig bei der Abwicklung des Geschäfts helfen.« Er wandte den Blick seinem am Steuer des Renault sitzenden Liebhaber zu, der ihn verständnislos ansah. »Dann hängt sie mit drin und kommt nicht irgendwann auf die Idee, den falschen Leuten von unseren Geschäften zu erzählen.« Der Kunstberater wandte den Blick zum Seitenfenster, draußen rauschte ein Nadelwald vorbei. »Du musst immer gegen jeden deiner Geschäftspartner etwas in der Tasche haben, Hugo – alte Regel.«

»Oder du legst Gringos, die Probleme machen, einfach um. Alte Regel aus der Fremdenlegion.« Hugo lachte. In der Zeit bei der Söldnertruppe hatte er sich so einiges an Handwerkszeug angeeignet, das sich auch für seine Arbeit als professioneller Gangster bestens eignete. Manchmal fand er, dass Gabriel die Dinge unnötig verkomplizierte. Doch eines interessierte ihn dann doch: »Hast du gegen mich auch was in Tasche, oder was?«

»Du bist doch nicht mein Geschäftspartner, Hugo, du bist mein Mann, mein Vertrauter, Geliebter – mein Augapfel! Vor dir habe ich doch keine Geheimnisse!« Während Gabriel dies säuselte, nahm Hugo mit hohem Tempo die Kurve einer Autobahnabfahrt. Gabriel musste sich an dem Handgriff über ihm festhalten, im Kofferraum schlitterte die Sporttasche von einer Seite zur anderen. Das Kokain nahm dabei – dank guter Verpackung – keinen Schaden.

Gabriel hob die Spiegelreflexkamera aufs Stativ. Die drei Blitzlampen standen bereits an Ort und Stelle. Er schwitzte, obwohl es gar nicht so warm war in dem Studio auf seiner Penthouse-Dachterrasse. Felix beobachtete, wie sein Kompagnon sich die Schweißperlen mit einem roten Einstecktuch von der Stirn tupfte und dann einen weißen Fotohintergrund aus Pappe an der Wand fixierte. Die erste Picasso-Skulptur war schnell abgelichtet. Mit der nächsten verfuhr er genauso. Felix betrachtete die Figuren nicht ohne Stolz. Auch die dazugehörige Nachzeichnung auf rund sechzig Jahre altem Papier war ihm gut gelungen. Gabriel betätigte den Auslöser. Es blitzte mehrmals. Felix war entspannt, seinen Teil der Arbeit hielt er für getan. »Bin froh, dass ich diesmal nicht mit auf die Bilder muss.«

Gabriel kontrollierte das Foto auf dem Display der Kamera und antwortete mit einem Seitenblick zu Felix: »Wir können ja schlecht immer dieselbe Nummer fahren. Wir wollen ja nicht auffallen.«

Nach einer knappen Stunde war Gabriel mit den vier Motiven zufrieden. Er rollte den Fotokarton wieder zusammen, doch gerade als Felix die erste Skulptur wieder sorgfältig in Luftpolsterfolie einwickeln wollte, unterbrach ihn sein Partner. »Halt, warte mal, Felix, wir sind noch nicht fertig.«

»Wieso, du hast doch alle vier …«

»Ja, schon. Vor neutralem Hintergrund, aber das war erst der erste Streich. Wir brauchen jetzt noch ein Ensemblefoto.«

»Wieso denn das?« Felix sah ihn verständnislos an.

»Komm, hilf mir mal, die müssen jetzt hier rüber.« Gabriel hob die erste Skulptur hoch, es war der »Badende Junge mit ausgebreiteten Armen«, und trug sie vor das Sideboard an der grauen Betonwand.

Da Felix nicht gleich reagierte, erklärte er: »Die Einzelbilder sind für die Provenienz, die werde ich gleich noch bearbeiten – und dann landen die Bilder mit Text auf einer Doppelseite in einem alten Kunstband.« Gabriel lächelte siegessicher.

Felix runzelte die Stirn.

»Das Bild, das wir jetzt noch machen, soll Madame Metancourt nur beweisen, dass die Skulpturen wirklich in meinem Besitz sind.«

»Verstehe«, log Felix. »Und wo kriegst du ein Echtheitszertifikat her?«

»Gar nicht. Das gibt es diesmal nicht.«

Jetzt war der Künstler endgültig verunsichert. Wollte sein Partner ihn auf die Probe stellen? »Aber, Gabriel, ohne Gutachten wird doch kein Mensch so viel Geld bezahlen!«

»Das lass mal meine Sorge sein! Die Dinger sind perfekt gefälscht und über jeden Zweifel erhaben. Und meine grenzenlose Ehrlichkeit Madame gegenüber wird das ihrige tun.«

»Wie meinst du das?« Felix war zunehmend entsetzt über Gabriels Pläne.

»Na ja, ich werde ihr sagen, dass wir kein Echtheitszertifikat haben!« Der Kunstberater lächelte Felix zu.

»Was?«, platzte dieser heraus.

»Ja, wir machen aus unserer Schwäche eine Stärke, get it?« Gabriel nahm einen Zug aus seiner E-Zigarette, der Dampf duftete nach Vanille. Genießerisch ließ er ihn zwischen seinen zu einem O geformten Lippen nach oben steigen. »Ich sage ihr, Gutachten gibt es keines, das ist ehrlich. Damit vertraut mir die Kundin, verstehst du? Und dann sage ich, das Einzige, was ich habe, ist ein alter Kunstband aus dem Jahr 1974. Da sind die Skulpturen auf einer Doppelseite abgebildet, und davon schicke ich ihr einen Faksimile-Scan per Mail. Und weil ich vorher so ehrlich war mit dem Gutachten, wird sie mir natürlich glauben, dass die Doppelseite echt ist. Wieso sollte ich sie schließlich anlügen, wo ich doch bereits auf das fehlende Gutachten hingewiesen habe?«

»Und von wem, sagst du, stammen die Skulpturen?«

»Von einem amerikanischen Sammler, der gerade in einem Scheidungskrieg steckt und deshalb auf keinen Fall will, dass der Verkauf publik wird, sonst müsste er den Erlös mit seiner raffgierigen Frau teilen. Deshalb bitte ich unsere Kundin um Verständnis, dass alles mit äußerster Diskretion abgewickelt werden muss.«

»Und du meinst, das schluckt sie?«

»Na klar, schluckt sie das, Jüngelchen. Sie wird das glauben wollen. Wir sagen ihr, dass es noch andere Interessenten gibt. Sonst schnappt ihr am Ende noch jemand die spektakuläre Entdeckung vor der Nase weg.«

Felix zündete sich mit fahrigen Händen eine Zigarette an. »Und wenn sie selbst ein Gutachten machen lässt?«

»Soll sie doch! Die Dinger sind perfekt. Das Material

passt, die Formensprache, es gibt eindeutige Bezüge zu den bekannten ›Badenden‹. Was soll da schon schiefgehen, Jüngelchen?« Der Kunstberater lächelte. Aus tiefschwarzen Pupillen starrte er ihn an. Felix war wie gelähmt. Er verzichtete auf eine Antwort. Stattdessen schüttelte er fatalistisch den Kopf.

Elf

»Äh, Toni?«

»Ja?« Toni Glaser blickte von seinem Schreibtisch auf und sah seine Chefin unschuldig an.

»Es ist schon halb sieben. Gehst du jetzt nicht auch nach Hause?« Ute Dukaz griff sich ihre für Tonis Geschmack viel zu bunte Jacke aus Alpakawolle vom Haken.

Der junge Polizist hatte den Blick schon wieder auf die vor ihm liegende Akte gesenkt und meinte beiläufig: »Nein, ich muss noch kurz was nachlesen.«

Die Kriminalhauptkommissarin schüttelte den Kopf. »Was ist denn heute los mit dir, Toni? Du benimmst dich so komisch! Ist irgendwas, das ich wissen sollte?«

»Nein, gar nichts. Jetzt gehen Sie zu Ihrem Schlagzeugunterricht und lassen Sie mich …«

»Heute ist kein Schlagzeug. Soll ich dich noch unterstützen?« Sie war in die Jacke geschlüpft, näherte sich ihm und sah ihm über die Schulter. »Was machst du denn?«

»Ach, das ist dieser alte Fall.« Er verhaspelte sich und klang deshalb alles andere als glaubwürdig. »Wissen Sie, von der Sechzehnjährigen, die vor zehn Jahren an der U-Bahn Holzapfelkreuth umgebracht worden ist. Und wo bis heute nicht klar ist, wer das war. Den wollte ich mir noch einmal anschauen.« Toni Glaser hob den Kopf nicht, während er sprach, aber er spürte, dass seine Chefin ihm kein Wort glaubte.

»Soso, Holzapfelkreuth …«

»Jetzt gehen'S halt endlich!«, fuhr der Kriminalkommissar die Vorgesetzte ungehalten an.

»Ja, ja, ich gehe ja schon…«

Kaum war Ute Dukaz auf dem Flur, aktivierte Toni Glaser seinen Computer und loggte sich in SIS II ein, das Schengen-Informationssystem, in dem sämtliche in Europa zur Fahndung ausgeschriebenen Personen gespeichert waren. Er war zwar nicht sicher, ob er Kellys Liebhaber darin entdecken würde, denn anscheinend saß der ja bereits seine Strafe ab. Aber vielleicht hatte er Glück und der Datensatz war noch vorhanden. Während er das Foto, das er von dem Typ am Fenster geschossen hatte, in das Programm lud, spürte er, dass er an den Füßen zu schwitzen begann. Ungeschickt schubberte er sich die braunen Cowboystiefel von den Füßen und startete den biometrischen Datenabgleich. Natürlich war sich der Kriminalkommissar bewusst, dass das, was er hier tat, eigentlich nicht erlaubt war. Man durfte nur Daten aus dem Fahndungssystem abrufen, wenn hierfür ein durch Ermittlungen gerechtfertigter Grund vorlag. Da dieser Typ im Gefängnis saß und Toni Glaser nicht mit einer ihn betreffenden Fahndung befasst war, verstieß er eindeutig gegen die Regeln. Aber was sollte er machen? – Er war nun einmal total verliebt. Sosehr, wie noch nie in seinem ganzen Leben.

Fünf Minuten später wusste er schon einiges mehr

über diesen Kriminellen. Sein Name war Hans Bicker, und Einträge gab es reichlich. Wut stieg in ihm auf. Warum war diese wunderbare Frau mit einem Kriminellen zusammen? Zwar hatte der Kerl noch niemanden umgebracht, jedenfalls war diesbezüglich nichts polizeibekannt; aber allein die Anzahl der Taten, wegen derer bereits gegen ihn ermittelt worden war – unter anderem Zuhälterei, Betrug, Körperverletzung, Hehlerei, Geld- und Wertzeichenfälschung, Meineid, versuchte Erpressung, Diebstahl und Unterschlagung –, war doch beachtlich für einen Zweiunddreißigjährigen. Toni Glaser kratzte sich am Kinn. Er musste Kelly so schnell wie möglich aus den Fängen dieses gefährlichen Straftäters befreien. So eine einzigartige Frau würde ihm nie wieder im Leben über den Weg laufen. Aber wie konnte er ihr klarmachen, dass es ihm ernst war – und dass er der Richtige war und nicht dieser Gangster? War ein Heiratsantrag das Richtige? Sollte er ihr einen Ring schenken? Oder fing man erst mal mit einem gemeinsamen Wellnesswochenende an? Toni Glaser hatte wenig Erfahrung in solcherlei Dingen. Außerdem wusste er nicht, ob Kelly überhaupt etwas für ihn empfand. Vielleicht ging es ihr gar nicht um eine ernsthafte Beziehung zu ihm. Die Kumpels vom Cowboy-Club wollte er nicht fragen. Und Ute Dukaz mit ihrem altmodischen Jute-statt-Plastik-Style und dem kiffenden Ehemann war ein so völlig anderer Frauentyp als diese liebe, gepflegte und erotische Kelly, dass es sinnlos war, dic Vorgesetzte um Rat zu bitten.

Die unscheinbare junge Frau, mit der Gabriel seit den frühen Morgenstunden in seinem Dachstudio saß, hieß Ann-Kathrin, war Anfang dreißig und trug eine schwarze

Brille mit starken Gläsern. Ann-Kathrin hatte ihr Grafikdesignstudium mit Bestnoten abgeschnitten und doch sämtliche Angebote, direkt in einen hoch dotierten Job als Art Direktorin einer großen Agentur oder Redaktion zu wechseln, abgelehnt. Stattdessen hatte sie nach dem Studium ein unbezahltes einjähriges Praktikum am Institut für Bestandserhaltung und Restaurierung der Bayerischen Staatsbibliothek absolviert und sich sämtliche Techniken der Handschriftenrestauration sowie wertvolles Wissen über Materialien, insbesondere antiquarische Papiere, angeeignet. Gabriel hatte die junge Frau vor einigen Jahren auf einer Versteigerung frühneuzeitlicher Druckerzeugnisse kennengelernt. Bei einer gemeinsamen Nase Koks in einem Hinterzimmer des Auktionshauses
waren sich die beiden nähergekommen – natürlich nur verbal. Nun betrachteten beide hochkonzentriert das Display von Ann-Kathrins Laptop, auf dem unschwer die Doppelseite eines Kunstbands zu erkennen war.

»Ich habe mich an den symmetrisch aufgebauten Seiten des Originalkunstbands orientiert«, erläuterte Ann-Kathrin ihre Vorgehensweise. Von ihrer kühlen, in mittlerer Tonlage angesiedelten Stimme ging eine starke erotische Ausstrahlung aus. Aber das interessierte Gabriel nicht im Geringsten. Der Kunstberater nickte. Die Doppelseite sah fabelhaft aus. Oben auf der linken Seite zeigten vier kleine, nebeneinandergereihte Fotos die von Felix gefertigten Picasso-Skulpturen, darunter Fließtext, exakt in der Typografie des Originals. Auf der gegenüberliegenden Buchseite hatte die Expertin für Handschriften und Papier zuoberst ein großformatiges Foto der Nachzeichnung der Vierer-Serie platziert und darunter erneut einen erklärenden Text. Letzteren hatte Gabriel selbst formuliert, solcherlei Dinge fielen ihm leicht, sie bereiteten ihm tatsächlich Freude. Schwierig war es lediglich gewesen, eine glaubwürdige Überleitung zwischen dem Originaltext und seiner Fälschung zu finden.

»Und Sie meinen, Ann-Kathrin, dass Sie das mit dem Papier so hinbekommen? Ich meine … das Original ist ganz schön vergilbt …?«

Die Frau mit dem kurzen, orange-schwarz karierten Rock hob den Blick. »Ich werde nichts vergilben.« Gabriel sah sie fragend an. »Ich habe bereits Papier besorgt, auf das wir drucken werden. Ein Freund von mir arbeitet in einer Druckerei, Familienbetrieb, hundert Jahre alt, die haben alte Papierbestände. Da habe ich was Passendes gefunden. Wenn Sie mir das Layout jetzt so freigeben, dann können wir drucken.« Sie sprach ohne Pause weiter. »In diesem Bereich liegt sowieso unser größtes Risiko. Sie müssen sich bewusst sein, Herr de Moño, dass wir selbst mit einem ganz traditionellen Druckverfahren keine hundertprozentige Übereinstimmung hinbekommen werden. Natürlich machen wir das per Bleisatz, also ganz klassisch, und nach allen Regeln der Kunst. Aber die Druckfarbe, die wir verwenden, wird natürlich, auch wenn wir ein wenig tricksen, nicht hundertprozentig mit dem Original in Einklang zu bringen sein.« Sie zögerte für einen Moment und strich sich mit der Hand über die dichte schwarze Nylonstrumpfhose, die ihre Oberschenkel umhüllte. Gabriel fielen zum wiederholten Mal ihre gepflegten Hände auf. Er mochte diese Person. Sie war skrupellos und perfektionistisch wie er. Da er sie außerdem regelmäßig mit Kokain versorgte, konnte er sich hundertprozentig auf ihre Diskretion verlassen. Jetzt unterbrach sie seine Gedanken mit dem Satz: »Ich empfehle Ihnen, diesen Kunstband niemandem für einen längeren Zeitraum zur Verfügung zu stellen.« Gabriel nickte. Von der Tür her hörten beide ein Geräusch und drehten sich um.

»Hugo, Darling. Gut, dass du kommst.« Der Liebhaber des Kunstberaters stand barfuß und in Sportklamotten im Türrahmen. Gabriel trat ihm entgegen, fasste Hugo am Arm und meinte in Ann-Kathrins Richtung: »Ich bin gleich wieder da.« Dann stieg er gemeinsam mit dem Lebensgefährten die Treppe zum geräumigen Wohnzimmer hinunter. »Tu mir einen Gefallen, Hugo, bring Gunther ein bisschen vom dem südfranzösischen Koks vorbei.«

»Ich geh joggen«, erwiderte Hugo barsch.

»Ausgezeichnet! Dann baust du Gunther einfach in deine Joggingrunde ein. Ist doch perfekt.«

»Ich gehe im Englischen Garten joggen, Gabriello.«

Gabriel küsste Hugo auf den Mund, was dieser widerwillig geschehen ließ. Ehe sich ihre Münder voneinander lösten, biss Gabriel seinem Lover neckisch in die Unterlippe. »Komm, Hugo-Darling, sei nicht bockig. Gunther freut sich doch immer so über Überraschungen.« Als Hugos Gesichtsausdruck noch immer abweisend blieb, griff Gabriel seufzend in die Innentasche seines Sakkos, fischte ein Bündel Geldscheine heraus, steckte Hugo einen Fünfziger in die Hosentasche und schickte in gespielt flehendem Ton ein »Bitte« hinterher.

Hugo erwiderte ungerührt: »Hundert. Gib mir hundert.«

Seufzend griff Gabriel noch einmal ins Sakko und zog einen weiteren Fünfziger hervor.

Auf der Straße zündete sich Hugo eine Zigarette an und joggte los. Ein entgegenkommender Mann, der sein Fahrrad mit Kinderanhänger über den Gehsteig schob, sagte: »Joggen und rauchen, sehr sinnvoll.« Hugo stoppte abrupt, drehte sich zu dem Passanten mit dem Fahrrad um, legte ihm seine Pranke auf die Schulter und brachte ihn so zum Stehen. Der Mann, er trug einen unauffälligen grauen Anzug und eine lederne Umhängetasche, blickte Hugo überrascht an. Der Latino nahm einen tiefen Zug, pflückte dann seine Zigarette mit Daumen und Zeigefinger aus dem Mund und blies dem anderen eine Ladung Rauch ins Gesicht. Der Mann hustete und schob Hugo etwas von sich weg. Sofort packte Hugo die Hand und drehte sie um. Das Handgelenk des Mannes knackste, er stöhnte auf und starrte sein Gegenüber mit dem Zündschnurzopf angsterfüllt an. Hugo fixierte den Haltegriff.

»Was hast du gesagt?«

»Nichts«, brachte der Mann im grauen Anzug unter Schmerzen hervor. Hugo versetzte ihm einen schnellen Schlag ins Gesicht. »Was hast du gesagt? Was – hast – du – gesagt, hombre? Ich habe es genau gehört!«

Der Mann starrte ihn immer noch entgeistert an.

»Also, was ist?«

Ehe der Mann eine hilflose Antwort stammeln konnte, bellte Hugo: »Soll ich dir sagen, was du gesagt hast?« Der Gepeinigte schüttelte den Kopf. Hugo nahm noch einen genüsslichen Zug von der Zigarette, bevor er sich mit dem glühenden Ende langsam dem rechten Auge seines Opfers näherte. Der Mann blinzelte angsterfüllt und wand sich unter Hugos Griff. Der lachte dreckig, ehe er die Zigarette auf der exklusiv aussehenden Ledertasche ausdrückte. Es zischte leise, es roch brandig, die Glut hinterließ einen schwarzen Fleck, ein kleines Loch im teuren Leder. »Ich zeige Sie an ... Sie Tier!«, presste der Mann zwischen den Zähnen hervor. Sofort versetzte

Hugo ihm wieder eine Ohrfeige, dieses Mal deutlich fester. Erst jetzt ließ der Mann das Fahrrad los, woraufhin es scheppernd umfiel. Dann lockerte Hugo den Griff, packte sein Opfer mit beiden Händen am Kragen seines weißen Hemds und drückte es gegen einen parkenden Wagen. »Mierda, Arschloch, wenn du mich anzeigst, lege ich dich um.« Der Mann machte ein gurgelndes Geräusch und eine verneinende Kopfbewegung.

»Täten Sie bitte schön relativ zügig den Herrn loslassen?«

Hugo schubste den von ihm traktierten Mann noch einmal gegen das Auto, bevor er den Oberkörper herumriss, bereit, den nächsten Unverschämten zu packen. Doch als er sah, um wen es sich handelte, stoppte er abrupt. Vor ihm stand ein Polizist in grüner Uniform.

»Hola«, grüßte Hugo lässig und schob seine Hände in die Taschen seiner Joggingjacke. Die rechte Hand umfasste ein Smartphone, die linke eine mit weißem Pulver gefüllte Plastiktüte.

»Grüß Gott, Maier mein Name. Ich bin der Verbindungsbeamte hier im Viertel. Gibt es ein Problem?« Er hatte eine gemütliche Stimme. Hugo starrte den Fahrradmann an. Dieser blickte zu Boden und rieb sich das noch schmerzende Handgelenk.

»Der hat mich über den Haufen gefahren mit seinem Rad«, behauptete Hugo und deutete auf den Mann, dem vor Staunen die Kinnlade runterfiel. Hugo fuhr fort: »Ich war einfach Joggen und dann rammt der mich mit dem Fahrrad. Ich sage ihm: ›Amigo, das machst du nicht noch mal.‹ Mehr nicht.«

Der Polizist blickte Hugo misstrauisch an und meinte dann, an den anderen gewandt: »Stimmt das?«

Der Mann mit dem Fahrrad schien abzuwägen, was

passieren würde, wenn er jetzt die Wahrheit sagte. Schließlich stammelte er leise: »Ja, ja, stimmt schon.«

»Wie bitte?«, hakte der Kontaktbeamte nach.

»Das stimmt so, wie es dieser … Herr gesagt hat«, wiederholte der Fahrradfahrer. Hugo grinste, ging zu ihm hin und legte ihm betont kumpelhaft die Hand auf die Schulter. Dann sagte er zu dem Beamten: »Siehst du, wir sind amigos.«

Seit Tagen hatte Maria Ambach sich darauf vorbereitet, sich Worte zurechtgelegt und Mut gesammelt. Ihre Tochter Soleil übernachtete heute bei einer Freundin. Und so eignete sich dieser Abend perfekt, um ihren Mann zur Rede stellen. Das Kind sollte nichts von alldem mitbekommen. Doch als Maria hörte, wie ihr Ehemann die Autotür zuschlug, überkamen sie gleich schon wieder Zweifel. Ja, Christian hatte sie – seit er aus der Untersuchungshaft freigekommen war – mehrmals tätlich angegriffen. Wer sagte, dass es heute anders sein würde? Aber sie hatte vorgesorgt, für den Fall, dass er wieder ausrasten würde: In der linken Tasche ihrer gemütlichen Jogginghose verbarg sich ein Pfefferspray, das sie sich in einem Onlineshop für Selbstverteidigung bestellt hatte. Schon drehte sich der Schlüssel im Schloss. Maria stand im Flur, als die Tür sich öffnete. Der Kunstexperte ließ müde seinen Koffer auf den Boden plumpsen und schlüpfte aus den Halbschuhen. Erst als er nach seinen Hausschuhen suchte, nahm er seine Frau wahr. Sofort bemerkte er, dass heute etwas anders war als sonst. »Was ist?«

»Grüß dich, Christan.«

»Grüß dich. Warum schaust du so? Ist was passiert?«

Unversehens überkam Maria die Angst. Er wirkte

schon wieder so gestresst. Ihre Hand umfasste fest das Pfefferspray. Sie schüttelte vorsichtig den Kopf. »Christian, wir müssen reden.«

»Ja, ja, schon, aber doch nicht jetzt. Ich muss noch schnell an den Computer, ein Gutachten fertig machen, das muss morgen raus. – Was gibt's zu essen?« Er wollte an ihr vorbei in Richtung seines Arbeitszimmers.

»Es gibt heute nichts zu essen, Christian.« Maria hatte sich sehr darauf konzentriert, diesen Satz mit fester Stimme auszusprechen, aber das Ergebnis stellte sie nur halbwegs zufrieden. Sie glaubte, in ihrer eigenen Stimme ein leichtes Zittern zu hören. »Wir reden jetzt!«

Der Kunstexperte hielt inne, wandte den Kopf, ein bohrender Blick traf seine Frau. »Willst du dich von mir trennen, oder was?«

Maria machte eine zögerliche, verneinende Bewegung. Hatte er etwa mitbekommen, dass sie wieder verstärkt mit Felix in Kontakt war? »Komm, lass uns ins Wohnzimmer gehen.«

»Maria, ich habe keine Zeit, ich muss noch ein Gutachten ... ich ... verdammt, in anderen Familien wird dem Ernährer der Rücken freigehalten. Aber hier wird nur ...« Er brach ab und vollendete leiser und voller Groll: »Wenn ihr mich nicht hättet, dann würdet ihr doch verhungern!«

»Christian, jetzt komm!«

»Gut, aber es muss schnell gehen. Schnell, schnell, schnell. Ich hab keine Zeit, verdammte Scheiße.« Er folgte ihr ins Wohnzimmer, wo sie auf dem Sessel Platz nahm und nicht auf der Couch, damit er nicht direkt neben ihr sitzen konnte. »Also, was ist jetzt?« Sein Tonfall war aggressiv.

»Sag mir jetzt bitte die Wahrheit, Christian: Was hast

du getan? Warum war die Polizei wirklich hier? Wieso hast du in Untersuchungshaft gesessen? Warum bist du so gestresst und … reizbar … in letzter Zeit?«

Sie sah ihrem Ehemann direkt in die Augen. Der erwiderte den Blick, sein Mund stand halb offen. Mit einem derartigen Entree hatte er offensichtlich nicht gerechnet. »Was? Spinnst du jetzt komplett?«

»Christian, ich bin deine Frau! Ich muss definitiv wissen, warum du in U-Haft gekommen bist!« Diesen Satz hatte sie sich fest vorgenommen. Ihr war ja klar gewesen, dass er nur widerwillig von seinen Verstrickungen würde erzählen wollen.

»Ich war in U-Haft, weil ich ein Küchenmesser in der Hand hatte. Und die Polizei mir unverschämte Fragen gestellt hat. Schon vergessen? Du hast doch danebengestanden und blöd geglotzt. War's das? Ich muss jetzt wirklich arbeiten.«

Er wollte aufstehen, doch Maria kam ihm zuvor und drückte ihn mit beiden Händen und all ihrer Kraft an den Schultern wieder nach unten.

»Jetzt. Wird. Geredet. Christian!« Es war ein Befehl.

Sofort riss er den Kopf hoch, sah sie böse an und schrie. »Sag mal, geht's noch?« Er erhob sich wütend, sodass sie sich direkt gegenüberstanden, er einen Kopf größer als sie. In diesem Moment war sie sich unsicher, ob sie diesen Mann wirklich jemals geliebt hatte. Bei diesem Gedanken wurden ihr die Knie schwach. Doch dann atmete sie tief ein und richtete sich entschlossen auf. Dieses Mal würde Christian nicht davonkommen. »Ich habe die Schnauze voll von deiner miesen Laune, deinen Lügen und deinen Schlägen. Du sagst mir jetzt sofort, was du gemacht hast. Ich will das jetzt wissen, Christian. Ich bin schließlich deine Frau!«

»Pffff …«, entfuhr es ihm verächtlich, während er versuchte, sich an ihr vorbei in Richtung Tür zu drängeln.

Aber Maria stellte sich ihm in den Weg. »Halt, Christian! Du …«

Weiter kam sie nicht, denn er versetzte ihr einen harten Stoß mit dem rechten Arm. Maria taumelte in Richtung ihres Sessels, aber sie fing sich und rappelte sich sofort wieder auf. Während ihr Mann bereits einige hektische Schritte zur Zimmertür machte, schrie sie mit sich überschlagender Stimme: »Bleib stehen, Christian! Sonst … sonst …« Er ging unbeeindruckt weiter. Da sagte sie leiser: »Christian, ich bin bewaffnet!« Als er dies hörte, drehte er sich um und starrte sie herausfordernd an. Für einen kurzen Moment war es vollkommen still. Außer dem heftigen Atmen zweier Menschen war nichts zu hören.

»Was hast du eben gesagt?« Trotz des fast flüsternden Tonfalls klangen die Worte des Kunstsachverständigen bedrohlich.

Viel leiser und um Sachlichkeit bemüht, antwortete Maria: »Ich bin bewaffnet. Wenn du nicht mit mir redest … also … Ich bin bewaffnet.« Sie umklammerte das Pfefferspray in ihrer Hosentasche. Es verlieh ihr ein Quäntchen Sicherheit.

»Willst du mir jetzt ernsthaft drohen?« Er blickte seine zarte Frau mit zusammengekniffenen Augen an.

»Ich will dir helfen, Christian! Sag mir die Wahrheit! Ich will die Wahrheit von dir wissen! Ich kann so nicht mehr leben. Du bist nicht normal. Du brauchst eine Therapie. Was hast du wirklich gemacht, Christian? Sprich mit mir!«

Der flehende Ton machte Christan nur noch wütender. Er starrte Maria an, näherte sich ihr mit langsamen

Schritten, sie wich zurück. »*Du* drohst mir nicht, ja? *Du* drohst mir nicht!«, schrie er. Maria zitterte vor Angst. Sollte sie abhauen? Aber sie brauchte Klarheit – es war ihr gemeinsames Leben, um das es hier ging. Kurz entschlossen riss sie das Pfefferspray aus der Hosentasche und hielt es ihrem Mann zitternd entgegen. »Bleib stehen! Kein Schritt weiter!« Er blieb stehen, wirkte geradezu amüsiert. »Du antwortest mir jetzt. Was hast du gemacht? Bist du in einen Betrug verwickelt? Hast du den Journalisten umgebracht?«

»Was hast du da in der Hand?«, fragte er.

»Pfefferspray. – Jetzt antworte mir!«

»Pfefferspray?« Die Verachtung in seiner Stimme war nicht zu überhören. Er machte einen Satz auf sie zu, streckte seine Hand aus, um ihr die kleine Spraydose abzunehmen. Sie drückte ab. Das Spray wirkte schnell. Die Flüssigkeit brannte schmerzhaft in Christian Ambachs Augen, er schrie auf. Trotz des Schmerzes packte er Marias Hand, entriss ihr das Spray, warf es in die Ecke, wo es gegen das Bücherregal schepperte, und schlug ihr brutal ins Gesicht. Sofort begann ihre Nase zu bluten. Maria war ihm schutzlos ausgeliefert. Erneut schlug er zu. Sie ging zu Boden und begann zu weinen. Ihr Plan war gescheitert. Sie dachte an Felix. Ihre erste große Liebe. Sicher – sie hatte ihn verlassen und sich seinem Bruder zugewandt. Aber hätte Felix damals nicht auch um sie kämpfen können? Wimmernd robbte sie über den Teppichboden. Mehr Zeit zum Nachdenken blieb nicht, denn schon traf sie Christians Fuß in den Eingeweiden.

Erst als sie – einige Tritte und wüste Beschimpfungen später – zusammengekauert und wimmernd am Boden lag, ließ ihr Ehemann von ihr ab, fummelte sich ein Tempotaschentuch aus der Hosentasche, schnäuzte sich, rieb sich die Augen. Soweit ihm dies mit den tränenden Augen möglich war, warf er einen letzten verächtlichen Blick auf seine Frau und verließ wortlos das Wohnzimmer. Erschöpft auf dem Boden liegend fasste Maria einen Entschluss: Sie würde sich von ihrem Mann trennen und um ihre wahre Liebe kämpfen. Sie musste Felix zurückgewinnen.

Zwölf

Die Hausnummer 15 an der Place Vendôme in Paris zählte zu den feinsten Adressen der französischen Hauptstadt. Hier, im Ritz, verbrachte Lady Diana die letzten Stunden ihres Lebens. Berühmtheiten wie Marcel Proust und Ernest Hemingway stiegen hier regelmäßig ab. Coco Chanel diente – welch luxuriöses Vergnügen – das Grandhotel über beinahe vier Jahrzehnte als Hauptwohnsitz. Und auch Gabriel scheute keine Ausgaben. Er mietete zur Präsentation der Picasso-Gruppe »Menschen am Strand« eine Suite für drei Nächte in dem legendären Hotel, Kostenpunkt: zwölftausend Euro.

Die Protzigkeit der Einrichtung erinnerte an den Stil der Paläste Ludwigs XIV. Schwere goldene Vorhänge, ein ebensolcher Lüster an der Decke, ausladende Himmelbetten, wertvolles altes Mobiliar. Gabriel wollte nichts dem Zufall überlassen. Immerhin galt es, Viviane Metancourt zu beeindrucken.

Ohne zu zögern hatte sie auf seine E-Mail mit den Fotos der Kunstwerke geantwortet und darum gebeten, die Übergabe in Paris abzuwickeln. Zwar wolle sie die Skulpturen vorher noch in Augenschein nehmen, aber das sei eigentlich nur eine Formsache. Deswegen standen Gabriel, Felix und Dana nun in einer der prächtigsten Suiten des Hauses. Der größte Raum der mit zwei Schlafzimmern und Bädern und einem Wohnzimmer ausgestatteten Suite sollte der Präsentation der Kunstwerke dienen. Das eine Schlafzimmer bezog Felix mit Dana, das andere hatte Gabriel für sich und Hugo reserviert. Allerdings war Gabriels pockennarbiger Helfer noch nicht da. Er hatte den Auftrag, die »Menschen am Strand« in einem Transporter in die französische Hauptstadt zu bringen.

Felix, Dana und Gabriel, die mit einem Direktflug von München angereist waren, hatten die Suite am frühen Nachmittag bezogen. Dana schloss die ausladenden Flügeltüren, die ihr Zimmer mit dem Haupt- und Ausstellungsraum verbanden, und ließ sich auf das Bett fallen. »Ist das geil hier, Felix! Wo ist der Champagner?« Der Angesprochene fremdelte in der eleganten Umgebung. Angespannt stand er am Fenster und starrte auf die Place Vendôme. Die um die Siegessäule wimmelnden Autos und Menschen erschienen ihm weit weg und ameisenhaft klein. Dann wanderten seine Gedanken zu seinem Bruder. Was der dazu sagen würde, wenn er ihn, den vermeintlichen Loser, hier sähe? Sofort verdrängte er den Gedanken wieder. Der schwierigste, der gefährlichste Teil der Aufgabe stand noch bevor. Würde sich jemand, der bereit war, zwanzig Millionen für ein paar zusammengenagelte Holzlatten auszugeben, wenn sie denn von einem Meister wie Picasso stammten, so leicht reinlegen lassen? Er hörte, wie Gabriel im Nebenzimmer telefonierte.

Hugo fluchte. Der Transporter war nicht sein Ding. Die Karre war langsam, reagierte schwerfällig und stank nach Urin. War der Vormieter ein Schlepper gewesen, dem vor Angst ein paar Flüchtlinge in den Laderaum gepinkelt hatten? Leider hatte er den Geruch erst wahrgenommen, nachdem er hinter Augsburg die Lüftung angeschaltet hatte. Sonst hätte er dem Idioten von der Vermietung den Wagen sofort wieder hingestellt. So musste es der Duftbaum von der Tankstelle richten, Hugo hatte »Vanille« gewählt. Er gähnte. Um kurz vor acht war er losgefahren. Ulm, Stuttgart und Karlsruhe lagen hinter ihm, gleich würde er im Elsass die Grenze zu Frankreich passieren. Er sah auf die Uhr: Es war zwölf. Eine gute Zeit, um mit gefälschter Kunst das Land zu verlassen. Um zwölf waren die Grenzschützer beim Mittagessen oder zumindest gedanklich damit beschäftigt. Die Autobahn war durchschnittlich stark befahren. Hugo schenkte den anderen Verkehrsteilnehmern keine besondere Aufmerksamkeit. Weil im Radio nur Schrottmusik lief, hatte er sein Smartphone auf den Beifahrersitz gelegt und hörte über Lautsprecher sein Lieblingsalbum von Avicii. Als der Chorus von »The Nights« ertönte, beschlich ihn ein ungutes Gefühl: Fuhr der braunmetallicfarbene Audi nicht bereits seit einer ganzen Weile hinter ihm her? Aus dem Handy schepperte der eingängige Refrain: »He said one day you'll leave this world behind so live a life you will remember …«

Hugo prüfte die Geschwindigkeit: hundertzehn Kilometer pro Stunde, schneller solle er auf keinen Fall fahren, hatte Gabriel ihm eingeschärft. Er sollte sich unauffällig verhalten. Und er hatte sich daran gehalten, bislang. Der Wagen hinter ihm machte keine Anstalten zu überholen. Dabei war links alles frei. Hugo drehte die

Musik leiser, diese Hymne auf die Freiheit passte gerade überhaupt nicht zu seiner Stimmung. Wieso fuhr der Scheiß-Audi nicht vorbei? Der Latino drosselte das Tempo. Der Wagen hinter ihm passte seine Geschwindigkeit an. »Hijo de puta«, murmelte Hugo. Für den Fall, dass er an der Grenze kontrolliert und zu den falschen Picassos befragt würde, sollte er auf keinen Fall den Namen des weltberühmten Künstlers in den Mund nehmen, sondern sagen, dass er die Dinger einem französischen Freund nach Paris fahre, der an einem Sommerkurs für moderne Bildhauerei in München teilgenommen habe. Hugo fand diese Begründung bescheuert, aber etwas Besseres war ihm auch nicht eingefallen. Kunst ging ihm am Arsch vorbei. Der Wagen folgte ihm noch immer. Langsam wurde Hugo nervös. Sorgen bereiteten ihm weniger die gefälschten Kunstwerke als vielmehr die Handfeuerwaffe, die er sicherheitshalber mitgenommen hatte. Soweit er dies über den Rückspiegel erkennen konnte, saßen zwei Personen in dem Fahrzeug hinter ihm. Nur noch wenige Kilometer bis zum Grenzübergang. Hugo setzte den Blinker und nahm die Ausfahrt zur letzten Raststätte vor der Grenze. Er hoffte, auf diese Weise den metallicbraunen Verfolger loszuwerden. Vergebens.

»Guten Tag, wir sind von der Bundespolizei. Routinekontrolle. Führerschein und Fahrzeugpapiere bitte.« Die blonde Frau war höchstens dreiundzwanzig. Der andere Beamte schlich um den Wagen herum. Hugo reichte ihr die Dokumente. Prüfend sah sie ihn an: »Dies ist ein Mietwagen?«

»Sí.« Es fiel ihm schwer, seine Gefühle zu zügeln.

»Dürften wir einen Blick in den Laderaum werfen?«

»Sí, claro.« Hugo öffnete die Tür, umrundete das Fahrzeug und sperrte hinten auf. »Aber nicht erschrecken, sind dreißig Syrer drin.« Er lachte dreckig und machte die Kofferraumklappe auf. Die Skulpturen der Serie »Menschen am Strand« waren in große Pappkartons eingepackt.

»Was ist da drin?«, fragte der Polizist, er war kleiner als seine etwa eins achtzig messende Partnerin.

»Siehst du, dreißig Syrer, haha.«

»Wenn Sie uns nur einen Tag bei unserer Arbeit begleiten würden, würden Sie nicht solche Witze machen.« Der Polizist klang nicht böse, sondern eher traurig. Hugo fand ihn lächerlich, auch wegen seiner geringen Körpergröße. Die Blonde dagegen beeindruckte ihn.

»Also, was ist da drin?« Ohne auf eine Antwort zu warten, stieg die Polizistin auf die Ladefläche. Hugo kratzte sich unauffällig am Rücken, um sicherzugehen, dass sein Revolver noch an Ort und Stelle war. Nur für alle Fälle.

»Ich hab einen Freund in Paris. Der hat einen Kunstkurs belegt. So als Hobby. Das da sind die Dinge, die er gemacht hat. Soll Kunst sein.«

Die Frau wirkte schlagartig interessierter als gerade eben noch. »Könnten Sie bitte einen der Kartons öffnen – den hier zum Beispiel?«

»Sicher?« Hugo warf einen Blick auf seine Armbanduhr. Die Frau nickte. Hugo stieg auch in den Wagen und begann, an einer der Kisten herumzufummeln. Er fluchte. »Ist wirklich nur Hobby.«

»Darf ich?« Die Polizistin hielt ein Taschenmesser in der Hand. Hugo zuckte mit den Schultern. Sie durchtrennte das Klebeband und schaute hinein. Hugo hielt sich auf Abstand. Die Frau hob den Kopf: »Haben Sie irgendwelche Papiere, die bestätigen, dass das von einem Hobbykünstler stammt? Also, ich interessiere mich ein bisschen für Kunst – und das sieht irgendwie nach Picasso aus.«

Hugo brach der Schweiß aus. Konnte das wahr sein? Warum musste er ausgerechnet so einer Kunsttante in die Hände laufen? Er bemühte sich um eine ruhige Stimme. »Realmente? Das wird Thomas freuen, wenn ich es ihm erzähle. Für mich sieht es aus wie Sperrmüll.«

Der andere Polizist war nun auch auf die Ladefläche gestiegen. Neugierig blickte er in den Karton, meinte dann aber abfällig: »Also, ich finde das ziemlich stümperhaft.«

Die Polizistin sah Hugo emotionslos an: »Warum fahren Sie das dann durch halb Europa, wenn Sie es für Sperrmüll halten?«

»Weil Thomas mein amigo ist. Der will das unbedingt, der freut sich.«

Die Polizisten tauschten Blicke, nickten sich zu, dann sagte die Blonde: »Bitte warten Sie einen Moment.« Die beiden Beamten verließen den Laderaum, entfernten sich ein paar Meter und steckten die Köpfe zusammen. Dabei achteten sie penibel darauf, dass sie Hugo und den Laderaum im Auge behalten konnten. Gabriels Liebhaber zündete sich betont gelangweilt eine Zigarette an und paffte. Er war nervös. Was sollte die Scheiße? Warum konnte Gabriel seinen Schrott nicht selbst nach Paris fahren? Würde er gleich gezwungen sein, zwei Bullen umzulegen?

Nach einer Minute kehrten die Polizisten zurück. »Kommen Sie bitte zu unserem Fahrzeug und legen Sie den Inhalt Ihrer Taschen auf die Motorhaube.« Hugo leistete der Aufforderung widerspruchslos Folge. Solange sie ihn nicht abtasten wollten, war alles in Ordnung. Er legte ein Tempotaschentuch, einen Zettel, einen Briefumschlag und zwei Kondome auf das Blech. »Was ist da drin?« Die Polizistin deutete auf das Kuvert.

»Geld.« Hugo wand sich. Gabriel hatte ihm den Umschlag mitgegeben, weil er selbst wegen der häufigen Kontrollen am Flughafen nicht so viel auf einmal hatte mitnehmen wollen. Die Polizistin nahm den Umschlag. »Darf ich?« Als Hugo widerwillig nickte, öffnete sie das Kuvert, nahm das Geld heraus und zählte es durch. Sie hob den Blick. »Neuntausend Euro. Zu welchem Zweck haben Sie so viel Geld dabei?«

»Paris ist teuer.« Hugo verfluchte Gabriel. Der Kunstberater selbst hatte nur dreitausend Euro mitgenommen, und die anderen beiden jeweils auch. Es konnte ja wohl nicht sein, dass er hier jetzt wegen des Geldes Probleme mit der Polizei bekam! »Hotel, essen gehen … Ist doch nicht verboten, oder?«

Die Polizistin sah ihn ungläubig an. »Was machen Sie beruflich?«

»Ich bin im … ähm … das Geld ist von Thomas. Der ist Wirtschaftsprüfer.«

»Und was machen Sie beruflich?«

»Señorita, ist es verboten, mit Geld herumzufahren? Das ist von Thomas. Zehntausend Euro sind erlaubt. Wollen Sie mich diskriminieren, weil ich Spanier bin?«

»Jetzt komm, Antje«, schaltete sich der kleingewachsene Polizist in das Gespräch ein. »Der Mann hat doch recht, er hat weniger als zehntausend dabei, das entspricht doch völlig den Vorschriften. Und im Laderaum ist auch nur Sperrmüll. Lass uns was essen gehen!«

Die Beamtin sah erst stirnrunzelnd zu ihrem Kollegen, warf dann einen nachdenklichen Blick in den Laderaum und drückte schließlich Hugo die Scheine in die Hand. »Alles klar, Sie können die Sachen wieder einpacken. Gute Fahrt.«

Wieder am Steuer, aktivierte Hugo in seiner iTunes-Bibliothek erneut den Hit von Avicii. Mit dröhnenden Beats und den Refrain laut mitsingend, passierte er wenig später die Grenze. Jetzt passte der Song zu seiner Stimmung: »*… so live a life you will remember …*«

In Frankreich fischte er eine unscheinbare Zündholzschachtel aus dem Handschuhfach, entnahm ihr einige Krümel Haschisch, fummelte zwei Zigarettenpapers aus dem Tabakbeutel und rollte sich einhändig auf dem Oberschenkel einen Speedy-Joint. Nachdem er einige Züge genommen hatte, platzte er lachend heraus. »Caramba, Sperrmüll, haha! Tales idiotas!«

Sechs Stunden später kam Hugo mit dem mittlerweile penetrant nach künstlicher Vanille stinkenden Transporter vor dem Ritz an der Place Vendôme an. Trotz des hier eher untypischen Fahrzeugmodells eilte sofort ein Page auf ihn zu und bot an, den Wagen zu parken. Hugo verständigte sich in miserablem Englisch: »Wait. First I have to load out some cases from the car.«

Der Hotelbedienstete nahm Blickkontakt mit zweien seiner Kollegen auf, die unverzüglich mit einem Rollwagen herbeieilten und den Kofferraum ausluden. Hugo beobachtete den Vorgang mit amüsiertem Gesichtsausdruck, wobei er insgeheim durchaus von seiner eigenen Wichtigkeit beeindruckt war. Er zündete sich eine Zigarette an und pustete den Rauch in den sternenklaren Pariser Nachthimmel. Dann bewunderte er das prunkvolle Gebäude mit den Löwenkopf-Applikationen und den schmiedeeisernen Balkongeländern.

Weitere fünfzehn Minuten später hatte Hugo eingecheckt, und die Kisten waren dank der Hilfe des Hotelpersonals unbeschadet in der Suite angekommen. Felix nahm die wertvolle Fracht entgegen und Gabriel entlohnte die Pagen mit einem üppigen Trinkgeld. Kaum hatten sie den Raum verlassen, befreite Felix mithilfe weißer Baumwollhandschuhe die Skulpturen aus der Verpackung und betrachtete sie stolz in ihrer neuen prunkvollen Umgebung.

»Da drüben werden sie die beste Wirkung entfalten«, sagte Gabriel und deutete auf eine freie Fläche zwischen einem antiken Schreibtisch und einem kostbar aussehenden Diwan. Felix kniff die Augen zusammen, um sich das Zusammenspiel seiner Picassos mit dem teuren Mobiliar vorzustellen, und nickte dann zustimmend.

»Kann ich helfen?«, fragte Dana. Sie stand, nur mit einem Hemd und einem Slip bekleidet, im Türrahmen und nippte an einem Champagnerglas.

»Lass das mal unseren Meister machen«, antwortete Gabriel lächelnd. Obwohl Dana ihre Frage eigentlich nur an Felix gerichtet hatte, akzeptierte sie die Ansage des Kunstsammlers. Zehn Minuten später standen die vier Skulpturen an Ort und Stelle, und allen Betrachtern erschien es, als ob sie genau für diesen Raum erschaffen worden wären. Nachdem sich die vier für den Abend umgezogen hatten, kam es kurz zu Unstimmigkeiten wegen der Pläne für die Nacht. Hugo wollte unbedingt groß feiern gehen, doch Gabriel meinte: »Morgen wartet ein wichtiger Termin auf uns, da müssen wir fit sein. Aber ich kenne da eine ausgezeichnete Brasserie, ganz in der Nähe. Das Essen ist vorzüglich, und ein alter Freund von mir arbeitet dort als Sommelier.«

Eine Taxifahrt später saßen die vier in ausgelassener Stimmung an einem runden Tisch im Faust. Ihr Tisch befand sich in einem abgetrennten Bereich des Gewölbekellers und wurde von den Kellnern ehrfurchtsvoll »table du chef« genannt. Es war ein besonderer Ort. Felix wunderte sich, wie Gabriel das so kurzfristig organisiert hatte. Er mochte seinen Partner nicht, ja, er misstraute ihm sogar, aber es ließ sich nicht von der Hand weisen, dass Gabriel seine Qualitäten hatte. Der Kunstberater bestellte für alle das »menu du chef». Als Vorspeise wurde Foie gras mit selbst gebackenem Baguette und ein Salat aus violetten Kartoffeln, Kaviar und einer Senfschaumvinaigrette serviert. Zum Hauptgang folgte eine Dorade mit Karottenpüree und grünem Mini-Spargel in Sesambutter, und auch die Desserts erwiesen sich als köstlich. Dana löffelte selig ihr Schokoladen-Orangen-Soufflé. Mit vollem Mund schwärmte sie: »Wahnsinn, Gabriel. Ein großartiger Laden. Das Dessert ist genial.« Felix blickte sie skeptisch an. War es der Wein, oder warum benahm sich seine Freundin plötzlich so freundlich gegenüber einem Mann, der sie vor gar nicht langer Zeit gefesselt und geknebelt in seinem Schrank eingesperrt hatte?

»Auf Madame Metancourt, auf Picasso, auf morgen elf Uhr. High Nooooon!«, grölte Dana in die Runde, Felix glaubte die Andeutung eines Lallens zu hören. Alle stimmten ein und prosteten sich mit ihren Weingläsern zu, Felix blieb bei Wasser. Seine Freundin hatte definitiv zu viel getrunken.

»Jetzt komm, trink doch *einmal* mit uns Champagner«, nörgelte Dana und bedrängte ihn mit ihrem Glas. Von ihrem Ungestüm genervt, wehrte er das Glas mit der flachen Hand ab.

»Dana, ich trinke nicht. Und du solltest das jetzt vielleicht auch mal langsam lassen.« Gabriel nahm das Geplänkel der beiden belustigt zur Kenntnis. Felix hasste es, sich für seinen Alkoholverzicht rechtfertigen zu müssen. Er mochte einfach keinen Alkohol, weil sein Vater daran zugrunde gegangen war. Aber er hatte es satt, dies jedes Mal ausführlich zu erklären.

Schließlich bestellte Gabriel die Rechnung und sie nahmen sich ein Taxi zurück zum Hotel. Auf der Rückbank kuschelte Dana sich an Felix' Schulter. Nach der zweiten Ampelkreuzung, die sie passierten, war sie eingeschlafen.

Dreizehn

Der Raum musste ein Krankenhauszimmer sein. Jedenfalls lag auf dem Bett ein Körper, zugedeckt und mit einem Kissen auf dem Gesicht. Die Maschinen, an denen der Leblose hing, piepten monoton vor sich hin und signalisierten einen rhythmischen Herzschlag. Felix näherte sich vorsichtig. Er war irritiert – hatte er Seefellner nicht eigenhändig getötet? Als er direkt neben dem Bett stand, griff er nach dem Kissen und hob es an. Aber sofort wich er panisch zurück: Unter dem Kissen lag nicht Georg Seefellner, sondern Stefan Blank. Das Gesicht des Journalisten war von Maden zerfressen, der halbe Kiefer schimmerte durch herabhängende Hautfetzen hindurch. Dennoch blickte ihn der Leichnam mit lebendigen Augen an und sagte: »Wach auf, bevor es zu spät ist.«

Felix schrie vor Schreck auf. Schweißgebadet erwachte

er und sah sich um. Sein Puls raste. Er lag in einem Hotelbett, von draußen drang leise Pariser Straßenlärm an sein Ohr. Neben ihm schlief Dana, das Zimmer wurde nur vom Display des digitalen Weckers sanft beleuchtet. Er hatte geträumt. Aber irgendetwas stimmte trotzdem nicht. Er blickte sich um, versuchte zu erkennen, was ihn beunruhigte. Endlich bemerkte er es: Noch immer hörte er die Geräusche der Maschinen aus dem Krankenzimmer. Das konnte doch nicht wahr sein!

Felix schaute sich suchend in dem Zimmer um. Vor dem Fenster waren die Umrisse eines Betts zu erkennen. Langsam stand er auf und tastete sich vorwärts. Je näher er kam, umso deutlicher wurden die Umrisse. Auch hier in seinem Zimmer stand das Krankenbett von Georg Seefellner. Obwohl ihm dies aufs Heftigste widerstrebte, ging Felix bis direkt an das Bett und blickte hinein. Auch in diesem Bett lag ein atmender Körper, aber auch hier konnte er die Person nicht erkennen, weil sie ein Kissen auf dem Gesicht hatte. Wie vorhin griff seine Hand nach dem Kissen und hob es an. Felix atmete auf. Diesmal war das Gesicht unversehrt. Es war sein Bruder, der da friedlich vor ihm lag. Doch dann, plötzlich, hüstelte der Bruder. Schnell wurde das Husten lauter und ging in ein Würgen über. Blut quoll aus seinem Mund. Vorwurfsvoll starrte Christian den jüngeren Bruder an, griff sich mit Daumen und Zeigefinger in den Mund und fischte sich eine kleine spitze Holzskulptur aus dem Mund. Felix erkannte die Skulptur sofort. Es war der heilige Blasius, der Schutzpatron für Halsleiden. Felix staunte. Denn zweifellos handelte es sich bei der Figur um eine Miniatur seiner Arbeit. Die Blasius-Skulptur war eine der vierzehn Nothelfer-Fälschungen, mit denen er seinen Bruder hatte vernichten wollen. Plötzlich schüttelte eine gewaltige Kraft den Brustkorb des im Krankenbett liegenden Bruders. Nach Momenten der Stille stieß er einen übermenschlichen, qualvollen Schrei aus. Und in der Folge kotzte Christian Ambach weitere Holzfiguren hervor. Der Schwall nahm kein Ende. Zwischen Blut und zähem Schleim ergossen sich immer mehr kleine Holzfiguren auf den Boden, direkt vor Felix' Füße. Schließlich würgte und röchelte der Bruder nur noch erbärmlich. Der Magen war leer. Felix starrte verängstigt auf die kleinen Miniaturen auf dem Boden. Nachzählen war unnötig. Er wusste, dass es alle vierzehn Nothelfer waren, seine Fälschungen. Dann, plötzlich, packte die Hand seines Bruders ihn fest am Arm – und Felix wachte auf. Nun war der schreckliche Traum endgültig vorüber.

Erneut sah er sich im Zimmer um, stand auf, ging zum Fenster und schob den Vorhang zur Seite. Draußen schossen vereinzelt Taxis durch die Straßen. Alles wirkte normal. Felix wollte jetzt nicht mehr einschlafen – wer weiß, welche Gestalten in einem weiteren Traum auf ihn warten würden! Er warf einen Blick auf die Uhr: Es war fünf Uhr durch. Er ging zur Minibar und entnahm ihr eine Flasche Wasser. Dann schlurfte er hinüber in das Wohnzimmer mit den Skulpturen und wartete auf den Sonnenaufgang. Die ersten Strahlen, die sich über die Dächer mogelten, tauchten Paris in rötliches Licht. Es war ein majestätischer Anblick – aber mit was hatte Felix für diesen Moment bezahlt? Ja, er bereute es bitter, sich seinerzeit in der Auktionshalle mit Gabriel eingelassen zu haben. Den Bruder zu ruinieren, das war sein Ziel gewesen, aber wohin hatte ihn dieser Wunsch gebracht? Zwei Menschen waren bereits tot. Felix hatte ihr Leben auf dem Gewissen. Im beruhigenden Licht des anbrechenden Tags und in sitzender Haltung schlief Felix schließlich auf dem Diwan ein.

»Aufwachen, chéri!«

Felix blinzelte. Dana hielt ihm ein Glas mit Orangensaft entgegen. »Du solltest dich langsam fertig machen, es ist schon fast zehn.«

Er erschrak, hatte er tatsächlich so lange geschlafen? In einer Stunde würde die Kaufinteressentin auftauchen, und sie hatten noch überhaupt nicht abgesprochen, wer dabei welche Rolle spielen sollte.

»Wo ist Gabriel?«

Dana verdrehte die Augen. »Der ist noch unten im Fitnessraum, zusammen mit Hugo. Um seinen Kreislauf in Schwung zu bringen, hat er gesagt.«

»Ja und, wie machen wir das jetzt … ich meine … wir beide, wir hauen in der Zeit am besten ab und schauen uns die Stadt an, oder?«

»Nein, du Dummerchen«, gluckste Dana gut gelaunt und tippte ihm mit dem Zeigfinger auf die Nasenspitze. »Ich darf netterweise übersetzen und Gabriels Assistentin spielen. Hugo macht die Security, und du kannst dir tatsächlich freinehmen, meinte Gabriel.«

»Was? Wann habt ihr das denn besprochen?«

»Vorhin beim Frühstück. Du hast ja geschlafen …«

Felix fühlte sich unwohl: War es ein schlechtes Zeichen, wenn die anderen derart wichtige Entscheidungen ohne ihn trafen? Weil ihn diese Gedanken überforderten, beschloss er aber, einfach erleichtert zu sein, dass er nicht der Käuferin persönlich entgegentreten musste. Deshalb sagte er: »Ist ja auch egal«, fuhr Dana durch ihr langes braunes Haar und ging in die Dusche.

Als er sich schließlich im Spiegel begutachtete, musste er schmunzeln. Unbewusst hatte er sich eine Jeans und ein blau-weiß gestreiftes T-Shirt angezogen. Dana stand hinter ihm in einem reizenden Kostüm und sagte: »Na, du bist mir ja so ein Faschings-Picasso!«

Anstatt darauf einzugehen, machte er ihr ein Kompliment: »Steht dir gut, dieser Business-Look.« Danas elegantes dunkelblaues Kostüm strahlte Seriosität aus und hob trotzdem die weiblichen Stellen ihres Körpers hervor. Felix war sich nicht sicher, was er an diesem Business-Outfit so anziehend fand: War es das Ungewohnte? Er schüttelte sanft den Kopf. Es war schlicht so, dass seine Freundin anziehen konnte, was sie wollte, sie erzeugte damit immer Wirkung.

Er schaute auf die Standuhr im Wohnzimmer. Es war Viertel vor elf. Hastig krallte er sich Zigaretten und Feuerzeug. Dann verabschiedete er sich von Dana und sagte: »Du machst das schon. Und pass auf, dass Gabriel und sein Security-Chef uns nicht über den Tisch ziehen.«

»Hm, klar«, nickte Dana, sie kaute jetzt nervös an ihrem Daumennagel.

»Ich zähl auf dich«, sagte er und ballte seine rechte Hand aufmunternd zur Faust. Dann gab er Dana einen zu kurzen Abschiedskuss und ließ sie alleine in ihrem Schlafzimmer zurück.

Als er den Hauptraum der Suite betrat, war Gabriel gerade damit beschäftigt, auf dem Sideboard neben einigen Getränken eine Kristallschale mit Eiswürfeln zu platzieren.

»Ich geh dann mal«, verabschiedete sich Felix knapp.

»Keine Sorge, wir wuppen das!«

»Hauptsache, du bringst die Kohle heim, Gabriel. Ich habe meinen Job gemacht, jetzt bist du dran.«

»No worries, Jüngelchen, ich mach das schließlich nicht zum ersten Mal. Und jetzt husch, husch, Madame Metancourt kann jeden Moment kommen!«

Kopfschüttelnd verließ Felix die Suite und nahm die Treppen nach unten. Auf dem weichen und hochwertig gewebten Teppichboden traute er sich gar nicht, wie er es sonst oft tat, mehrere Stufen zu überspringen. Alles in dem Hotel strahlte eine Eleganz aus, die ihm fast zu aufdringlich war. Als er die Lobby erreichte, schlug es elf. Felix hatte noch keinen Plan, wie er die Zeit totschlagen sollte, und so wandte er sich an eine der Damen an der Rezeption und fragte, was es in der Stadt so von Picasso zu sehen gäbe. Die junge Frau mit asiatischen Gesichtszügen verdrehte schmunzelnd die Augen und erklärte ihm in einem Englisch mit charmantem französischem Akzent seine zahlreichen Optionen. Sie empfahl ihm besonders einen Besuch in dem gerade wiedereröffneten Picasso Museum im dritten Arrondissement. Felix bedankte sich und ließ sich ein Taxi rufen. Um die Wartezeit zu überbrücken, trat er vor das Hotel und steckte sich eine Zigarette in den Mund. Er wollte sie gerade anzünden, da hielt er inne: Eine lange schwarze Limousine mit abgedunkelten Scheiben fuhr vor. Auch wenn er nicht sicher sein konnte, wer in dem Fahrzeug saß, so wusste Felix es doch instinktiv. Sein Herzschlag beschleunigte sich. Wie würde die Person aussehen, die bereit war, mehrere Millionen für seine Fälschungen zu bezahlen?

Der Wagen stoppte, eine der hinteren Türen wurde geöffnet und eine unscheinbare kleine Frau, Mitte vierzig, in einem quietschbunt gemusterten Kleid und eleganten schwarzen Pumps kletterte aus der Luxuskarosse. Sie telefonierte. Am Handgelenk des anderen Arms baumelte ein edles Handtäschchen. Während Felix jede ihrer Bewegungen beobachtete, überkam ihn ein Gefühl der Überlegenheit.

»Monsieur, Ihr Taxi wäre jetzt da«, riss ihn der vor dem Hotel stehende Page aus seinen Gedanken. Die Augen des Künstlers folgten Madame Metancourt, die sich noch ihr Kleid zurechtzupfte, bevor sie durch die Drehtür in Richtung Lobby verschwand. Hastig antwortete Felix: »Der Fahrer soll kurz warten«, dann schmiss er die nicht einmal halb gerauchte Zigarette auf den Boden, betrat hinter der Milliardenerbin die Drehtür und folgte ihr durch die Lobby, ohne zu wissen warum. War er die Motte und sie das Licht? Kurz fühlte er sich wie ein Privatdetektiv, doch dann winkte ihm die freundliche Rezeptionistin zu und machte seine Tarnung zunichte. »Monsieur? Ist alles in Ordnung? Ihr Taxi zum Musée Picasso steht bereits draußen. – Oder haben Sie es sich anders überlegt?« Sofort drehte sich Madame Metancourt zu ihm um und musterte ihn. Felix versuchte noch, der Asiatin an der Rezeption ein Zeichen zu geben, aber es war zu spät. Er stand nun direkt vor der kleinen Kunstsammlerin und verfluchte seinen Leichtsinn. Die zierliche Person sprach ihn direkt an: »Picasso? Lieben Sie ihn auch so wie ich?« Ihre Mundwinkel formten ein gewinnendes Lächeln. »Sie sind nicht von hier?« Felix nickte verlegen. »Dann dürfen Sie sich das Musée Picasso auf gar keinen Fall entgehen lassen. Fünf Jahre lang dachten wir ja, es wird nie fertig – aber nun … es ist phantastisch geworden.«

Dann lachte sie, wünschte Felix einen schönen Tag und ging zu den Aufzügen. Felix sah ihr verstört hinterher, ehe er sich besann, die Lobby verließ und in das Taxi stieg.

Als Madame Metancourt den zum Showroom umfunktionierten Hauptraum der Suite betrat, konzentrierte sie sich nach einer knappen Begrüßung sofort auf die vier Skulpturen. Dana reichte ihr eine Orangina, und die Dame nahm auf einem der bereitgestellten Sessel Platz. Felix' Freundin war irritiert: Es war unmöglich zu erkennen, ob die Französin begeistert war oder nicht. An der Wand direkt neben der Tür stand Hugo wie ein bezahlter Sicherheitsmann, der irgendwie nicht dazugehörte. Gabriel ließ sich von der angespannten Stimmung nicht aus der Ruhe bringen: »Wie ich Ihnen bereits sagte, liegt ein offizielles Zertifikat leider und aus den genannten Gründen nicht vor.« Er zögerte. »Nun müssen Sie sehen, ob Sie dennoch in diese faszinierende Gruppe investieren wollen …« Er machte einige Schritte in Richtung der Skulpturen. »Ich denke, die einzigartige Qualität der Arbeiten spricht für sich. Das muss ich Ihnen als Kennerin sicher nicht sagen.«

»Richtig«, entgegnete sie trocken. »Warum tun Sie es dann?« Die Metancourt schien Gabriel nicht besonders zu mögen.

Dana – sie hatte sich neben dem Tisch mit den Getränken positioniert – wurde immer mulmiger zumute. Doch Gabriel zeigte sich angesichts der von Madame Metancourt mit unsympathischer Härte gesprochenen Worte nicht weiter beeindruckt. Was bezweckte die Milliardärin mit ihrer rüden Art? Hatte sie doch kein Interesse? Oder wollte sie den Preis drücken?

Plötzlich wandte sie sich Dana mit einem Lächeln zu. Diese traf die folgende Frage völlig unvorbereitet. »Zwanzig Millionen Euro, haben Sie gesagt?«

»Oui, madame.« Dana schluckte. Dann rappelte Sie sich innerlich auf und sagte nicht ohne Selbstbewusstsein: »Und wenn Sie mir diese Anmerkung erlauben: Das ist ein äußerst fairer Preis für diese vier Skulpturen.«

»Haben Sie denn den Kunstband im Original dabei?«

»Oui, madame. Bien sûr«, antwortete Dana und reichte der Frau das Buch mit der gefälschten Doppelseite sowie zwei weiße Baumwollhandschuhe. Gabriel nickte Dana anerkennend zu und gab ihr ein Zeichen, dass sie ab jetzt übernehmen solle.

»Seite achtundsiebzig, neunundsiebzig«, erklärte Felix' Freundin und trat neben die Interessentin. Als die Französin die entsprechende Doppelseite aufgeschlagen hatte, blickte sie lange auf die Abbildungen, um schließlich den englischsprachigen Text zu studieren.

»Soll ich für Sie übersetzen?«, bot Dana ihre Hilfe an, aber die Frau würgte sie mit einem »Schhh« und der dazu passenden Geste ab. Dana fühlte sich unwohl, die rüde Art der Metancourt degradierte sie zum Kleinkind. Die Frau schien es offenbar gewohnt zu sein, den Ton anzugeben. Sie schritt nun mit dem Buch zu einer der Leselampen im Raum, knipste sie an und hielt die Seiten direkt unter das Kunstlicht. Hugo gelang es nicht, ein nervöses Räuspern zu unterdrücken. Seine Hand wanderte zu der Waffe, die am Rücken in seinem Gürtel steckte. Falls es Probleme gäbe, würde er nicht zögern zu handeln. Konnte es sein, dass diese Zwergin gar keine reiche Schlampe, sondern eine getarnte Polizistin war? Er nickte Gabriel zu, um ihm zu zeigen, dass er bereit war, die Alte notfalls umzulegen. Doch sein Liebhaber reagierte nicht. Die kleine Französin kniff prüfend ihre Augen zusammen und veränderte immer wieder den Winkel des Papiers zum Licht. Schließlich klappte sie den Band vorsichtig zusammen, zog die Handschuhe aus und gab beides mit einem höflich-kühlen Lächeln an Dana zurück. Dann setzte sie sich Gabriel gegenüber, trank ihre Orangina leer und sagte: »Lieber Herr de Moño, bitte verzeihen Sie mir, aber ich bin mir einfach unsicher. Ich denke ... ich hoffe, Sie verstehen das bei der Geldsumme, die hier im Raum steht ...«

Die Dame warf Dana einen entschuldigenden Blick zu. Gabriel hob irritiert die Augenbrauen – was sollte das denn werden? Weiterhin zu Dana gewandt, erklärte Madame Metancourt: »Nicht dass Sie mich falsch verstehen: Die Skulpturen sind über jeden Zweifel erhaben. Und natürlich ist auch der Kunstband ein wichtiger Hinweis auf die Echtheit.« Auf Danas Gesicht bildete sich ein unsicheres Lächeln. »Trotzdem kann ich mich bei einer so großen Geldsumme nicht auf mein Bauchgefühl allein verlassen. Ich würde gerne einige Tage Bedenkzeit erbitten. Ich bräuchte noch etwas Zeit, um eigene Recherchen durchführen zu lassen. Wäre es in Ihrem Sinne, wenn ich Ihnen binnen fünf Tagen Bescheid gäbe?«

Felix war geschockt. Vom Museum zurückgekehrt, eröffnete ihm Gabriel, dass die Skulpturen nicht verkauft worden waren. Und als er hörte, dass der Kunstberater der potenziellen Kundin sogar den gefälschten Kunstband mitgegeben hatte, rastete Felix endgültig aus: »Bist du wahnsinnig?«, schrie er Gabriel an.

»Felix, ganz ruhig, alles läuft nach Plan ...«

»Du kannst der doch unmöglich das Buch mit der gefälschten Doppelseite mitgeben!« Hugos Blick schnellte während des Gesprächs zwischen Felix und Gabriel hin und her, als würde er ein Tennismatch verfolgen.

»Jüngelchen, warum denn nicht?«, sagte Gabriel nun in gönnerhaftem Ton. »Der Kunstband hat sie überzeugt, das war deutlich zu erkennen, oder was meinst du, Dana?« Felix' Freundin zuckte mit den Schultern, sie war sich da nicht so sicher. »Sie hat ihn doch auch ausgiebig geprüft und für echt befunden.« Gabriel fummelte seinen Verdampfer aus der Innentasche seines Sakkos und nahm einen Zug. »Dass ich ihr den mitgebe, ist doch nur ein Verkäufertrick. Man muss den Leuten etwas schenken, Felix. Dann fühlen sie sich verpflichtet, dir etwas zurückzugeben. Das ist Psychologie, verstehst du?«

Felix sah seinen Partner kritisch an. War Gabriel sich seiner Sache wirklich so sicher, wie er vorgab? Der Kunstberater demonstrierte Selbstbewusstsein – tatsächlich war er jedoch ebenso verunsichert wie sein Fälscher: Ob es nicht doch ein Fehler gewesen war, den Kunstband aus der Hand zu geben? »Ganz perfekt wird die Druckfarbe nie aussehen«, hatte Ann-Kathrin zu ihm gesagt. Aber würde Madame Metancourt wirklich das Buch auf Herz und Nieren prüfen lassen?

»Und was, wenn die Frau eine Polizistin ist und uns alle auffliegen lässt?«, ereiferte sich Felix. »Dann hat die jetzt schon mal das erste Beweisstück in der Hand, das du ihr auch noch selber ausgehändigt hast!« Die anderen schwiegen betreten.

»Das ist definitiv keine Polizistin«, mischte sich jetzt Dana in das Gespräch ein. »Und was macht dich da so sicher?«

»Also bitte, Felix! Eine Polizistin trägt ja wohl kein Haute-Couture-Kleid von Versace in Spezialausführung. Das kann sich auch die Pariser Polizei nicht leisten. Nein, die Frau ist echt, da bin ich mir sicher.«

»Tranquilo, Felix«, schaltete sich jetzt auch Hugo in die Konversation ein. »Gabriel hat einen Plan, der macht das schon.«

Felix wandte Hugo den Kopf zu. Es konnte ja wohl nicht sein, dass Gabriels dressierter Halbaffe jetzt ernsthaft mitreden wollte!

Ihm platzte der Kragen: »Ach ja, Hugo? Einen Plan hat er? Dann erzähl mir mal von dem Superplan. Gehört da auch dazu, unseren einzigen Beleg für die Echtheit in fremde Hände zu geben?« Hugo bedachte ihn mit einem aggressiven Blick, schwieg aber. »Und gehört da vielleicht auch dazu, der Tussi einfach fünf Tage Zeit zum Nachdenken zu geben, obwohl wir diese Suite nur noch bis übermorgen gebucht haben? Gehört das auch zu eurem Spitzenplan?«

Hugo warf Gabriel einen fragenden Blick zu. »Zwei Tage? Stimmt das?«

»Ja, das stimmt«, räumte Gabriel kleinlaut ein. »In zwei Tagen müssen wir hier raus.« Betretenes Schweigen. »Ab dann ist das ganze Hotel exklusiv vermietet – an Madonna. Die schmeißt hier ihre Geburtstagsparty …«

»Madonna fand ich schon immer scheiße«, schnaubte Hugo verächtlich und verzog das Gesicht.

Gabriel war gestresst: »Jetzt reißt euch mal bitte alle zusammen! Wir haben die Suite noch zwei Tage. Und bis dahin wird sich unsere Kundin ja wohl hoffentlich bei uns gemeldet haben!«

»Und wenn nicht?«, fragte Dana besorgt.

Wütend trat Felix mit dem Fuß gegen die Seitenwand des Sofas. »Mann, warum hat ihr keiner gesagt, dass wir die Bude nur für drei Tage gemietet haben?«

»Ich habe nicht schnell genug geschaltet.« Gabriel schien sich in der Defensive zu fühlen. Nun wandte er sich direkt an Felix: »Du wirst es vielleicht nicht glauben, aber ja, selbst ich war nervös. Verdammt, es geht hier um zwanzig Millionen! Das ist auch für mich der größte Deal meines Lebens.« Der Kunstberater stand reglos da und versuchte, Blickkontakt mit Felix herzustellen, doch der hielt den Kopf gesenkt und zischte lediglich: »Scheiße!« Dann stellte sich ein betretenes, beklemmendes Schweigen ein. Und das große Warten begann.

Vierzehn

Bis drei Uhr morgens starrte Maria wie gelähmt auf den Fernseher. Die einzige Bewegung, zu der sie sich befähigt fühlte, war das Drücken der Fernbedienung. Aber alles, was um diese Uhrzeit lief, war viel zu aufwühlend für den Zustand, in dem sie – seit der handgreiflichen Auseinandersetzung mit ihrem Christian – vor sich hin dämmerte. Wie ferngesteuert zappte sie sich durch die Kanäle auf der Suche nach etwas Beruhigendem. Geradezu erleichtert war sie, als um kurz nach drei eine Sendung für Kiffer und Menschen mit Schlafproblemen begann, die nichts als den Blick aus einem fahrenden Zug zeigte. Doch auch die liebliche Schwarzwaldlandschaft, durch die das Gefährt rauschte, vermochte ihrer depressiven Grundstimmung keine Abhilfe zu verschaffen. Als nach »Deutschlands schönsten Bahnstrecken« um fünf Uhr dreißig wieder das normale Programm begann, knipste sie den Fernseher aus und fiel in einen tiefen, traumlosen Schlaf. Sie hörte nicht, wie Christian aufstand, sich Kaffee kochte und Frühstück machte; wie er vorsichtig die Wohnzimmertür öffnete und einen Blick auf seine schlafende Frau warf, die er am Vorabend misshandelt hatte; sie spürte weder seinen zärtlichen Blick, noch wie er eine Decke über ihren zusammengekauerten Körper legte. Christian Ambach konnte sich seine Wut- und Gewaltexzesse selbst nicht erklären. Er hatte sich oft nicht unter Kontrolle, besonders wenn er – wie zurzeit – unter Druck stand.

Weil Soleil bei einer Schulfreundin übernachtete und es für Maria keinen Grund zum Aufstehen gab, erwachte sie erst gegen zehn. Sie wunderte sich über die wärmende Decke und öffnete langsam die müden Augen. Ein Spalt im Fenstervorhang ließ einen Blick in den Garten zu: Alles grau in grau. Hartnäckiger Regen überzog die Sträucher in ihrem Vorgarten und auch den Rest der Landschaft. Das leuchtende Grün der sonst so fruchtbar anmutenden bayerischen Natur wirkte schmutzig und fahl. Maria stand auf und ging in die Küche. Jede Bewegung schmerzte. Sie fuhr sich mit der Hand übers Gesicht und gähnte. Ihr Blick fiel auf das Foto von Soleils Kommunion. In ihrem weißen Kleid glich ihre Tochter einer Prinzessin. Das dunkelblonde Haar war zu Zöpfen geflochten, die sich zu einem kreisförmigen Haarkranz auf dem Kopf trafen. Die Frisur war mit frischen Blumen verziert. So sah Soleil heute schon nicht mehr aus, obwohl die Aufnahme gerade erst ein halbes Jahr alt war. Sie hatte sich seit der Erstkommunion entwickelt – ihr Gesicht hatte an Kontur gewonnen, sie war erwachsener geworden. Auch ihr Wesen hatte sich verändert: Das Mädchen war auf Abstand zu den ständig streitenden Eltern gegangen. Maria starrte auf das Foto und spürte, wie eine Träne aus ihrem Auge kullerte. War Soleil erwachsen genug für alles, was nun auf sie zukommen würde? Maria öffnete den Kühlschrank, holte eine gewichtige Plastiktüte vom Metzger heraus, stellte sie auf die Arbeitsfläche und fischte das Fleisch heraus. Es fühlte sich kalt und tot an. Langsam zog Maria das große Kochmesser aus dem Messerblock und hielt es lange in der Hand. Kalt und tot, ging es ihr durch den Kopf. Langsam begann sie das Putenfleisch in kleine Streifen zu schneiden, aber jede noch so kleine Bewegung verursachte ihr Schmerzen. Trotzdem fuhr sie fort. Und mit jedem Schnitt in das Fleisch festigte sich ihr Plan: Sie würde sich von ihrem Mann nicht unterkriegen lassen. Nein, sie würde sich von ihm trennen. Und sie würde darum kämpfen, Felix zurückzugewinnen. Sie spürte, dass er noch Gefühle für sie hatte. Aber ihn anzurufen war zwecklos. Sie musste Felix sehen, anfassen und persönlich mit ihm reden. Und wenn sie ihm erst mal ihr großes Geheimnis gebeichtet hätte, dann würde er gar nicht anders können, als zu ihr zurückzukehren.

Seit dem Besuch der Metancourt hingen sie vollkommen in der Luft. Gabriel gelang es in dem ungleichen Quartett am besten, seine Nervosität zu kaschieren. Direkt nach der Meinungsverschiedenheit mit Felix bestellte er telefonisch an der Rezeption Baguette, verschiedene Pâtés und Käsesorten, Rotwein, Mineralwasser von Perrier und für den Nachtisch Gâteau breton, den für Frankreichs Westen typischen Butterkuchen. Nachdem der Etagenkellner den Tisch eingedeckt und die Suite wieder verlassen hatte, klopfte Gabriel an die Tür zu Danas und Felix' Raum und rief aufgesetzt fröhlich: »Kommt mal raus. Ich habe eine Kleinigkeit zu essen bestellt!«

Felix stellte sich taub, aber Dana hatte Hunger, weshalb sie ihren Freund so oft zärtlich küsste und in die Ohrläppchen biss, bis der schließlich nachgab und sich aus seiner ablehnenden Haltung löste. Wenig später saßen die vier vereint am Tisch und genossen schweigend die französischen Spezialitäten. »Es ist zwar nur ein einfaches Essen, aber ist es nicht genau das Richtige jetzt?«

Gabriels aufmunternde Frage war eindeutig an Felix gerichtet, doch anstatt zuzustimmen, brummte der nur unwirsch: »Ich glaube, wir sollten das alles abblasen, ehe es zu spät ist.« Dana schenkte ihm einen liebevollen Blick und strich ihm mit der Hand über die Wange. Gabriel stöhnte genervt auf, gab aber keine Antwort. Wieder verfielen sie in Schweigen. Gabriel trank in gierigen Schlucken aus seinem Weinglas, und Hugo mampfte ein viel zu großes Stück Baguette mit Pastete in sich hinein. Felix vermied es, ihm beim Essen zuzusehen. Der Typ widerte ihn an.

Der Rest des Nachmittags verging zäh wie Kaugummi. Felix und Dana zogen sich wieder in ihr Zimmer zurück und legten sich ins Bett. Der Kunstfälscher, der mehr denn je seine Enttarnung fürchtete, starrte die weiße, stuckverzierte Zimmerdecke an.

Nachdem Dana eine Weile lang ferngesehen hatte, schaltete sie den Fernseher aus, setzte sich auf und sah Felix ernst an: »Warum lässt du dich denn jetzt so gehen? Wie hast du es dir denn vorgestellt? Es läuft doch alles nach Plan! Oder hast du erwartet, dass jemand, der zwanzig Millionen ausgibt, nicht ein bisschen genauer hinschaut?«

»Weißt du, ich habe einfach das Gefühl, dass hier gerade alles entsetzlich schiefläuft. Ich kann dir das auch nicht genau erklären, ich hatte gestern so einen schlimmen Albtraum. Ich hätte mich einfach nie mit Gabriel einlassen sollen …«

Dana bemerkte, dass Felix' rechte Hand, die auf der

Bettdecke lag, zu zittern begann. Beruhigend umschloss sie sie mit ihren eigenen Händen und kuschelte sich ganz nah an Felix. Nach einer Weile wandte er den Blick von der Stuckdecke und sah sie an. Sie waren sich jetzt ganz nah. »Ich will nicht ins Gefängnis.« Sein Gesichtsausdruck wurde noch ernster. »Wir kennen uns doch erst so kurz. Du bist die Frau, auf die ich so lange gewartet habe. Ich träume von einem Leben mit dir. In Freiheit und ohne Sorgen. Und jetzt …«

Er verstummte, doch Dana vervollständigte den Satz für ihn: »Und jetzt haben wir auch bald das Geld dafür!«

Zuversichtlich schob sie hinterher: »Hab doch mal Vertrauen in das Leben! Bisher ist doch alles prima gelaufen!«

Wenn Dana wüsste, was bisher schon alles nicht gut gelaufen war, dachte Felix bei sich.

»Dass Gabriel ihr den Kunstband mitgibt! Das ist doch Wahnsinn!«, platzte es aus ihm hervor.

»Unterschätze mal Gabriel nicht. Der hat viel Erfahrung mit solchen … Geschäften. Und außerdem bin ich ja auch noch da«, sagte sie und lächelte ihn an.

Am Abend klopfte Gabriel noch einmal an ihre Zimmertür und verkündete, er habe einen Tisch reserviert. Felix stellte sich schlafend, er hatte keinen Appetit. Dana hatte Hunger und begleitete Hugo und Gabriel ins Restaurant. Sobald Felix allein im Hotelzimmer war, wurde er von dunklen Gedanken heimgesucht: Wie konnte Dana ihn in dieser Situation alleine lassen? Nachdem er eine Weile grübelnd die Decke angestarrt hatte, sprang er auf, wechselte ins Wohnzimmer der Suite, ließ sich auf den Sessel fallen, auf dem am Vormittag Madame Metancourt gesessen hatte, und betrachtete die vier

Skulpturen. Nach seinem Besuch im Musée Picasso war er noch überzeugter, dass er sensationelle Fälschungen hergestellt hatte. Warum nur hatte er trotzdem Bedenken, dass das Geschäft platzen könnte?

Mitten in der Nacht wachte er auf, weil Gabriel, Hugo und Dana in die Suite rumpelten und alle Lampen anknipsten. Felix saß noch immer auf dem Sessel vor den Skulpturen. Verschlafen blinzelte er in das grelle Licht des Lüsters über ihm. Mit einem »Hallo, Schatz!« ließ sich Dana auf seinen Schoß fallen. Sie kam ihm schwer vor und hatte eine Fahne. Felix schob sie von sich und stand auf. Sie war ihm fremd.

»Hast du etwas zu Abend gegessen, Felix?« Gabriels Aussprache war klar wie sonst auch. Dabei hatte er mit Sicherheit auch getrunken. Aber Felix war schon öfter aufgefallen, dass der Alkohol bei ihm offenbar keine Wirkung zeigte.

»Keinen Hunger«, erwiderte der Künstler ablehnend und zog sich in sein Zimmer zurück. Bevor er wieder einschlief, hörte er Dana und die beiden Männer im Nebenzimmer lachen. Sein letzter Blick in dieser Nacht galt dem Wecker auf seinem Nachttisch: Es war drei Uhr.

Im Gegensatz zu seiner ersten Nacht in Paris hatten die Albträume ihn dieses Mal verschont. Frisch und erholt öffnete Felix die Augen. Es war taghell. Neben ihm lag Dana. Ihre Lippen: lila verfärbt vom Rotwein. Ihr tiefer Atem war nah an der Grenze zum Schnarchen. Er stand auf, schlüpfte in den Bademantel und begab sich auf die Suche nach dem Wellnessbereich des Hotels. Zehn Minuten später saß er in der blubbernden Wärme eines Whirlpools und genoss die Stille, die um diese Uhrzeit noch im Spa herrschte. Die wenigen Menschen, die sich außer ihm hier aufhielten, legten offenbar ebenso viel Wert auf Ruhe und Diskretion wie er. Wieder im Hotelzimmer, schlüpfte er in frische Kleider und verließ, von Dana unbemerkt, die Etage. Trotz eines beeindruckenden Angebots fiel sein Frühstück bescheiden aus. Ein Café au Lait, ein Croissant und ein Apfel. Mehr brauchte er nicht. Er verließ die Lobby durch die Drehtür ins Freie und folgte der Rue de Castiglione, überquerte die Rue de Rivoli und betrat das erste Mal in seinem Leben die Tuilerien. Eine so gigantische Parkanlage hatte er noch nie gesehen. Dagegen wirkte der Nymphenburger Schlosspark in München wie eine Miniatur. Alle anderen Menschen ignorierend, folgte er seiner Intuition und einem der Wege des Schlossparks, auf denen einst die französischen Könige promeniert sein mussten. Schließlich stand er im Innenhof des Louvre, des drittgrößten Kunstmuseums der Welt – und hielt staunend die Luft an. Die schieren Ausmaße des Baus und die von Frankreichs einstigem Präsidenten François Mitterand mit Sinn für Dramatik und Inszenierung in seiner Mitte platzierte Pyramide waren äußerst beeindruckend. Es hatte zu nieseln begonnen, was Felix jedoch nicht weiter störte. Die Warteschlange an der Kasse war allerdings so lang, dass er von seinem ursprünglichen Plan Abstand nahm und auf einen Besuch verzichtete. Er stellte sich unter ein Vordach und beobachtete das Treiben der Touristen mit ihren Multifunktionsjacken und bunten Rucksäcken. Eine Zigarette nach der anderen schmauchend, gefiel er sich in der Rolle des Bohemiens. Erst eine SMS von Dana holte ihn zurück in die Realität: »Bin jetzt wach. Vermisse dich.« Ohne darauf zu antworten, machte Felix sich auf den Weg zurück.

»Wo warst du?«

Er ging nicht auf Gabriels Frage ein, sondern befahl: »Ruf jetzt Madame Metancourt an und sag ihr, dass wir die Dinger doch nicht verkaufen. Wir blasen das alles ab!«

Gabriel, der mit Hugo am Tisch saß und sich gerade ein Pain au chocolat in den Mund schieben wollte, hielt inne: »Das ist doch Schwachsinn, Felix! Sei geduldig, das wird schon.«

Von den Worten des Kunstberaters angelockt, betrat auch Dana den Hauptraum der Suite. Sie war barfuß. Ihr nasses langes Haar wellte sich über den Bademantel. Sie näherte sich Felix von hinten, legte ihm beide Arme über Brust und Bauch und küsste ihn hinters Ohr. »Mach dich fertig. Gabriel hat uns eine kleine Stadtrundfahrt organisiert. In zehn Minuten geht's los. Wir haben einen eigenen Fahrer.« Gegen Felix' Willen zwang sie ihm Zärtlichkeiten auf, die bald darauf in einen französischen Kuss mündeten. Zunächst wehrte er sich, aber dann verfiel er doch der einladenden Wärme ihrer Lippen.

Während der Stadtrundfahrt im Minivan mit eigens engagiertem Fremdenführer vergaß Felix sogar für eine ganze Weile, warum sie sich in der französischen Hauptstadt befanden. Mit kindlicher Freude bestaunte er den Eiffelturm, die Kathedrale Notre-Dame, die Pracht der Champs-Élysées und den Triumphbogen. Dana spürte seine Gemütsaufhellung. »Ich freue mich so sehr, dass wir beide hier sind«, flüsterte sie ihm ins Ohr, als sie den Pont Marie passierten, die Brücke der Liebenden.

Zurück im Hotel öffnete Gabriel eine Flasche Champagner. Der Kunstberater war Felix den ganzen Tag über immer verschlossener vorgekommen. Jetzt stürzte er das erste Glas in sich hinein, als drohte er zu verdursten, und legte sich eine Line Koks auf den Tisch, die länger war als jede andere, die Felix jemals gesehen hatte. Sofort überkam ihn wieder ein Gefühl der Angst: Auf einen Millionenbetrug standen bestimmt mindestens fünf Jahre Gefängnis – wenn man Glück hatte! Und auf zweifachen Mord? Das wollte er lieber gar nicht wissen.

»Gabriel, du musst die Metancourt jetzt anrufen! Wir müssen das abblasen!« Felix sah den Geschäftspartner eindringlich an. Obwohl der eben gekokst hatte – was sonst immer mit einem Anflug von Überheblichkeit verbunden war –, zuckte der Kunstberater nur mit den Schultern. In diesem Moment vibrierte sein Smartphone. Gabriel beugte sich zu dem etwas abseits vom Tisch stehenden Sessel und griff sich das Handy. Nach einem Blick auf das Display sagte er ausdruckslos: »Sie ist es.«

Felix starrte ungläubig auf das klingelnde Handy, dann wieder in Gabriels Gesicht. Schließlich nahm der Kunstberater den Anruf an: »Bonjour, Madame Metancourt!« Felix hörte zwar die Stimme der Anruferin, aber er verstand nicht, was sie sagte. Nach einer Pause sagte Gabriel: »Ja, da staunen Sie! Ach, wissen Sie, ich habe alle wichtigen Personen in meinem Telefon eingespeichert … Ja, ja …« Er lachte und Felix konnte beim besten Willen nichts mehr von der Unsicherheit, die Gabriel eben noch an den Tag gelegt hatte, erkennen. »Oh ja, wir hatten einen wunderbaren Tag … ja, eine Stadtrundfahrt … ach, ich bitte Sie; das Wetter ist es doch nicht, was Paris ausmacht, es sind seine Menschen! Menschen wie Sie, Madame Metancourt …« Er stoppte abrupt. Dann meinte er, in wesentlich sachlicherem Ton. »Ja, lassen Sie uns bitte wissen, was wir noch für Sie tun können.« Hierauf schwieg Gabriel eine ganze Weile. Felix hörte, wie die

Interessentin ihm etwas ausführlich erklärte – und er sah, wie sich der Gesichtsausdruck seines Partners immer mehr verhärtete, bis er am Ende einer Maske glich.

»Hey, Gabriello, ich habe fucking Hunger …«

»Halt die Fresse!«, fiel Felix Hugo ins Wort, der gerade mit einem Joint den Raum betrat.

Hugo starrte Felix aggressiv an. »Qué pasa?« Doch der Kunstfälscher hielt sich den Zeigefinger vor die Lippen und zeigte mit der anderen Hand dramatisierend auf den telefonierenden Gabriel. Hugo war das egal. Er sagte in genau derselben Lautstärke wie gerade eben: »Halt selber die Fresse, Wichser!«

Gabriel wedelte entnervt mit den Händen. Mit ein paar Schritten war Felix bei Hugo. Er packte den Latino, hielt ihm die Hand über den Mund und flüsterte ihm ins Ohr: »Er telefoniert mit Madame Metancourt, verdammt! Wenn du uns nicht den ganzen Deal versauen willst, dann hältst du jetzt die Klappe!«

Gabriel hauchte gerade devot in den Hörer: »Oh ja, verstehe, Madame, verstehe. Natürlich ist das kein Problem für uns, natürlich … Ja, ja, wir werden alles vorbereiten. Alles … Ja, wunderbar … vielen Dank … ja … ja … gut … Au revoir.« Dann nahm er das Smartphone vom Ohr, legte es auf den Tisch und schenkte sich ein weiteres Glas Champagner ein, das er erneut in einem Zug austrank. Felix entließ Hugo aus seinem Griff und fragte neugierig: »Und?«

»Alles läuft wie geschmiert«, antwortete Gabriel lässig, doch sein Gesichtsausdruck sagte etwas anderes. »Sie kommt morgen um zehn. Da bleibt uns dann noch genügend Zeit bis zum Auschecken.« Der Kunstberater zögerte, er schien nach den richtigen Worten zu suchen. Dann schob er hinterher: »Es ist nur …« In diesem

Moment betrat auch Dana den Raum. Felix' Augen klebten an Gabriels Lippen. Auch Dana erfasste die Situation sofort und blieb stehen. Der Kunstberater sah sie alle der Reihe nach an – erst Dana, dann Hugo und schließlich Felix. Dann endlich ergänzte er: »... sie kommt nicht allein. Madame bringt eine gute Freundin mit.« Felix atmete auf. Eine Freundin, das war doch völlig in Ordnung! Aber Gabriel war noch nicht fertig. Er räusperte sich. »Es handelt sich bei dieser Freundin von Madame um ...« Er holte noch einmal Luft, und sprach dann leicht gepresst, aber immerhin verständlich: »... Maya Widmaier Picasso.«

»Wie, Picasso?« fragte Felix ungläubig.

»Sie ist eine Tochter des Künstlers«, erklärte Gabriel. »Frau Widmaier Picasso ist zwar bereits über achtzig, aber Madame sagte mir eben: Wer, wenn nicht sie kann die Echtheit der ›Menschen am Strand‹ beurteilen?«

DANK

Unsere AMBACH-Krimiserie wäre nicht geworden, wie sie ist, hätten uns nicht viele liebenswerte und kluge Menschen geholfen. Wir danken allen, die uns unterstützten, vor allem aber:

Daniela Brandl (Ärztin), Bernd Degner (Kunstauktionshaus Neumeister), Julia Eisele (ehemalige Programmchefin), Matthias Falk (unser Erstlektor), Marcel Hartges (ehemaliger Verleger), Robert Heimberger (Polizeipräsident), Caro Kania (Lektorin), Andreas Kräftner (Schreiner und Holzexperte), Felicitas von Lovenberg (Verlegerin), Tina Rausch (Beraterin), Dirk Rumberg (Agent), Florian Stückl (ehemaliger Leiter der Oberammergauer Schule für Holzbildhauer), Johannes Volkmann (Künstler), Ludwig Waldinger (Bayerisches Landeskriminalamt).

Matthias Edlinger und Jörg Steinleitner

»Ein urig witziger Alpenkrimi.« Lesewelten

*Cover- und Preisänderungen vorbehalten

Jörg Steinleitner

Aufgedirndlt

Ein Fall für Anne Loop

Piper Taschenbuch, 256 Seiten
€ 9,99 [D], € 10,30 [A]*
ISBN 978-3-492-27293-3

Am Morgen nach dem großen Seefest fischt ein Pensionist die Leiche einer leicht bekleideten jungen Frau aus dem Wasser. Polizistin Anne Loop muss nach dem ominösen Unbekannten fahnden, mit dem die hübsche Madleen direkt vor ihrem Tod Sex hatte. Schon bald steht ein illustrer Kreis von Verdächtigen fest: ein Scheich, der in der bayerischen Idylle ein Haremscasting durchführt, ein paar Lokalpolitiker mit handfesten Immobilieninteressen, ein Schlagersänger und natürlich jede Menge eifersüchtiger Tegernseer …

PIPER

Leseproben, E-Books und mehr unter **www.piper.de**